Karuydrian

실버빈

정령왕 엘퀴네스

이환 판타지 장편소설

14

dream books
드림북스

정령왕 엘퀴네스 14

초판 1쇄 인쇄 / 2018년 11월 23일
초판 2쇄 발행 / 2022년 9월 9일

지은이 / 이환

발행인 / 오영배
책임편집 / 편집부
펴낸 곳 / (주)삼양출판사 · 드림북스

주소 / 서울시 강북구 도봉로 173
대표 전화 / 02-980-2112 팩스 / 02-983-0660
편집부 전화 / 02-980-2116 팩스 / 02-983-8201
블로그 / blog.naver.com/dreambookss

등록번호 / 제9-00046호
등록일자 / 1999년 3월 11일

ISBN 979-11-283-9278-8 (04810) / 978-89-542-4481-7 (세트)

* 지은이와 협의하에 인지는 생략합니다.
* 잘못된 책은 구입한 곳에서 바꾸어 드립니다.

이 도서의 국립중앙도서관 출판시도서목록(CIP)은 서지정보유통지원시스템홈페이지
(http://seoji.nl.go.kr)와 국가자료공동목록시스템(http://www.nl.go.kr/kolisnet)에서
이용하실 수 있습니다. **(CIP제어번호: 2018038127)**

정령왕
엘퀴네스
개정판
이환 판타지 장편소설
14
dream
books
드림북스

정령왕 엘퀴네스 14

Contents

제1화

1.

스왈트 제국엔 나라를 수호하는 두 개의 기둥이 있다. 제국의 방패라 불리는 카엘 드 클모어 공작과, 황궁의 수호령이란 별칭을 지닌 루펠론 드 웨칸 공작이 바로 그들이었다. 한때는 한마음 한 뜻으로 제국과 황실을 지키던 두 사람이었으나 제국의 후계를 정하는 시기에 이르러 서로 길이 갈라졌다. 클모어 공작은 첫째인 카일 황자를, 웨칸 공작은 둘째인 유카르테 황자를 지지했기 때문이었다. 결국 황태자가 된 것은 첫째 황자였고, 웨칸 공작은 이후로 중앙에서 밀려나 수많은 고초와 위기를 겪었다. 그러나 그는 단 한 번도 자신의 선택을 후회한 적도, 틀렸다 여긴 적도 없었다.

웨칸 공작은 황제의 덕목은 곧은 정신과 선량한 인품이라 여기는 사람이었다. 그런 그의 눈에 비친 카일 황자는 그 자격을 갖추지 못한 이였다. 대외적으로 카일 황자는 누구에게나 친절하고 자비로운 사람이긴 했다. 자신보다 약한 이를 돌볼 줄도 알았고 맡은 일에 책임감도 강했다. 성실하고 근면하며, 수하에 대한 상벌이 확실하고, 사람을 이끄는 힘이 있었다. 그야말로 황가의 피를 이은 사람다운, 이상적으로 타고난 지도자였다.—그러나 가슴 속에 새카만 분노를 품고 있었다.

그는 황후에게서 태어난 적통의 황자였으나 황제는 그의 모친인 황후보다 후궁들을 더 총애했다. 특히 유카르테 황자의 모친이자 1황비인 테미스 황비를 누구보다 극진히 여겼다. 문제는 테미스 황비가 야심가라는 점이었다. 그녀는 제국에서 가장 신분이 높은 여인이 되고자 했고, 이를 위해 황후를 지독하게 괴롭혔다. 지지 기반이 약했던 황후는 고립된 채 병을 얻어 시름시름 앓다 죽었다.

카일 황자는 그 모든 과정을 옆에서 다 지켜본 이였다. 그는 자신의 모친을 그렇게 만든 황제와 테미스 황비를 증오했다. 그 아들인 유카르테 황자는 물론이오, 다른 이복형제들에게도 적개심을 숨기지 않았다. 그가 황제가 되면 황실에 거센 피바람이 일어나리란 건 굳이 유추할 필요도 없는 일이었다.

그에 비하면 유카르테 황자는 온화한 사람이었다. 지도자로서의 패기는 다소 부족한 편이긴 해도 머리가 명석했으며, 타고난 인품도 좋았다. 모친이 테미스 황비라는 점이 조금 흠이긴 했으나 오만한 그녀도 아들에게는 약한 편이었고, 유카르테 황자 또한 모친에게 휘둘리는 성정은 아니라 크게 문제가 될 정도는 아니었다. 그만하면 황실과 나라를 훌륭하게 이끌어 갈 수 있을 것 같았다.

비록 예상보다 카일 황자가 더 빨리 피바람을 일으키는 바람에 뜻대로 되지는 못했지만, 오히려 그로 인해 웨칸 공작은 유카르테 황자를 더 굳건히 추대하게 됐다. 증오심에 사로잡혀 형제들의 피를 손에 묻히고 올라선 자가 어찌 올바른 지도자라 할 수 있단 말인가! 카일 황자는 결코 황제가 되어선 안 되는 자였다.

다행히 그들의 신도 그와 같은 생각이었는지 카일 황제의 치리 기간은 그리 오래가지 못했다. 그가 형장의 이슬이 되어 허무하게 사라졌을 때, 웨칸 공작은 이번에야말로 유카르테가 다시 비상할 기회라고 생각했다. 아무것도 모르는 어린 이사나 황제에게는 안된 일이었지만 그리 미안하지도 않았다. 본래 그 자리에 있어야 할 이가 드디어 제자리를 찾은 것뿐이었으니까. 모든 것이 정상으로 돌아온 것뿐이다. 분명 그 생각은 틀리지 않았다. 그랬을 것인데—

'도대체 어디서부터 틀어진 것일까.'

웨칸 공작은 쓰고 있던 외알 안경을 벗고 피로한 눈가를 꾹꾹 문질렀다. 방 안은 그가 내뿜은 담배 연기로 자욱했다. 재떨이에 수북이 쌓인 꽁초가 그의 흡연량을 적나라하게 드러내고 있었다. 그의 주치의는 꾸준히 금연을 권해 왔었고, 본인도 그 필요성을 인정하여 몇 년 전부터 천천히 줄여 가던 중이었다. 오늘 이렇게 많이 피운 걸 주치의가 알게 되면 크게 낙담할 것이 분명했다. 지금에 와선 아무래도 상관없는 일이었지만.

'그래, 아무래도 상관없는 일이지.'

웨칸 공작은 다시금 새 담배를 꺼내 물었다. 그는 책상에 놓인 낡은 쪽지를 습관처럼 펼쳐 들었다. 몇 번이나 접었다 편 자국이 남겨진 종이엔 그만이 알아볼 수 있는 암호로 짧은 문구가 적혀 있었다. 그건 요즘 퍼지고 있는 소문의 진위 확인을 위해 은밀히 황궁으로 보낸 수하로부터 받은 보고서였다.

보고가 전부 사실이었음. 현재 황궁은 비워진 상태. 대공 전하의 행방은 알 수 없음.

수십 번을 다시 읽어도 그 내용이 바뀌는 일은 일어나지 않는다. 볼 때마다 허망하기만 한 결과라는 점도 여전히 마찬가지였다.

"증오에 먹혀 그 형보다 더한 괴물이 되었는가."

낮게 실소한 웨칸 공작이 허탈한 표정으로 중얼거렸다. 섭정을 시작한 이후로 대공의 행보가 이상하게 흘러간다는 점은 이미 진작 눈치채고 있었다. 대공은 날이 갈수록 손속이 잔인해졌고, 예전과 다른 성격을 보일 때가 많았다. 그가 지닌 마신의 문장이 진짜가 아니라는 건 보다 보니 어느 순간 자연스레 알게 되었다. 그 때쯤 카일 황제의 죽음에 석연치 않은 부분이 있다는 것도 깨달았다. 신탁이 내려진 당시 그 진위를 의심하던 마신관들이 있었다는 것, 그들이 전부 의문의 죽임을 당했다는 것도. 그 이후에도 수많은 사람이 실종되거나 망가졌다. 전부 대공의 뜻에 반하거나 따르지 않는 사람들이었다.

돌아가는 정황이 너무도 뻔하게 보였지만 인정하고 싶지 않아 내내 외면하고 있었다. 자신이 틀렸다는 걸 받아들이고 싶지 않았다. 지독한 일들을 겪었으니 그럴 수도 있다고, 비틀린 것을 바로 잡기 위해선 때론 비정한 부분도 필요하다고 여겼다. 그 자체가 평소 자신의 신념에 모순되는 생각이라는 사실은 까맣게 지우고 말았다. 전부 거기서부터 시작된 오류였다. 그는 이제 그 오류의 대가를 눈앞에 두고 있었다. 누구를 탓할 수도 없는 자업자득의 결과였다.

어떻게 탓할 수 있겠는가. 그를 견제한 탓에 조언은커녕 말을 섞을 기회조차 주지 않은 카일 황제와는 달리, 대공과 함께 한 시간은 넘치도록 많았다. 그는 대공의 최측근으로서 늘 곁에 있었고 아무 때나 독대할 수 있는 자격도 갖고 있었다. 처음 변화를 인지했을 때 외면하지 않았다면 더 깊어지기 전에 막을 수 있었을지도 몰랐다. 바로 옆에 있었으면서도 그가 괴물이 되어가는 걸 막지 못했다. 한때 카리브디스 공작에게 그럴듯하게 늘어놓은 훈계는 실상 전부 제가 들어야 할 말이었다. 대공을 제대로 보필하지 못한 건 자신 역시 마찬가지였으니까.

"그렇다면 마지막까지 그 책임을 다할 수밖에."

예고된 격전은 이미 초읽기에 들어가 있었다. 조금 전 황제가 보낸 마지막 투항 권고를 거절했다. 늦어도 내일이 되기 전에 모든 것이 정해질 것이다. 이 끝이 뻔히 보이는 전쟁의 결말도, 자신의 마지막 역시.

웨칸 공작은 자리에서 일어나 천천히 창문으로 다가갔다. 성벽 너머 언덕 쪽에서 황제군의 깃발이 펄럭이는 것이 보였다. 몇 시간 전보다 한층 거리가 좁혀진 상태였다. 그 모습을 마주한 아군 진영엔 전투를 앞둔 군대의 긴장감이 가득했다. 아직 아무도 대공의 배신을 모르는 상태였지만 진실을 알려 줄 생각은 없었다. 끝은 이미 하나로 정해졌으며, 모두가 한배를 탄 운명이었다. 돌이킬 수 있는 길 따윈 존재하지 않았다.

이 성이 모두의 무덤이었다.

*　　*　　*

웨칸 공작이 투항하지 않을 거라는 건 황제군 쪽에서도 이미 예상했던 일이었다. 그의 거부와 함께 황제군의 본격적인 진격이 시작됐다. 사실상 모든 것을 결정짓는 마지막 전투였다.

격전지인 마틴성은 수도의 최후 방어막답게 진입에 까다로운 조건을 전부 다 갖춘 요새였다. 요새란 그 자체가 방어를 목적으로 지어진 시설인 만큼 안에 있는 쪽이 유리한 구조다. 여신의 딸인 알리사도 전선에서 물러섰기에 그녀가 선사하는 기적 같은 이

능도 더는 기대할 수 없었다. 그러나 황제군의 사기는 하늘 끝까지 닿을 정도였다.

승전을 거듭하며 쌓은 자신감에서 기인하기도 했지만, 그들에게 가장 큰 안정감을 주는 건 눈앞에서 진두지휘하는 황제 이사나의 모습이었다. 심지어 그 황제가 뛰어난 정령사라는 사실도 밝혀진 참이었다. 그리고 이사나는 사람의 기대심리를 만족시키는 방법을 잘 아는 지휘관이기도 했다.

"우와아아!"

진격의 시각, 이사나는 모두의 앞에서 시큐엘을 소환하여 그 등에 올랐다. 말 대신 신비로운 물의 늑대를 타고 이동하는 황제의 모습은 병사들이 열광하기에 넘치도록 충분했다. 상급 정령은 유지하는 것만으로도 상당한 힘을 소모하는 존재였다. 그런 정령을 불러내어 타고 이동한다는 것 자체가 이사나가 지닌 힘을 증명하는 것이나 다름없었다. 아군들의 시선에서는 이보다 더할 나위 없는 든든한 과시인 셈이었다. 정작 그 모든 걸 계산한 장본인은 부끄럽고 민망해서 쥐구멍이라도 기어들어 가고 싶은 심정이었지만.

"이런 걸 부탁해서 미안해, 시큐엘."

—하하, 괜찮습니다. 아군의 사기를 높이는 방법이잖습니까.

"그렇긴 한데……."

—우리의 힘이 필요하다면 언제든 원하는 방식으로 쓰십시오. 그게 왕의 뜻이기도 합니다.

생각지 못한 대답에 이사나는 눈을 크게 떴다가 곧 부드럽게 웃었다. 이 자리에 없는 엘에게 격려를 받은 기분이었다. 실제로 시큐엘은 그의 일부이니 완전히 틀린 생각도 아니었다. 이사나는 한결 편안해진 기분으로 전방을 바라보았다. 까마득히 높은 성벽 위로 대공의 군대가 활을 재고 있는 광경이 보였다. 이제 조금만 더 가면 화살의 범위에 닿을 거리였다. 이사나는 옆에 있던 카웰 공작과 눈빛을 교환했다. 결의에 찬 표정을 지은 그에게 고개를 끄덕인 것이 작전 시작을 알리는 신호였다.

"가자, 시큐엘!"

이사나의 외침과 함께 그를 태운 시큐엘이 빠른 속도로 앞으로 쏘아져 나갔다. 적군은 물론이오, 미리 상황을 고지받지 못한 아군 진영에서도 당황하는 소리가 터져 나왔다. 곧 성벽으로부터 무수한 화살 비가 쏟아지기 시작했다. 그러나 시큐엘이 성벽을 타고 오르는 것이 더 빨랐다. 적당한 곳에 안착해서 자리를 잡은 건 그보다도 빨랐다.

당황해서 허둥거리는 병사를 밀쳐서 떨어트린 후, 이사나는 차분히 주위를 돌아보았다. 성벽에 있던 병사들은 모두 귀신을 본 얼굴로 굳어 있었다. 설마 황제가 단독으로 (그것도 상급 정령을 타고) 성벽을 오를 줄은 그들 중 누구도 예측하지 못한 일이었을 테니 당연하다면 당연한 반응이었다. 이사나는 그들 사이에서 딱딱한 표정으로 서 있는 웨칸 공작을 어렵지 않게 발견했다.

"오랜만입니다, 웨칸 공작. 한때 황실의 수호령이라 불리던 그대와 이런 식으로 마주하게 되다니 유감입니다."

"……못 보던 사이 신묘한 재주가 느셨군요."

"덕분에 기연을 만났거든요. 어떻게 보면 감사할 일이네요. 황궁을 나가지 않았다면 만나지 못했을 테니."

"……."

여유로운 대답에 웨칸 공작의 눈동자가 깊어졌다. 그가 손을 들자 정신을 차린 병사들이 일제히 이사나를 향해 무기를 겨누었다. 주위에 포진한 마법사들도 주문을 마치고 시동어를 준비한 상태였다.

"폐하의 재주가 대단하다는 건 알겠습니다. 하지만 혼자 올라와서 뭘 어쩌실 작정입니까? 마법사는 이쪽에도 있습니다. 폐하가 아무리 뛰어난 정령사라 해도 혼자서 저흴 다 상대하실 순 없습니다. 그리고 폐하가 죽으면 당신을 따르는 자들의 목적도 전부 끝나겠지요."

"물론 그건 알고 있습니다."

"그걸 아시면서 이런 무모한 짓을 벌이신 겁니까? 아무리 연치가 어리시다지만 이렇게까지 어리석은……."

"글쎄요. 무모하다니 잘 모르겠군요."

이사나는 조금 느릿하게 고개를 기울였다.

"내가 혼자라는 말을 한 적은 없었던 것 같은데요."

그 순간 굉음과 함께 사방에 거대한 진동이 울려 퍼졌다. "무슨 일이냐!" 웨칸 공작이 눈을 부릅뜨고 묻자 비명 같은 소리가 들려왔다.

"큰일 났습니다, 각하! 동쪽 문이 열렸습니다!"

"뭣?"

"슈텔 남작이 배신했습니다! 그의 병사들이 동쪽 문을 부쉈습니다!"

"……!"

입을 벌린 웨칸 공작이 빠른 속도로 이사나를 돌아보았다. 어떻게 된 건지 돌아가는 상황을 파악한 표정이었다. 이사나는 다시금 웃었다.

"어느새 슈텔 남작을 포섭하셨습니까? 저들에게 시간을 벌어주시려 한 것이었군요."

"네, 맞습니다."

"설마 폐하께서 직접 미끼를 맡으실 줄은 몰랐습니다."

"그래서 한 겁니다. 전략이라는 건 상대가 알아차리기 힘든 방법을 쓸 때 효과가 가장 좋은 거 아닙니까? 덕분에 최소한의 힘으로 가장 큰 효율을 끌어낸 것 같은데요."

때마침 그 말에 화답하는 것처럼 성벽 아래쪽에서 우렁찬 함성이 울려 퍼졌다. 지척에 다다른 황제군이 내지른 함성이었다. 이사나는 웨칸 공작의 낯빛이 더 굳어지는 걸 놓치지 않았다.

"지금도 보세요. 그저 성벽을 올라온 것뿐인 나를 신경 쓰느라 뒤에서 달려오는 군대의 견제는 완전히 잊고 있군요. 이쯤 되면 어느 쪽이 더 무모한 것 같습니까?"

"……."

침묵은 오래가지 않았다. 겁에 질린 병사 하나가 이사나를 향해 달려들었기 때문이었다. 기습적인 공격이었으나 이사나는 능숙하게 대처했다. 파고드는 검을 빠르게 피한 후 역으로 베어내고 찔렀다. 예상치 못한 노련한 검술에 견제하고 있던 이들이 다시금 긴장했다. 그들의 경직된 분위기를 보며 이사나가 가볍게 웃었다.

"내가 배짱만으로 혼자 왔다고 생각해서도 곤란한데요. 하지만 당신들의 실력은 놀라울 정도로 예상한 수준이군요. 역시 무모한 결정은 아니었던 것 같네요."

명백한 도발이었다. 발끈한 병사들의 표정이 급속도로 흉흉해지며 사방에서 살기가 치솟기 시작했다. 주위를 돌아보는 이사나의 눈빛 또한 차갑게 가라앉았다.

"이제 이 지겨운 전쟁을 끝내죠."

그 말을 끝으로 병사들이 일제히 이사나를 향해 달려들었다. 본격적인 교전의 시작이었다.

전투는 이사나가 처음에 예상했던 대로 난전으로 흘러갔다. 황제의 기습으로 사기가 한풀 꺾인 상태에서도 대공군의 공격은 매서웠고, 방어는 두텁기만 했다. 그들은 마지막의 마지막까지 치열하게 저항했다. 미리 성문 하나를 뚫어두지 못했다면 진입하는 것조차 불가능했을 것이다. 얼마나 큰 희생을 치렀을지 상상하기도 어려웠다. 아군과 적이 구분되지 않을 정도로 혼란한 사이에서 이사나는 요령 좋게 피해 다니며 적당히 치고 빠지기를 반복했다. 몇 차례 위험한 순간도 겪었으나 헌신으로 그를 지키는 사람들의 도움을 받아 무사할 수 있었다. 그리고 마침내, 기다리고 있던 소식이 울려 퍼졌다.

"웨칸 공작이 죽었다! 웨칸 공작이 죽었다!"

기나긴 전투의 종료를 알리는 소리였다. 잡다한 소음이 가득한 중에도 그 목소리만은 뚜렷하게 울렸다. 무참하게 참수된 웨칸 공작의 시신도 선명하게 보였다. 그를 베어 효시한 건 카웰 공작이었다. 사령관을 잃은 군대의 끝은 정해져 있기 마련. 대공군은 빠른 속도로 무너졌고, 순식간에 힘을 잃고 흩어졌다. 곧바로 검을 버리고 항복하는 자, 필사적으로 달아나는 자가 아비규환으로 뒤섞였다.

"와아아아!"

살아남은 황제군 사이에서 승리의 함성이 쏟아졌다. 이사나는 가만히 서서 거친 숨을 다스렸다. 몇 시간 내내 쉬지 않고 움직인 탓에 체력은 이미 한계를 넘어선 지 오래였다. 전투 초반을 함께 한 시큐엘은 마나가 바닥이 나는 바람에 중간에 돌려보내야 했다. 그 대신 궁여지책으로 소환한 나이아스가 그의 뺨에 묻은 피를 닦아 주었다.

"폐하, 드디어 끝났습니다."

어느 순간부터 곁에 있던 친위기사들이 벅찬 얼굴로 돌아보았다. 이사나는 천천히 고개를 끄덕이면서도 그들처럼 웃지는 못했다. 아직 전쟁이 끝났다는 실감이 들지 않았다. 후련하기보다는 마음 한 곳이 납처럼 무거워지는 기분이었다. 이유는 어렴풋이 알고 있었다. 시작은 난전이었고, 중반부터는 전세가 압도적으로 대공군에게 불리하게 흘러갔다. 이때쯤이면 황궁에서 지원군이 오거나 후퇴를 해야 했다. 그러나 그 어떤 일도 일어나지 않았다. 지원군이 오지 않은 건 병력이 부족한 탓이라 쳐도, 후퇴하지 않은 건 이해되지 않는 일이었다. 빠져나갈 틈은 충분히 있었다. 그러나 웨칸 공작은 끝끝내 달아날 시도조차 하지 않았다.

그게 의미하는 바는 단 하나였다. 대공이 황궁에 없는 것이다. 들리는 풍문처럼 황궁을 비우고 달아난 것이든, 엘이 그를 처리한 것이든. 어쨌든 대공은 사라졌다. 그가 있었다면 웨칸 공작의 성격에 주군을 지키기 위해서라도 일단 후퇴하는 쪽을 택했을 것이다.

이미 어느 정도 짐작하고 있던 일이었고, 그렇기에 이 전투가 마지막이 될 거라는 것도 알고 있었다. 그러나 막상 예상한 그대로 흘러가니 몸에서 힘이 빠졌다. 처참한 끝을 알면서도 물러서지 않은 웨칸 공작을 이해할 수 있을 것 같으면서도, 영영 이해할 수 없을 것 같은 기묘한 기분이었다.

"이제 당당히 귀성하실 일만 남았는데 왜 그런 표정이십니까, 폐하?"

그때 등 뒤에서 낮은 목소리가 들려왔다. 가까이 다가온 이는 이 전투의 종결에 가장 큰 공헌을 한 카웰 공작이었다. 소드 마스터라도 몇 시간 동안 쉼 없이 치른 전투는 힘겨웠는지 그는 다소 지친 모습이었다. 그러나 눈빛만큼은 그 어느 때보다 선명하게 빛나고 있었다.

"형님."

"설마 이걸로 다 끝났다느니, 뭔가 허무하다느니 하는 한가한 생각을 하시는 건 아니시겠지요? 폐하께선 앞으로 해야 할 일이 훨씬 더 많으십니다. 당분간은 다른 생각을 할 틈도 없이 바쁘실 겁니다. 각오나 단단히 하십시오."

엄격한 충고에 이사나는 그제야 쓰게 웃었다. 그가 웃는 것을 보고 친위기사들도 겨우 안심한 표정을 지었다. 그렇게 한차례 분위기가 풀어졌을 무렵이었다.

"폐하, 하늘에서 이상한 게 보입니다."

문득 하늘을 올려다본 친위기사 중 한 사람이 멍한 목소리로 말했다. 그 말에 무심코 고개를 든 이사나도 곧 눈을 크게 떴다. 하늘 위에 황금색을 띤 거대한 선이 그려져 있었다. 하염없이 이어지는 빛의 강 같기도 했다. 넋을 잃을 만큼 아름다운 광경이었으나 어딘지 범접할 수 없는 두려움도 함께 느껴졌다.

"저게 대체 뭐지?"

"글쎄? 처음 보는 현상인데."

"혹시 저게 말로만 듣던 극광이라는 건가? 극지방에서 볼 수 있다는 신비한 빛의 현상에 대해서 들어 본 적 있어."

"여기가 극지방이냐?"

"그건…… 아니지."

"그럼 극광 아니네."

"그러게."

기사들끼리 오간 대화가 허무한 결론을 맺는 동안에도 이사나는 정체를 알 수 없는 빛의 선에서 시선을 떼지 못했다. 이 순간 그의 머릿속을 가득 채우는 존재는 단 하나뿐이었다.

'엘.'

저 기이한 현상에 그가 관련되어 있을 거라는 생각이 들었다. 그건 확신에 가까운 강렬한 예감이었다.

'지금, 무슨 일이 일어나고 있어?'

2.

드디어 정화진이 완성됐다.

그 사실을 누구나 알 수 있을 만큼 뚜렷한 증거가 나타나기까진 그리 오랜 시간이 걸리지 않았다. 아무것도 없었던 하늘에 점차 하나의 선이 그려지기 시작했기 때문이다. 새파란 하늘 위, 금빛의 운무가 춤추듯 뻗어 나가는 광경을 바라보며 나는 살짝 심호흡했다. 전체적인 형태는 한눈에 보이지 않았지만 거대한 고리를 이루고 있다는 점만은 짐작할 수 있었다. 아마도 이쪽에서 세운 4개의 틀을 하나로 잇는 고리일 것이다. 자연적으로 생길 수 있는 현상도 아닐뿐더러, 무엇보다 하나의 뚜렷한 기운을 품고 있어서 평범하게 볼 수도 없었다. 그건 압도되리만치 광대한 성력이었다.

"굉장해……."

상급신의 신성력이 흐르는 빛의 길이라니. 웬만한 존재는 스치기만 해도 뼈도 추리지 못할 게 분명했다. 지금 저 위에 먹구름을 만들면 아크아돈 전역에 성수를 뿌리는 것도 충분히 가능할 것 같다. 과연 상급신을 전부 동원해서 만들어낸 방진다웠다. 비록 그걸 지켜보는 내 기분은 그리 달갑지만은 않았지만.

"정말 재수 없는 기운이네."

때마침 옆에서 들려온 한마디가 이 착잡한 기분에 정의를 내렸다. 정화진의 형태가 뚜렷해지는 동안에도 내게 기대 있던 트로웰이 어느새 조금 떨어진 채로 하늘을 응시하고 있었다. 그 역시 정화진의 기운이 거북한지 살짝 얼굴을 찌푸린 모습이었다.

왜 이런 기분을 느끼는지는 이미 알고 있다. 사실 말이 좋아 정화진이지 이 정도면 아크아돈을 통째로 정화할 수 있는 수준이었다. 아니, 단지 정화 정도가 아니라 불순물이 조금도 깃들지 않은 완전무결한 상태로 만들 수도 있을 것 같다. 이른바 신계에 가까운 환경이 된다고 해야 하나. 이렇게 말하니 그저 좋은 의미 같은데, 신성한 땅엔 중간계의 생물이 살지 못한다. 한마디로 말해서 이 세상이 멸망한다는 소리다. 사태가 시급하니 어쩔 수 없이 그냥 넘어가는 거지, 악신이라는 특수한 상황만 아니었다면 절대 저런 게 아크아돈 상공에 뜨도록 내버려 두지 않았을 거다.

'오, 나 방금 제법 정령왕처럼 생각했어.'

내버려 두지 않았을 거라니. 마치 내가 이 세상의 수호자라도 된다는 듯한 태도였잖아? 퍼뜩 스치는 자각에 어깨가 저절로 으쓱여졌다. 물론 그게 사실이긴 하지만 당연하게 의식해 본 적은 없었는데 조금 전의 나는 내가 생각해도 좀 멋졌던 것 같다. 이런 점에선 본성이 깨어나는 게 단점만 있는 건 아니구나 싶다.

하긴, 생각해 보면 알리사도 내가 점점 멋있어진다고 했었지. 그게 단순한 빈말이 아니었던 거였어. 후후후, 이렇게 조만간 카리스마 넘치는 물의 정령왕으로 거듭나게 되는 걸까.

"푸흡!"

그간 경계하기만 하던 부분을 새로운 관점으로 해석해 보게 돼서 나도 모르게 들떴나 보다. 내가 생각해도 참신한 헛소리를 한다 싶었는데 그 순간 갑자기 격렬하게 뭔가가 터지는 소리가 들려왔다. 놀라서 돌아보니 트로웰이 어깨를 부들부들 떨며 웃고 있었다.

"아, 역시 널 찾아오길 잘했어. 정말 넌 최고야, 엘."

"응? 어? 갑자기 무슨……억! 호, 혹시 지금 내가 한 생각 들었어?"

그러고 보니 지금 트로웰이 평소보다 잘 들리는 상태라고 했었……던가?

머릿속에서 핏기가 가시는 기분이 들었다. 왜 항상 중요한 부분은 나중에 떠오르는 건지 모르겠다. 아니라고 믿고 싶었으나 이 시점에서 그가 웃을 만한 이유가 그것뿐이라 식은땀이 흘렀다. 더

비극적인 건 내가 아는 한 트로웰이 이런 점에선 무척 가차 없는 성격이라는 거다. 무슨 소리냐면, 상대방이 느낄 수치심을 생각하여 아는 걸 모르는 척해 주는 미덕과 자비로움 같은 건 한 톨도 기대할 수 없다는 뜻이다.

"응, 네 말이 맞아, 엘. 방금 꽤 정령왕 같았어. 정말 멋있었어."

……그래, 내가 이럴 줄 알았어.

트로웰은 이제 대놓고 웃기 시작했다. 맑고 경쾌하게 퍼지는 웃음소리를 모르는 척 외면하며 나는 아련하게 고개를 들었다. 하늘은 화창하고 정화진도 무사히 완성됐건만, 쥐구멍을 찾아 온몸을 한껏 구겨 넣고 싶은 충동이 무럭무럭 솟아오르는 슬픈 날이었다. 내가 왜 트로웰 앞에서 그런 생각을 했을까. 아마도 오늘이 내 생애 가장 창피한 날로 기록되지 않을까 싶다. 옆에서 라피스와 엘뤼엔이 대충 돌아가는 상황을 알겠다는 표정을 하고 있다는 점이 더욱 그랬다.

그래도 트로웰을 웃게 했으니 차라리 잘된 셈인가. 나는 아직도 웃고 있는 그를 힐끔 살폈다. 기분이 좋아진 덕분인지 처음 우리 앞에 나타났을 때 보였던, 금방이라도 사라질 것처럼 위태롭던 분위기가 더는 느껴지지 않았다. 살을 주고 뼈를 취한다고, 창피한 만큼 보상을 받은 기분이라 이것도 나쁘지 않다 싶었다. 뭔가 이럴 때 쓰는 비유는 아닌 것 같긴 하지만. 아무렴 어떤가. 원래 뭐든 다 끼워 맞추기 나름인걸.

'무슨 일인지는…… 아직 물어선 안 되겠지.'

꾸물꾸물 기어 나오는 호기심은 억지로 가라앉혔다. 겨우 좋아진 분위기를 다시 망치고 싶지 않았다. 그런데 이번에도 내 생각이 들린 모양이었다. "물어봐도 괜찮아." 돌연 들려오는 목소리에 나는 깜짝 놀라 그를 돌아보았다. 트로웰이 부드러운 시선으로 나를 바라보고 있었다.

"미안해, 내가 걱정하게 했네."

"아, 아냐. 근데 내가 정말 물어봐도 괜찮은 거야?"

"응, 그냥 별거 아니었어. 이미 알고 있던 걸 재확인한 것뿐이거든."

"재확인?"

"그 녀석은 내가 바라는 것과 항상 반대로 간다는 거."

반대로 가다니. 그 녀석이라는 건 또 누구지? 선뜻 이해할 수 없는 말이었으나 트로웰의 말은 더 이어지지 않았다. 그 이상 알려줄 마음은 없는 것 같았다.

"그보다 엘, 저길 봐."

트로웰이 하늘을 향해 손짓했다. 그가 가리키는 방향을 따라 고개를 들었다가 나는 눈을 크게 떴다. 화제를 돌리려는 건 줄 알았는데 그럴 만한 이유가 있었다. 조금 전까지만 해도 황금빛으로 빛나던 선이 선명한 붉은색으로 바뀌어 있었다.

"정화진 색이……."

"발동했군."

무심코 중얼거린 말을 다른 목소리가 이었다. 엘뤼엔이었다.

"엇? 정화진이 발동했다고? 그럼 지금부터 악신을 정화하는 거야?"

"그래."

나는 다시금 하늘을 바라본 후 라피스가 있는 쪽을 돌아보았다. 그는 조금 불편한 표정으로 심장 부근을 문지르는 중이었다. 이유를 물었더니 마나 순환이 갑자기 빨라진 탓이라고 했다. 정말 정화진이 발동한 게 맞는 모양이었다.

"신들은?"

"신계에서 틀을 유지하고 있겠지."

아, 직접 나타나진 않는 건가. 엘퀴엔이 이곳에 있으니 당연히 다른 신들도 등장할 줄 알았다. 예를 들면 카노스라든가, 마신이라든가, 최고신이라는 신 말이다. 하지만 하늘은 처음과 다를 바 없이 그저 고요하기만 했다. 발동했다는 정화진도 색이 변한 것 빼고는 딱히 두드러지게 특별한 변화는 보이지 않았다.

"뭔가 좀 싱겁네."

나도 모르게 중얼거렸더니 엘퀴엔이 다 알겠다는 듯이 피식 웃었다.

"정화진이 발동하면 뭔가 엄청난 일이 일어날 줄 알았군."

"……내가 영화를 너무 많이 봤나 봐."

나는 솔직하게 인정했다. 아니, 하지만 충분히 그럴 만하잖아. 다들 그 고생을 하면서 틀을 세웠으니 뭔가 화려한 연출을 기대하는 건 어쩔 수 없는 거 아닌가? 하다못해 악신이 사로잡히고 정화되는 순간만큼은 지켜볼 수 있을 줄 알았다. 이렇게 하염없이 멀건 하늘만 바라보는 게 아니라.

"닭 쫓던 개가 된 것 같아."

지금 상황을 이보다 더 정확히 표현하는 말은 없을 거다. 하나의 목적을 위해 다 같이 사방팔방 부지런히 뛰었는데 갑자기 우리만 주요 일정에서 배제된 기분이었다. 시무룩해져 있자니 엘뤼엔이 다시 웃었다.

"네가 기대하는 일들이 일어나긴 할 거다. 여기선 보이지 않겠지만."

"어? 왜?"

"정화는 진의 한가운데서 이뤄지거든. 하지만 정화진은 보다시피 상당히 크지."

"아!"

한마디로 꽤 멀리 떨어진 거리에서 진행된다는 말이었다. 나는 정령의 눈을 통해 현장을 찾아보려 했다. 하지만 아무것도 보이지 않았다. 아무래도 정화진의 신성력이 너무 강해서 정령들이 접근하지 못하는 것 같았다.

"직접 가 보면……."

"그건 안 돼. 위험해."

조심스럽게 꺼내본 말은 제대로 끝맺기도 전에 트로웰에게 가로막혔다. 정화하는 과정에서 어떤 돌발 상황이 생길지 모르니 접근하는 게 좋지 않다는 의견이었다. 결국 모든 일이 마무리될 때까지 대기하는 신세인 건 마찬가지인 모양이다. 조금 시무룩해져 있는데 머리를 가볍게 쓰다듬는 손길이 느껴졌다. 엘뤼엔이 조금 묘한 표정으로 나를 바라보고 있었다.

“내 아들은 가장 쉬운 방법은 생각하지 못하는군.”

“응?”

“네가 생각하는 것보다 내가 유능한 아버지라는 거지.”

그 말과 함께 엘뤼엔이 손을 뻗더니 천천히 허공을 쓸었다. 그러자 그 손이 시작되는 부분에서부터 무언가 닦이는 것처럼 다른 표면이 드러나기 시작했다. 마치 영사막이 펼쳐지는 것 같았다. 놀라서 눈을 깜빡이고 있는 동안 그 안에서 정말로 뚜렷한 영상이 나타났다. 어딘지 정확한 장소는 알 수 없었지만 넓은 들판이 펼쳐진 모습이었다. 그 위에 붉은색의 마법진이 떠올라 있었다. 그게 하늘을 가르고 있는 정화진의 고리와 이어져 있다는 건 금방 알아차렸다.

“어…… 이거 혹시 정화진 한가운데야? 지금 그게 보이는 거야?”

“보다시피.”

헐, 과연 상급신. 이런 것도 할 수 있구나.

허공을 가볍게 쓰는 것만으로 티비 같은 화면을 출력할 수 있다니. 정령은 내가 볼 순 있어도 남에게 보이게 하는 건 불가능했기 때문에 굉장히 신기했다. 게다가 이 과정에서 달리 맞춰야 할 조건이 있는 것도 아닌 것 같았다. 순수하게 감탄하고 있으려니 엘뤼엔이 다시금 내 머리를 쓰다듬었다. 그 표정이 평소보다 좀 더 즐거워 보이는 게 왠지 기분 탓은 아닐 거란 생각이 들었다.

"너무 내 응석을 다 받아주는 거 아냐? 그러다 버릇없어지면 어쩌려고."

괜히 민망한 기분이 들어 웃으며 말했더니 엘뤼엔은 이해할 수 없다는 표정을 지었다. 그의 시선이 진지해져서 나도 덩달아 긴장했다.

"내가 네게 부친을 대하는 예우를 갖추라 했던가?"

"어? 아니? 그런 적은 없는 것 같은데."

"그럼 버릇없어지는 게 왜 문제지?"

"어…… 그래도 아버지니까?"

"그걸 제대로 인지하고 있으니 버릇이 없어질 일도 없겠군."

어라? 그게 또 그렇게 되나?

뭔가 이게 아닌 것 같으면서도 묘하게 반박할 수가 없는 기분이었다. 말문이 막혀서 입을 다물었더니 엘뤼엔이 피식 웃었다. 내가 어떤 생각을 하는지 다 알겠다는 듯이.

"난 오히려 네가 버릇이 없었으면 하는데. 자식의 응석을 받아주는 것도 아버지의 역할이지."

"……그러지 않는 아버지가 더 많을걸. 보통은 자식이 자신에게 공손하길 바라지 않나……?"

"굴종의 강요를 훈육으로 착각하는 자들과 비교하는 건 곤란한데."

"그…… 실제로 너무 오냐오냐해서 애들이 안하무인으로 크는 경우도 흔하고……."

"그 또한 훈육이 잘못된 사례지. 난 분별력을 잃을 정도로 어리석은 아버지가 아니니, 그 허용선을 네가 미리 가늠할 필요도 없다."

"그래도…… 선을 넘으면 싫어할 거잖아."

"물론 좋지는 않겠지."

"그, 그것 봐. 그럼……."

"하지만 그게 널 싫어하게 된다는 뜻은 아니다."

"……!"

"네가 어떤 아들이든, 내가 널 거부할 일은 없다."

나는 천천히 눈을 깜빡였다. 오랫동안 숨겨온 치부를 들킨 듯이 속이 화끈거렸다. 들어선 안 되는 말을 들은 기분이었다. 그래, 난 그와 단절되는 게 무서웠다. 내게 꿀처럼 달콤한 아버지라는 존재가 나를 거부하고 싫어하는 날이 오게 될까 봐. 차라리 아무것도 몰랐다면 모를까, 누구에게나 자랑해도 모자를, 세상에서 가장 멋진 아버지를 알게 되어 버렸다. 이젠 그를 만나기 전으로는 돌아가지 못할 것 같았다. 한 번도 내색한 적이 없었던 것 같은데, 엘퀴엔은 이미 내 속내를 정확히 꿰뚫어 보고 있었던 거다. 그러면서 그런 일은 없을 거라고 나를 안심시키려 한다.

참 이상한 일이지. 내겐 어려운 문제를 그는 언제나 간단히 알아차리고 쉽게 답한다. 그런데 그 말엔 놀라우리만치 강한 힘이 담겨 있어서, 내가 믿고 싶게 만들었다.

뭐라 대답해야 할지 말을 고를 수가 없어 머뭇거리고 있는데 커다란 손이 내 머리를 꾹 눌렀다. 예상치 못한 압력에 놀라서 눈을 크게 뜨자 엘뤼엔이 똑바로 시선을 맞춰 왔다.

"엘, 넌 내 아들이다. 날 의지하려는 마음을 경계할 필요 없다."

"……!"

"난 네 아버지고, 넌 내게 애정을 받고 요구할 권리가 있다. 그걸 잊지 마라."

가슴 속에 거품이 가득 차오르는 것 같았다. 몽글몽글 부풀어 오른 풍선들이 단숨에 확 팽창해서 숨을 꽉 채운 것 같은 기분이었다. 아플 정도로 괴로웠지만 동시에 하나도 괴롭지 않았다. 정말 이상한 느낌이었다.

"아주 놀고들 있네."

이 순간 라피스가 끼어들어 빈정거리지만 않았다면 좀 더 이 기묘하고도 벅찬 감정의 여운을 길게 느낄 수 있었을 것이다. 아무튼 분위기 망치는 일엔 재능이 넘치는 녀석이었다. 얼굴을 찌푸리고 한마디 하려는데 가볍게 한숨을 내쉰 엘뤼엔이 그보다 앞서 녀석을 돌아보았다. 그러자 "악!" 하고 짧은 비명이 터지더니 라피스가 그대로 바닥에 엎어졌다. 무언가 거대한 압력에 짓눌린 듯 몸을 제대로 일으키지 못하는 모습이었다. 아무래도 엘뤼엔이 뭔가 한 것 같았다.

"엘, 네가 경각심을 가질 필요가 없다는 걸 정확한 예시로 들어

주마. 진짜 버릇이 없다는 건 저런 거다."

"……아하하."

"아, 젠장! 야! 이거 안 풀어? 좋은 말로 할 때 당장 이거 풀어!"

분기탱천한 라피스가 악을 쓰며 고함쳤지만 엘퀴엔은 아무것도 들리지 않는다는 듯이 무시했다. 오히려 짓누르는 압력을 더 키웠는지 라피스가 숨넘어가는 소리를 더 크게 내뱉게 될 뿐이었다. 그러는 동안 트로웰은 라피스 앞으로 쪼르르 다가가 버둥거리는 그를 쿡쿡 찌르며 구경했다. 구해 줄 생각 따위는 손톱만큼도 없어 보이는(오히려 대놓고 농락하는) 그의 행동에 라피스가 있는 힘껏 짜증을 냈다는 건 굳이 설명할 필요도 없을 것이다.

악신의 정화를 바로 눈앞에 둔, 일생일대의 중요한 순간이라곤 생각할 수 없을 정도로 한가한(?) 광경이었다. 너무 평화로워서 오히려 무서워질 만큼.

그리고 예고된 운명의 시각이 찾아들었다.

"엘."

날 부르는 엘퀴엔의 목소리에 고개를 돌렸다가 나는 살짝 숨을 삼켰다. 그가 펼쳐둔 화면 속에서 새로운 장면이 나타나는 것이 보였다. 조금 전까지만 해도 고요하던 마법진이 크게 일렁거리고 있었다. 새카만 전류들이 그 위에서 마구잡이로 튀었다. 그건 곧 천천히 뭉쳐져 하나의 형체를 만들어냈다. 아니, 강제로 끌어들이는 것 같기도 했다. 분명한 건 무언가가 마법진에 소환되고 있다는 사실이었다. 처음엔 그저 덩어리에 불과하던 것이 곧 선명한 형태를 이루기까진 순식간이었다. 완성된 형체는 사람에 가까웠다. 성별을 분간하기는 어려웠으나 잠든 것인지 의식이 없는 것인지 눈을 감은 상태라는 것만은 알 것 같았다. 발끝까지 흘러내린 새카만 흑발이 아플 정도로 선명하게 눈에 박혔다.

저자의 정체가 뭔지는 알아보지 못할 수가 없었다. 바로 얼마 전에도 만난 적이 있었으니까. 단지 차이가 있다면 그때 본 것은 혼에 불과했고, 지금은 육체를 지니고 있다는 것이다. 그것도 다른 이의 것이 아닌, 마족 본연의 육체였다. 외형도 같았지만 전신에서 풍기는 짙은 마기가 부정할 수 없는 증거였다.

성공했어.

오싹한 한기와 함께 손끝이 급속도로 차가워졌다. 있지도 않은 심장이 빠르게 뛰는 것 같았다. 눈으로 직접 보면서도 현실감이 느껴지지 않았다. 정말 성공하다니. 그것도 숨겨 놨다는 본체를 끌어낼 줄이야. 그의 마력을 카노스가 채취해 갔을 때만 해도 솔직히 크게 기대하지는 않았었다. 그래서 지금 눈앞의 결과가 더 믿기지 않았다.

"카류안."

나는 무심코 그 이름을 중얼거렸다. 그 순간, 마치 제 이름에 반응한 것처럼 그자가 눈을 떴다. 피처럼 붉은 안광이 넘쳐나듯이 한꺼번에 쏟아져 나왔다.

—크아아악!

광포한 소리가 사방에 진동하기 시작했다.

3.

강한 바람이 불면서 머리카락이 마구잡이로 흩어졌다. 뿌연 흙먼지가 시야를 방해할 정도로 심하게 일었다. 카류안이 포효한 직후의 현상이라 나는 조금 당혹스러웠다. 그가 있는 정화진의 중심부는 여기서 한참 멀리 떨어진 곳이다. 상식적으로는 결코 영향을 받을 수 없는 거리였다. 그러나 이 바람이 그로 인한 파장이라는 건 분명히 알 수 있었다.

조금 전 그가 내지른 포효가 머릿속에서 바로 울렸다. 단순히 그런 기분을 받았다는 게 아니라 실제로 정말 그랬다. 아마 나만이 아니라 아크아돈의 전 인구가 조금 전 그 포효를 들었을 거라 확신할 수 있었다. 아직 다 완성되지도 않은 상태인데 이런 힘이라니. 악신이란 게 정말 엄청나긴 한 것 같았다. 그런 존재가 무력하게 잡혀 있다는 사실이 신기할 정도였다.

크아아악! 크아아아!

일렁거리는 화면은 카류안이 몸부림치는 장면을 끊임없이 비추고 있었다. 실체는 보이지 않았지만 그는 무언가에 묶인 듯한 자세였다. 저항할 때마다 더 강하게 결박하는 구조인지 점점 팔다리가 기이하게 뒤틀렸다. 그 부분을 중심으로 타들어 가는 듯한 현상도 함께 나타나는 중이었다. 본격적으로 정화가 시작된 것 같았다. 나는 조마조마한 기분으로 지켜보다가 엘뤼엔을 돌아보았다.

"왠지 몸이 태워지는 것처럼 보이는데?"

"그렇겠지. 실제로 타는 걸 테니."

그는 대수롭지 않다는 듯이 대답했다. 설마 추측이 정말 맞을 줄은 몰라서 나는 눈을 크게 떴다.

"정화하면 다시 평범한 마족으로 돌아가는 게 아닌 거야?"

"설마. 저 녀석은 저대로 죽는다. 혼까지 파괴되는 온전한 소멸이 될 거다. 단지 소멸시키기 편한 상태를 만들기 위해 정화해두는 것뿐."

"아, 그런 거구나."

혼까지 소멸하는 거라니. 하긴, 살려두기엔 그동안 지은 죄가 너무 크긴 했다. 내가 받은 피해는 둘째치고서라도 저 녀석 때문에 죽은 사람들만 몇 명인지 셀 수가 없을 정도니까. 살해한 수법도 악랄했던 데다가 그 과정에서 신을 기만하기도 수차례였다. 정상참작의 여지도 없었다.

"정화가 다 끝나려면 얼마나 걸릴까?"

"빨라야 반나절."

"헉, 그렇게 오래 걸려?"

"중첩된 업이 그만큼 많다. 전부 저주와 함께 쌓인 업이라 단시간에 정화할 수 있는 게 아니야.”

“으음, 뭔가 무시무시하네.”

“애초에 악신이란 게 그런 거다. 저주 위에 피는 역한 꽃이지. 저건 특히 태생부터 더러웠고.”

“태생이 더럽다는 건, 마족이라서 그런 거야?”

“완전히 부정할 수만은 없군.”

“……좋은 마족도 있는데.”

왠지 아스와 데르온이 생각나 변명하듯이 중얼거렸더니 엘뤼엔이 묘한 표정으로 나를 바라보았다. 그건 마치 탈선한 자식을 뒤늦게 자각하고 충격받은 부모의 시선 같기도 했고(정말 이렇게밖에 설명할 수 없었다), 사기꾼에게 당하고도 눈치채지 못한 피해자의 순진함을 가련하게 바라보는 시선 같기도 했다(역시 이런 식으로밖에 설명할 수 없다).

“엘, 하나만 물으마. 넌 카노스를 어떻게 생각하지?”

“어? 카노스?”

“그래. 좋은 쪽과 나쁜 쪽으로 구분한다면 어느 쪽이냐?”

“굳이 말하자면 나쁘게 보지는 않는데……?”

“그러므로 네가 좋다는 기준은 기각 사유다.”

“…….”

카노스, 대체 엘뤼엔에게 어떤 이미지인 거예요…….

나는 조금 아련한 기분으로 하늘을 바라보았다. 냐하하 웃으며 발랄하게 뛰어가는 그의 뒷모습이 보이는 것 같았다. 카노스가 좀 짓궂은 성격이긴 하지만 그래도 그만큼 좋은 점도 많은 신이라고 생각했는데. 왠지 이렇게 얘기하면 엘뤼엔의 표정이 더 일그러질 것 같으니 참아야겠지.

어쨌거나 그동안에도 정화는 순조롭게 진행되는 중이었다. 우리는 한동안 카류안을 비추는 화면을 묵묵히 지켜보았다. 라피스가 때때로 마나가 순환되는 감각을 불편해하는 것 말고는 그야말로 순풍에 돛을 단 듯한 시간이었다. 단지 계속 지켜보다 보니 한 가지 위화감이 느껴지는 부분이 있었다.

"뭐가 이상한데?"

"카류안이 좀…… 얌전한 것 같아."

"저게 얌전하다고?"

라피스가 황당하다는 표정으로 화면에 시선을 던졌다. 그 속에선 몸부림치는 카류안의 모습이 적나라하게 펼쳐지는 중이었다. 그때마다 우리가 있는 곳에도 크고 작은 바람이 불었다. 누가 봐도 얌전하다고 할 만한 광경은 아니긴 했다.

"아니, 전체적인 분위기가 말이야. 전에 봤을 때보다 뭔가 덜 무서워 보인다고 해야 하나, 위력이 약해 보인다고 해야 하나."

"붙잡혀 있어서 그렇게 느끼는 거 아냐?"

"나도 처음엔 그런 건가 싶었는데……."

"그랬는데?"

"저 녀석, 지금까지 단 한마디도 안 하지 않았어?"

그 말에 내가 전달하려는 의미를 이해한 듯 다들 표정이 심각해졌다. 우리는 거의 동시에 화면 쪽을 응시했다. 한번 깨닫고 나니 위화감의 정체가 명백하게 보였다. 소환된 이후부터 지금까지 내내 카류안은 주변 상황을 제대로 인지하지 못하고 있는 것 같았다. 온몸을 뒤틀며 그저 막무가내로 비명을 지르기만 할 뿐, 다른 방식으로 벗어나려는 시도가 읽히지 않는다. 사람이라기보다는 아무런 지능이 없는 짐승에 더 가까워 보였다. 그를 볼 땐 늘 한 수를 감춰둔 듯한, 교활하고 위험하다는 인상을 받았는데 지금은 그게 조금도 느껴지지 않았다. 하다못해 발악하더라도 저런 모습은 아니어야 할 것 같았다.

“아직 완전체는 아닌 것 같군.”

한동안 살피는 듯하던 엘뤼엔이 나지막하게 중얼거렸다. 못마땅해 보이는 그의 표정에 나는 조금 긴장해서 물었다.

“완전체가 아니라니?”

“혼을 여러 군데로 나눠서 흩어놨어. 그걸 본체로 전부 끌어모으진 못한 것 같다. 놈의 의식은 아직 다른 육체에 깃들어 있는 모양이다.”

“그러면 안 좋은 거 아냐?”

카류안이 손을 써둔 육체가 있을 거라는 건 이미 짐작해 둔 부분이었다. 본체가 소환된 거로 해결된 줄 알았는데 그렇게 간단한 일은 아니었나 보다. 걱정되어 물은 말에 엘뤼엔은 잠시 생각하는 듯하더니 고개를 저었다.

“파편은 파편일 뿐. 본체가 사라지면 함께 스러질 것들이다. 이미 본체가 정화에 들어갔으니 그쪽도 제대로 힘을 쓸 수 있는 상태는 아닐 테지."

"다른 쪽에 의식이 있다면 정화진을 찾아와서 방해하려고 하지 않을까?"

"그렇겠지. 일단 놈의 계약자부터 찾아야겠군."

"계약자?"

"신을 담는 육체를 찾는 건 쉽지 않다. 멀쩡히 오랫동안 사용하려면 파장이 잘 맞아야 하는데 그 조건을 맞출 수 있는 건 계약자밖에 없지. 그러니 가장 쓸모 있는 조각은 계약자에게 심었을 거다."

계약자라면 유카르테 대공이었다. 그날 재단에서 사라진 이후로 어디로 숨었는지 알 수 없었는데, 마지막까지 그가 복병으로 남으려는 모양이다. 내 표정이 너무 어두워졌는지 트로웰이 다가와 말했다.

"너무 걱정할 건 없어, 엘. 정화진의 위치는 가려져 있으니까. 반나절 안에 파악하는 건 불가능해. 설령 알아낸다 해도 파괴할 만한 힘도 없을 거고."

"그렇다면 다행이긴 하지만……."

그런데 왜 이렇게 불안한 기분이 드는 걸까.

나는 다시금 눈앞의 화면을 응시했다. 카류안이 격렬하게 날뛸 때마다 그를 붙잡고 있는 마법진이 함께 출렁거렸다. 그 모습이 왠지 풍전등화처럼 위태롭게만 보였다.

그게 단지 내 기분 탓이기만을 바랐다.
반드시 그래야만 했다.

4.

쏴아아—
남자는 해변에 서 있었다. 거센 바람이 나부낄 때마다 그의 옅은 금발이 힘없이 흐트러졌다. 때는 밀물의 시각이었다. 빠르게 밀려드는 바닷물이 그의 발등을 점점 더 깊이 삼켜가고 있었다.
근처를 지나던 마을 주민들이 점차 거세지는 물살을 느끼고 남자를 향해 이만 나오는 게 좋겠다는 경고를 했다. 그러나 그는 아무런 반응도 보이지 않았다. 그저 홀린 듯 멍한 시선으로 수평선 너머를 응시하고만 있을 뿐이었다. 무언가를 기다리고 있는 것처럼 보이기도 했지만, 그 앞에서 나타날 게 있을 리 없었다. 그쪽은 배가 들어오지도 않는 곳이었다. 그 자리에서 맞이할 만한 건 물결에 삼켜지는 죽음의 최후뿐이었다.
"저거 말려야 하지 않겠어요?"
"그러게. 저러다 큰일 나겠어."
위험을 인지한 마을 사람들이 성큼성큼 남자 쪽으로 다가갔다. 남자는 이 마을 주민도 아니었다. 오전에 갑자기 나타났는데 그 때부터 쭉 누구와도 말을 섞는 일 없이 이 근처를 배회하고만 있었다. 어디서 흘러들어왔는지는 모르겠지만 정신이 이상한 상태인 것만은 분명했다. 무언가 일이 벌어지기 전에 강제로 끌어낼 생각이었다.

주민들이 가까이 다가갔을 때, 남자는 몸을 굽혀 물에다 손을 담그고 있었다. 이 와중에 때 아닌 물장난을 치는 건가 싶어 주민들은 더 어이가 없어졌다. 그중에서 가장 덩치가 큰 이가 험상궂게 소리쳤다.

"이봐요! 죽으려고 작정했소? 이만 나오라고 몇 번을……!"

그러나 그의 말은 제대로 끝을 내지 못했다. 무언가 이상한 소리가 들린 탓이었다.

찰박찰박

처음엔 잘못 들은 것인가 싶었다. 그러나 그 소리는 점차 크고 선명해지고 있었다.

찰박찰박

찰박찰박찰박

찰박찰박찰박찰박

정체를 알 수 없는 소리에 공포를 느낀 주민들이 마른침을 꿀꺽 삼켰다. 물살 속에서 왕성한 움직임을 느낀 건 바로 그 직후였다. 무언가 새카만 덩어리가 남자 앞으로 빠르게 다가오고 있었다.

"……!"

주민들은 눈을 크게 부릅떴다. 수면을 연거푸 꿰뚫는 새카만 지느러미들이 보였다. 그건 거대한 물고기 떼였다. 언뜻 보기에도 수백 마리는 되는 것 같은 물고기들이 남자의 주위를 뱅뱅 돌고 있었다. 마치 그에게 재롱이라도 부리는 것 같은 모습이었다. 남자 역시 기다렸다는 것처럼 자신에게 달려드는 물고기들을 어루만졌다. 신기하면서도 기이한 광경이었다.

이상한 장면은 거기서 멈추지 않았다. 별안간 남자가 자신의 손바닥을 긋더니 붉은 피를 철철 쏟아냈다. 그걸 물고기들이 탐욕스럽게 받아먹었다. 찰박찰박찰박! 서로 먹으려는 쟁탈전이 물속에서 거세게 이어졌다.

"자아, 이제 가거라."

굳게 닫혀 있던 남자의 입이 처음으로 열렸다. 그러자 움직임이 잠잠해진 물고기들이 다시 바다 쪽으로 돌아나가기 시작했다. 마치 그의 말을 알아듣기라도 하는 것 같았다. 남자는 물고기 떼가 완전히 사라지는 걸 끝까지 확인한 후에 몸을 돌렸다. 해변을 빠져나가는 동안 그는 주민들 쪽에는 스치는 시선도 두지 않았다. 그들의 존재 따윈 보이지도 않는 것 같았다.

그때까지 주민들은 아무 말도 하지 못하고 얼어붙어 있었다. 몇몇 사람은 남자를 돌아봤지만 차마 붙잡을 생각은 하지 않았다. 그들은 모두 대대로 이 마을에서 살아온 이들이었다. 평생을 지켜봐 온 바다였으나 이런 해괴한 현상은 듣도 보도 못했다. 건드리기엔 무섭다는 생각이 들었다.

이윽고 남자의 모습이 완전히 사라졌을 때가 되어서야 주민들은 서로를 바라보며 얼떨떨한 시선을 교환했다. 그중 한 사람이 희게 질린 얼굴로 물었다.
"지금 그게 대체 뭐였어?"
"……."
당연하게도 그 말에 답할 수 있는 이는 아무도 없었다.

*　　*　　*

롬 대륙과 마스카 대륙 사이에 존재하는 대양 카리프 해(海). 해류가 빠르고 거칠기로 유명한 이 거대한 바다엔 해적의 후예가 정착하여 독자적으로 발전한 섬나라 알지르만이 있다. 일생을 섬에서 보내는 알지르만의 국민은 모두 뛰어난 뱃사람이자 어부였다. 그들에게 카리프 해는 왕국의 수호신임과 동시에 소중한 삶의 터전이었다. 수많은 뱃사람을 불의의 객으로 만든 악명 높은 바다를 알지르만인들은 제집 앞마당처럼 오갔다.
하지만 그런 그들도 가장 깊은 심해인 카리프 해의 중심부만은 가지 못했다. 중심부는 여러 갈래의 해류가 만나 마구잡이로 충돌하는 지점이었다. 아무리 노련한 선장이라도 물길을 잡을 방도가 없어, 그곳에 들어가면 반드시 죽는다는 것이 불문율처럼 여겨지고 있었다. 거친 바다일수록 더 활발히 번식하는 수중형 몬스터조차 그 안에서는 살지 못할 정도였다. 그런데 지금, 그 깊은 곳에 태연히 자리 잡은 이가 있었다.
"하아아."

심해 한가운데서 괴로운 한숨을 내쉬는 이는 인형처럼 아름다운 소년이었다. 물결에 따라 잔잔하게 흔들리는 머리칼이 청금석으로 빚은 듯이 새파랬다. 날카롭게 뻗은 눈매 속에 자리 잡은 선명한 눈동자 역시 짙은 푸른색이었다.

겉모습은 인간의 형태였으나 소년이 정말 인간일 확률은 거의 없었다. 평범한 인간은 물속에서 숨을 쉬지 못한다. 이 장소에 아무렇지 않게 머무를 수 있다는 사실 자체가 그가 인간이 아니라는 가장 확실한 증거였다. 물론 인간을 제외하더라도 물속에서 숨을 쉴 수 있는 종족은 그리 많지 않았다. 그중에서도 카리프 해의 심해 속을 견딜 수 있는 조건까지 갖추려면 범위가 급속도로 좁혀진다. 블루 드래곤 일족의 오칼—그게 바로 소년의 정체였다.

고대로부터 드래곤은 손이 귀한 종족이다. 타고난 강건한 능력과 지루할 정도로 기나긴 수명은 그들의 번식 욕구를 흐리게 만들었다. 그 탓에 아무리 로드가 독려해도 일족 별로 천 년에 걸쳐 고작해야 한두 명의 아이가 태어나는 수준이었다. 블루 일족은 그중에서도 상황이 가장 심각해서 헤츨링의 존재를 본 것 자체가 이제 까마득할 정도였다.

그들 일족에서 태어난 아이는 3천 년 전에 부화한 오칼이 가장 마지막이었다. 덕분에 오칼은 성인식을 치른 후에도 일족의 막둥이로서 모두의 애정을 받았다. 장로 라미아스의 직계 손이라는 든든한 배경도 있는 데다가 본인의 성정 또한 온화하고 정중하다 보니 어디를 가도 칭찬받는 일밖에 없었다. 하지만 그것도 이젠 모두 과거가 될 이야기였다.

"네가 고의로 한 일이 아니라는 건 알고 있다. 하지만 그로 인한 피해가 너무 커서 어쩔 수 없구나. 넌 마땅히 이 일에 책임을 져야 한다."

서늘히 가라앉은 로드 디아곤의 목소리가 떠올랐다. 젊은 나이에 로드에 오른 디아곤은 오칼에게 언제나 유쾌한 삼촌 같은 존재였다. 그런 그가 한 번도 본 적 없던 엄격한 얼굴을 했다. 그만이 아니라 모든 드래곤 일족이 굳은 표정으로 그를 바라보았다. 특히 블루 일족은 이루 말할 수 없을 정도로 크게 상심했다. 일족의 자랑이었던 모범생이 하루아침에 가장 큰 사고를 친 문제아가 됐으니 당연한 반응이었다. 그나마 그동안 쌓은 평판 덕분에 근신 처분으로 끝난 것이다. 아니, 라미아스의 직계 손이 아니었다면 틀림없이 추방당했을 것이다. 아무리 이럴 줄 몰랐다곤 하나 악신의 탄생에 일조한 건 그만한 중죄였다. 이번 일로 정령계는 더는 이전처럼 드래곤 일족을 신용하지 않을 것이 분명했다. 개인적으로는 소중한 지인도 잃었다.

'미안해요, 글렌.'

오칼은 다시금 한숨을 내쉬었다. 갑작스러운 그의 죽음이 설마 자신과 관련되어 있을 줄은 꿈에도 몰랐다. 괜한 호기심에 마족을 가까이하는 게 아니었다. 할 수만 있다면 시간을 다시 돌려 그때의 일을 무르고 싶었다.

사실 오칼은 그가 마왕인 줄도 몰랐다. 처음 만났을 때부터 카류안은 마력을 완전히 감추고 있었고, 이름도 가명을 사용했다. 그냥 평범한 하급 마족 중 하나라고 자연스럽게 인식할 정도의 수준이었다. 지금 다시 생각해 보면 전부 의도한 것이었지만, 그때의 오칼은 방심했다. 마왕이 굳이 신분을 숨기면서까지 나타날 거라곤 생각할 수 없었으니까. 그러나 그의 진짜 신분을 알았어도 크게 다르지 않았을지도 모른다. 오칼은 이종과의 교류에 흥미가 많은 편이었고, 아크아돈에서 마족은 만나기 쉽지 않은 종족이었다. 오히려 마왕이라고 했다면 더 크게 반겼을지도 모르는 일이다. 아니, 틀림없을 그랬을 것이다. 오칼은 누구보다 자기 자신을 잘 알았다. 그래서 자괴감이 더 컸다.

"그대가 '보석 상인' 오칼인가? 구하기 힘든 희귀 광물을 취급한다지?"

카류안을 처음 만난 날은 지금도 어제처럼 선명하다. 드래곤이 망각의 영향을 거의 받지 않는 종족이라지만 그게 아니었더라도 그날은 결코 잊을 수 없을 거라고 오칼은 자신할 수 있었다. 그만큼 인상적이었다.

가장 먼저 시선을 사로잡은 건 허리 아래까지 길게 늘어트린 새카만 머리카락이었다. 아크아돈에서 흑발은 흔치는 않아도 종종 볼 수 있는 색 중 하나다. 블랙 드래곤만 해도 전부 흑발이었고, 인간 사회에서는 혈족 전체가 흑발을 지닌 가문도 있었다. 마족을 본 적이 없었던 것도 아니었다. 이제껏 만난 모든 마족이 전부 흑발이었다. 하지만 그가 지닌 흑발은 특별했다. 그의 검은색은 약간의 불순물도 허용하지 않는 완벽한 암흑이었다. 만지면 검은 잉크가 두 손 가득 묻어날 것만 같았다. 흑발을 화려하다고 느껴본 건 태어나 처음이었다. 그렇게나 짙은 흑발에 피처럼 붉은 눈동자가 드리우니 강렬한 색감에서 시선을 뗄 수가 없었다. 그때부터 이미 자신도 모르는 사이 홀렸던 것 같았다.

"안내자도 없이 여기까지 방문하다니, 무척 드문 일이군요. 하지만 당신만 제 이름을 알고 있는 건 뭔가 불공평한데요. 이름이 어떻게 되십니까?"

"……아르."

"그렇군요, 아르. 네, 제가 바로 보석 상인 오칼입니다. 뭘 찾으시지요?"

"말하는 건 전부 구해줄 수 있나? 취급 범위가 어디까지지?"

"이 땅에 존재하는 것이라면 무엇이든지요."

블루 드래곤은 깊은 물 속에 터전을 잡고 사는 경우가 대부분이었고, 오칼 역시 마찬가지였다. 레어 자체엔 물이 없었지만 일단 긴 시간 잠수해야 하므로 누구나 선뜻 찾아올 수 있는 환경이 아니었다. 그래서 대체로 첫 거래는 기존 고객의 소개를 통해 이뤄지는 경우가 많았다. 과정이 그렇다 보니 그가 사는 곳의 위치를 아는 이도 얼마 없었다. 아무런 소개도, 안내자도 없이 본인이 직접 방문한 건 그때가 처음이었다. 대체 어떤 노선을 거쳤는지는 알 수 없으나 여기까지 직접 찾아오기 위해서 상당한 수고를 들여야 했을 것이다. 오칼이 블루 드래곤이라는 것도 이미 알고 있었을 가능성이 컸다. 설령 몰랐더라도 오는 과정에서 깨닫고도 남았다.

지금까지 만난 이들은 대부분 그의 정체를 눈치채면 보석 상인인 오칼보다 드래곤인 오칼 쪽에 더 큰 관심을 보였다. 반면 그의 목적은 오직 거래에만 있는 것 같았다. 정체를 알아봤으면서도 신경 쓰지 않는 건 오랜 지기인 유니콘 리글레오 이후로 그가 두 번째였다. 그 점이 오칼의 흥미를 끌었다.

"혹시 영혼의 보석도 갖고 있나?"

게다가 이 범상치 않은 손님은 찾는 물건 또한 범상치 않았다. 오칼은 놀란 기색을 비치지 않기 위해 노력해야 했다.

"이건 생각지 못한 거네요. 영혼의 보석이라……. 확실히 그것도 보석이긴 합니다만. 그건 왜 찾으시는 거지요?"

영혼의 보석은 엄밀히 말하면 진짜 광물은 아니다. 오히려 정확히는 영혼 쪽에 해당했다. 그리 흔히 벌어지는 일은 아니지만, 사망한 후에 혼이 잘못 튕겨 나가 차원의 틈에 빠지는 경우가 있었다. 만약 다른 시공으로 떨어지면 명계에서 더는 추적할 수 없게 되는데 이렇게 길을 잃은 혼은 작은 돌멩이의 형태로 굳혀져 전혀 엉뚱한 곳에서 발견되곤 했다. 바로 그걸 영혼의 보석이라고 불렀다. 보석이란 명칭이 붙었다곤 하나 본래는 길을 잃은 영혼. 발견하는 자는 즉시 신전으로 가져가 신고하게 되어 있다. 하지만 실제 신고율은 지극히 낮았다. 세상엔 특별한 물건을 모으는 수집가가 많았고, 영혼의 보석만큼 희귀한 것이 없었기 때문이다. 오히려 없어서 구하지 못할 정도라 누구든 발견하는 족족 감추기 바빴다. 오칼 역시 이런 희귀품은 적극적으로 수집하는 쪽이었다. 그러나 명백히 불법적인 행위이기도 한 만큼 대놓고 언급되는 건 불편할 수밖에 없었다.

"그냥 개인적인 흥미라고 해두지. 그래서 대답은? 갖고 있는 건가?"

"아뇨, 아쉽게도 없습니다."

"거짓은 아니겠지?"

"굳이 거짓을 말할 필요가 있나요. 한때 제 조부님이 은밀히 모으신 적이 있긴 했었습니다만 신계에 들켜서 전부 회수되었다 들었습니다. 제가 태어나기도 전에 있었던 일일 겁니다. 이후로는 아직 발견된 게 없습니다."

"그렇군."

그는 담담히 고개를 끄덕였다. 원하는 걸 구하지 못했는데도 그다지 아쉬움이 보이지 않는 표정이라 오칼은 더 의아해졌다.

"그걸 왜 찾으시는지 다시 이유를 물어봐도 되겠습니까?"

"이유를 왜 궁금해하지?"

"그저 흥미 외의 목적이 있으신 것 같아서요."

"글쎄, 그런가. 그럼 이 세상에 혼란을 일으키기 위해서, 라는 이유라면?"

도발적인 대답에 오칼은 눈을 크게 깜빡이다 곧 크게 폭소했다. 터무니없어서가 아니라 오히려 현실적이었기 때문이었다. 영혼의 보석은 실제로 세상을 혼란하게 만들 수 있었다. 이 특별한 보석은 가공해서 활용하면 물건에 자아를 부여한다. 인간의 혼이 들어간 에고 소드 종류는 보통 이렇게 탄생하는 경우가 많았다.

같은 자아를 가진 검이라도 정령검은 능력치만 향상할 뿐, 마검화가 진행되지 않고서야 주인의 의식을 침범하지 않는다. 그러나 에고 소드는 처음부터 주인의 몸을 조종하는 종류로 만들 수 있었다. 덕분에 평범한 사람도 하루아침에 초인으로 만들 수 있는 특별한 무기였지만, 악용하면 주인을 미치게 하는 광검이 될 수도 있었다. 역사상 그런 식으로 피에 미친 초월자가 나타나는 일이 드물지 않았다. 처음부터 그럴 목적으로 무기를 만드는 자들도 꽤 흔했다. 이 세상은 생각보다 이상한 사상을 가진 자들이 넘쳐났다.

드래곤인 오칼은 인간과 다른 윤리관을 지니고 있었고, 인간 세상에서 어떤 일이 벌어지든 크게 관심도 없었다. 그래서 그냥 그가 하는 말이 그저 흥미롭게만 여겨졌다.

"재밌는 분이네요. 세상을 혼란하게 만들고 싶으신가요?"

"마족이야 늘 피를 바라는 법이지."

"하지만 그런 거라면 굳이 영혼의 보석을 찾지 않아도 될 텐데요. 마계에서 만들 수 있는 마검으로도 충분하지 않나요?"

"마계의 것은 금방 눈에 띄거든. 특히 내 곁엔 허튼짓을 하지 못하도록 호시탐탐 감시의 눈길을 보내는 자도 붙어 있어서 말이야."

"요컨대 배후에만 있기를 바라시는 거군요."

"나쁜 짓은 원래 아무도 모르게 하고 싶어지는 법 아닌가."

지극히 맞는 말이었으나 당당하게 할 대꾸는 아니었다. 말투나 표정이 태연하다 보니 어디까지가 진심이고 농담인지 구분하기도 어려웠다. 오칼은 눈앞의 마족이 무척 재밌다고 생각했다. 최근 무료한 시간이 계속되던 와중인지라 오랜만에 활력이 도는 것 같았다.

"좀 더 대화를 나누고 싶은데, 제게 시간을 내주시지 않겠습니까?"

오칼의 청에 그는 잠시 고민하는 듯하더니 고개를 끄덕였다. 그렇게 마련한 자리는 드물게 즐거웠다. 처음엔 평범한 잡담만이 오갔으나 분위기가 본격적으로 무르익으면서부터는 점차 개인적인 이야기도 입에 담기 시작했다. 엘퀴네스의 소멸에 대해 언급한 것도 바로 그즈음이었다.

"물의 정령왕이 곧 소멸한다고?"

"아무래도 시기가 그럴 때지요. 전 그의 계약자라서 좀 더 확실히 느낄 수 있거든요. 갈수록 점점 결속이 약해지고 있어요."

"그 시기를 정확히 알긴 힘든가 보군?"

"그건 명계의 소관인걸요. 인도자의 생명부를 훔쳐보지 않고서야 그런 걸 알 수 있을 리가요."

그저 가볍게 스치듯 지나간 말이라 오칼은 그게 문제가 될 거란 생각은 꿈에도 하지 않았다. 그래서 뭔가 생각에 잠긴 듯한 카류안의 모습을 미처 의식하지 못했다. 나중에 이어진 질문도 대수롭지 않게 받아들였다.

"혹시, 유니콘의 눈도 취급하나?"

그때 뭔가 이상하다는 걸 눈치챘어야 했다. 당시엔 그저 영혼의 보석에서 유니콘의 눈으로 흥미가 옮겨간 것뿐이라고만 여겼다. 사실 유니콘의 눈은 장식용으로 쓰이는 경우가 더 많았기 때문에 도무지 그 외의 다른 용도를 생각할 수가 없기도 했다.

물론 이미 계획을 정한 이상 그가 아니었더라도 카류안은 어떻게든 유니콘의 눈을 모았을 것이다. 그냥 처음부터 엘퀴네스의 소멸을 언급해선 안 되는 거였다. 벌써 몇 번째 차오르는 좌절감을 다시 만끽하며, 오칼은 두 팔 사이에 머리를 파묻었다.

이번 엘퀴네스가 온화한 성격이었으니 망정이지 전대였다면 절대 그냥 넘어가지 않았을 일이다. 진실이 밝혀진 바로 그 날에 드래곤 세계에서 블루 일족이 완전히 지워졌을지도 몰랐다. 사실 가차 없기로 악명 높은 형벌의 신이 왔다고 했을 땐 신계로 끌려가는 줄 알고 심장이 덜컥 내려앉았다. 다행히 그런 용건은 아니었지만, 그가 유난히 한심하다는 시선으로 바라봤던 것 같아서 지금도 얼굴이 뜨거웠다. 기분 탓인지 전대 엘퀴네스와 뭔가 닮은 느낌이라 마치 그에게 힐난을 받은 느낌이 들었기 때문이었다.

'그러고 보니 목소리도 좀 비슷했던가?'

오칼은 형벌의 신을 떠올리기 위해 기억을 되짚었다. 이상하게 그의 외모가 잘 생각나지 않았다. 물의 진을 세우기 전 오칼은 형벌의 신으로부터 직접 간단한 점검을 받았다. 혹시 카류안이 뭔가 술수를 부려둔 것은 없는지 확인하기 위한 검사였다. 그때 분명 그의 얼굴을 똑똑히 마주 봤던 것 같은데 생김새는커녕 머리 색이나 눈동자 색 같은 기본적인 특징조차 하나도 떠오르지 않았다. 형벌의 신 쪽에서 뭔가 조치해뒀음이 분명했다. 굳이 그럴 필요가 있나 싶긴 했으나 까칠하기로도 유명한 신이니 타인과 상종하고 싶지 않다는 뜻으로 이해했다. 그런 성격마저 전대 엘퀴네스와 비슷하다는 건 우연치고 조금 찜찜했지만.

"놈이 준 걸 먹거나 마신 적은 없었나?"

점검에서는 특별히 발견된 건 없었다. 그래도 형벌의 신은 신중했다. 그가 낮고 차분한 어조로 추궁했을 때, 오칼은 자신 있게 고개를 가로저었다. 카류안과의 교류는 대부분 그의 레어에서 이뤄졌다. 오칼 쪽에서 다과를 대접한 적은 있어도 카류안이 준 적은 없었다.

"놈과 거래해서 받은 마석들은 어떻게 했지?"

"전부 처분한 지 오랩니다. 지금은 남은 것이 하나도 없습니다."

자신 있게 대답할 때마다 형벌의 신은 한참 동안 그를 빤히 응시했다. 진위를 가려내는 듯한 시선에 오금이 저렸지만 한 치의 거짓도 없는 사실이라 담담히 받아냈다. 이후에도 몇 가지 질문이 더 이어졌고, 전부 아무런 문제가 없음을 확인한 후에야 물의 진이 만들어지기 시작했다. 길고 숨 막히는 시간이었다.

만약 다른 이로 대체할 수 있었다면 굳이 이 역할에 오칼을 쓰진 않았을 것이다. 그러나 물의 진을 감당할 만한 드래곤이 지금은 그밖에 없었다. 드래곤 세계에서 물의 속성을 지닌 건 블루와 화이트 일족뿐이고, 이 두 일족은 다른 일족에 비해 전체적으로 타고나는 힘이 떨어지는 편이었다. 강한 드래곤이 없는 건 아니었으나 그 숫자가 그리 많지 않은 데다가 그마저도 거의 수면기에 들어가 있었다. 현재 깨어 있는 물 속성의 드래곤 중에선 오칼이 가장 뛰어났다. 그런데도 정화진을 감당하기엔 아슬아슬한 수준이라 여기서 그보다 더 약한 이를 택하는 건 불가능했다. 잠든 이들을 깨우면 좋겠지만, 드래곤의 수면은 깨어나는 과정만으로도 몇 년이 걸린다. 기다릴 시간이 없었다.

'할아버님이 수면기에 든다고 하셨을 때 말렸어야 했는데.'

조부인 라미아스는 전대 엘퀴네스와의 계약이 끊어지는 순간을 맨정신으로 겪고 싶지 않다는 황당한 이유로 수면을 택했다. 다음 세대의 엘퀴네스가 바로 태어나지 않았을 땐 차라리 다행이다 싶었으나(온 난리를 쳤을 게 분명하므로) 지금 다시 생각하니 라미아스가 깨어 있었다면 조금 더 사태를 일찍 판단했을지도 모른다는 생각이 들었다. 그의 엘퀴네스를 향한 집착은 정말로 굉장했으니까. 그라면 물의 정령왕이 태어나지 않는 이유를 철저히 분석해서 어떻게든 원인을 알아내려 했을 것이다. 정화진을 만드는 문제를 더 손쉽게 해결할 수 있음은 구태여 말할 필요도 없다.

이제 와선 어쩔 수 없다는 걸 알면서도 한가득 밀려드는 아쉬움 때문에 오칼은 자신의 머리칼을 부여잡았다. 그때 어디선가 툭 튀어나온 새파란 물고기 하나가 그의 주위를 빙글빙글 맴돌았다. 그 존재를 발견한 오칼의 표정이 한결 부드러워졌다.

"우나."

우나는 라미아스가 하나뿐인 손자를 위해 만들어 준 퍼밀리어였다. 본래 퍼밀리어는 주인의 분신 용도로 쓰이는 게 일반적이지만 오칼은 그저 곁에 두고 애완동물로 대하고 있었다. 실제로 오래 산다는 것 말고는 쓸 만한 능력도 없어서 평범한 물고기와 크게 다르지 않았다. 한번은 그가 잠시 눈을 뗀 사이에 포식자한테 잡아먹힐 뻔한 적도 있었을 정도였다. 다행히 소화되기 직전 아슬아슬하게 구출해 냈지만 워낙 심하게 다치는 바람에 진땀을 빼며 치료했었다.

"……."

그러고 보니 카류안이 건네준 마석 중 하나를 우나의 치료에 썼던가?

뒤늦게 미친 생각에 오칼은 살짝 신음했다. 마석은 다양한 종류의 마법 물품 가공에 쓰인다. 마법 생물인 퍼밀리어 역시 기본적으로는 마석을 활용해서 만들어지는 것이었다. 부서지거나 망가지면 그만큼 보완할 마석이 필요했는데 당시 상황이 워낙 시급한 탓에 갖고 있던 마석들을 있는 대로 전부 끌어왔었다. 그런데 아무래도 그때 사용한 마석 중에 카류안과 거래해서 받은 것도 있었던 것 같았다.

'이 정도는 괜찮겠지? 우나가 나와 연결되어 있긴 하지만, 내게 영향을 미치는 종류는 아니니까.'

오칼은 불안한 표정으로 우나를 바라보았다. 마음이 급속도로 술렁거렸지만 주인의 걱정을 전혀 알지 못하는 물고기는 그저 태연히 주위를 유영하기만 할 뿐이었다. 그 모습에서 평소와 다른 부분은 발견할 수 없었다.

아니, 오히려 평소와 같으면 안 되는 게 아닌가?

퍼뜩 미치는 생각에 오칼의 표정이 천천히 굳었다.

"일단 결계를 쳐두지."

형벌의 신 엘뤼엔의 목소리가 스쳐 지나갔다. 물의 방진을 완성한 직후 모두가 뻗었을 무렵이었다. 그는 마지막까지 오칼을 못 미더워 했던 것 같았다. 신력을 거의 소모해 무척 지쳤을 텐데도 만일의 사태를 대비하고자 했다.

"지금부터 아무것도 건드리지 마라. 그럼 외부에서 널 찾을 수 없을 거다."

실제로 그 말이 떨어진 직후부터 그곳에 있던 모두가 오칼이 사라졌다고 인지했다. 지금 오칼이 이 넓은 바닷속에 혼자 남아 있는 이유였다. 하지만 지금 눈앞의 우나는 분명히 주인을 알아보고 있었다. 아무래도 그와 연결된 퍼밀리어다 보니 같은 파장이 흘러 결계에 영향을 받지 않는 모양이었다. 아직 아무런 일도 벌어지진 않았으나 찜찜한 기분이 차올랐다. 늘 귀엽기만 하던 우나의 모습이 오늘따라 불길해 보였다. 그때 우나가 그의 곁을 벗어나 다른 곳으로 가기 시작했다.

"우나?"

오칼은 경직된 얼굴로 고개를 들었다. 주인이 부르는데도 우나는 계속 앞으로만 나아갔다. 그 방향엔 둥글게 뭉쳐 있는 물고기 떼가 있었다. 본래 이쪽에서 서식하는 어류가 아닌데 무슨 일인지 길을 잘못 든 것 같았다. 우나는 아무런 경계 없이 물고기 떼 사이로 섞여 들어가 제 친구를 만난 듯이 노닐었다. 평소에도 흔히 보던 풍경이라 긴장하고 있던 오칼은 가볍게 실소했다.

'나도 참 너무 예민해졌네.'

한동안 물고기들과 어우러지던 우나가 다시 오칼을 향해 몸을 돌렸다. 그러자 다른 물고기들도 방향을 틀어 그 뒤를 따르기 시작했다. 마치 우나가 물고기 떼를 이끌어오는 듯한 모습이었지만 오칼은 이번엔 긴장하지 않았다. 예전부터 우나는 오칼의 기분이 좋지 않을 때면 지금처럼 물고기들을 몰고 오곤 했다. 주인을 위로하는 우나만의 방식이었다. 아무래도 오늘 제 주인이 퍽 우울해 보인 듯했다.

피식 웃은 오칼이 돌아오는 자신의 애완 물고기를 맞이하기 위해 한 손을 들었다. 퍼밀리어는 곧 주인의 일부, 결계에 영향을 받지 않는다면 닿는 것도 상관없을 터였다. 이제 부드러운 지느러미의 감각이 손가락 사이를 파고들 차례였다. 그런데 그 순간 예상과는 다른 따끔한 통증이 일었다. 눈앞에 들어오는 광경에 오칼은 잠시 눈을 깜빡였다. 우나가 자신의 손가락을 물고 있었다.

'……우나에게 이빨이 있었나?'

판단이 느려진 상태에서 그는 잠시 멍하니 생각했다. 물린 부근에서부터 뭔가가 빠르게 퍼지는 감각이 들었다. 무심코 앞을 보자 우나의 뒤에서 몰려오는 물고기 떼가 보였다. 모두 입을 크게 벌리고 있었다. 그 입안에 한가득 자리 잡은 날카로운 이빨들이 선명했다.

"아."

자각과 동시에 검은 떼가 사방에서 달려들었다. 물거품과 함께 와르르 덮쳐든 지느러미가 삽시간에 시야를 삼켰다. 부글거리는 소리가 귓가를 가득 채웠다.

오칼이 기억하는 마지막이었다.

제2화

1.

"할버크네요."

차분히 떨어진 음성에 지켜보던 이가 움찔 몸을 떨었다. 어깨 아래로 타고 내리는 머리칼은 화려한 은색, 풍성한 속눈썹 사이로 자리 잡은 눈동자 역시 달빛을 머금고 있었다. 백금으로 빚은 듯한 여인—아네아는 믿을 수 없는 표정으로 눈앞의 광경을 확인하고 또 확인했다. 그러나 아무리 다시 봐도 결과가 달라지는 일은 없었다. 둥근 원이 그려진 검은 석판 위에 하얀 조각 말이 놓여 있었다. 조금 전까지만 해도 그녀가 제발 걸리지만 말라고 기원하고 또 기원하던 바로 그 칸 위였다.

"통행세는 금화 300개입니다."

그리고 야속한 음성이 이어졌다. 한동안 석판을 노려보던 아네아가 이내 한숨을 푹 내쉬었다.

“내가 졌어.”

“패배 인정입니까?”

“그래, 인정할게. 남은 돈을 다 끌어모아 봤자 은화 30개도 안 돼. 아까부터 나만 계속 비싼 땅에 걸리고 있잖아. 틀렸어. 난 파산이야. 더는 안 해! 못해!”

어린애처럼 투덜거리는 아네아는 평소의 고혹적이고 지적인 분위기를 완전히 내버린 모습이었다. 고고하기만 하던 계약자의 허물없는 행동에 그녀의 맞은편에 앉아 있던 무표정한 얼굴의 소녀—미네가 어깨를 으쓱였다.

“그러게 왜 이시올타에만 집중 투자하셨습니까. 분산 투자했으면 조금 더 승률이 올라갔을 텐데요.”

“저번 판에선 여기가 성지였으니까.”

그리고 그땐 이시올타를 미네가 갖고 있었다. 반대로 할버크는 아네아가 소유한 땅이었다. 단 한 번도 걸리지 않아서 투자금을 몽땅 날려야 했던 땅이기도 했다. 그런데 지금은 정확히 반대의 상황이 되어 도리어 할버크에 무너지고 말았다. 아네아는 충격받은 표정을 숨기지 못했다.

“전패라니! 믿을 수가 없어. 미네는 대체 왜 그렇게 게임을 잘하는 거야?”

실버 드래곤과 바람의 정령왕. 계약한 이후로 돈독한 관계를 이루고 있는 두 존재는 인간 세상에서 유행하는 놀이를 해 보는 중이었다. 넓은 석판 위에 아크아돈에 존재하는 도시 지명을 적어 둥글게 깔아 둔 다음 주사위를 굴려 나오는 숫자만큼 이동하면서 땅을 차지하는, 일종의 부동산 게임이었다. 오전부터 쉼 없이 이어지던 승부는 미네의 30전 30승이라는 압승으로 최종 마무리됐다. 전패한 아네아는 좌절했지만 이미 이런 결과를 예상한 미네는 조금도 놀라거나 뿌듯해하지 않았다.

"처음부터 제가 유리하다고 말했을 텐데요. 아크아돈에서 정령왕과 이런 운(運) 게임을 하려는 아네아가 이상한 겁니다. 아마 앞으로 몇 번을 하든 제가 다 이길 겁니다."

"알고는 있었지만 이렇게 직접 경험하는 건 조금 다른 기분이야."

"그렇습니까?"

"그래, 정말 굉장해. 정령왕들끼리 게임을 하면 어떻게 될지 보고 싶어질 정도야."

"보실 필요도 없습니다. 이프리트가 이깁니다."

돌아오는 대답은 너무도 태연해서 오히려 아네아가 더 당황했다. 놀란 표정을 한 아네아를 보고 미네가 가만히 고개를 기울였다.

"왜 그러십니까?"

"그렇게 쉽게 대답할 줄 몰랐어. 정령왕들은 서로 우위를 정할 수 없는 관계일 텐데."

"실제로는 그렇겠지만 놀이니까요. 운으로는 이프리트를 이길 수 없다는 건 누구나 다 아는 상식일 텐데요."

"아, 그러고 보니 이프리트의 고유 능력이 그런 쪽이었던가. 축복의 입맞춤?"

"넘치는 행운과 매력과 번영을 부여하는 능력입니다. 이프리트라면 이런 게임은 후반부에 들어와도 다 역전할 겁니다."

그건 불의 속성을 지닌 레드 드래곤들만 봐도 알 수 있는 사실이었다. 레드 일족은 드래곤 중에서 가장 크게 번성한 일족이었고, 미룡과 영재의 배출도 압도적으로 높았다. 그 근원인 이프리트가 얼마나 대단한 운을 지니고 있는지는 굳이 시험할 필요도 없었다.

"그럼 이프리트가 1등이라 치고, 나머지 순위는?"

"이프리트가 편들어 준 순서대로겠죠."

이 순간 아네아는 무슨 일이 있어도 이프리트와는 척을 지지 않기로 굳게 다짐했다.

—크아아악!

바로 그때 잊고 있던 괴성이 울려 퍼졌다. 두 사람은 동시에 얼굴을 찌푸렸다.

"여전히 저 소리엔 적응되지 않는군요."

미네가 불쾌한 어조로 중얼거렸고, 아네아 역시 조용히 고개를 끄덕이며 공감했다. 정화진이 발동하기 시작한 이후로 어느새 제법 시간이 흘렀다. 그때부터 시작된 소음은 온종일 주기적으로 반복되는 중이었다. 썩 듣기 좋은 소리는 아니었지만 차단하고 싶어도 머릿속에서 직접 울리니 달리 방법이 없었다. 사실 두 사람이 이런 의미 없는 게임을 시작한 것도 소음을 잊어보려는 시도에 가까웠다. 가만히 앉아서 언제 끝날지 모를 정화를 마냥 기다리느니 조금이라도 즐거운 일을 해 보자는 취지였다.

“많이 불편합니까?”

미네가 건네는 말에 아네아는 잠시 의아해하다가 자신이 가슴 부근을 문지르고 있었다는 사실을 자각했다. 정화진을 감당하면서 받는 몸의 부담에 무의식적으로 손이 움직인 듯했다.

“평소보다 마나 순환이 빨라진 게 조금 익숙지 않은 것뿐이야. 걱정할 정도는 아니야.”

“수면기에서 깨어난 지 얼마 되지도 않았는데 바뀐 환경에 적응할 겨를도 없이 고생하는군요. 유감입니다.”

“그렇게 치면 미네가 더하지. 태어나자마자 악신을 수습하는 처지잖아.”

“그 점에서는 동료가 있어서 괜찮습니다.”

“동료? 아, 하긴 물의 정령왕도 태어난 지 얼마 안 되었던가?”

“네, 그는 악신 때문에 본래 태어나야 할 시기까지 놓쳤습니다. 저보다 더 심한 피해자죠.”

물의 정령왕이 한동안 태어나지 않았다는 사실은 아네아도 나중에 들어서 알고 있었다. 잠든 사이에 세상이 멸망할 뻔했다는 덴 놀라지 않은 그녀였으나, 정령왕을 건드린 자가 있다는 사실엔 적잖은 충격을 받았다. 하물며 세대교체 시기를 틈타 탄생을 늦추는 방식을 쓸 줄이야. 아크아돈에 미치는 정령계의 영향력은 물론이오, 폐쇄적인 특성까지 파악하지 않고서야 계획하지 못했을 범행이었다. 맹점을 짚었다는 점에선 여러모로 대단한 자이긴 했다.

역사적으로 악신이 되려는 시도가 이번이 처음인 건 아니었지만, 이렇게 본격적으로 정화진을 만들어야 하는 사태까지 이른 적은 없었다. 쏟아지는 평가가 어떻든, 그가 신들을 가장 크게 농락한 자라는 것만은 부정할 수 없을 것 같았다. 그래선지 순조롭게 정화진이 완성되고 정상적으로 작동하는 지금에 와서도 어딘지 불안한 기분이 들었다.

"아네아, 정말 괜찮은 것 맞습니까?"

"음? 무슨 말이야?"

"또 가슴을 짚고 있습니다."

이어진 말에 아네아는 재차 당황했다. 지적받은 대로 자신이 어느새 다시 가슴을 문지르고 있었다. 한번 의식한 시점에서 어느 정도 적응할 거라 여겼는데 아직도 마나의 변화에 몸이 따라가지 못하는 듯했다. 게다가 상태를 자각하고 나니 왠지 조금 전보다 더 몸이 무거워지는 기분이었다. 마치 무언가가 천천히 파고 들어와 전신을 얽매는 것 같은 기묘한 감각이었다.

'그래, 마치…… 거미줄에 감겨드는 것 같은…….'

그 순간 머리끝에서부터 오싹한 한기가 덮쳐들었다. 아네아는 자신도 모르게 흠칫 몸을 떨었다.

"아네아?"

바로 이어진 음성이 아니었다면 멀어지는 의식을 붙잡지 못했을 것이다. 아주 잠시 정신을 잃었던 것 같다. 부축해 오는 손길을 느끼고서야 아네아는 자신이 한껏 몸을 웅크렸다는 것을 깨달았다.

“왜 그럽니까, 아네아? 무슨 문제가 생겼습니까?”

“미네, 이상한 느낌이 들어. 누가가 나를 지켜보고 있는 것 같아.”

“아, 그건 정령왕들일지도 모릅니다. 방진 주변을 순찰하는 거겠죠. 저도 돌아보는 중이지만 주위에 문제가 될 만한 위협 요소는 없습니다.”

“아냐, 그게 아냐.”

아네아는 고개를 흔들었다. 주체할 수 없을 만큼 몸이 떨렸다. 부들부들 떠는 계약자를 진정시키기 위해 미네가 아네아의 손을 꽉 붙잡았다.

“외부가 아니라 내부에서야.”

“내부?”

“정화진, 정화진의 연결 상태가 이상해졌…….”

그 순간 아네아의 표정이 어딘지 멍해졌다. 입술이 벌어지고 눈동자에선 빛이 사라진 듯한 모습이었다. 심상치 않은 현상을 인지한 미네의 얼굴이 굳었다.

“아네아?”

조심스럽게 불러 본 이름에 다행히 아네아는 반응을 보였다. 그녀가 천천히 미네를 돌아보았다. 마치 갓 태어난 아이가 사물을 처음 인지하는 것처럼 뚫어질 것 같은 시선이었다. 미네가 괜찮으냐고 물어보려고 할 때 그녀의 입술에 희미한 미소가 떠올랐다.

"……바람의 진은 역시 미네르바와 같이 있었군."

"네?"

"여기 없으면 섭섭할 뻔했는데 다행이야. 일이 좀 더 쉬워지려면 필요했거든."

"……!"

이건 아네아가 아니다.

미네는 반사적으로 잡고 있던 손을 뿌리쳤다. 아니, 뿌리치려 했다. 그러나 꼼짝도 하지 않았다. 마치 진득한 무언가에 붙어버린 듯한 느낌이었다. 미네는 살짝 숨을 멈췄다. 아네아가 붙잡은 부분으로부터 스멀스멀 검은 물이 올라오고 있었다. 이미 위기를 감지한 몸은 타들어 가는 듯한 고통을 호소했다. 자신을 감싸고 있는 마나가 점차 역류하려는 것도 느껴졌다. 역소환의 징조였다.

'일부러 날 노렸어.'

미네는 주먹을 움켜쥐었다. 정령왕의 역소환은 계약자에게도 큰 영향을 미친다. 그러나 견고히 쌓인 정화진을 무너트릴 만한 타격까진 아니었다. 물론 공격 방식을 봤을 땐 그 부분도 그다지 희망적이진 않았지만. 어쨌든 자신을 굳이 저격했다는 건 다른 목적이 있다는 의미였다. 아마도 자신이 담당하고 있는 또 다른 한 부분에 대한 것이 분명한.

미네는 남은 힘을 불어 모아 아네아의 몸에 흘려 넣었다. 그러자 탁하기만 하던 아네아의 눈동자에 빛이 돌아왔다. 다행히 아직 완전히 삼켜지진 않은 것 같았다.

"미네?"

"정신이 듭니까, 아네아?"

아네아는 잠시 돌아가는 상황을 파악하지 못한 상태로 어리둥절한 표정을 지었다. 그러나 곧 자신과 미네에게서 벌어지고 있는 현상을 발견하고 얼굴을 굳혔다.

"이, 이게 무슨……."

"시간이 없습니다. 잘 들으세요."

이 순간에도 역류는 빠른 속도로 진행되고 있었다. 몸이 천천히 흩어지는 상태에서 미네는 최대한 차분하게 말했다. 아네아의 눈동자가 크게 떠졌다. 그녀 역시 한눈에 미네의 상태를 알아보았다.

"당신도 돌아가는 상황을 알아차렸으리라 믿습니다. 정화진은 틀렸으니 포기하세요. 아니면 다시 먹힐 거고, 이번엔 저도 막을 수 없습니다."

"미네, 이게 대체……."

"문제가 또 있습니다. 바람의 장막이 깨질 겁니다. 묶어둔 마족의 군대가 풀려난다는 소리입니다."

"……!"

"그자가 뭘 하려는 건지 몰라도 노리는 이유가 있겠죠. 보다시피 난 한동안 움직이지 못할 것 같습니다. 괴롭겠지만 몸을 추리는 대로 대응 부탁합니다."

"미, 미네."

설명이 이어질수록 아네아의 안색은 더 창백해져 갔다. 경악으로 떨리는 계약자의 눈동자를 보며 미네는 부드럽게 웃었다.

"이건 당신의 잘못이 아닙니다."

그리고 미네의 몸이 완전히 흩어졌다. 절규하는 아네아의 비명이 몰아치는 바람을 타고 울려 퍼졌다.

2.

문득 스치는 이상한 예감에 나는 고개를 들었다. 하늘 위에서 무언가가 갈라지는 듯한 소리가 들린 것 같았다. 아니, 찢어지는 소리였을까? 정확히 표현할 수 없지만 아무튼 이상할 정도로 찜찜한 기분이었다. 본능이 그냥 넘어가서는 안 된다고 속삭이는 것 같았다. 안 그래도 유카르테를 찾지 못해 초조해지던 상황이었다. 나는 물론이고, 엘뤼엔과 트로웰의 힘까지 동원해서 방진 주변을 탐색해 봤지만 별다른 소득이 없었다. 이런 때 좋지 않은 조짐을 느끼니 한껏 예민해지면서 신경이 곤두서는 것 같았다.

"좋지 않은 흐름이네."

중얼거리는 소리에 고개를 돌리니 트로웰이 굳은 얼굴로 하늘을 응시하고 있었다. 그 역시 나와 같은 것을 느낀 것이 분명했다.

아무래도 단순한 착각이 아니었던 모양이다. 자꾸만 치미는 위화감의 정체를 알기 위해 나는 잠시간 눈을 감고 대기의 기류에 집중했다. 걸리는 부분 하나 없이 매끄러운 흐름이 이어졌지만 그게 오히려 이상하다는 생각이 들었다. 그러고 보면 최근엔 대기 상태가 정상적이지 않아야 하는 게 맞았다. 미네가 일부러 비틀어 둔 공간이 있었으니까. 물론 내가 정령왕이라 느낄 수 있는 아주 미묘한 차이였고, 정확한 위치는 나도 파악할 수 없었지만 어쨌든 어딘가에서 뭔가가 가려져 있다는 것만은 읽을 수 있었다. 그런데 지금은 아무런 걸림이 느껴지지 않는다는 건…….

"미네가 펼쳐둔 장막이 사라진 건가……?"

"응, 그런 것 같아."

트로웰도 동의하는 걸 보면 내 추측이 맞는 것 같았다. 정령왕의 영향력이 사라졌다는 건 보통 두 가지 의미였다. 본인이 직접 거뒀거나, 외부의 압력에 의해 강제로 풀렸거나. 후자의 경우엔 그 압력으로 정령왕이 받는 피해가 거의 소멸에 이를 만큼 강해야 한다. 거기까지 깨닫고 나니 가슴이 쿵 내려앉았다. 물론 미네가 소멸했다면 그 순간에 바로 느꼈을 테니 그럴 리는 없었다. 그러나 소멸에 이를 만큼 강한 타격을 받았다는 것도 결코 안심할 만한 일은 아니었다.

"미네가 힘을 거둔 거겠지?"

불안해져서 돌아보자 트로웰이 쓰게 웃었다.

"음, 그러면 좋겠는데 그건 아무래도 아닌 것 같네. 지금 정령계를 살펴봤는데 바람의 영역이 닫혀 있어."

"그 말은……."

"강제 회복기에 들어간 것 같아."

왜 항상 나쁜 예감은 잘 맞는 걸까. 무심코 숨을 삼킨 채로 나는 주먹을 꾹 움켜쥐었다. 미네가 다치다니. 그것도 아크아돈에 행사한 영향력이 풀릴 만큼 위험한 공격을 받았다고 생각하니 눈앞이 캄캄해졌다.

"설마 본계에서 당한 건 아니지?"

"그건 아닐 거야. 내 회복이 끝난 시점에 미네도 다시 아크아돈에 내려왔었거든. 아마 계약자와 있었을 거야."

"미네의 계약자면……."

"드래곤 여럿과 계약한 거로 알지만, 지금 시점에서 가 있을 만한 곳은 하나지."

"혹시……."

"맞아, 실버 드래곤 아네아달리스. 이번 정화진에서 바람의 축을 맡은 드래곤이야."

얼굴이 굳어지는 것이 느껴졌다. 미네가 다친 것도 문제인데 그 장소가 하필이면 정화진의 한 축이라니. 아무리 생각해도 좋게 해석할 수가 없는 상황이었다. 나는 반사적으로 허공에서 재생 중인 화면을 응시했다. 엘뤼엔이 만들어 준 영사막은 그 여전히 제 기능을 하고 있었다. 그 안이 비추고 있는 카류안의 모습도 아직 이렇다 할 변화는 보이지 않았다.

"바람의 진 쪽에 문제가 생겼다는 건가?"

"……그래, 문제가 생기긴 했네. 진원은 다른 곳 같지만."

대답한 건 라피스였다. 그가 한 말의 자세한 의미를 알고 싶었지만 질문은 이을 수 없었다. 돌아보자마자 보인 라피스의 얼굴이 한껏 찌푸려져 있기 때문이었다. 무언가를 견디고 있는 것 같은 모습이었다.

"라피스?"

"아, 씨발."

곧이어 들려오는 험악한 욕설에 나는 귀를 의심했다. 그간 라피스가 짜증 내는 모습을 많이 봐왔다고 자부할 수 있을 정도지만, 그가 이렇게 수위 높은 비속어를 입에 담은 적은 한 번도 없었다.

"왜, 왜 그래, 라피스? 어디 아파?"

"가까이 오지 마."

"뭐?"

당황해서 나는 되묻기 무섭게 나는 그대로 경악했다. 라피스가 그대로 울컥 피를 토해냈기 때문이다. 아니, 다시 보니 피가 아니었다. 그건 검은 덩어리에 더 가까웠다. 마치 갯벌의 흙을 토해낸 것 같았다.

"라피스!"

"가까이 오지 말라고!"

거친 음성에 그에게 가려던 걸음이 절로 멈췄다. 하지만 그보다도 엘뤼엔이 팔을 내밀어 내 앞을 가로막는 게 더 빨랐다. 그는 차가운 얼굴로 라피스를 가만히 주시하고 있었다. 트로웰 역시 무표정한 얼굴로 움직이지 않은 채 그를 지켜보기만 했다.

한동안 엎드린 자세로 검은 덩어리를 토하던 라피스가 진정한 건 그로부터 조금 더 시간이 흐른 후였다. 발작적인 구토가 그치고 숨을 내쉬는 간격이 조금씩 뜸해지는 것이 느껴졌을 때쯤, 그가 긴 숨을 내쉬었다.

"막았나?"

"막았어."

의미를 알 수 없는 엘뤼엔의 질문에 라피스가 지친 목소리로 대답했다. 그 또한 의미를 알기 힘든 대답이었다. 잠깐 사이에 라피스는 식은땀에 절은 듯한 모습이었다. 이렇게까지 지친 그를 보는 것 역시 처음이라 나는 연신 마른침만 삼켰다. 치유술을 써 주고 싶었지만 여전히 엘뤼엔이 가로막은 상태라 다가갈 수가 없었다.

고개를 들었을 때 라피스는 크게 분노한 얼굴이었다. 정화진의 축이 된 이후로 안 그래도 붉었던 눈동자가 더 새빨갛게 달아오른 채였다. 그 시선은 정확히 화면 속의 카류안을 향해 있었다.

"빌어먹을 새끼가, 감히 날 집어삼키려고 해?"

"뭐? 무슨 소리야?"

"정화진의 방진들끼리 연결되었다고 했잖아. 그 통로를 통해서 저 새끼가 날 삼키려 했어. 아, 젠장. 아직도 역겹네."

"……!"

라피스가 짜증스러운 얼굴로 입을 벅벅 문질렀다. 그가 토해 낸 검은 덩어리들은 지글거리는 소리를 내며 바닥을 태우는 중이었다. 저게 몸속에 들어 있었다면 라피스의 속도 멀쩡하진 않을 것이다. 역시 치료해 줘야겠다는 생각에 만류를 무릅쓰고 다가가려는데 라피스가 손을 들어 보였다.

“아직 오지 마. 방어에 성공하긴 했는데 여전히 영향권 안에 있어. 잘못하면 너도 역소환 된다.”

“나도?”

“미네가 이렇게 당한 것 같아.”

해석해 준 건 트로웰이었다. 그러나 그 친절에 감동하기엔 돌아가는 상황을 인지하고 경악하는 게 더 급했다.

“자, 잠깐 기다려 봐. 지금 카류안이 정화진을 통해서 우리를 공격하기 시작했다는 말이야? 그게 대체 어떻게 가능해? 정화진인데?”

“그 정화진이 오염됐어. 진원지는 물의 진이고.”

“……!”

“오칼이 먹힌 것 같아.”

머릿속을 스치는 건 깔끔하고 단아한 인상이었던 파란색 머리칼의 소년이었다. 본의는 아니었으나 사태가 이렇게 된 것에 원인을 제공한 이라고 했던가. 지난 일을 사과하며 조심스럽게 눈치를 살피던 모습에선 진정성이 느껴졌었다. 그런 그가 또 원인이 되었다고 하니 당혹감이 컸다.

“예상이 어긋났어. 설마 방진 위치를 이렇게 빨리 알아낼 줄이야. 파악하지 못한 변수가 있었던 모양이야."

트로웰도 착잡한 표정이었다.

"조치를 해두긴 했는데 소용이 없었군."

"조치를 해뒀다고?"

한숨과 함께 짧게 중얼거린 엘뤼엔의 말에 라피스가 눈꼬리를 사납게 올렸다.

"만일을 대비해서 결계를 쳐뒀었다. 오칼 쪽에서 외부와 접촉하지 않으면 인식되지 않게 하는 결계였지."

"그 빌어먹을 놈이 외부와 접촉했다는 말이네?"

"아마도."

"그럼 그게 깨지는 순간 느꼈을 거 아냐. 왜 미리 말을 안 했는데?"

"안 깨졌으니까."

"뭐?"

"결계를 건드리지 않고 목표물만 빼냈어. 어차피 위치를 가리기 위한 최소한의 방어 결계였으니 발각된 시점에서 예견된 일이지만."

"잠깐 기다려. 남의 결계를 통과하려면 그보다 더 강해야 하잖아?"

"이제 놈의 힘이 나보다 강하다는 건 놀라운 일이 아닐 텐데?"

나는 다시금 숨을 삼켰다. 카류안이 최고신만큼 강해졌다는 건 알고 있던 일이었다. 그러나 그게 엘뤼엔보다 강하다는 뜻이라고

하니 뭔가 비현실적으로 느껴졌다. 머리로는 돌아가는 상황이 전부 분명히 인지되는데 왠지 이 모든 일이 꿈속에서 일어나는 일인 것 같았다.

"젠장."

라피스는 신경질적으로 혀를 찼다. 바닥에 아무렇게나 앉아 머리카락을 세차게 쓸어넘기는 모습에선 화풀이할 대상을 잃은 짜증이 풀풀 풍겼다.

"그럼 오칼은 어떻게 된 거야? 죽은 거야?"

"알 게 뭐야."

조심스럽게 물어본 말에 돌아오는 대꾸는 퉁명스럽기만 했다. 평소에도 그리 온화한 말투라고 할 수는 없었으나 지금은 유독 거칠었다. 하지만 그의 모습이 워낙 지쳐 보여 그걸 나무랄 수도 없었다. 그때 트로웰이 라피스에게 다가가 그 앞에 한쪽 무릎을 굽히고 앉았다.

"라피."

"뭐."

"앞으로 얼마나 버틸 수 있겠어?"

짧은 시간 두 사람이 서로 알 수 없는 시선을 교환했다. 라피스는 잠시 트로웰의 금안을 가만히 바라보다가 이내 한숨을 내쉬었다.

"정화신은 시간문제야. 바람의 진은 바로 사라졌고, 땅의 진은 내가 같이 막아보고 있는데 슬슬 힘에 부쳐. 이 빌어먹을 놈이 눈치도 없어서 돌아가는 상황을 깨닫지 못한 것 같으니까 먹히기 전에 당장 연결 끊으라고 해."

"알았어."

고개를 끄덕인 트로웰이 놈을 불러 소식을 보냈다. 그냥 듣기에도 심각한 내용이라 나는 참지 못하고 대화에 끼어들었다.

"땅의 진이라면 라피스의 형을 말하는 거지? 연결을 끊으라는 건 무슨 뜻이야?"

"방진이 오염됐다고 했잖아. 라피스가 방어해서 완전히 삼켜지는 걸 막았지만 오래 버티지 못할 거야. 내버려 두면 반대의 기능을 하기 시작할 테니 그 전에 없애야 해."

"반대의 기능?"

"정화하는 게 아니라 악신에게 흡수되는 되는 거지. 우리가 세운 4개의 방진들이 역으로 작용해서 오히려 놈의 각성을 돕는 힘의 공급처가 된다는 얘기야."

그냥 듣기에도 엄청난 사태에 입이 저절로 벌어졌다. 라피스의 몸이 무너져 내린 건 바로 그 직후였다.

"라피스!"

쓰러지는 그를 보고 황급히 다가가니 라피스가 천천히 몸을 일으키며 고개를 저었다. 다가오지 말라는 거부가 확실히 느껴지는 신호였다. 그러나 그는 다시 비틀거렸고, 머뭇거리는 나를 대신해서 트로웰이 다가가 그를 부축했다. 이번엔 라피스도 더 버티기 힘들었는지 거부하지 않았다.

"성공이야?"

"그래, 성공했어. 아, 젠장. 너무 아슬아슬했어. 내가 그새 성장했으니 버틴 거지 아니었으면 그냥 속수무책으로 잡아먹혔을 거야."

그 말을 과시나 엄살이라고 생각할 수 없던 건 그만큼 라피스의 얼굴이 창백한 탓이었다. 성공했다는 게 뭔지는 달라진 그의 분위기만 봐도 바로 알 수 있었다. 불의 진이 된 이후로 온몸에 선명하던 화기가 더는 느껴지지 않았다. 그가 정화진 역할을 벗어난 것이다. 그 결과는 곧바로 이어졌다.

—크크큭.

어디선가 웃음소리가 들렸다. 나는 반사적으로 영사막 쪽으로 고개를 돌렸다. 묶인 채 고개를 떨구고 있는 카류안에게서 가는 떨림이 느껴졌다. 한껏 올라간 입꼬리와 크게 드러난 송곳니가 보였다. 짙은 검은색 머리칼을 늘어트린 상태로, 카류안이 웃고 있었다.

—크크큭! 푸흐흐흑! 쿠하하하!

그는 이 상황이 재밌어서 견딜 수 없다는 것처럼 보였다. 다음 순간 그를 묶고 있던 결박이 천천히 풀려나갔다. 바닥에 떠 있던 마법진의 빛도 천천히 사그라지고 있었다. 각오했던 일이지만 막상 눈으로 그 광경을 보려니 마음이 참담했다. 이윽고 완전히 풀려난 카류안이 키득거리며 고개를 들었다. 우연인지 우리 쪽을 돌아보는 것 같았다.

눈이 마주쳤다고 느꼈다.

콰직!

그 순간 눈앞의 화면이 깨진 거울처럼 산산이 조각나서 흩어졌다. 바람이 불지도 않는데 머리카락이 흩날리는 게 느껴졌다. 할 말을 잃고 굳어버린 내 옆에서 엘뤼엔이 중얼거리는 소리가 들렸다.

"정화는 확실히 실패군."

3.

정화 실패.

고작 두 개밖에 되지 않는 단어에 숨이 턱 막혔다. 천둥이 머릿속을 두드리는 것 같았다. 이미 아는 사실임에도 막상 듣고 나니 처음 깨달은 것처럼 충격이 컸다. 아마도 무의식적으로 외면하고 싶었던 모양이다. 장장 열흘이 넘는 시간을 투자해서 만들어 낸 축이었다. 그토록 공들여 진행한 일이 이렇게 허무하게 끝났다는 게 도저히 믿기지 않았다. 신계에 있는 정화진 본체가 어떻게 됐는지는 알 수 없었지만, 설령 멀쩡하다 해도 이제 와선 의미가 없어 보였다. 다시 연결할 수 있을지 확신할 수도 없었고, 무엇보다

시간이 너무 부족했다. 그 사이에 카류안이 악신으로 각성하는 게 더 빠를 테니까. 엘뤼엔의 말대로 이 계획은 실패였다. 결국 가장 바라지 않은 순간이 오고야 만 것이다.

"이제 어떻게 되는 거야?"

영상은 사라졌지만 나는 여전히 카류안을 비추던 자리에서 눈을 뗄 수가 없었다. 마지막에 들은 웃음소리가 아직도 잔상처럼 귓가를 맴돌고 있었다. 그건 누가 들어도 승리에 도취한 웃음이었다. 설마 이대로 다 끝난 건 아니겠지, 불길한 기분마저 느끼고 있는데 다행히 엘뤼엔은 대수롭지 않게 대답했다.

"정화는 포기하고 바로 소멸시켜야겠지."

"그럴 수 있어?"

"말했다시피 정화를 시도한 건 소멸을 더 편하게 진행하기 위해서였을 뿐이다. 실패했으니 조금 까다로워지겠지만, 방법이 없는 건 아니야."

"앗, 정말? 다행이다. 까다로워진다면 어떤 방식으로 진행되는 거야?"

"……그 부분은 신계 쪽에서 알아서 할 일이다. 네가 관심을 둘 일은 아닌 것 같다."

잠깐, 지금 한 박자 늦게 대답하지 않았나? 게다가 명백히 회피하는 듯한 답변이었다. 아무래도 그냥 조금 까다로워지는 정도가 아닌 모양이다. 정화하지 않아도 소멸시킬 수 있단 말에 잠시나마 편해졌던 마음이 다시 급속도로 불안해졌다. 뚫어지게 응시했더니 엘뤼엔이 곤란하다는 듯이 한숨을 내쉬었다.

"소멸진에선 정령계가 나설 일이 없다."

"그래도 어쨌든 아크아돈에서 벌어질 일이잖아. 우리도 알아야 한다고 생각해. 엘뤼엔이 나였다면 이런 중요한 부분을 그냥 넘어가겠어?"

"그건 틀린 말은 아니군."

다행히 한때 정령왕이었던 덕분인지 엘뤼엔은 바로 수긍하는 태도를 보였다. 그래도 여전히 내키지 않는 표정을 하다가, 내가 끝까지 굴하지 않자 다시 한숨을 내쉬며 입을 열었다.

"너도 익히 봐왔다시피 악신은 그 존재의 성립부터 타인의 희생을 바탕으로 한다. 수많은 생명을 저주로 치환하여 그 힘을 삼키고 성장하지. 소멸하는 조건 또한 크게 다르지 않다."

"그 말은…… 누군가 죽어야 한다는 말이야?"

"그래. 그리고 이 경우에는 악신과 같은 값의 무게를 지닌 영혼으로 치환한다."

"같은 값의 영혼?"

"악신이 아무리 강해도 주신의 영향권 안에 있는 한, 상급신으로 치환 가능하다는 소리다."

그 말의 의미를 이해한 건 약간 시간이 흐른 후였다. 내가 지금 무슨 표정을 짓고 있는 건지 나도 모르겠다. 단지 바보처럼 입을 벌리고 있었다는 것만 깨달았다. 슬쩍 시선을 돌리니 트로웰과 라피스가 얼굴을 굳히고 있는 게 보였다. 어쩌면 나도 저런 상태인지도 모르겠다. 그동안 꾸준히 뒤따르던 불안감은 이것 때문이었을까. 나는 멍하니 고개를 들고 엘뤼엔을 바라보았다. 그 역시 내가 그럴 줄 알았다는 듯 담담히 시선을 마주해 왔다.

"상급신이…… 죽어야 한다고?"

질문하면서도 내가 잘못 이해한 것이길 바랐다. 아직도 정령왕다워지려면 멀었다고, 이런 거 하나 제대로 못 알아듣냐고 차라리 타박을 받았으면 했다. 그러나 눈에 보이는 건 엘뤼엔이 고개를 끄덕이는 모습이었다.

"그래."

숨을 삼키지 않은 건 최후의 저항이었다. 내가 여기서 충격을 받으면 정말로 나쁜 생각이 들 것만 같아서. 그러니 최대한 아무렇지 않은 척해야 했다. 그러나 움켜쥔 주먹에 힘이 들어가는 것만은 막을 수 없었다.

*　　*　　*

장식 하나 없는 무채색의 공간에 네 명의 신이 서 있었다. 천신 이오웬과 명계의 신 섀넌, 운명의 신 라데카, 그리고 마신 카노스. 최초의 정령왕이자 신계의 시작을 연 선구자이며, 최고신이라 불리는 이들이었다.

최고신들은 신계의 상징임과 동시에 자부심이나 마찬가지. 강건한 권능만큼 담당하고 있는 일도 많았고 아무나 만날 수도 없었다. 특히 마신 카노스는 워낙 두문불출하여 하급신 중에서는 그의 얼굴을 모르는 이들이 넘쳐날 정도였다. 당연히 그 넷이 한자리에 있는 광경은 더더욱 흔치 않았다. 하지만 그 진귀한 모습이 근래엔 꽤 흔한 일이 되어 있었다. 적어도 이 장소에서만은 함께 있는 그들의 모습을 보는 게 꽤 쉬운 편이었다.

그리고 지금, 그들 가운데엔 황금빛으로 빛나는 마법진이 떠올라 있었다. 그 안에서 흘러나오는 금빛은 네 신의 몸 또한 같은 밝기로 감싼 상태였다. 줄기처럼 늘어져 끊임없이 순환하는 모습이 마치 서로 연결된 것처럼 보였다. 그리고 그런 그들의 모습을 다른 신들이 조금 떨어진 곳에서 주시하고 있었다. 모두 상급신으로만 구성된 이들은 지금 발동하고 있는 마법진의 제작과정에 참여한 이들이기도 했다. 이 과정을 막 시작할 때만 해도 평온하던 그들이었지만, 지금은 다들 표정이 거의 일그러진 채였다. 순조롭던 마법진의 상태가 조금 전부터 갑자기 불안정해졌기 때문이었다. 빛이 흐려졌다가 다시 짙어지기를 반복하는 것은 물론, 급기야는 출렁거리며 마구 요동치기까지 했다. 누가 보기에도 사태가 급박하게 돌아간다는 걸 알 수밖에 없는 불길한 징조였다. 그리고 마침내 그 폭주가 한계까지 팽창하는 순간이었다.

"아, 안 돼!"

쨍그랑—

누군가의 다급한 비명이 울려 퍼짐과 동시에 마법진이 와르르 깨져 내렸다. 눈을 부릅뜬 상급신들에게서 일제히 탄식이 터져 나왔다. 깨진 파편들은 유성처럼 빛 꼬리를 늘어트리며 사방으로 흩어졌다. 한순간 온 사방이 빛 가루로 가득해지면서 마치 은하수 속에 들어와 있는 듯한 착각을 불러일으켰다. 누구라도 감탄할 만큼 아름다운 광경이었으나 그걸 지켜보는 이들의 안색은 오히려 까맣게 죽었다. 그들 사이에 찾아든 건 숨 막히는 정적뿐이었다. 그때쯤 최고신들이 감고 있던 눈을 떴다.

"……아아, 망했네. 이게 뭐야."

정신을 차리자마자 잔해만 남은 마법진을 확인한 이오웬이 이마를 짚으며 신음을 흘렸다.

"실패하고 말았군요."

뒤이어 사태를 파악한 새넌 또한 착잡한 표정으로 중얼거렸다. 그 역시 사방에 퍼져 있는 파편들을 무거운 시선으로 바라보았다.

설마 악신을 정화하기 위한 대(大)방진이 이렇게 허무하게 끝날 줄이야. 정령왕과 드래곤들이 아크아돈에 4개의 마나 축을 세웠다면 그와 연결되는 본진의 축은 최고신들이 담당하고 있었다. 목표물의 포획에도 성공했고 정화도 순탄하게 진행됐다. 그런데 조금 전 갑자기 연결이 끊기는 느낌이 들더니 그대로 튕겨 나갔다. 최대한 붙잡아 보려 했으나 빠져나가는 힘을 수습할 방도가 없었다. 애초에 한쪽의 지탱만으로는 유지할 수 없는 방진이었다.

"아크아돈 쪽의 방진에 문제가 생겼나 보구나."

상황을 추론한 라데카가 씁쓸한 표정을 지었다. 별다른 반응을 보이지 않는 건 카노스뿐이었다. 그는 그저 사방에 흩어져 있는 마법진의 잔해를 한번 둘러보기만 했다. 그러다 스쳐 지나가는 파편 하나를 잡아 유심히 살펴보았다.

“흐음~ 방진의 한 축에 역술을 걸었나?”

“예?”

그가 중얼거린 말에 놀란 섀넌이 황급히 따라서 잔해 속을 헤집어 파편 하나를 집어 들었다. 안경을 들어 올리니 가려져 있던 날카로운 눈매가 드러났다. 놀랍게도 그의 눈은 일반적으로 흰자위에 해당하는 부분이 짙은 보라색을 띠고 있었다. 반대로 색이 들어가야 할 홍채 쪽은 희었는데, 동공은 금색이라 전체적으로 신비하면서 기괴한 느낌을 주었다. 혼의 세계를 다스리는 명왕의 특징인 심안(審眼)이었다. 망자의 업을 읽어내리는 그의 눈은 사물의 정체를 파악하는 능력도 갖추고 있었다. 그 상태로 파편을 빤히 노려본 그가 곧 신음을 흘렸다.

“이런, 정말 그렇네요. 그래서 그렇게 서둘러 끊어버린 거였군요. 하마터면 정화진이 품고 있던 힘이 통째로 그자에게 흡수될 뻔했습니다. 아크아돈 쪽의 판단이 빨라서 다행이었습니다.”

“응, 그러게 말이야. 한 녀석이 끝까지 저항한 흔적이 있네. 드래곤이 막아낼 힘이 아닌데 먹히지 않고 용케 잘 버텼어. 꽤 다쳤을 것 같은데 살아는 있나 몰라?”

“사망 장부를 확인해 보겠습니다. 죽었다면 중천에 들여서 후하게 대접하고, 다음 생을 원한다면 다시 드래곤으로 태어나도록 조치를…….”

"지금 그게 문제가 아니잖아! 정화진이 실패했다고! 이제 그다음 대책을 구상해야 할 거 아냐!"

끝없이 이어지려는 대화를 막은 건 상급신들과 함께 상황을 지켜보던 루세프였다. 대화를 중단한 두 신이 그를 돌아보았고, 카노스가 피식 웃었다.

"악당이네."

"누가 누구더러 악당이래?"

"다음 대책이 뭔지 뻔히 알잖아?"

"……."

말문이 막힌 루세프가 입을 꾹 다물었다. 다른 상급신들도 멈칫하기는 마찬가지였다. 그 말대로 이다음 대책은 그들 모두가 이미 다 알고 있었다. 구태여 확인할 필요도 없는 잔인한 진실이기도 했다. 모든 이들의 시선이 그들 가운데에 서 있던 흑발의 여인을 향했다. 죽음과 망자의 신 페르데스. 운명의 시계를 돌리기에 앞서 스스로 희생을 자처하며 나선 여신이었다. 루세프 역시 저절로 그녀에게 시선이 향하는 걸 억지로 눌러 참았다.

"그리고 넌 선과만 만드느라 제대로 이야기를 못 들은 것 같은데. 대책이라면 이미 진행되고 있어."

"그게 무슨……."

"카노스 말이 맞습니다. 저희가 대책 강구를 외면한 게 아닙니다. 어차피 다 정해져 있으니 할 일이 없을 뿐입니다. 이 정화진은 실패하면 저절로 소멸진으로 넘어가게 되어 있습니다."

그사이 안경을 다시 고쳐 쓴 섀넌이 고개를 끄덕이며 말을 이었다. 마신은 몰라도 명계의 신은 이런 문제로 장난을 치는 성정이 아니었다. 그래도 선뜻 믿기지 않는 기분에 루세프는 미심쩍은 시선으로 아직도 허공을 떠돌기만 하는 파편들을 돌아보았다.

“하지만 아무런 변화가 없는데?”

바로 그때였다. 마치 그 말에 반응이라도 하는 것처럼 사방에 흩어져 있던 정화진의 파편들이 빠르게 몰려들며 휘몰아치기 시작했다. 수만 개의 빛 가루가 공중에서 일사불란하게 움직이는 모습이었다.

“저게 뭐야?”

“뭐긴. 소멸진이지.”

“소멸진? 저게 소멸진이라고?”

당황한 루세프가 눈을 깜빡이며 중얼거린 말을 카노스가 받았다. 빛 가루는 아주 빠른 속도로 뭉쳐져 곧 어디론가 뻗어갔다. 그 목적지엔 그림처럼 고요히 서 있는 페르데스가 있었다. 그리곤 놀란 루세프가 이렇다 할 반응을 보일 겨를도 없이 페르데스의 전신을 덮쳤다. 한순간 눈이 멀 정도로 강렬한 빛이 터지더니 순식간에 사라졌다. 이윽고 다시 보게 된 페르데스는 머리부터 발끝까지 금가루를 뒤집어쓴 듯한 모습이었다. 그녀의 머리카락이 짙은 흑색이다 보니 그 위에서 반짝이는 금빛의 대비 효과가 더욱 선명했다.

“뭐가 어떻게 된 거야……?”

“그녀가 소멸진이 된 거야.”

"뭐?"

돌아온 이오웬의 답변에 루세프가 숨을 삼켰다. 그는 몇 번이나 페르데스와 이오웬을 번갈아 바라보았다. 설마 이렇게 곧바로 완성되는 거라곤 상상도 하지 못했기에 충격이 컸다.

"운명의 시계를, 시계의 기한이 아직 남았잖아? 아직 돌릴 수 있는 거 아니야?"

"옳은 말이다. 시계는 아직 돌릴 수 있지. 기한은 남아 있긴 하단다."

이번엔 라데카가 답했다.

"그런데 왜……."

"말하지 않았느냐. 변수를 대비해야 한다고. 보다시피 이 정화진은 실패하면 바로 소멸진으로 넘어가도록 되어 있었다. 그래서 미리 자원자를 확보할 필요가 있었던 거란다. 그리고 결국 변수가 일어나고 말았지."

루세프의 얼굴이 일그러졌다. 차분한 말투였으나 라데카 또한 표정이 좋지 않기는 마찬가지였다. 그러나 정작 장본인인 페르데스의 표정만은 변함이 없었다.

"일이 이렇게 되어 유감이다. 후회하지는 않느냐?"

"스스로 바랐던 일입니다. 괜찮습니다."

그 덤덤한 대답에 오히려 루세프는 얼굴을 더 일그러트렸다. 아직 태어난 지 얼마 되지 않은 신이었다. 미네르바로서의 기억이 있다곤 하나 신으로 살아갈 길이 더 창창했다. 그런 페르데스가 이렇게 허무하게 사라진다고 생각하니 견딜 수가 없었다.

“정화진이 성공할 거라 확신했기 때문에 굳이 나서지 않았던 거야. 하지만 이런 식인 줄 알았으면 내가 한다고 했을 거야.”

“지난 희망은 덧없기만 할 뿐이지.”

루세프는 얄미운 말을 덧붙이는 카노스를 노려보았다. 하지만 끝내 별다른 말을 하지 못한 채 입술을 악물고 고개를 떨구기만 했다.

“그럼 최후의 대항전을 시작하도록 하죠.”

분위기가 전환된 건 섀넌의 한마디에 의해서였다. 페르데스가 소멸진이 되긴 했으나 다른 신들이라고 그리 안전한 상황인 건 아니었다. 악신은 놓친 상태였고 당장 어디로 갔는지 행방을 알지 못했다. 추격에 성공한다 해서 소멸진에 얌전히 당해줄 리도 없다. 소멸 자체는 페르데스가 진행할 것이나 완전히 각성하기 전에 악신을 막아서고 붙잡아야 하는 건 나머지 신들의 역할이었다. 그 과정에서 어떤 일들이 벌어질지는 운명의 여신인 라데카조차 장담하기 어려웠다. 어쩌면 예상보다도 더 큰 혼란이 벌어질지도 몰랐다. 그러나 섀넌은 말해야 했다.

“아크아돈으로 내려가서 악신을 소멸합니다.”

묵중한 한마디가 떨어지고 자리에 있던 신들이 모두 고개를 끄덕였다. 전 차원의 사활을 건 진정한 전투는 바로 지금부터였다.

제3화

1.

온 사방이 짙은 안개로 자욱했다. 한 치 앞도 보이지 않는 길을 남자는 하염없이 걷고 있었다. 제법 깊은 숲 안이었으나 그는 단 한 번도 방향을 잃지도, 발을 헛디디거나 돌부리에 걸려 넘어지지도 않았다. 어차피 남자에게 시야를 방해하는 장애물 같은 건 큰 의미가 없었다. 아니, 어쩌면 지금 안개가 끼었다고 느끼는 것 자체가 착각인지도 몰랐다. 그런 구분을 하지 못하게 된 지가 벌써 오래전이었으니까. 실제 날씨가 어떻든 그의 세상은 언제나 깊은 안개 속에 있었다. 그날 이후로부터 늘 변하지 않는 한 가지였다.

"신의 증표다!"

눈을 감으면 잊히지 않는 그날의 광경이 선명해진다. 이 모든 일의 시작이기도 한 날이었다. 식은땀이 흐르는 것 같아 남자는 머리에 쓰고 있던 후드를 뒤로 젖혔다. 이슬에 젖은 옷깃 위로 옅은 금발이 흐드러졌다.

"후우우—."

남자—유카르테는 그제야 삼켰던 숨을 길게 내쉬었다.

선황제가 불명예스러운 죽음으로 재앙의 황제라 불린다면 그 선대엔 철혈의 황제라 불린 이가 있다. 스왈트 제국 13대 황제이자 뛰어난 검사로서 제국 역사상 가장 강력한 군사력과 황권을 거머쥐었던 이젤트 황제다.

젊고 패기로우며 강했던 황제. 그가 통치한 기간은 곧 스왈트 제국이 어느 때보다 큰 번영을 누린 기간이기도 했다. 영원히 정정할 것만 같았던 황제의 기력은 그러나 그의 나이 오십에 이르러 별안간 눈에 띄게 쇠하기 시작했다. 의학과 신학을 전부 동원해도 원인을 찾을 수 없는 불치병이었다. 살 날이 얼마 남지 않은 걸 직감한 이젤트 황제는 그때까지 미뤄두고 있던 황태자 책봉을 서둘렀다.

1황자 카일의 행보가 심상치 않게 흘러간 건 바로 그 시기부터였다. 그가 황제의 여인들과 이복형제들을 싫어한다는 건 익히 유명한 사실이었고, 무언가 보복성 조치를 할 거라는 것도 예감했던 바였다. 하지만 유카르테는 크게 걱정하지 않았다. 어차피 그는 황제 자리엔 욕심이 없었다. 변방으로 쫓아내면 쫓겨나는 대로 담담히 받아들이자고, 훗날 오해를 풀어 다시 수도로 올라올 수 있게 되면 좋겠지만 평생 한직으로 삶을 마무리하게 되더라도 그 또한 나쁘지 않겠다고 생각했다. 그 바탕에는 카일이 설마 극단적으로 가겠느냐는 마음이 있었다.

비록 형제들에겐 뚱하긴 하지만 카일은 기본적으로 훌륭한 인품을 지닌 사람이었다. 늘 백성의 사정을 살피며 빈민 구제에 앞장서는 모범적인 황족이었고, 수하들에게 베푸는 걸 아끼지 않는 자비로운 군주였으며, 약혼자인 로아네즈에겐 더할 나위 없이 애틋한 연인이었다. 아무리 화가 나도 분노를 절제할 줄 알았고 다투거나 징벌할 때도 상대에게 지나치게 모멸감을 주는 방식을 택하진 않았다. 그런 사람이니 아무리 싫어하는 이라도 눈앞에서 멀리 치우는 정도로 만족할 것이라 여겼다.

그러나 유카르테가 헤아렸던 것 이상으로 혈육을 향한 카일의 증오심은 짐작할 수 없을 만큼 깊었다. 타인에겐 얼마든지 긍휼할 수 있는 그가 피를 섞은 이에겐 그렇지 못했다. 그걸 깨달았을 땐 이미 모든 일이 벌어진 후였다. 이젤트 황제가 성력을 받기 위해 마신전으로 떠난 날, 후궁전과 황자들의 궁에 피바람이 불었다. 카일 황자를 필두로 한 그의 군사들이 황궁을 돌아다니며 눈에 보이는 족족 사람들을 죽였다. 그나마 유카르테는 좀 더 일찍 상황을 파악하고 자리를 피한 편이었다. 그러나 처지는 먼저 죽임당한 형제들과 썩 크게 다르지 않았다. 카일은 그를 집요하게 추격했다. 매섭게 날아드는 화살을 모친이 대신 맞고 쓰러졌을 땐 둔기로 맞은 것처럼 머리가 어지러웠다. 눈 깜짝할 사이에 그를 제외한 모든 식솔이 죽었다. 멍하니 고개를 든 그 앞에 야차처럼 흉흉한 카일의 모습이 자리 잡았다. 그가 들고 있는 검에서 떨어지는 붉은 피가 눈에 아프도록 박혀 들었다. 이 모든 일이 전부 꿈같았다.

"……형님."

"닥쳐라, 누가 네 형님이냐."

"대체…… 왜 이렇게까지 하는 겁니까."

"그건 지옥에 먼저 간 네 어미에게나 물어보거라."

비수처럼 꽂히는 말에 유카르테는 숨을 삼켰다. 카일은 증오심에 먹혔다. 언제부터, 얼마나 오랫동안 이런 마음을 눌러 참아왔는지 짐작조차 할 수 없었다. 그저 알 수 있는 건 바로잡기엔 이미 너무 많이 늦어버렸다는 것뿐이었다.

"너나 나나 정말 지긋지긋한 시간이었지. 이제 전부 끝내자."

카일이 검을 치켜들었다. 그 칼날에 살기가 어리는 걸 보면서도 유카르테는 아무런 저항도 할 수 없었다. 저항할 의지조차 잃어버렸다. 그는 두 눈을 감고 제 생명을 앗아갈 고통을 겸허히 기다렸다. 그러나 다음 순간 찾아든 건 고통이 아닌 날카로운 쇳소리였다. 가늘게 눈을 뜬 유카르테는 누군가가 자신의 앞에 서 있는 걸 발견하고 흠칫 놀랐다. 두 손으로 검을 잡은 채 날아든 카일의 검을 막아선 이는 드레스 차림의 여인이었다. 리본으로 곱게 묶어 내린 화사한 백금발이 바람을 타고 흩날렸다. 평생의 지기를 맹세한 친우이자 혈육이나 다름없는 로아네즈였다.

"로아."

로아네즈는 또한 카일의 약혼녀이기도 했다. 그녀의 등장엔 카일도 당황하여 굳은 얼굴이었다. 주위에 있던 카일의 기사들도 모두 당황해서 숨을 죽였다. 공기가 가라앉으면서 무거운 침묵이 흘렀다. 로아네즈는 사방에 무참히 널려 있는 시신들을 천천히 돌아보았다. 떨리는 시선은 등에 화살이 꽂힌 채 절명한 테미스 황비의 시신에서 특히 더 오래 머물렀다.

"그대가 어떻게……."

"제가 여기 있는 게 이상한가요, 전하?"

"……그대를 데리고 클모어로 내려가 있으라고, 카웰에게 말해두었을 텐데."

"네, 그랬었죠. 저보다 고작 두 살 어린 덩치만 큰 제 조카는 지금 광 속에 갇혀 있을 거랍니다. 아마 오늘은 보실 수 없을 거예요. 그 안에서 나오면 평생 얼굴을 보지 않을 거라고 했거든요."

"로아."

"어리석으시네요, 전하. 갑자기 본가에 다녀오라며 보내시는데 제가 아무런 의심을 하지 않을 거라 생각하셨나요? 혹여 모르는 척 넘어갈 거라고 생각하신 거라면 저에 대해서 정말 아무것도 모르셨군요."

날 선 대답에 카일의 눈동자가 흔들렸다. 아무런 변명도 하지 못하는 연인을 보며 로아네즈는 더 강하게 검을 움켜쥐었다. 그 목소리에 원망이 서렸다.

"내가 그렇게 부탁했는데."

"로아……."

"하지 말라고, 안 된다고 그렇게 말했는데. 유카는 내 형제이기도 하다고 했잖아! 유카는 당신을 위협하지 않을 거라고! 제발 믿어 달라고 했잖아! 당신도 믿어 준다고 했잖아! 그런데 어떻게 이럴 수 있어!"

아아, 내가 모르는 사이에 너는 날 살리기 위해 애쓰고 있었던가. 유카르테는 신음을 삼켰다. 로아네즈는 평소에도 늘 두 사람을 중재하기 위해 누구보다 애쓰던 사람이었다. 사랑하는 연인과 소중한 친구 사이에서 고심했을 그녀가 지금 이 순간 얼마나 절망하고 있을지, 그 심적 고통을 짐작조차 할 수 없었다. 카일도 괴로운 표정이긴 마찬가지였다. 그러나 그는 유카르테를 보고 다시 얼굴을 굳혔다.

"……이것만은 안 돼, 로아."

"카일!"

"이건 나도 양보할 수 없어. 이것만은…… 반드시 내 손에서 다 끝내야 해."

"……정말 이러셔야겠어요, 전하?"

"미안합니다. 날 이해해 줘요, 로아."

"아뇨, 이해하지 못해요."

"로아."

"전하 역시 뜻한 바를 이루지 못하실 거예요."

로아네즈는 다시 검을 치켜들었다. 드레스 차림을 하고 있지만 그녀는 제법 매서운 실력의 검사였다. 소드 마스터까지 노릴 수 있을 거라는 말도 공공연히 들렸다. 카일은 물론 주위에 있던 기사들도 모두 긴장했다.

"유카, 여긴 내가 막을게. 어서 가."

"로아, 안 돼."

"난 괜찮아. 어서 달아나."

그때 유카르테는 로아네즈가 자신의 손을 한 번 꾹 잡는 걸 느꼈다. 그게 마치 마지막 인사처럼 여겨져 심장이 철렁했다. 로아네즈는 카일의 약혼자이니 괜찮을 거라고 안심할 수가 없었다. 어쩌면 카일은 사랑하는 연인이라도 가차 없이 죽일지 모른다. 피를 나눈 혈육들에게도 그토록 잔인하게 나오지 않았던가. 이미 모든 걸 내려놓기로 한 사람이 연인이라 해서 예외로 두지는 않을 것 같았다. 자신 때문에 로아네즈가 죽는다고 생각하니 끔찍했다. 실제로 그렇게 생각할 수밖에 없을 만큼 카일은 음산한 표정으로 로아네즈를 노려보고 있었다. 그러다 이내 한숨을 내쉬더니 앞으로 걸어 나오기 시작했다. 그 거침없는 행동에 검을 겨누고 있던 로아네즈가 당황했다.

"뭐, 뭐하는 거예요? 더 가까이 오지 말아요! 다가오면 찌를 거예요!"

"찔러요."

"……!"

"그대로 찔러요, 로아. 날 죽이고 그를 선택해요. 그게 날 멈출 수 있는 유일할 방법일 겁니다."

"카일!"

경악한 로아네즈의 얼굴이 부들부들 떨렸다. 그런 중에도 카일은 무표정한 얼굴로 다가가고 있었다. 이윽고 그의 몸이 검이 닿을 만큼의 거리에 이르렀다. 그러나 로아네즈는 그를 찌르지 못했다. 차마 움직이지 못하고 부들부들 떨고만 있는 그녀를 카일은 가만히 바라보다 흐리게 웃었다. 그리고 그녀의 손을 잡아 부드럽게 검을 떼어냈다.

"모두 뭘 하는 거지?"

조마조마한 얼굴로 주시하고 있던 기사들이 주인의 목소리에 정신을 차렸다. 카일은 유카르테를 똑바로 바라보았다. 그 얼굴에 떠오른 건 명백한 승리자의 미소였다.

"너희 임무를 완수하라."

"예!"

크게 외친 기사들이 순식간에 유카르테의 주위를 둘러쌌다.

"아, 안 돼! 안 돼, 유카!"

절망한 로아네즈가 카일의 품에서 바둥거리며 유카르테를 향해 팔을 뻗었다. 그런 그녀를 카일이 억지로 끌어안은 채 다독였다.

그런 중에서도 제게는 견제의 눈길을 보내는 카일을 보며 유카르테는 피식 웃었다. 돌아가는 상황에 속은 시끄러웠지만, 그래도 카일이 자신의 약혼녀를 죽일 정도로 최악은 아니라서 다행이다 싶었다. 그녀가 자신 때문에 죽었다면 더 견디지 못했을 것이다.

"그래도 이쯤 되면 저항은 좀 해 줘야겠지. 순순히 죽어 주면 로아가 더 슬퍼할 테니까."

유카르테는 검을 들었고, 달려드는 기사들과 몇 번 검을 주고받았다. 몇 사람은 밀어냈고 한 사람과는 힘겨루기로 이어졌다. 그런데 그때 검을 마주한 기사가 놀란 표정으로 눈을 크게 떴다. 이어진 말에 당황한 건 유카르테 쪽이었다.

"시, 신의 증표다!"

이 뜻밖의 외침은 정신없던 현장을 단숨에 소강상태로 만들었다. 유카르테를 포위한 기사들은 물론 카일 역시 놀란 얼굴로 돌아보았다. 돌아가는 상황을 이해할 수 없어서 어리둥절해하던 유카르테는 그들이 바라보는 곳으로 시선을 내렸다. 그리고 자신의 손등에 선명히 찍힌 마신의 문장을 발견했다.

이게 뭐야?

가장 먼저 떠오른 생각은 그것뿐이었다. 신의 문장이라는 걸 몰라서 한 생각이 아니었다. 단지 어째서 자신의 손에 이런 게 찍혀 있는지 알 수 없었다. 신의 문장을 지녔다는 건 신관이라는 뜻이다. 그러나 신관은 보통 어릴 때 결정된다. 이런 상황에서 갑자기 신의 문장이 나타나는 건 누가 보더라도 비현실적이었다. 어렴풋이 그는 조금 전의 상황을 떠올렸다.

—로아네즈가 자신의 손을 잡았었다.

"……."

"……."

사방이 이미 쥐 죽은 듯이 고요했다. 다들 어찌할 바를 알지 못해 혼란에 빠진 상태였다. 조금 전까지만 해도 적극적으로 유카르테를 공격하던 자들이 지금은 누구도 섣불리 움직이지 못했다.

"신성 제국법 제1조 제1항. 신관은 세속의 관념과 법으로 다스리지 않는다."

침묵을 가르고 낭랑한 목소리가 울려 퍼졌다. 어느새인가 카일의 품에서 벗어난 로아네즈였다. 그녀의 말은 이곳에 있는 모두가 유카르테를 건드리지 못하는 이유였다.

신관이 된 자는 그 기점으로 다시 태어난 것으로 한다. 과거의 신분과 행적을 전부 덮으며 그의 심판은 신에게 맡긴다. 이를 받아들이지 못하고 과거의 은원을 행사하려는 자는 교단의 은혜에서 제외되며, 윤리적인 규탄에서 벗어나지 못한다.

"유카가 신관이 되었네요. 이제 정말로 유카를 믿으셔도 되겠어요, 전하."

멍해 있던 카일이 자신의 약혼녀를 돌아보았고…… 천천히 표정을 굳혔다. 그 얼굴에 떠오르는 지독한 배신감이 선명히 읽혔다.

그 역시 로아네즈가 유카르테의 손을 잡는 걸 보았었다. 문장이 가짜라는 것도 알아차렸을 것이다. 하지만 카일은 아무 말도 하지 않았다. 지금 여기서 그 사실을 밝히면 로아네즈가 종교 재판에 회부될 테니까. 그리고 반드시 화형당할 것이다. 신의 문장을 위조한 건 그만한 중죄였다.

"로아, 날 사랑합니까?"

"그래서 전하를 찌를 수 없었죠."

"……그래요. 나 역시 마찬가지입니다."

힘없이 대답한 후 카일은 지친 모습으로 돌아섰다. 1황자가 일으켰던 피의 심판은 그렇게 마무리되는 듯했다. 그날 로아네즈는 유카르테를 끌어안고 한참 울었다. 그러면서도 이제 다 끝났다는 사실에 안도하기도 했다. 그러나 유카르테에겐 끝이 아니라 시작이었다.

하루아침에 사랑하는 사람들을 전부 잃은 충격과 소중한 친우가 저로 인해 무거운 업보를 짊어졌다는 사실은 유카르테의 정신을 천천히 갉아먹었다. 포기한 듯했던 카일은 다른 방식으로 압박해 오기 시작했고, 유카르테는 이후에도 소중한 것들을 하나씩 잃어갔다. 그를 따르고 지지하던 사람들, 외가 쪽의 핏줄들, 함께 허물없이 어울렸던 친우들과 그 친인척까지. 잃어가는 방식은 전부 달랐지만 유카르테가 고립되는 결과만은 같았다. ……그리고 마침내, 그가 사랑해 마지않던 어린 동생마저 죽었다. 그가 바라지 않는 가장 처참한 방식으로.

매일 밤 침대에 누우면 천장 위에서 죽은 세즈가 피투성이의 모습으로 나타났다. 구멍 뚫린 눈으로 그를 바라보며 두 팔을 뻗은 채 비명처럼 외쳤다.

형님 살려주세요. 절 위해 복수해 주세요. 전 너무 억울해요. 전 그러고 싶지 않았어요. 전 죽고 싶지 않았어요. 살고 싶었어요. 왜 내가 죽어야 해요? 난 아무런 잘못도 없었어요. 행복할 수 있었단 말이에요.

"이게 모두 형님 때문이야."

처절한 비명이 멈추고 나면 다음으로는 원망이 이어졌다. 그가 쏟아내는 피가 뚝뚝 떨어져 유카르테의 얼굴을 적셨다. 뻗은 두 손이 마침내 유카르테의 목을 붙잡아 졸랐다.

어차피 진짜 신관도 아닌 주제에. 왜 신전에 왔어요? 왜 당신이 신관이 돼서 이곳으로 왔어요? 형님만 오지 않았으면 난 잘 살 수 있었는데. 당신이 여길 와서 내가 대신 죽은 거야. 이게 모두 다 너 때문이야. 네가 날 죽인 거야! 네가 날 죽였어!

"죽어! 죽어! 네가 죽으라고!"

차라리 죽었으면 했다. 그러나 숨이 완전히 넘어갈 때쯤이 되면 그 모든 환영이 씻은 듯이 사라지고, 유카르테는 다시 살아남아 다음날을 맞이했다. 그는 매일 살아남은 자신을 저주했다.

로아네즈의 설득에 못 이겨 마왕을 소환한 건 완벽한 신관으로 위장하기 위해서가 아니었다. 어쩌면 이 악몽을 멈출 수 있을지도 모른다는 데서 기인한 기이한 열감 때문이었다.

"난 아무나와 계약하지 않아."

소환에 성공한 마왕이 그렇게 말했을 땐 조금 실망했었다. 그러나 마왕의 말은 거기서 끝나지 않았다.

"하지만 넌 마음에 들어. 까맣게 죽은 눈을 하고 있군. 살아 있는 인간에게서 이런 눈을 볼 수 있는 건 쉽지 않지. 멸망을 원하는 눈이야."

"……."

"난 절박한 녀석을 좋아해. 난 널 위해 모든 걸 다 해 줄 수 있다. 내게 바라는 게 있나? 내가 어떻게 해 주길 바라지?"

어떻게 해 주길 바라느냐고?

유카르테는 희미하게 웃었다. 머릿속이 갑자기 개운해지는 것 같았다. 반대로 시커먼 안개가 끼는 것 같기도 했다. 지금까지 누구도 자신에게 이런 말을 해 준 적은 없었다. 오히려 다들 그가 뭔가를 해 주기만을 바랐다. 황제가 되어 줘, 신관이 되어 줘, 살아남아 줘, 제발 죽어 줘, 복수해 줘, 그 외에도 기타 여러 가지. 각자의 욕망에 꼴사나울 정도로 휘말리기만 하는 삶이었다.

눈시울이 뜨거워지며 눈앞이 급격히 흐려졌다. 유카르테는 뺨을 타고 흘러내리는 눈물을 굳이 닦아내지 않았다. 자신은 내내 누군가가 이런 말을 해 주기를 기다려 왔었던 것 같았다. 그래, 이 말을 듣고 싶었다.

"그를…… 세상에서 가장 잔인하게 죽여 버리고 싶어."

입이 터지자 자신을 바라보고 있는 붉은 눈이 빛났다. 진심으로 기뻐하는 듯한 그의 얼굴을 보니 다음 말도 저절로 이어졌다. 꾹꾹 삼켜오기만 했던 마음들이 둑이 터진 것처럼 한꺼번에 쏟아져 나왔다. 그걸 언어로 옮기는 건 숨쉬기보다 더 쉬웠다.

"그자가 가장 고통을 느낄 방식으로 죽게 하고 싶어. 그자가 아끼고 사랑하는 것들, 그자를 사랑하는 것들도 세상에서 다 지워버리고 싶어. 나보다 더 처참한 기분을 느끼게 하고 싶어."

"좋아. 그걸 위해 넌 뭘 치를 수 있지?"

"……전부 다. 내 모든 걸 잃더라도."

웃음소리가 터져 나왔다. 그의 대답에 만족한 웃음이었다. "네가 원하는 대로 이뤄질 거다." 이윽고 가까이 다가온 마왕이 나른한 목소리로 속삭였다. 그러자 눈앞이 어질거리며 새카만 안개가 가득 차올랐다. 시야가 흐린지 선명한지 분간이 되지도 않는 기분인데 마음은 놀라울 정도로 차분해졌다. 이제 더는 아무것도 혼란스럽지 않았다. 앞으로 가야 할 이정표가 분명히 보이는 것 같았다.

"계약은 성립되었다."

유카르테는 그날부터 인간을 버렸다. 이전까지의 사고방식과 윤리관은 그에게 아무런 영향을 미치지 못했다. 거부감이 전혀 없었던 건 아니었으나 그 기간은 그리 길지 않았다. 오히려 시간이 지날수록 변한 자신의 모습이 만족스러웠다. 왜 지금까지 그런 사소한 것들에 얽매여 있었는지 이해할 수가 없었다. 시야가 트이며 모르던 부분이 읽혔다. 세상을 좀 더 넓은 관점으로 바라볼 수 있게 되었다. 어느 순간부터는 복수를 넘어선 다른 이상을 그리게 됐다.

신관이 되면 다시 태어나는 거라고 했던가. 유카르테 역시 그 말을 실감했다. 마왕으로부터 문장을 받은 그 날로부터 그는 진정한 의미에서 새로 태어났다. 그는 마왕 카류안의 신관이었다. 로아네즈와 파이런이 자신을 이해하지 못한 것도 무리는 아니었다. 그들은 평범한 인간이었으니까. 하지만 자신은 달랐다. 그는 더 큰 세상을 알았다. 그리고 이제 그보다 더 커질 차례를 남겨 두고 있었다.

"어? 뭐야, 지금 저거 인간인가?"

마침내 목적지에 도착했을 때, 중얼거리는 목소리가 들려왔다. 안개 속에서 앉아 있던 형체가 몸을 일으키는 것이 보였다. 그 하나를 따라 다른 형체들도 우르르 반응을 보였다.

"뭐? 인간?"

"인간이라고?"

"드디어 여기서 벗어난 거야?"

웅성거리는 이들에게선 모두 같은 냄새가 났다. 유카르테는 한 손을 뻗었다. 허공을 크게 휘젓자 눈앞을 가득 채우고 있던 안개가 걷히듯이 사라졌다. 한순간에 맑아진 공기는 그 안에서 어정쩡한 자세로 서 있는 사람들을 고스란히 드러냈다. 그들 모두 흑발에 붉은 눈동자였다. 아직 상황을 파악하지 못해 눈만 깜빡거리고 있는 그들을 보며 유카르테가 히죽 웃었다.

"모르스, 너희가 이 대사의 거름이 되어 줘야겠다."

*　　*　　*

뺨을 스치는 기묘한 감각에 데르온은 감고 있던 눈을 반짝 떴다. 그 상태에서 가만히 주변을 주시했다. 착각이 아니었다. 평소와 바람 소리가 달랐다. 미묘하지만 공기의 흐름도 달라진 것 같았다. 이곳에 갇힌 이후로는 처음 있는 일이었다. 데르온은 반사적으로 무기를 점검하면서 주군이 잠든 곳을 바라보았다. 단단한 고치를 이루고 있는 장소는 아직 아무런 변화가 없는 상태였다. 안쪽에서 반복적으로 새어 나오는 붉은빛에도 별다른 이상이 없음을 확인한 후에야 그는 옆쪽을 돌아보았다. 그곳엔 조금 전의 자신과 비슷하게 앉은 자세로 잠들어 있는 이가 있었다.

"이봐."

"……."

"이봐, 일어나."

거듭 재촉하는 말에도 상대는 얼굴을 찌푸리기만 할 뿐 눈을 뜨진 않았다. 데르온은 잠시 고민하다가 주위를 둘러보았고, 마침 근처에서 굴러다니는 나뭇가지 하나를 발견했다. 그걸 주워온 데르온은 나뭇가지 끝으로 깨어나지 않는 이의 어깨를 쿡쿡 찔렀다.

"이봐. 이봐, 내 말 안 들리나?"

다행히 이번엔 효과가 있었는지 잠잠하던 몸이 움찔 떨렸다. 그에 희망을 느낀 데르온이 더욱 박차를 가했다.

"일어나, 룬. 귓구멍이 막혔나, 천마? 어이, 눈을 떠라, 혈마. 설마 혈마라고 불러서 무시하는 건 아니겠지, 한땐 유니콘이라 불린 성마. 이만 정신 차리지, 퍼런 엘프?"

"……젠장, 작작 좀 해!"

결국 괴롭힘에 굴복한 상대—시벨리우스가 신경질을 내며 눈을 떴다. 선명하게 노려보는 푸른 눈동자를 보고서야 데르온은 만족스러운 표정을 지었다.

"드디어 깼군."

"그래, 깼다! 깼어! 너 이 자식 내 이름 뭔지 알잖아? 일부러 이름만 빼놓고 불렀겠다?"

"이름으로 부르기 싫었다."

"아오! 그래, 나도 네 이름 따윈 부르기 싫으니까 그건 그렇다 쳐! 깨울 거면 손으로 건드리든가! 나뭇가지로 찔러대는 건 대체 어디서 배워먹은 심보야?"

"만지기도 싫었다."

"아씨! 나도 너랑 닿기 싫거든? 그냥 살기나 투기를 일으키라고! 그럼 즉각 깼을 거 아냐! 나뭇가지 따위를 주워 오는 것보다 그게 더 빨랐겠다!"

"동료에 대한 예의를 차린 것뿐인데."

"대체 뭔 놈의 동료 예우가 그따위야? 아주 고마워서 눈물이 다 날 지경이네!"

"네가 내 부탁을 들어준다면 좀 더 정중해지지 못할 것도 없지."

"아니, 그런 조건부 정중은 차라리 안 받고 말란다. 뭘 부탁하려는지 들어볼 생각도 없지만, 마신과 접신해 달라는 부탁이라면 영원히 꿈도 꾸지 마!"

"……쯧."

"뭐가 잘났다고 혀를 차? 지금 혀를 차고 싶은 건 나거든?"

어처구니없어 쏘아붙인 말에 데르온은 불만 가득한 표정으로 그를 가만히 바라보다가 다시 혀를 찼다. 시벨리우스로선 혈압이 오르다 못해 기절할 순간이었다.

대체 왜 이런 꼴을 겪어야 한단 말인가. 그는 진심으로 자신의 삶에 짙은 회의감을 느꼈다. 마신에게 몸을 빼앗겨 낯선 장소에 떨어진 것도 울화통이 치미는 일인데 그날 이후로 어디도 가지 못한 채 갇혀 지내는 신세였다. 이 와중에 강제로 떠맡게 된(그가 보기엔 떠맡은 것이나 다름없었다) 두 마족 중 하나는 눈만 마주치면 마신을 다시 만나고 싶다고 노래를 불러댔다. 한 대 쥐어박을 수 만 있다면 속이라도 시원할 텐데, 힘도 강한 놈이 눈치까지 빨라서 틈을 안 주니 약만 더 올랐다. 정말로 정신건강에 해로운 시간이었다.

"그만큼 했으면 이제 그만 좀 포기해라. 접신은 안 한다고 했잖아."

"넌 정말 치사한 유니콘이다. 아마 역대에서 가장 옹졸한 룬일 거다."

"하하하…… 진짜 미치겠네. 살다 살다 유니콘이 마족의 부탁을 거절한다고 치사하다는 소리를 들을 줄이야."

"네가 아스 님과 계약함으로써, 마족과 성마 사이에 쌓인 오랜 은원이 끝났다고 말한 건 바로 너였다."

분명 그렇게 말하긴 했다. 카노스가 알려준 사실을 그대로 읊기만 한 거지만. 사실 그 계약 역시 반강제로 한 거나 다름없는 데다가(이건 아스 역시 마찬가지긴 하다) 그렇게 염원하던 일도 아닌지라 별로 감동스럽지도 않았다. 그리고 그건 데르온 역시 마찬가지일게 뻔했다.

"내 이름을 부르기도 싫고 만지기도 싫어서 나뭇가지로 찔러 깨우는 놈이 할 말은 아니지 않냐?"

"그거야 아직 적응 단계니 할 수 없는 일이지."

"얼씨구?"

"원래 이런 건 윗사람이 좀 더 배려해야 하는 거다. 넌 룬이고,

난 일개 공작이지. 그러니 내게 베풀어라, 유니콘. 카노스 님과 접신해."

"싫다고! 안 한다고! 너나 잘 베푸세요! 난 해소된 은원이 다시 차곡차곡 쌓이는 중이니까!"

"하아, 룬이 이렇게나 예민한 성격이니 성마들도 참 안됐군."

"……너 라피스 놈한테 무슨 특별 수업이라도 받았냐? 주둥아리로 사람 뒷목 잡게 하는 재주가 있다?"

"난 원래 만만한 놈한테는 이런다."

"진짜 죽고 싶냐?"

말씨름이 길어질수록 시벨리우스는 극도의 피로감을 느꼈다. 그래도 차라리 이렇게 투닥거리는 편이 더 낫기는 했다. 눈을 떴을 때 봤던 얼굴로 부탁했다면 거절하는 게 지금보다 더 고역이었을 테니까.

"……카노스 님?"

시벨리우스가 의식을 차렸을 때, 데르온은 여전히 그 안에 잠시 머물렀던 이의 흔적을 찾는 중이었다. 조심스럽게 살피는 표정은 불안정했고, 금방이라도 울 것처럼 눈가가 벌겠다. 아마 그가 조금만 더 늦게 답했다면 정말 눈물을 떨어트렸을지도 모르는 일이다. 그렇게까지 간절한 그리움과 상실감을 담아낸 얼굴을 시벨리우스는 이제껏 딱 한 번 보았었다. 지켜보는 사람을 더 안타깝게 하는, 그래서 아무것도 해 주지 못하는 자신이 원망스럽기까지 했던 얼굴. 그 얼굴을 설마 피도 눈물도 없다는 마족에게서 볼 수 있게 될 줄은 몰랐다.

그 모습을 생각하면 지금도 마음이 약해지긴 했다. 물론 그렇다고 넘어가 줄 마음은 추호도 없었다. 강신은 숙련된 룬도 부담을 느끼는 일이다. 하물며 마신의 기운은 다른 신들보다도 자극이 강했다. 이제 막 그릇으로서 힘을 각성한 그가 아무 때나 담을 수 있는 존재가 아니었다. 안 그래도 한동안 후유증 때문에 얼마나 고생했는지 모른다. 온종일 어지럼증에 시달리고 먹을 것도 제대로 넘기지 못해 헛구역질을 몇 번이나 했다. 그 모습을 옆에서 뻔히 다 봤으면서도 마신을 다시 불러 달라 요청하는 데르온은 뻔뻔하다 못해 파렴치한 거였다.

무엇보다 가장 열 받는 건 그때 보인 그의 태도 변화였다. 카노스가 아니라는 사실을 알자마자 데르온은 부축하고 있던 팔을 곧바로 빼버렸고, 당시 막 정신을 차려서 상황 파악이 더디던 시벨리우스는 처참히 바닥에 엎어져야 했다. 그런 주제에 데르온은 도리어 적반하장으로 시벨리우스를 원망스럽게 바라보기까지 했다. 마치 그가 카노스의 자리를 빼앗기라도 했다는 듯이.

'이건 내 몸이라고!'

이쯤 되면 호의를 내줄 마음이 있어도 접는 게 당연하지 않은가. 역시 마족은 사악하기 이를 데 없는 종족이었다. 시벨리우스는 그가 부리는 수작엔 앞으로도 결코 넘어가지 않을 거라고 굳게 결의했다. 그런 후에야 빙빙 돌았던 대화가 본론에 이르렀다.

"아무튼 난 왜 깨운 건데?"

"잠시 주위를 둘러보고 와야 할 것 같다. 내가 없는 동안 아스님을 부탁하겠다."

"갑자기 어딜 둘러봐? 나가 봤자 소용도 없잖아?"

"소용없지 않은 것 같으니까."

"뭐?"

"미네르바의 장막이 사라진 것 같다."

"……!"

그제야 시벨리우스는 표정을 바꾸고 주위를 훑었다. 도발에 일일이 응대하느라 미처 알아차리지 못했는데 이제 보니 주변의 공기가 조금 달라진 것 같았다.

아니 확실하게 달라졌다. 그동안은, 정확히는 이곳에 온 이후로 시벨리우스는 모든 감각이 차단된 느낌을 받고 있었다. 주위의 모든 것들이 아무리 읽으려 해도 잡히지 않는 허상 같았다. 동굴 안은 그나마 통로가 하나뿐이라 괜찮았지만, 여기서 벗어나면 목표를 두고 똑바로 걸어 나가도 방향을 잃기 십상이었다. 천하의 길치가 된 기분이었다. 그런데 지금은 모든 감각이 선명했다. 외부로부터 타고 들어오는 미세한 바람의 흐름까지 뚜렷하게 읽혔다.

'미네르바가 일부러 힘을 거둔 건가? 그럼 모르스는 어떻게 된 거지? 다시 마계로 돌려보낸 거겠지?'

돌아가는 상황에 대해 아는 바는 없지만 신들이 직접 사태 수습에 나서고 있다는 것만은 분명한 사실이었다. 그들이 악신을 처리하는 과정에서 아크아돈에 숨어든 마족들을 되돌려 보낸 거라면 미네르바가 장막을 거둔 이유로 충분했다. 하지만 만약 그게 아니라 무슨 변고가 생긴 거라면? 바람의 정령왕이 장막을 거둔 것이 본인의 의도가 아니었고, 모르스가 아무런 대책 없이 그냥 풀려나는 거라면?

'그럼 완전 재앙이잖아.'

가정할 수 있는 수많은 추측 중에서도 나쁜 예감이 특히 밟히는 건 어쩔 수 없는 일일 것이다. 모르스는 과거 천마 대전에서 신계에 막심한 피해를 준 특수군이었다. 비슷한 힘을 지닌 천사들조차도 고전했는데 인간족이 주류 종족인 아크아돈은 당해내지 못할 게 분명했다.

그동안 데르온은 이미 동굴 밖으로 성큼성큼 사라진 상태였다. 시벨리우스는 욕설을 삼키고 엉거주춤 몸을 일으켰다. 아스가 있는 곳을 돌아봤으나 꽁꽁 덮인 고치 형태는 그가 처음 봤던 모습에서 여전히 아무런 변화가 없었다. 어떻게 할지 망설이다 시벨리우스는 서둘러 데르온의 뒤를 쫓았다. 그러다 얼마 지나지 않아 통로 끝에 서 있는 그의 뒷모습을 발견했다.

"뭐야, 벌써 떠난 줄 알았더니 왜 여깄어?"

"그런 너는 왜 따라 나온 거지? 아스 님을 맡겼을 텐데."

"나도 동태는 살펴야 할 것 아냐. 어차피 입구는 여기 하나뿐인데 안에만 있으면 뭐해?"

그 말이 틀리진 않았기에 데르온은 불퉁한 표정을 지으면서도 입을 다물었다. 시벨리우스는 좀 더 앞으로 나가 공기를 한껏 들이마셨다. 바깥쪽으로 오니 동굴 안에 있을 때보다 감각이 선명해졌다는 게 더 확실히 느껴졌다. 스치는 바람 속에 무수한 냄새와 소리와 기운들이 섞여 있었다. 바람이 전해 주는 정보가 이렇게 많았다는 걸, 차단되기 전까지는 미처 의식하지 못했던 부분이었다.

"그래서 넌 왜 여기서 멈춰 있는데?"

"저길 봐."

데르온이 턱짓으로 한 방향을 가리켰다. 그곳으로 시선을 돌리기 무섭게 시벨리우스는 얼굴을 굳혔다. 그들이 있는 동굴보다 낮은 지대에 펼쳐진 빼곡한 나무숲, 그 위를 날 듯이 빠르게 이동하는 무리가 보였다.

어느 정도 몸을 단련하면 인간도 저 정도의 경지엔 이를 수 있다. 검기를 일으키거나 바위도 가를 수 있었고, 드물지만 그중 일부는 어지간한 드래곤보다도 강해질 수도 있었다. 그러니 특별한 능력을 보인다 해서 섣불리 인간이 아니라 단정할 수는 없었다. 하지만 그들에게서 풍기는 기운은 인간은 절대 가지지 못하는 것이었다. 살기와는 또 다른, 진득하고 섬뜩한 어둠을 담은 기운. 정제되지 않은 독에 가까운 그것을 타고나는 종족은 세상에 단 하나뿐이었다. 더불어 멀리서도 한눈에 띄는 짙은 흑발 역시 그들의 정체를 분명하게 알려주고 있었다.

마족.

시벨리우스와 데르온이 동시에 서로를 바라보았다.

"저거 모르스인가?"

"아마도."

"한 천 명 정도 되는 것 같은데…… 저놈들이 다야?"

"그럴지도."

"아까부터 그 애매한 대답은 뭔데?"

"모르스는 그림자 군대다. 오직 마왕에게만 충성하고 그 명령에만 따르지. 표면으로 나서는 일이 없기 때문에 나도 그들의 얼굴은 물론 정확한 규모가 얼만지 알지 못해. 소집 나팔을 듣고 모인 걸 테니 아마 거의 다 넘어왔겠지만."

"으음, 뭔가 엄청나네. 마왕의 명령에만 따른다는 건 공작의 명도 소용없다는 건가?"

"당연한 소리. 그들에게 내 명령은 발치에 떨어진 콩 조각보다 가치가 없다."

그게 그렇게 자부심 넘치게 대답할 일인가 싶었으나 데르온의 표정은 뿌듯하기만 했다. 그간 알아온 세월이 마냥 무용지물은 아니었던지라 시벨리우스는 그의 심리 상태를 어렵지 않게 파악할 수 있었다. 공작인 자신의 위신보다 훗날 마왕이 되어 모르스의 충성을 받을 아스의 위용부터 생각하고 있는 게 분명했다.

"마족은 권력을 탐한다고 들었는데. 네가 마왕이 될 생각은 없나 봐?"

"난 아스 님을 섬기기로 맹세했으니까."

"맹세해서? 그게 다야?"

"충성을 맹세한 이에겐 신의를 지킨다. 당연한 거 아닌가?"

"당연하긴 한데, 그 당연한 말을 마족이 하니 좀 기분이 묘하네. 마족은 밥 먹듯이 서로 싸운다고 들었거든."

"우린 승부를 즐기는 거지 배신을 즐기는 게 아니다. 각자의 기준선이 다른 것뿐, 내가 인정한 상대는 진심으로 따라. 게다가 마족만 배신하는 것도 아니지."

"……그건 그래."

오히려 배신은 성결의 상징이었던 유니콘인 그의 일족이 저질렀다. 그 배신의 대가를 온몸으로 치른 장본인으로서, 시벨리우스는 그간 자신이 꽤 편협한 사고에 사로잡혀 있었음을 인정하기로 했다. 그거랑은 별개로 친해질 수 없는 유형이라는 점은 달라지지 않을 것 같았지만.

"그런데 좀 이상하다."

"뭐가 이상해?"

"다른 차원으로 소집된 모르스는 그 세계의 섬멸을 위해 움직인다. 무작위로 흩어져서 눈에 보이는 족족 죽여 없애는 걸 목표로 삼지. 그런데 지금은 그런 느낌이 아닌 것 같다."

시벨리우스는 그가 하려는 말의 의미를 금방 이해했다. 아까부터 쭉 지켜보는 동안 모르스는 일괄적으로 줄을 맞춰 한 방향으로만 이동하고 있었다. 마치 어디론가 가야 할 목적지를 정해 두고 있는 것 같았다.

"넌 쟤들이 어디로 가는 것 같아?"

"글쎄, 하지만 그게 어디든 우리 쪽에 좋은 흐름은 아닌 것 같군."

"와, 너랑 마음 맞는 건 싫은데 나도 그렇게 생각했어."

그때 모르스 중에 하나가 이동을 멈춘 채 그들이 있는 쪽을 돌아보아서 둘은 곧바로 몸을 숨겼다. 다행히 정확히 눈치챈 것은 아니었는지 그는 한동안 고개를 갸웃거리다가 다른 이의 부름을 받고 다시 이동하는 무리에 섞여들었다. 그 모습이 멀찍이 사라질 때까지 시벨리우스와 데르온은 호흡을 멈춘 채 기척을 완전히 죽였다.

"……우리 둘이서 저걸 막을 수 있을까?"

"네가 강신해서 카노스 님을 모셔온다면 가능할 텐데."

"너 자꾸 은근슬쩍 되지도 않는 욕심을 부리는데. 나는 강신을 안 하는 거지만 못하는 거기도 해. 지금 문을 열면 위험하다고. 악신 쪽에서 눈치챌 수도 있단 말이야."

"쯧."

"알아들었으면 이제 더는 그 얘긴 꺼내지 마. 일단은 저 녀석들이나 따라가 보는 게 좋겠어."

"넌 여기에서 아스 님을 지켜라. 추적은 내가……."

대답은 끝까지 이어지지 못했다. 별안간 몸을 움찔한 데르온이 황급히 뒤를 돌아보았다. 그 시선이 보이지 않는 동굴 안쪽을 집요할 정도로 뚫어지게 응시했다. 의아해하던 시벨리우스도 곧 무언가를 깨달은 얼굴로 동굴 쪽을 바라보았다. 그가 얼떨떨하게 입을 벌렸다.

"……어쩌면 둘이 아닐 수도 있겠네."

2.

시간의 흐름은 잡히지 않는 공기와 같으며 지나간 일은 어떠한 방법으로도 돌이키지 못한다. 신의 세상에 한없이 가까워진 지금에도 그것만은 변하지 않는 부분이었다. 그러니 어찌할 수 없는 후회에 빠지기보다 당장 할 수 있는 최선에 집중해야 한다는 것도.

당연한 일이겠지만 우리가 정화진이 있던 장소로 갔을 땐 카류안은 이미 사라지고 없었다. 영상 속 황금빛으로 눈부시던 마법진 역시 흔적조차 찾아볼 수 없기는 마찬가지였다. 그 대신 보이는 거라곤 온통 새카만 검댕으로 뒤덮인 처참한 현장의 모습이었다. 눈이 닿는 곳마다 눌어붙은 검은 진액이 부글거리고 있었다. 흙이 타면서 발생한 연기가 사방에 자욱했다. 마치 진압을 마친 직후의 화재 현장 같았다. 물론 그것과는 비교도 할 수 없을 만큼 훨씬 더 질이 나쁜 상태긴 했지만.

"엘, 위험하니까 건드리지 마라."

무심코 진액을 살피려 하자 바로 제지하는 엘퀴엔의 목소리가 들렸다. 나는 시험해 볼 마음을 깨끗이 접고 뒤로 물러섰다. 사실 굳이 살피지 않아도 온 사방에 가득한 독기가 절절히 느껴졌다. 우리니까 이곳에 있어도 멀쩡한 거지 평범한 인간은 근방에 닿기도 전에 중독되어 급사할 정도로 치명적인 수준이다. 중심부에 들어섰을 땐 라피스조차 꺼려졌는지 뒤로 멀찌감치 물러선 상태였다.

"여긴 한동안 봉쇄해야겠어. 내가 직접 정화에 나서도 다시 제 기능을 하려면 백 년은 더 걸리겠는걸."

주위를 돌아보는 트로웰은 드물게 화난 표정을 드러내고 있었다. 멀쩡한 벌판이 죽음의 터로 변했으니 땅의 정령왕인 그가 분노하는 것도 당연했지만 뭔가 다른 이유가 있는 것 같았다.

"이곳을 잃다니 아쉽네. 가을에 분홍 억새가 흐드러지게 피는 곳이었는데."

"분홍 억새? 예쁘겠다."

"응, 정말 예뻐. 미네르바와 내가 같이 만든 거였어. 우연히 자생한 걸 미네르바가 발견해서 씨앗을 가져왔고, 그걸 내가 번식시켰지."

여기서 그가 말하는 미네르바가 전대라는 사실은 굳이 확인할 필요도 없었다. 그리움을 담은 표정만 보아도 충분했으니까.

"이제 그걸 다시는 볼 수 없겠구나."

혼잣말로 중얼거리는 트로웰은 씁쓸해 보였다. 어딘지 텅 비어버린 듯 공허한 눈동자였다.

"나중에라도 다시 자라게 할 순 없는 거야?"

"음? 아아, 억새를 다시 키우는 건 가능해. 일단 내가 따로 보관해 둔 종자가 있거든. 정화가 끝나면 다시 한가득 채워 놓긴 할 거야."

"그럼……."

"하지만 복원하더라도 이전과 똑같은 건 아니겠지."

'아.'

그 말을 듣고서야 나는 그가 말한 게 억새를 말하는 게 아니라는 걸 깨달았다. 다시 볼 수 없다는 건 미네르바와의 추억을 뜻하는 것이겠지. 이 장소가 다시 분홍 억새로 가득해진다 해도 그건 이제 더는 미네르바와 함께 만든 것이 아닐 테니까. 그의 두 눈을 가득 채운 공허가 뭔지 알 것 같았다. 그건 상실감이었다.

문득 가슴 안쪽이 저릿해져서 반사적으로 손으로 짚었다. 미네르바와의 이별은 나도 슬프고 안타까웠지만 트로웰과 같은 기분일 수는 없었다. 나는 깊이 추억할 만큼 그와 함께한 시간이 길지 않았으니까. 곁에 있는 게 당연했던, 늘 함께하던 이의 비워진 자리를 돌아보고 확인하는 마음은 상상하는 것만으로 버겁다. 돌이켜 보면 나는 남겨진 쪽의 기분을 제대로 경험해 본 적이 없는 것 같다. 태진이와의 이별도 내가 떠나는 쪽이었다.

"상급신이 죽어야 한다고?"

"그래."

그 짧은 대화가 계속 마음을 어지럽히는 것도 아마 그래서일 것이다. 나는 힐끗 엘뤼엔 쪽을 바라보았다. 내겐 건드리지 말라고 했으면서 정작 그는 손을 뻗어 검은 덩어리를 조금 움켜쥐고 있었다. 타는 소리가 나서 바라보았더니 그의 손이 점차 까맣게 물들고 있었다. 깜짝 놀라 다가가려 하자 엘뤼엔이 곧바로 고개를 저었다. 표정을 담지 않은 얼굴에서 가까이 오지 말라는 경고만은 분명히 읽혔다. 그 직후 그의 손에서 하얀빛이 터져 나왔고, 그 빛이 빠른 속도로 검은 기운을 몰아내기 시작했다. 이윽고 완전히 밀려난 검은 기운이 증발하는 것처럼 연기를 내며 사라졌다.

"뭘 한 거야?"

"놈의 각성 상태를 확인한 것뿐이다."

"그걸 꼭 그런 방법으로 확인해야 해?"

"이건 닿아야 알 수 있는 거라서."

그는 대수롭지 않다는 듯한 얼굴이었지만 나는 오히려 입이 바짝 말랐다. 엘뤼엔은 내가 뭘 염려하는지 알겠다는 표정을 지었다.

"내가 유능한 아버지라는 걸 또 잊은 것 같구나, 아들아. 다 할 만해서 시험한 거다. 놈의 힘이 날 앞선 건 사실이지만 내가 속수무책으로 밀릴 정도도 아니야."

"……그래서 뭘 알아냈는데?"

"아직 놈에게 카노스의 금제가 남아 있군. 일부 정화가 진행된 상태이기도 하니 바로 각성할 일은 없겠어."

그나마 희망적인 소식이었다. 마신의 금제는 저절로 풀리는 것이 아니니 마냥 숨어서 시기를 기다리지는 못할 것이다. 어떤 쪽으로든 카류안이 곧 노출된다는 소리고, 잡을 확률도 그만큼 더 높아진다.

"그래도 악신용 소멸진을 만들어야 하는 거지?"

"힘이 온전하지 못한 것뿐이지 이미 그 혼은 악신이 된 거나 다름없으니까. 발견이 너무 늦었어. 이삼십 년 정도만 빨랐어도 여기까지 오진 않았겠지."

그 기간은 내가 이 땅에 태어나지 못한 시기와도 겹친다. 각성에 박차를 가할 정도로, 그 시기에 카류안은 가뭄을 이용해 기하급수적으로 제물을 끌어모았다. 얼마나 많은 아이가 죽은 건지 숫자를 헤아려 보기도 겁났다. 그 추악하고 끔찍한 과정에 내가 보탬이 되었다 생각하니 기분이 하염없이 가라앉았다. 그런데 엘뤼엔은 의외의 말을 했다.

"하지만 그래서 막을 수 있었던 거기도 하다. 놈은 허점을 노린 거라 생각하겠지만, 아크아돈을 각성 장소로 정한 건 실책이야. 오히려 가장 멀리 돌아가는 길을 택한 셈이다."

"어? 왜?"

"이 세계는 특별하지. 주인이 있으니까."

"주인이라면…… 우리들 말이야?"

"그래. 중간계는 저마다 정해진 관리자가 있지만 아크아돈은 그런 단순한 개념과 다르다. 이 세계는 온전히 정령왕의 것이지. 세상의 흐름도 정령왕을 중심으로 돌아간다. 그게 제법 분명하게 보이지 않나? 놈은 물의 정령왕을 건드렸고, 결국 그 물의 정령왕에 의해 계획을 완성하지 못하게 됐다."

그런 식으로는 한 번도 생각해 본 적이 없었다. 대공이 저지르는 일마다 유독 나와 연이 닿았던 게 그런 이유였던 건가. 지겨운 악연이라 생각했는데 그 모든 걸 카류안이 자처한 거라니 뭔가 기묘한 기분이었다. 나는 조금 얼떨떨하게 있다가 고개를 갸웃했다.

"으음, 그래도 완전히 막지는 못했잖아?"

"글쎄, 달리 보면 이곳이라서 그나마도 막을 수 있었다고 해석해야 하는 거겠지만."

"헐, 그런 거야?"

"네가 그걸 스스로 깨닫게 되면 그땐 비로소 완전해지겠지."

그가 말하는 완전이라는 건 내가 정령왕으로서 온전히 자각하는 순간을 의미할 것이다. 불쑥 거부감부터 찾아드는 건 아직 내가 미숙하다는 증거일까. 여전히 시간이 더 필요하다는 뜻인지도 모르겠다. 그리고 그렇게 생각하는 내게 무심코 안도하는 내가 있었다.

"엘뤼엔이 좋은 점을 짚었네."

그때 트로웰이 불쑥 대화에 참여했다. 맑게 빛나는 금안을 보니 언젠가 그가 했던 말이 떠올랐다. 나와 악신이 서로 깊은 악연으로 엮여 있다는 말. 그러므로 내가 가는 방향과 장소에도 의미가 있을 거라고 했었다. 그때 그 말이 바로 이런 뜻이었나 보다.

"엘, 지금 가장 마음에 걸리는 점이 뭐야?"

"응? 마음에 걸리는 점?"

"악신에 관해선 네가 지침서나 마찬가지니까. 지금까지는 저절로 흐름을 탔지만 이쯤 되면 네 쪽에서 흐름을 읽어낼 수도 있겠지. 뭐든 짚어 보고 싶은 부분을 말해 봐."

이걸 가볍게 웃어넘길 수 없는 건 이미 한차례 같은 경험을 한 적이 있기 때문이다. 내가 카터스 제국으로 가게 됐을 때 트로웰은 그곳에 대공이 있을 거라고 했었고, 결국 그 예상이 맞았다. 그러니 이번에도 그가 하는 말이 맞을 거다. 나는 살짝 얼굴을 찌푸리고 생각을 더듬어가 보았다.

"지금 신경 쓰이는 거라면…… 미네의 장벽이 사라진 거?"

"흐음?"

"그 안에 있던 마족 군대가 어떻게 됐는지 알아봐야 할 것 같은데……."

사실은 이미 알아보고 있었다. 아무것도 보이지 않아서 더 초조해진 상황이었지만.

"과연."

트로웰이 재밌다는 듯이 웃었다. 왠지 불길한 미소라서 나는 흠칫 몸을 움츠렸다.

"왜?"

"나도 신경 쓰여서 찾아봤거든. 차라리 소란을 피웠다면 판단하기가 쉬울 텐데 조용한 점이 마음에 걸렸어. 엘이 그 부분을 짚으니 역시 그냥 넘어갈 일이 아니구나 싶네."

"트로웰도 찾아봤어? 나만 못 찾는 게 아니지?"

"응, 내게도 안 보여. 북쪽으로 똑바로 올라가는 흐름을 마지막으로 흔적이 깨끗하게 끊겼어."

"그게 어느 방향이지?"

"여기선 동남쪽."

엘뤼엔의 질문에 트로웰이 바로 답했다. 그 순간 온몸에 소름이 돋았다. 얼굴을 굳힌 내가 이상했는지 트로웰이 의아한 표정을 지었다.

"왜 그래, 엘?"

"아니…… 그게…… 그 부근에서 북쪽으로 향하면 헤리카가 나온다 싶어서……."

"헤리카?"

되묻던 트로웰이 곧 짧게 탄성을 흘렸다.

"아, 그래. 지금 스왈트 제국의 수도 지명이 헤리카였지. 음, 대충 돌아가는 상황은 알겠어. 엘, 네 계약자가 지금 그곳에 있지 않아?"

"나, 나 잠깐만 이사나한테 갔다 올게!"

마족들이 정말로 수도로 향하는 건지는 알 수 없다. 중간에 길을 틀어서 다른 지역으로 빠질지도 모른다. 하지만 정말로 헤리카로 가는 거라면? 혹은 그들이 지나치다가 황제의 군대와 마주치기라도 한다면? 그런 상황에서 아무런 충돌 없이 끝날 수 있을까? 아무리 생각해도 그럴 가능성은 없어 보였다. 이사나가 위험할지도 모른다 생각하니 눈앞이 아득해지는 것 같았다. 적어도 피하라는 경고만이라도 해 줘야 할 것 같았다. 그런데 그 순간 갑자기 이상한 기류가 느껴졌다.

"마족의 군대라고?"

바람이 불었나 싶었는데 낯선 목소리가 들려왔다. 나는 공간 이동하려던 것도 멈추고 눈을 크게 떴다. 어느새 눈앞에 모르는 사람이 서 있었다. 고대 그리스 복식을 연상시키는 차림을 한, 훤칠하게 큰 남자였다.

"……어?"

그는 어깨에 자신보다 더 커 보이는 거대한 활을 메고 있는 모습이었다. 진주를 개어 놓은 듯 은은하게 반짝이는 은발에 새파란 눈동자가 무척 강렬했다. 양쪽으로 길게 뻗은 귀는 엘프의 것과 닮았지만 그 정체가 엘프로 보이진 않았다. 오히려 그를 보면서 처음 떠올린 느낌은…….

"유니콘?"

나도 모르게 중얼거린 말을 들었는지 남자의 눈이 조금 커졌다. 살짝 쳐져서 나른해 보이는 눈매에 웃음기가 감돌았다.

"내가 유니콘인 것 같아?"

"네? 아, 뭔가 기운이 닮은 것 같아서……."

"그야 닮긴 했겠지. 정확히는 내가 아니라 유니콘이 날 닮은 거겠지만?"

나는 살짝 숨을 삼켰다. 그 말 한마디로 남자의 정체를 알 것 같았다. 누군가가 자신을 닮았다고 말할 수 있는 건 선후 관계가 명확할 때뿐이다. 심지어 한 종족을 통틀어 단언할 수 있는 건 오직 하나, 그들을 만든 창조신밖에 없었다.

"정의의 신 루세프."

답은 내가 아닌 트로웰에게서 나왔다. 뒤에서 들려온 차분한 음성에 은발의 남자—루세프의 입술이 짙은 호선을 그렸다. 갑작스러운 신의 강림도 놀라운데 그 정체가 말로만 듣던 정의의 신이라니. 나는 조금 얼떨떨한 기분으로 그의 모습을 새삼스럽게 다시 살펴보았다. 왜 그를 보고 곧바로 유니콘부터 떠올렸는지 알 것 같았다. 이제 보니 시벨리우스의 은발과 푸른 눈동자가 그와 똑같았다. 그저 닮은 조합인 정도가 아니라 한 물감에서 짜낸 듯 완전히 같은 색, 같은 질감이었다. 색상만 보면 어떤 게 누구의 것인지 전혀 구분할 수 없을 만큼. 그래선지 분위기도 왠지 시벨리우스와 비슷한 것 같았다.

"천군 최고의 수색꾼이 나섰다는 건 아직 신계에서도 죄인의 행방을 파악하지 못했다는 뜻인가?"

이번에 질문한 건 엘뤼엔이었다. 그가 나서자 빙글빙글 웃고 있던 루세프가 눈을 휘둥그렇게 떴다.

"처음 보는 신이네. 내가 알지 못하는 상급신은 없는데? 아, 네가 혹시 엘뤼엔?"

"그런데?"

"……허어, 겁나 잘생겼잖아. 형벌의 신이 괴물처럼 생겼다는 소문을 퍼트린 게 대체 누구야? 하긴 애초에 터무니없는 소리긴 했지. 엘퀴네스 출신은 대체로 외모가 뛰어난 편이라 그럴 리 없다 싶었거든. 이쪽은 되레 지나친 것 같지만."

"내가 네 헛소리를 들어주고 있어야 하나?"

"음, 성격이 더럽다는 소문은 사실이구나. 뭐, 그건 나도 그럴 것 같았어. 왠지 엘퀴네스 출신들은 항상 미모와 인성을 맞바꿔 먹는단 말이지."

한숨과 함께 고개를 절레절레 저은 루세프가 문득 나를 바라보았다. 살짝 가늘어진 눈에서 뚜렷한 경계심이 읽혔다.

"너도 성격 장난 아니겠네."

음, 그러니까 이건 해석하자면 나도 잘생겼다는 소리인 거겠지? 초면에 꽤 무례한 사람이다 싶기는 한데 악의가 느껴지진 않아서인지 그리 기분이 상하진 않았다. 나는 머쓱한 기분으로 뒷머리를 긁다가 물었다.

"저기, 악신을 찾으려고 오신 거죠?"

"어? 어, 그렇지."

"제가 지금 상황이 좀 급해서 미적거릴 시간이 없어요. 지금 마족들이 스왈트 제국의 수도 쪽으로 향하고 있거든요. 혹시 그에 대해 아는 바가 있으신가요?"

"으으음, 아무리 봐도 엘퀴네스 맞는데?"

"네?"

"아, 실례. 엘퀴네스가 정중하게 말해서 좀 당황했어."

"……네?"

"정말 미안. 내가 선입견이 생기면 한쪽으로 지나치게 치우치는 경향이 있어. 그게 옳다는 건 아닌데 아무튼 그래서 이런 돌발 상황에는 조금 약해. 이제 이해했으니까 제대로 할게."

조금 난처한 듯이 답하던 루세프의 얼굴이 다음 순간 바로 진지해졌다. 웃음기가 걷힌 얼굴에 날카로운 빛이 서리면서 느슨하던 기류가 단숨에 팽팽해졌다. 갑자기 달라진 분위기에 내심 놀라는 내게 그가 물어왔다.

"안 그래도 나도 그걸 물어보려던 참이었어. 왜 아크아돈에 마족의 군대가 있어?"

"아아, 카류안이 차원의 벽에 균열을 냈어요. 아스의 말로는 그가 일부러 마족들을 넘어오게 한 거라고……."

"아, 이런. 뭔지 알겠어. 모르스를 부른 거군. 그렇지, 마왕은 그걸 쓸 수 있었지. 그걸 생각 못 했네. 근데 아스는 누군데?"

"아스모델이라고, 차기 마왕으로 유력한 마족이에요."

"……아스모델?"

그 순간 루세프의 목소리가 한층 낮아졌다. 놀란 듯 돌아보는 눈동자에서 떨림이 느껴졌다. 왠지 뭔가에 큰 충격을 받은 얼굴이었다.

"그거, 누가 지은 이름이야? 설마 카노스는 아니지?"

"네? 아뇨, 그건 아니에요. 죽은 북공작이 붙였다고 들었어요."

"후우, 그래. ……근데 걔가 차기 마왕이라고?"

"네, 자격은 다 갖췄다고 들었으니까 아마도요?"

"그걸 카노스도 알아? 걔 이름도?"

"카노스가 먼저 그렇게 말해 줬어요. 아스의 이름을 아는지까지는 모르겠지만, 알지 않을까요?"

내 말에 그는 잠시 복잡한 표정을 짓다가 이내 한숨을 내쉬었다.

"이 뭐 별…… 아, 망할, 이젠 나도 모르겠다. 일단 모르스부터 어떻게든 해야겠네. 지금 놈들이 스왈트인지 뭔지 하는 제국의 수도로 가고 있다고 했나?"

"네, 정확한 목적지는 모르겠지만 그쪽 방향으로 가는 중인 건 맞아요."

"흠, 내가 이쪽에 관여하지 않은 지 좀 오래돼서 최근 아크아돈의 사정을 잘 모르는데 말이야. 혹시 스왈트가 카노스를 섬기는 신성제국이라거나, 그런 건 아니지?"

"그게 맞는데요……?"

"맞아? 아아아— 맙소사아. 역시 그럴 줄 알았어. 하여간 이런 예감은 틀리는 법이 없단 말이야."

잠시간 양손으로 머리를 짚은 채 절규한 루세프가 어깨에 두른 활을 다시 고쳐 맸다. 뭔가 혼자서 결론을 내린 듯한데, 전후 사정을 알지 못하는 나로선 그저 당황할 수밖에 없는 상황이었다.

"무슨 의미가 있는 건가요?"

"어? 아아, 지금 이 사태에선 매우 나쁜 의미지."

대답하는 루세프의 표정은 씁쓸해 보였다. 생각지도 못한 말이 이어진 건 바로 다음 순간이었다.

"혹시 타락하는 천사의 눈물이라는 주술 알아?"

"……!"

"내가 제일 싫어하는 흑주술이야. 신관들을 타락시켜서 그로 인해 파생하는 저주의 기운을 역이용하는, 엄청나게 추악한 주술이지."

물론 알고 있는 내용이다. 어떻게 잊을 수 있을까. 그로 인해 한 가문의 가장이 추악한 민낯을 드러내는 걸 낱낱이 지켜보았는데. 아마 평생 잊히지 않는 기억 중 하나일 거다.

"마족들은 마신관과 비슷한 기운을 갖고 있어."

그래서 이 말을 들었을 때 나는 그저 멍해질 수밖에 없었다. 조금 전까지만 해도 아무것도 알 수 없이 혼란스럽기만 했는데, 이제 그가 하려는 말이 뭔지 듣지 않아도 알 것 같았다.

"마신의 가호를 받는 장소에선 그 기운이 한층 더 특별해져. 신성제국, 그중에서도 교단의 본관은 신의 가호가 가장 강하게 임하는 곳이고. 즉, 거기서 그 주술이 실행되면 진짜 신관에게 거는 거랑 큰 차이가 없다는 말이지."

"그 말은……."

"성력을 뽑아내어 증폭할 수 있다는 거야. 게다가 한둘도 아니고 군대 규모야. 내 이름을 걸고 장담하는 건데, 그 정도 힘이면 카노스의 금제도 거뜬히 풀 수 있어."

아, 역시 그게 목적인가.

무거운 한숨이 흘러나왔다. 마족들을 이 땅에 불러들인 건 그저 시간 끌기라고 생각했었다. 그들을 이용해 소란을 일으켜 우리의 눈을 가리려는 속셈이라고. 그런데 사실은 이렇게 쓰기 위해 마련해 둔 방편이었던 모양이다.

"그런 방법이 있다면 왜 진작 저지르지 않았을까요. 금제에 걸리자마자 시도해도 되었을 텐데……."

"안 한 게 아니라 못한 거겠지."

그때 엘뤼엔이 무심한 어조로 말했다. 충격적인 내용이 연달아 전해진 상황이었는데도 그의 표정은 침착해 보였다. 아니, 그만이 아니라 트로웰과 라피스도 그리 놀란 모습은 아니었다. 이미 어느 정도는 다들 돌아가는 상황을 짐작하고 있었던 것 같았다.

"못한 거라고?"

"그런 주술이 대단위로 일어나면 반드시 카노스에게 들켰을 거고, 붙잡혔을 테니까."

"아."

그건 달리 말하면 지금은 들켜도 상관없다는 뜻인가. 이젠 잡히지 않을 자신이 있다는 건지, 아니면 카노스도 이길 수 있다는 뜻인지는 모르겠다. 어느 쪽이든 좋은 쪽으로 해석되진 않았다.

"일단 난 먼저 간다!"

내가 생각을 정리하는 동안 루세프가 급하게 외치고 그대로 사라졌다. 바람처럼 흩어지는 모습을 멍하니 응시하고 있는데 트로웰이 가볍게 어깨를 짚어왔다.

"엘, 우리도 가자."

그 말에 고개를 끄덕이다가 퍼뜩 스치는 생각에 멈칫했다. 왜 이럴 때 카노스가 엘뤼엔에게 남긴 메시지가 떠오르는 건지 모르겠다. 얌전히 있으라고, 그렇게 썼다고 했었지.

"……."

짧은 순간 내가 상상할 수 있는 모든 나쁜 감정을 다 맛본 것 같았다. 그러고 보니 소멸진에 대해서도 물어봤어야 했는데. 루세프를 그렇게 보낸 게 후회됐다. 알아봐야 할 게 너무 많았다. 상급신이 희생해야 한다면 그건 절대 바꿀 수 없는 전제조건인지, 그렇다면 어떤 조건으로 선별되는 건지, 혹은 이미 누군가가 선별된 건지, 엘뤼엔이 미리 지상으로 내려온 게 그것과 연관된 건 아닌지, 확인하고 싶은 내용이 머릿속을 뱅뱅 맴돌았다. 하지만 내가 입으로 뱉을 수 있는 말은 단 하나밖에 없었다.

"엘뤼엔."

"말해라."

"안 죽을 거지?"

그러자 엘뤼엔은 뜻밖의 소리를 들었다는 듯 눈을 살짝 크게 떴다. 잠시간 묘한 표정으로 나를 가만히 바라보던 그가 곧 피식 웃었다.

"내 아들이 그러길 바란다면."

3.

한 교단에 교황이 나타나면 그 본관은 독립된 신성 왕국으로 인정받는다. 이때 본관이 위치한 기존의 나라는 두 가지 갈림길에 서게 된다. 나라 전체가 신성 왕국 쪽으로 흡수되거나, 그 지역만 독립국으로 인정하고 가벼운 교류만 하거나. 대체로 후자가 압도적이었고, 전자일 때는 강제성이 작용하는 일이 많았다. 그런 중에 자발적으로 전자의 방식을 택해 신성제국이 된 스왈트는 다소 특별한 경우라고 할 수 있었다.

지금은 한 대륙을 호령하는 거대한 제국인 스왈트는 한때 솔트레테라는 이름을 가진 작은 왕국이었다. 별다른 인재도 없고 쓸 만한 자원도 보유하지 않은, 늘 이웃 나라에 속수무책으로 침략당하기 일쑤인 왕국. 무너지기 직전인 이 작은 나라의 수도에 불쑥 마신의 신전이 나타났을 때, 아무도 주목하지 않은 건 당연한 일이었다.

이 세계에서 신전이란 어느 날 불쑥불쑥 나타나는 존재다. 인간의 의사는 조금도 반영되지 않는 부분이었으므로 누구도 그걸 특별히 주목하지도 않았다. 오히려 수도의 값비싼 땅 일부를 신에게 빼앗긴 불쌍한 왕을 동정하는 분위기였다. 그러나 당시 솔트레테의 국왕은 그것이 훗날 태풍을 몰고 올 나비의 날갯짓이 될 거라는 걸 한눈에 알아보았다. 그는 마신의 교단과 적극적으로 교류했고, 그 힘을 바탕으로 강력한 군사력을 구축하기 시작했다.

때는 마신의 권능이 가장 강력하게 임한 시기였다. 하급 신관조차 손가락 하나로 수백의 병사를 무력하게 만들던 절대 권능의 시기. 그 힘을 등에 업은 왕국은 세상에서 무서울 게 없었다. 힘없고 볼품없던 왕국이 반대로 이웃 왕국을 위협할 만큼 성장하기까진 그리 오래 걸리지 않았다. 그리하여 솔트레테 왕국은 마침내 제국으로 부상하는 역사적인 순간을 맞이하게 된다.

그러나 진짜 역사적인 부분은 황제가 대관식을 치른 다음 날에 일어났다. 태어난 지 얼마 되지 않은, 어리디어린 마신관의 뺨에 신의 문장이 나타난 것이다. 마신의 교단에 세워진 첫 교황이었다. 이에 감격한 제국의 첫 황제는 교단의 본관과 어우러지는 곳에 새로이 궁을 짓고 마신 카노스에게 정식으로 나라를 바친다. 여기까지가 신성제국 스왈트가 탄생한 배경이었다.

……이 구구절절한 내용의 요점은 한 문장으로 요약된다. 그러니까 한마디로 말해, 마신의 교단 본관이 수도에 있다는 소리다. 그것도 황성 바로 옆. 통틀어 한 장소라고 봐도 상관없을 정도로 서로 바짝 밀착한 형태다. 지금 그곳엔 마족들이 떼를 지어 몰려가는 중이고, 조금 전 그걸 막으려는 신도 향했다. 어쩌면 곧 악신이 나타날지도 모르는 일이다. 당연히 그를 소멸시키려는 신들의 대처도 동시에 진행될 것이다.

문제는 지금 황성 안에 이사나가 있다는 거다. 바로 얼마 전에 황제군이 내전에서 최종 승전하고 다시 복권했다는 소식을 들었다. 그냥 수도였어도 아슬아슬할 텐데 이젠 아예 사정권 안이었다. 심지어 가장 한복판!

카터스 황궁에서 봤던, 귀신처럼 스멀거리던 카류안의 모습이 다시 떠올랐다. 그의 손에 죽은 황족의 시체가 늘어져 있던 모습도. 가슴에 구멍이 휑하니 뚫린, 그 처참한 시신의 모습이 이사나의 모습으로 바뀌려는 걸 억지로 참아냈다. 틈틈이 정령의 눈으로 살폈을 때 이사나는 잘 지내는 모습이었다. 바로 조금 전까지도 멀쩡했었다. 그 잠깐 사이에 문제가 벌어지진 않았을 거다. 하지만, 인간은 찰나에도 죽는다.

"이사나!"

황성까지 어떻게 도착했는지, 과정은 기억도 나지 않는다. 그나마 확실한 건 일행에게 먼저 간다고 말하고 나섰다는 사실뿐이었다. 정신을 차렸을 때 나는 거의 내리치듯이 책상 위로 몸을 날린 상태였다. 바로 코앞에서 동그랗게 눈을 뜨고 있는 이사나의 모습이 보였다. 그 손에 조금 전까지 잡혀 있던 종이가 툭 하고 떨어지고 있었다.

"……어? ……엘?"

"그래, 나 엘이야! 괜찮아? 무사해? 어디 다친 데 없는 거지?"

"음? 어어, 다친 데 없어. 나 무사한데……?"

나는 얼떨떨해 보이는 그를 붙잡고 빠르게 살폈다. 물론 문제가 있다면 이렇게 멀쩡히 대답할 수도 없을 거라는 걸 머리로는 알고 있었다. 하지만 안전을 눈으로 확인하는 건 또 다른 문제였다. 그가 멀쩡하다는 걸 거듭 되새기고 나서야 안도의 한숨이 흘러나왔다.

"하아, 일단 아무 일 없어서 다행이다."

"대체……무슨 일 있는 거야, 엘? 갑자기 나타나서 정말 놀랐어."

"아, 그게 말이지, 지금 상황이 좀 복잡해졌는데……."

고개를 들고 제대로 설명하려다 문득 스치는 위화감에 나는 살짝 입을 다물었다. 직접 보기는 오랜만이라 그런가, 이사나의 모습이 조금 달라진 것 같았다. 황성에 들어와서인지 옷차림이 한층 고급스러워졌다. 그 때문에 혈색이 더 좋아져 보이는 건 둘째치고, 안 보는 동안 왠지 뼈대가 더 크고 단단해진 것 같았다. 키도 조금 더 컸나? 아니, 확실히 더 컸다. 그걸 인식하고 나니 나도 모르게 해야 하는 말보다 다른 말이 앞섰다.

"……우리 이사나, 엄청 컸네?"

"아, 정말? 알겠어?"

"당연하지. 차이가 확 나는데? 예전엔 그래도 나랑 시선이 비슷했는데 이제 내가 확실히 올려다봐야 하잖아. 과연 성장기. 정말 무섭게 크는구나. 와, 이러면 라피스 키도 금방 따라잡겠다."

마음껏 감탄하자 이사나의 두 뺨이 발그레해졌다. 키가 컸다는 말이 기분 좋은 모양이었다.

"흠흠."

그때 어디선가 기침 소리가 들려왔다. 소리가 나는 쪽으로 시선을 돌렸다가 나는 흠칫했다. 바로 옆쪽에 이사나의 사촌인 카웰 공작이 앉아 있었기 때문이었다. 아니, 이제 보니 그 혼자만이 아니었다. 양옆으로 테이블이 둥글게 이어져 있었고, 관료로 보이는 사람들이 모든 좌석을 빼곡하게 채운 상태였다. 어림잡아도 스무 명이 넘는 인원이었다. 그들 앞엔 서류로 보이는 종이 뭉치들이 놓여 있었다. 내용까진 확인할 수 없었으나 조금 전 이사나가 떨어트린 종이랑 같은 종류라는 것만은 분명했다. 불편한 침묵이 내려앉는 공간에 이사나의 머뭇거리는 목소리가 들렸다.

"그게…… 회의 중이었거든."

아, 그래. 확실히 그렇게 보이네.

마음이 너무 급해서 미처 주변 상황 같은 건 살피지 못했다. 민망한 기분으로 시선을 돌리니 그제야 이사나 뒤쪽에 서 있던 친위대도 발견할 수 있었다. 임무 중이라 차마 대놓고 아는 척은 하지 못하고 연신 반가운 시선만 보내는 그들을 향해 나는 그저 어색한 웃음을 지을 수밖에 없었다.

조금 뜻밖인 건 관료들의 반응이었다. 황제가 참여하는 회의라면 황성에서도 가장 보안이 철저한 곳에서 진행되고 있었을 거다. 그런 곳에 난데없이 낯선 자가 침입한 격이니 난리가 날 만도 한데 다들 그저 얌전히 굳어 있기만 한 모습이었다. 처음엔 너무 놀라서 그런 건가 했는데 충분히 정신을 차릴 만큼 시간이 지났는데도 아무도 입을 열지 않았다. 그저 마른 침만 연신 삼키고 있을 뿐.

"……황성엔 마나 가공을 차단하는 방어 결계가 있을 텐데……. 당신에겐 그게 통하지 않소?"

이어지는 카웰 공작의 질문을 받고서야 나는 분위기가 미묘한 이유를 깨달았다. 이사나가 정령사라는 사실이 밝혀진 이후로 여러 소문이 돌았다더니, 다들 어느 정도 내 정체를 짐작하고 있었던 모양이다. 슬쩍 이사나를 돌아봤더니 그가 잠시 난처하게 웃다가 고개를 끄덕였다. 그 역시 여기까지 와서 더 숨기는 건 무의미하다고 판단한 것 같았다.

"음, 보통 자기보다 약한 결계는 무시할 수 있죠. 정령왕보다 강한 결계는 별로 없는 편이구요."

사방에서 헛숨을 삼키는 소리가 들렸다. 이미 짐작했으면서도 새삼 충격을 받았는지 관료들의 눈동자가 본격적으로 경련하고 있었다. 심지어 확실히 내 정체를 알고 있었을(말투가 정중해진 것만 봐도 분명하다) 카웰 공작조차도 놀란 표정이었다. 앞으로 벌어질 일은 이보다 더 엄청날 거라는 건 아직 짐작조차 하지 못하겠지. 나는 입만 벙긋거리는 사람들을 내버려 두고 이사나를 다시 돌아보았다.

"이사나, 일단 사람들을 전부 데리고 대피해."

"응? 대피라니?"

"여긴 곧 위험해질 거야. 황성에서 최대한 멀리 떨어져야 해."

그러나 설명은 더 이어지지 못했다. 그 말이 마치 신호라도 된 것처럼 주변이 빠른 속도로 어두워지기 시작했기 때문이다. 날이 저물 시각도 아닌데 창밖이 캄캄해지고 있었다. 내가 계획하지도 않은 먹구름이 순식간에 차올라 태양을 삼켜 나가는 중이었다. 누가 봐도 평범하지 않은 징후였다. 진작 움직였어야 했는데 너무 느긋하게 굴었나. 낭패감에 혀를 차는 동안 놀란 사람들 사이에서 술렁거림이 퍼져나갔다.

"모두 저길 봐요!"

그때 창가를 살피던 한 사람이 놀란 목소리로 외쳤다. 그가 가리킨 건 먹구름이 가득한 하늘 쪽이었다. 그곳에 무언가가 떠 있었다. 꽤 높았지만 인간의 시야에서도 형태를 구분하기에 충분한 거리였다.

"사, 사람? 사람인가?"

그건 이쪽을 등지고 선 누군가의 뒷모습이었다. 당황하는 사람들 속에서 나는 한눈에 그 정체를 알아보았다. 빛을 두른 듯한 흰 피부에 그보다 더 환한 은발, 자신보다 더 거대한 활을 어깨에 걸친 모습. 유니콘의 창조신이자 정의와 분별의 신인 루세프였다. 조금 전 나보다 먼저 마족들을 찾으러 떠났던 그가 바람에 온몸을 맡기고 있었다. 먹구름을 일으킨 것도 그가 한 일인 듯했다. 캄캄한 공간 속에 홀로 하얀 이가 서 있으니 빛이 떠올라 있는 것처럼 보였다. 혼란한 세상의 이정표 같았다.

이윽고 그가 어깨에 메고 있던 거대한 활을 풀었다. 그러자 아무것도 없던 손에서 빛으로 이루어진 화살이 생겨나기 시작했다. 그가 그걸 겨눴다는 걸 인지했을 땐 이미 화살이 쏘아지고 난 후였다.

슈우욱! 콰아아앙!

"으아아악!"

"폐하!"

화살이 날아간 방향은 정반대 쪽이었지만 우리가 있는 곳까지 엄청난 빛이 쏟아져 들어왔다. 마치 가까이에서 행성이 떨어지는 듯한 느낌이었다. 우왕좌왕 섞인 사람들이 비명을 지르는 동안 나는 물로 장벽을 만들어 최대한 넓게 펼쳤다. 혹시 모를 파장에 영향을 받지 않도록 하기 위해서였는데, 예상대로 곧 육중하고 강렬한 압력이 파도처럼 덮쳐들었다. 내가 보호하고 있는데도 건물 전체가 요란하게 흔들릴 정도였다. 약간의 시간이 지난 후 진동이 멈추자 몸을 숙이고 있던 사람들이 하나둘씩 고개를 들었다.

"괜찮아, 이사나?"

"아, 으응!"

어느새 친위대에게 둘러싸여 있던 이사나가 황급히 답해 왔다. 그때쯤에야 나는 황성을 감싼 힘을 거뒀다. 회수한 장벽이 물줄기가 되어 내 주위를 맴돌다가 천천히 사라졌다. 문득 시선이 느껴져 돌아보니 사람들이 멍한 표정으로 나를 바라보고 있었다. 내가 대놓고 정령왕으로서 능력을 쓴 모습이 신기했던 모양이다.

"다친 사람 아무도 없죠?"

혹시나 건넨 질문에 그들이 홀린 듯 고개를 끄덕였다. 자칫 큰 일 날 수도 있었던 일이 아무런 피해 없이 안전하게 마무리된 상황이었지만 나는 전혀 웃을 기분이 아니었다. 착각이 아니라면, 압력이 미치는 순간 무언가가 깨지는 듯한 소리를 들은 것 같았다. 그게 단지 기분 탓만이 아니라는 건 창밖의 광경이 증명하는 중이었다.

반대편 하늘에서 무언가가 천천히 부서져 내리고 있었다. 마치 허물이 한 꺼풀 벗겨지고 있는 것처럼 보였다. 그 안에서 조금 전까지 보이지 않았던 모습이 드러나고 있었다. 아무것도 찾을 수 없을 때부터 이미 예감하고 있었지만 역시 결계가 있었던 모양이다. 그러나 분한 감정이 이는 것도 그때까지였다. 곧 숨을 멈췄고, 잠시 후엔 아무런 생각도 할 수 없게 됐다.

"세상에, 맙소사……."

"저, 저게 대체 뭐야……?"

곧 나와 같은 것을 알아보기 시작한 사람들 사이에서 묵직한 신음이 흘러나왔다. 나는 몇 번이나 눈을 깜빡거렸다. 내가 제대로 눈을 뜨고 있는 건지, 다리에 제대로 힘을 주고 서 있는 건지도 한동안 인지가 되지 않았다. 그만큼 충격적인 광경이었다.

'카류안!'

치밀어 오른 욕설이 목구멍 안을 가득 채웠다. 부릅뜬 눈이 타들어 갈 것처럼 아팠다.

하늘에 마족들이 결박되어 있었다. 족히 수백은 되어 보이는 인원이었다. 그들 모두 기이할 정도로 뒤틀린 상태로 굵은 가시 같은 것들에 꿰뚫린 채였다. 그 환부에서 쏟아지는 피가 마치 비처럼 내리고 있었다. 알기 전에는 인지할 수도 없었던 역한 피 냄새가 후각을 마비시킬 정도로 진동했다. 다들 코를 틀어막았고, 몇몇 사람은 참지 못하고 엎드려 구토하기 시작했다.

"뭐야, 이미 주술이 실행됐잖아. 완전 최악이네. 저쯤 되면 다 틀린 거 아냐?"

누군가가 중얼거리는 소리가 들렸다. 어느새 바로 옆에 라피스가 서 있었다.

"라피스 님!"

갑자기 나타난 이의 모습에 이사나를 비롯한 방 안의 사람들이 모두 눈을 휘둥그렇게 떴다. 특히 반가운 표정을 숨기지 못하는 이사나를 향해 라피스는 대충 손을 휘젓는 식으로 아는 척을 했다. 그나마 무시하지 않고 받아주는 것만으로도 꽤 흔치 않은 대우이긴 했다. 왜 그 혼자만 있는 건가 했더니 엘뤼엔과 트로웰의 모습은 창문 바깥쪽에서 볼 수 있었다. 둘 다 팔짱을 낀 채 상황을 주시하고 있는 상태였다.

"저 주술을 깨트리려면 어떻게 해야 해?"

"제일 편한 방법은 주술의 수혜자를 죽이거나 제물을 없애거나, 둘 중 하나지. 수혜자가 악신 놈이라 당장 죽이기 어려우니 이 경우엔 제물을 없애야겠네."

"없앤다는 건……."

"뭘 물어. 죽이는 거지."

그때쯤 루세프가 다시금 빛의 화살을 생성했다. 왠지 심상치 않은 느낌이다 싶더니 그가 이번엔 마족들을 향해 활을 겨눴다. 처음 활을 들 때만 해도 목적을 알 수 없었지만 지금은 그의 의도가 분명히 읽혔다. 마족들을 전부 죽일 생각인 거다. 곧 활대를 떠난 화살이 빠르게 쏘아져 나갔다. 결계를 깨트리는 과정이 삽시에 진행된 것처럼, 이번에도 순식간이었다. 그러나 돌아온 결과는 예상과 크게 달랐다. 날아가는 듯하던 화살이 어느 순간 사라져 버렸기 때문이다. 처음과 같은 강렬한 빛이나 압력은 물론 아무런 영향도 미치지 못한 모습이었다. 마치 화살이 그 자리에서 증발해버린 것 같았다. 루세프도 당황했는지 다시 화살을 쏘았지만 이어서 연달아 시도해도 결과는 마찬가지였다. 잘 모르는 내가 봐도 뭔가 문제가 있다는 걸 알 것 같았다.

"가봐야겠어! 이사나, 너는 얼른 여기서 벗어나! 라피스, 이사나 좀 부탁해!"

"뭐? 왜 내가……!"

라피스가 황당해하는 소리가 이어졌지만 나는 제대로 들을 겨를도 없이 일단 공간이동부터 했다. 도착하고 보니 엘뤼엔과 트로웰 역시 그에게 와 있었다.

"으아, 내 정의의 활이 안 먹히다니! 이게 말이 돼? 뭐 이런 잘근잘근 씹어먹다가 천 번은 뱉어내도 모자를 놈이 다 있어!"

벌써 몇 번이나 공격에 실패한 탓인지 루세프는 몹시 초조해 보이는 모습이었다. 나는 상투적인 위로를 건넬 생각도 하지 못하고 궁금한 것부터 물었다.

"뭐가 어떻게 된 거예요? 화살이 왜 사라지는 거죠?"

"저게 정의의 활이라 그런 거다."

대답해 준 건 엘뤼엔이었다. 그는 조금 한심해하는 표정으로 루세프를 바라보고 있었다.

"정의의 활이라 그렇다니?"

"지금 이 세상의 정의는 주신이 정한 흐름에 따라가거든. 그런데 악신이 태어나면 그 기준이 흐려지기 시작해. 그래서 정의의 활도 힘을 잃는 거지."

트로웰이 옆에서 설명을 거들었다. 악신이 태어나면 정의가 무너진다니. 세상이 혼란스러울 때 윤리와 규범이 흔들리는 것과 비슷한 원리인가 싶었다. 루세프는 머리를 쥐어뜯었다.

"그게 그렇게 태연하게 떠들 일이 아니라고! 내 활이 안 통한다는 건 쟤가 이제 악신이 거의 다 됐다는 거고, 결국 카노스의 금제도 거의 다 풀렸단 거잖아!"

"그렇군."

"그렇군?! 반응이 그게 다야?"

"뭐가 문제지? 일단 막으면 되는 거 아닌가."

"지금 그게 안 된다고 하는 거라고! 당장 저 주술도 막을 수가 없는데 어떻게……!"

그때 엘뤼엔이 한 손을 들어 올렸다. 그러자 새하얀 빛이 일더니 그 손에 무언가가 나타나기 시작했다. 곧 선명해진 모습에 나는 잠시 두 눈을 의심했다. 길쭉하게 뻗은 몸체를 드러내고 있는 그 형태는 아무리 봐도…….

"……총?"

그랬다. 그건 아무리 봐도 총이었다. 그것도 저격용 소총.

아니 저런 게 왜 여기서 나와? 엘뤼엔이 무기를 쓰는 것도 처음 보는데 그게 심지어 지구의 현대 무기라니. 나는 그저 황당해하고 있는데 엘뤼엔은 아무렇지 않게 총을 장전하고 그대로 당겼다. 철컥, 타앙! 날아간 총알이 엄청난 굉음을 터트리면서, 눈이 멀 것처럼 강렬한 빛이 사방을 가득 채웠다. 잠시 후 눈부심이 사라진 장소를 다시 보았을 땐 마족들이 있던 자리 중 일부가 깨끗하게 사라진 상태였다.

"……."

"……."

모두가 입을 다문 공간에 침묵이 내려앉았다. 이러면 된 거냐는 시선을 보낸 엘뤼엔이 한쪽 어깨에 총을(역시 다시 봐도 총이 맞았다) 느슨히 걸쳤다. 믿을 수 없다는 표정으로 눈을 깜빡거리던 루세프가 곧 허탈하게 엘뤼엔을 돌아보았다.

"……총은 아크아돈엔 보급이 안 된 무기 아닌가?"

"뭘 쓰든 내 마음이지."

"그거야 그렇긴 한데……뭐야, 그 엄청난 위력은. 게다가 왜 거기서 주신의 힘이 느껴지는 거지? 내가 아는 신기 중에 주신의 힘이 담긴 건 심판관밖에 없는데?"

"바로 그거니까."

"허…… 진짜 그게 심판관이라고? 그건 카노스밖에 못 다루는 거 아니었어?"

"이제 아니라는 사실을 알았겠군."

"허어어……."

심판관?

뜻 모를 단어에 고개를 갸웃거리고 있었더니 트로웰이 옆에서 알려주었다. 「심판관」은 주신의 힘을 담은 신기(神器)로, 신이라면 누구든 필요할 때 불러올 수 있는 소환 무기라는 것 같았다. 대신 다루기가 워낙 까다로워서 지금까지는 마신만 쓸 수 있는 무기로 알려져 있었다는 설명이었다.

"카노스가 저걸 쓸 땐 주로 낫이나 창의 형태라고 들었어. 총이라는 형태는 처음 보네. 엘은 바로 알아보는 것 같던데?"

"아, 응. 지구에서 쓰던 무기였거든."

"아아, 엘이 잠시 다녀왔던 곳 말이구나."

트로웰의 답변에 나는 잠시 멈칫했다가 웃었다. 잘못 태어난 곳이 아니라 내가 잠시 다녀왔던 곳. 그 한마디로 뭔가 느낌이 굉장히 산뜻해지는 것 같았다.

"빠르고 간결해 보이는 게 좋네. 살상력이 높아 보여서 마음에 들어."

……비록 이어지는 말은 전혀 산뜻하지 않았지만.

"아하하, 근데 엘뤼엔은 총을 어떻게 알아? 아, 신이니까 당연한 건가."

그러고 보니 언젠가 환상 마법에 빠진 날 구하러 왔을 때도 그는 한국의 환경에 섞이는 것에 자연스러워 보였다. 루세프도 바로 무기의 정체를 알아보는 걸 보면 신들은 모든 차원의 지식을 갖춘 건지도 모르겠다. 그런데 돌아온 답변이 굉장히 뜻밖이었다.

"총은 바이톤에서도 쓰는 무기다."

"엇? 정말? 거기서도 총을 쓴다고? 바이톤은 마법을 쓰지 않아?"

"그랬었지. 하지만 마법사가 마계와 차원의 길을 연결한 이후로는 전통 마법 사용에 제한이 가해졌다. 이후로 다른 방식의 힘과 무기가 발달하기 시작했지. 총기도 그중 하나고. 그래도 지구와는 조금 다른 형식이긴 하다."

"허어, 그렇구나."

엘뤼엔이 담당하는 바이톤에 대해선 제2의 마계라고만 들었지 따로 알아보려 한 적은 없었다. 그런데 이렇게 들으니 꽤 흥미로운 부분이 많은 세계인 것 같았다. 내가 드래곤이기만 했어도 구경 가 볼 수 있었을 텐데, 다른 차원에는 갈 수 없는 정령왕인 게 아주 조금 아쉬워지는 순간이었다.

"어쨌든 나머지도 처리하지."

엘뤼엔이 다시금 신기를 들어 올릴 때였다.

"잠깐만! 잠깐만 기다려!"

"……!"

밑에서 기척이 느껴진다 싶더니 낯익은 목소리가 들렸다. 놀라서 내려다본 곳엔 익히 아는 사람의 모습이 보였다. 푸르스름한 피부에 반짝이는 은발이 눈에 띄었다.

"어? 시벨?"

다시 보고 또 봐도 그는 시벨리우스가 맞았다. 그의 이름을 부르자 루세프가 옆에서 흠칫 어깨를 떠는 것이 느껴졌다. 왠지 굳어버린 듯한 모습이었다. 그동안 시벨리우스가 날개를 꺼내 활짝 피고는 우리가 있는 곳으로 날아올랐다.

"엘, 오랜만이야! 너무 보고 싶었어!"

"시벨! 어떻게 된 거야? 여길 어떻게 왔어?"

"그게, 설명하려면 좀 길어. 일단은 저 마족들을 쫓아온 거야. 중간부터 행방을 놓쳐서 계속 헤매고 있었던 참이었지. 그러다 신들이 나서는 것 같아서 상황을 보는 중이었어."

"헉, 그랬구나."

"그래서 말인데, 저 마족들은 최대한 살리는 방법으로 갈 수 없을까? 쟤들은 그냥 이용당하는 건데 저대로 다 죽이면 좀 그렇잖아. 아니, 사실 난 상관없는데 상심이 큰 녀석들이 있어서 못 본 척하기가 좀 그렇네. 아스가 그러는데 주술을 풀 방법이 있대."

"아스가?"

그러고 보니 시벨리우스는 아스와 계약을 하러 보내졌다. 그가 지금 여기 있다는 건 아스와 데르온도 함께 있다는 소리였다.

"대부."

내 귀여운 대자가 어디에 있나 싶어서 주위를 두리번거리는데 뒤쪽에서 나를 부르는 음성이 들렸다. 누군지는 굳이 짐작할 필요가 없었다. 이 세상에서 나를 대부라고 부를 수 있는 건 단 한 사람뿐이었으니까. 그런데 그 목소리가 내가 알던 것보다 낮았다. 나는 조금 당황해서 뒤를 돌아보았다가 눈을 천천히 떴다.

가장 먼저 눈에 들어오는 건 먹물처럼 새카만 긴 흑발이었다. 눈처럼 시리도록 새하얀 피부, 눈동자는 장미를 머금은 듯이 붉었다. 분명 익히 잘 아는 외모, 익숙한 이목구비였다. 그러나 시선이 닿는 위치가 내가 알던 것보다 너무 높았다. 체형도 키도 훨씬 크고 건장했다. 그런데도 분명 내가 아는 얼굴이라는 것만은 틀림없었다. 설마 설마 하면서 나는 떨어지지 않는 입을 억지로 벌렸다.

"……아스야?"

내 질문에 낯선 듯 낯익은 남자가 고개를 비스듬하게 기울이며 빙긋 웃었다. 그러자 봄처럼 화사해지는 얼굴에서 꽃 같은 사랑스러움이 피어올랐다. 내가 누구보다 잘 아는 바로 그 사랑스러움이었다.

"응, 대부. 아스야."

4.

꼬마였던 아이가 훤칠한 청년이 되어 나타났다. 눈으로 보면서도 인정하기 힘든 사실을 내가 완전히 받아들이기까진 다소 시간이 걸렸다. 마지막으로 봤던 아스는 십 대 초반 정도로 보이는 외모였다. 우리가 헤어져 있던 기간은 어림잡아 한 달 남짓. 늦봄이었던 날씨가 그사이 완연한 여름에 접어들었지만 일반적으로 아이가 성인으로 자랄 수 있는 기간은 아니었다.

"어떻게……."

소설에서 나왔어도 말도 안 된다고 여겼을 일인데, 그게 현실에서 일어났다. 아무리 아스가 마족이고 성장 속도가 빠른 편이라도 이렇게 갑자기 크는 게 말이 되는 일인가 싶었다. 그의 뒤쪽에서 뿌듯한 얼굴로 서 있는 데르온이 보이지 않았다면 혹시 비슷하게 생긴 누군가가 사칭하는 건 아닌가 싶었을 거다. 사실 그런 의심이 전혀 없는 건 아니었다. 하지만 자세한 정황을 물어볼 틈도 없이 곧바로 다음 일이 진행됐다.

"설명은 천천히 할게. 대부, 일단 나 좀 도와주지 않을래?"

"어? 뭐, 뭘?"

"나를 마신과 연결해 줬으면 해."

"어엉?"

"저 주술을 풀려면 내가 먼저 왕의 권능을 가지고 있어야 하거든."

아, 그러고 보니 아스가 주술을 풀 방법을 안다고 했지. 갑자기 어른이 된 대자의 모습이 너무 놀라워서 잠시 잊고 있었다. 아스는 이미 마왕의 자격을 받았음에도 권능을 사용하지 못하는 상태였다. 자세한 건 모르겠지만 그게 있어야 방법이 생기는 모양이다. 하지만 그걸 깨달았다고 해서 앞선 요구가 이해되는 건 아니었다. 카노스와 연결해 달라는 게 대체 무슨 뜻이지?

"조건은 다 갖췄는데 마신의 힘이 더 멀어졌어. 아무래도 악신 때문에 기존의 순리가 이지러지고 있는 것 같아. 그래서 마신과 직접 소통할 수 있는 장소가 필요해. 하지만 이쪽 신전은 이미 다 오염되어서 참배실을 쓸 수가 없어."

"으음, 그렇구나. 상황은 알겠어. 알겠는데, 그걸 내가 해결할 수 있을까……."

"물론 대부밖에 할 수 없는 일이야. 대부도 마신의 신전을 갖고 있잖아?"

"그게 무슨…… 아!"

그 순간 섬광이 이는 것처럼 한 가지 생각이 스쳤다. 나는 급히 시선을 내려 내 손을 바라보았다. 정확히는 그 손에 끼워진 푸른 빛이 감도는 장갑을. 인어의 비늘로 만든 장갑은 받은 날로부터 내 몸의 일부처럼 한 번도 벗어 본 적이 없다. 서클렛을 착용하게 된 것과 같은 이유였다. 서둘러 장갑을 벗자 오랫동안 가려져 있던 손등이 드러났다. 그 위에 선명히 찍힌 마신의 문장과 함께.

"이거 말이야?"

신관은 그 자체로 하나의 신전. 언젠가 엘뤼엔이 해 줬던 말이었다. 문장을 보이려 손을 내미는 걸 아스가 그대로 잡아 왔다. 자세히 확인하려는 것이겠거니 했는데 그게 시작이었다.

"나의 유일신, 나의 위대한 주, 나의 거룩한 하늘이시여."

"당신의 자녀 아스모델이 영광을 돌리길 원합니다."

뭐라고 말을 걸어보기도 전에 차분한 아스의 음성이 연달아 이어졌다. 그러자 곧 접촉한 부분에서부터 흐름이 일기 시작했다. 마치 나와 아스 사이에 통로가 생기고 그 안에서 바람이 부는 듯한 기분이었다. 무언가가 나를 통해 아스에게 전해진다는 것이 분명하게 느껴졌다. 당황스러운 건 그 이후에 일어났다. 다음 순간 빙긋 미소 지은 아스가 고개를 숙이고 내 손등에 이마를 댔기 때문이었다.

"정해진 규율에 따라 정당한 절차를 밟은 이에게, 합당한 자격의 증명을."

주문 같은 언어가 마침표를 찍으면서, 확실한 현상으로 이어졌다. 손등이 유난히 뜨거워지는가 싶더니 닿은 부분에서부터 붉은 아지랑이가 피어올랐다. 문장이 마치 달궈진 쇠처럼 열기를 품고 있었다. 그리고 실제로도 그와 비슷한 역할인 듯했다. 잠시 후 다시 고개를 드는 아스의 이마엔 언젠가도 보았던 짙은 붉은색의 문양이 새겨져 있었다. 양쪽으로 날카롭게 뻗은 가죽 날개의 형태. 의심할 여지 없는 마신의 문장이었다.

"완전해지심을 경하드립니다, 주군!"

바로 옆에서 감격에 벅차오른 데르온의 목소리가 크게 울렸다. 그제야 나 역시 비로소 돌아가는 상황을 실감할 수 있었다. 언젠가 기껏 부여받은 문장이 다시 사라졌을 때, 아스는 시간이 좀 더 필요한 것 같다고 말했었다. 지금이 바로 그때인 거다. 아스가 정식으로 즉위한 것이다.

"준비됐으면 바로 시작해라."

그러나 여운을 느낄 틈은 주어지지 않았다. 축하할 겨를도 없이 이어진 엘뤼엔의 목소리가 곧바로 냉정한 현실을 일깨웠기 때문이다. 아스는 군말 없이 마족 군대를 향해 똑바로 서서 두 손을 모았다. 그러자 그 안쪽에 검은 기운이 뭉쳐지면서 무언가가 형태를 이루기 시작했다. 곧 모습을 드러낸 것에 나는 잠시 두 눈을 의심했다. 하지만 잘못 본 게 아니었다. 아무리 봐도 그건 긴 뿔을 깎아내어 만든 나팔이었다.

'갑자기 나팔은 왜?'

난 당혹스러운데 다른 사람들은 그저 담담해 보였다. 이어서 아스가 아무렇지 않게 그걸 들고 불었다. 그런데 당연히 울려야 할 나팔 소리가 들리지 않았다. 바람이 통과하기나 한 건지 의심스러울 정도로, 애초에 구멍이 뚫려 있지도 않은 것 같았다. 설마 이런 상황에서 장난을 칠 리는 없고(애초에 아스는 그런 성격도 아니었다), 혹시 뭔가 잘 안 되는 건가 싶어서 가까이 가 보려 할 때였다.

콰지직, 번개가 꽂히는 듯한 소리와 함께 눈앞에서 놀라운 일이 벌어지기 시작했다. 여기저기서 신음이 들리는가 싶더니 이제껏 미동 없이 묶여 있던 마족들이 몸을 마구 꿈틀거렸다. 그들을 빈틈없이 묶고 있던 가시가 어느새 느슨해져서 출렁거리고 있었다. 구속했던 결박이 풀어지는 것이 분명했다. 그 현상이 의미하는 바는 하나뿐이었다.

"됐어! 주술이 깨졌어!"

한껏 높아진 루세프의 목소리가 모든 상황을 설명했다. 나는 반사적으로 숨을 멈췄다. 설마설마했더니 정말로 주술이 깨진 거다.

곧 마족들에게서 떨어지던 피가 천천히 멎었다. 그때쯤 결박에서 풀린 이들이 하나둘 바닥에 떨어지기 시작했다. 의식을 차리긴 했어도 정신이 든 건 아니라서 다들 아무런 준비도 되어 있지 않은 상태였다. 족히 10미터는 되는 상공 위였다. 아무리 마족이라도 이 정도 높이에서 떨어지는 건 위험하다. 다들 몸이 성치도 않은 상태이니 죽을지도 몰랐다.

아스와 데르온은 이미 그들을 구하기 위해 뛰어든 뒤였다. 나는 급한 대로 물을 일으켜 떨어지는 이들을 받아냈다. 한쪽에선 나뭇가지들이 마구 자라나 쿠션 역할을 해 주고 있었다. 트로웰도 나서 준 것이다. 덕분에 처음부터 죽은 채로 떨어진 이들 말고는 전원 무사히 구출할 수 있었다.

그렇게 대강 마족들의 안전을 확보하고 났을 땐 우리 역시 지상에 완전히 내려온 뒤였다. 가까이에서 보니 주술이 실행되던 장소의 상황이 보다 분명히 보였다. 조금 전까지 마족들이 피가 떨어지던 장소엔 붉은 피 안개가 자욱한 상태였다. 그 속에 도사리고 있는 검은 덩어리가 선명하게 보였다. 마지막으로 봤을 때보다 몇 배나 덩치를 불린 상태였다. 코를 찌를 듯이 진동하는 악취 속에서 가슴이 서늘해질 만큼 섬뜩한 기운이 느껴졌다. 그런데 시간이 지나도 놈은 여전히 움직일 기미를 보이지 않았다. 주술이 실패했으니 분개를 터트리거나 누구에게든 덤벼들 줄 알았는데 지나치게 고요했다. 그게 이상할 정도로 불길한 기분이었다. 그때 기척이 느껴진다 싶더니 옆쪽에 누군가가 섰다. 엘뤼엔이 미간을 찌푸린 채 덩어리를 주시하고 있었다.

"이미 금제가 풀렸군. 각성에 들어갔나."

"헉, 카노스의 금제가 풀렸다고?"

"괜찮아. 아직 각성을 마친 건 아냐. 막을 수 있어."

청천벽력 같은 소리에 당황하는 내게 다음으로 뒤따라온 루세프가 위안이 될 만한 말을 했다. 물론 그런 그 역시 검은 덩어리를 노려보는 표정이 굳어 있기는 마찬가지였다.

"그래도 내 무기는 안 통하겠지. 엘뤼엔, 심판관 좀 써 줘. 주술을 걸어 묶어야 하니까 총 말고 활로 변형해서."

"협조는 해 주겠지만, 친근하게 부르지 마라."

"거참, 까칠하시네. 원래 이런 위급한 순간에 서로 이름 트고 그러면서 정도 함께 싹트고 그러는 거거든?"

"너와 그딴 거 틔울 일 없다."

"진짜 단칼이구만?"

투덜거리던 루세프가 잠시 멈칫하더니 다음 순간 나를 돌아보았다. 아니, 정확히는 내 옆쪽을 향하려다가 주저하는 듯한 모습이었다. 그곳엔 시벨리우스가 있었다.

"어, 음, 그러니까…… 이런 상황에서 할 말은 아니지만, 일단 정말 바, 반갑다."

조금 전까지 씩씩하던 얼굴과는 달리, 그 말을 할 때 그의 표정은 뻣뻣하고 어색하기만 했다. 왠지 목소리도 떨리는 것 같았다. 누가 봐도 완벽하게 의식하고 있는 모습인데, 정작 시벨리우스는 의아해하는 표정이었다. 처음엔 자신에게 하는 말인지도 인지하지 못하다가(이건 시선을 맞추지 않았으니 당연하다) 잠시 후에야 고개를 갸웃했다.

"절 압니까?"

"……그야 누구보다 잘 알지."

그제야 루세프가 천천히 시벨리우스를 바라보았다. 약간 서글픈 듯한 미소를 지은 채였다.

"아마 너 자신보다 내가 더 너를 잘 알 거야."

"……네?"

반사적으로 얼굴을 찌푸리는 시벨리우스를, 루세프가 조금 느린 시선으로 살폈다. 조금 전엔 눈을 마주치지도 못하더니 이번엔 조목조목 하나하나 뜯어볼 것 같이 자세히 탐색하는 듯한 모습이었다. 그러자 움찔한 시벨리우스의 눈에 곧 파문이 일기 시작했다. 직감적으로 무언가를 깨달은 표정이었다.

"다 크니까 형이랑 많이 닮았구나."

"……."

이제 시벨리우스의 눈은 여실히 동요를 드러내고 있었다. 그 한마디로 루세프의 정체를 알아본 게 분명했다.

"그동안 지켜주지 못해서 미안하다. 하지만 이번엔 무슨 일이 있어도 꼭 지킬게. 음, 그러니까…… 내가 하고 싶은 말은, 여긴 위험하니까 멀리 떨어져 있으렴."

시벨리우스는 아무런 대답도 하지 않았다. 루세프는 머쓱한 듯이 머리를 긁다가 쓰게 웃으며 몸을 돌렸다. 그리곤 엘뤼엔과 다시 이것저것 대화를 나누며 뭔가를 본격적으로 준비하기 시작했다.

"누군가 했더니 정의의 신 루세프였군요? 그 유명한 신계의 수호지기를 눈앞에 두고 있다니, 믿기지 않네요."

어느새 가까이 다가온 데르온이 조금 목소리를 낮추고 말했다. 연예인이라도 본 듯이 얼굴이 상기된 그 옆에서 아스가 물었다.

"저 신이 신계의 수호지기야? 유니콘의 창조신?"

"네, 저렇게 보여도 진짜 무서운 신입니다. 천마대전 때 마공작들을 다 죽인 것도 바로 저 신이라고 알고 있습니다. 그래서 카노스 님이 그의 창조물인 룬의 핏줄에 저주를 내리신 거죠."

"아, 그렇군."

그때까지도 시벨리우스는 아무 말도 하지 않고 있었다. 나는 어딘지 넋을 잃은 것처럼 보이는 그에게 다가가 살짝 상태를 살폈다.

"시벨, 괜찮아?"

"어? 아, 으응."

"많이 놀랐구나. 나도 설마 정의의 신을 여기서 볼 줄 몰랐는데 너는 더하겠지."

"……구나."

"응?"

"……정말, 루세프 님이구나."

중얼거리는 시벨리우스는 조금 먹먹해 보이는 모습이었다. 살짝 일그러진 얼굴에 그리움과 원망, 그러면서도 애틋한 감정이 서렸다. 갑자기 마주한 창조신 덕분에 과거로 묻은 기억들을 다시 상기하게 된 것 같았다. 방해하고 싶지 않아 가만히 바라보기만 했더니 그가 곧 퍼뜩 정신을 차린 얼굴로 어색하게 웃었다.

"아, 미안. 엘 말대로 좀 놀랐어. 형벌의 신도 보고 마신도 만났는데 정작 루세프 님을 만날 수 있을 거라곤 상상도 하지 못했었나 봐. 뭔가…… 굉장히 비현실적이네."

그 말에 가슴 속이 울컥거렸다. 일족의 왕이자 제사장, 신을 제 몸에 깃들게 할 수 있는 고유 능력. 원래대로였다면 시벨리우스에겐 루세프가 가장 친근한 존재였어야 했다. 그런데 마신이나 형벌의 신보다도 오히려 멀게 느끼고 있었던 거다. 이런 날을 한 번도 상상조차 해 본 적이 없을 만큼.

그가 룬의 힘을 각성하지 못한 건 무의식이 스스로 봉인한 탓이었지만, 그걸 알게 된 건 비교적 최근의 일이었다. 한때는 계속 접신을 시도해 봤을 거고, 실패하는 원인도 알지 못한 채 좌절을 거듭했겠지. 그러다 나중엔 체념했을 거다. 아마 시벨리우스는 그동안 루세프가 자신을 싫어한다고 여겼을지도 몰랐다. 창조신과의 조우에 기쁨이나 감격보다 당혹감과 의아함을 더 크게 느끼고 있는 것만 봐도 그랬다. 어떤 말로도 위로할 수가 없을 것 같아서 말을 거는 것조차 망설여졌다. 그런데 그때 아스가 그를 빤히 보다가 불쑥 말했다.

"시벨, 얼굴이 붉어졌어."

"……거짓말 마."

"정말인데. 블루 엘프가 아니라 레드 엘프인 것 같아. 엘프족에 새로운 종이 생겨났다고 해도 믿겠어."

"뭐? 설마 그럴 리가 없……역시 거짓말 맞잖아, 이 망할 꼬맹이!"

급히 거울을 꺼내 얼굴을 들여다본 시벨리우스가 사실이 아님을 확인하고, 아스를 노려보며 버럭 화냈다. 그러나 사나운 시선에도 아스는 아무렇지 않게 어깨를 으쓱일 뿐이었다.

"나 이제 시벨만큼 커. 키는 아마 여기서 더 자랄 거고. 꼬맹이 아닌데?"

"덩치가 무슨 상관이냐? 열 살도 안 된 놈은 그냥 꼬맹이지!"

"시벨은 그럼 늙은이겠네."

"죽을래?"

"이럴 때 화를 내면 인정하는 건데. 시벨은 참 어리석네. 그러니까 그런 하찮은 거짓말에도 쉽게 낚이는 거야."

"주종이 아주 쌍으로 돌아가며 사람을 환장하게 하지?"

다툼이 이어지는 동안 나는 내심 묘한 기분으로 둘의 모습을 번갈아 바라보았다. 눈만 마주치면 투닥거리는 거야 여전하긴 한데, 이전과는 분위기가 조금 달랐다. 무엇보다 눈에 띄는 건 아스가 시벨리우스를 제대로 된 이름으로 부른다는 점이었다. 그동안엔 항상 퍼런 엘프라거나, 혈마라는 식으로 돌려서—정확히는 시벨리우스가 싫어할 만한 방식으로— 칭했는데 지금은 꼬박꼬박 '시벨'이라고 확실하게 부르고 있었다.

그리고 착각이 아니라면 지금 말다툼은 일부러 아스가 유도한 거였다. 아마도 시벨리우스를 심란한 기분에서 벗어나게 하기 위함이 아니었나 싶다. 그렇게 느낀 이유는 다투는 동안 시시각각 변화하는 시벨리우스의 표정을 아스가 유심히 살피고 있었기 때문이었다. 그의 분위기가 완전히 평소대로 돌아오자 눈동자가 한층 깊어지는 것도 발견할 수 있었다. 그 얼굴에 떠오른 건 분명 만족감이었다.

그러고 보니 조금 전에 마족들을 해치우려 할 땐 시벨리우스가 먼저 만류하며 나섰었지. 그때 그가 언급한, 못 본 척할 수 없는 녀석들이란 게 아스와 데르온을 뜻하는 건 누가 봐도 뻔했다. 이건 뭐랄까, 역시 아무리 봐도…….

"둘이 꽤 친해졌네?"

"뭐? 아냐, 엘. 하나도 안 친해!"

"응, 친하진 않아."

말을 꺼내기 무섭게 정색하는 시벨리우스와, 그에 동조하는 아스의 답변이 이어졌다. 그런 직후 싱긋 웃은 아스가 가벼운 말투로 다음 말을 덧붙였다.

"그냥 내가 관대하게 대하는 것뿐이야, 대부. 저래 보여도 계약자니까."

"아, 그래……."

"너어, 까불지 마! 관대하게 대하는 건 나거든!"

"유치하네, 시벨. 어린애와 일일이 경쟁해서 이기고 싶어?"

"이럴 때만 어린애인 척하지 마!"

……아니, 그러니까 바로 이런 모습들이 친해졌다는 건데.

어차피 지적해 봤자 다시 부정할 게 뻔해서 나는 그냥 입을 다무는 쪽을 택했다. 어쨌거나 사이가 좋아진 건 좋은 일이긴 했으니까. 사실 둘의 관계는 쭉 평행선을 이룰 줄 알았다. 성격이나 종족의 문제를 떠나 둘 다 서로 가까워질 필요를 느끼지 못하는 것 같았기 때문이다.

정확히는 시벨리우스보다는 아스가 문제였다. 시벨리우스는 의외로 마음이 약한 면도 있고, 정도 있는 성격이다. 갓 태어난 날부터 쭉 지켜봐 온 아이인데 상대가 자신을 따르면 아무리 마족이라도 분명 외면할 수는 없었을 거다. 그에 비해 아스는 정말 그에게 아무런 관심이 없어 보였다. 그냥 대부의 친구니까 일행으로 인식할 뿐, 그 이상도 이하도 아닌 수준이랄까. 그래서 지금 보이는 태도 변화가 신기할 정도였다. 카노스 때문에 강제로 맺게 된 계약이 예상치 못한 효과를 가져온 것 같았다.

그때 문득 트로웰이 앞으로 한 걸음 내딛는 것이 느껴졌다. 무심코 그 뒷모습을 쫓아가려는데 별안간 사방이 진동하며 요란한 소리가 울려 퍼졌다. 콰직, 콰아앙! 바람과 함께 강렬한 기운이 덮치듯이 쏟아져 들었다. 하지만 실제로 와 닿는 영향은 전혀 없었다. 트로웰이 곧바로 방호벽을 만들어 막아낸 덕분이었다.

“아……고마워, 트로웰.”

“별말씀을.”

가볍게 돌아본 트로웰이 생긋 웃었다. 잠시 후 그가 만든 방호벽이 걷히고 그 너머의 상황이 보이기 시작했다. 자욱한 먼지 바람 속에서 엘뤼엔이 활을 들고 서 있었다. 그가 쏘아낸 게 분명한 금빛의 빛줄기가 검은 덩어리로 힘차게 날아가는 중이었다. 조금 전 바람의 파장은 화살을 날릴 때 일어난 것인 듯했다.

빛줄기는 검은 덩어리를 완전히 꿰뚫어 바닥에 단단히 박혔다. 그러자 그때까지 잠잠하던 검은 덩어리가 조금씩 움찔거리기 시작했다. 이어서 엘뤼엔이 손을 내밀었고, 루세프가 그에게 다음 화살을 건넸다. 두 번째 화살이 세 번째가 되고, 네 번째가 되기까지는 그리 오랜 시간이 걸리지 않았다. 날아간 화살들은 전부 검은 덩어리를 꿰어 바닥에 깊이 박혔다. 말뚝을 박듯이 그 몸을 고정하고 있는 것 같았다. 나는 유심히 화살을 살폈다. 단순히 루세프가 만들어서 건네주는 것처럼 보였는데 자세히 보니 다른 곳과 연결된 흐름이 느껴졌다. 느낌이 워낙 뚜렷해서 정체를 짐작하기가 어렵지도 않았다.

"뭘 하는 걸까? 단순한 결박 같지는 않은데. 저 화살에 걸린 주술들, 신계와 연결된 거 맞지?"

"응, 맞아. 정화진처럼 신계 쪽에 본진을 둔 것 같네. 아마 봉인하려는 것 같아. 소멸진을 덮어씌우기 쉽도록 고정하려는 거겠지. 왜 루세프만 내려왔나 했더니 나머지 신들은 저걸 만들고 있었구나."

트로웰이 고개를 끄덕이며 답했다.

"꽤 아슬아슬했어. 주술을 푸는 쪽으로 해결해서 다행이야. 악신은 사기도 삼키거든. 금제가 이미 풀린 상태였으니 그때 마족들을 죽였다면 고스란히 악신에게 흡수됐을 거야."

헉, 그럼 정말 큰일 날 뻔했잖아?

시벨리우스와 아스가 시기적절하게 나타나서 다행인 셈이었다. 나는 질린 기분으로 봉인의 현장을 지켜보다가 시벨리우스 쪽을 돌아보았다. 그들도 모두 굳은 얼굴로 돌아가는 상황을 지켜보고 있었다.

"그런데 대체 어떻게 주술을 푼 거야?"

"아, 정확히는 주술이 아니라 최면을 푼 거야."

"최면?"

영문을 몰라 하는 내게 시벨리우스가 자세히 설명했다.

"타락 천사의 주술에서 가장 주요한 요소는 신을 향한 절망과 증오의 감정이야. 평소 신과 가까웠던 사람일수록 반작용이 더 크게 일어나기 때문에 주로 제사장이나 신관을 겨냥하는 거야. 하지만 말 그대로 신과 가까웠던 존재잖아? 이들은 결코 쉽게 신을 저버리지 않아. 그래서 이 주술을 실행할 땐 보통 최면을 거는 편이야. 이미 내가 신을 증오하는 상태라고 착각하게 하는 거지."

"……!"

"하지만 이 방식은 효과가 빠른 만큼 허점도 커. 일단 가짜로 만들어진 감정이기 때문에 완벽하지 않아. 그래서 최면이 풀리면 곧바로 주술도 깨지게 되어 있어."

"그, 그렇구나. 그런데 그 최면이란 것도 쉽게 풀리진 않을 텐데……?"

"맞아, 아마 평범한 인간이었다면 오히려 이렇게 잘 되진 않았을 거야. 모르스라서 운이 좋은 거였지."

"모르스?"

그러고 보니 루세프도 모르스라고 말한 적이 있었던 것 같다. 그저 마족 군대를 뜻하는 명칭이겠거니 했는데 뭔가 다른 의미가 더 있었던 걸까. 의아해하고 있는데 아스가 설명을 거들었다.

"마왕을 위한 특수군을 모르스라고 해."

"아, 친위대 같은 거야?"

"응, 비슷해. 왕을 보호하기보다는 그 힘을 대신 실행하는 진압군에 더 가깝지만. 어쨌든 모르스는 어떤 상황에 있어도 하나만은 반드시 인지하게 되어 있어."

"그게 뭔데?"

"왕이 부르는 소집 나팔 소리. 그건 모르스의 혼에 새겨진 거라 아무도 못 막아."

아, 그래서 그 나팔을 쓰기 위해 왕이 되어야 했던 거구나. 아무런 소리도 들리지 않았다고 생각했는데 조금 특별한 구조로 이루어진 나팔인 모양이었다. 귀에 닿는 게 아니라 혼을 건드리는 방식인 게 분명했다.

아무리 강력한 최면이라도 현실을 인지하면 풀린다. 그런 의미에서 소집 나팔만큼 확실하고 깨끗한 해결 방법도 없었다. 필요한 시점에 때마침 그 나팔을 불 수 있는 존재가 바로 나타났다는 게 신기할 정도였다. 단지 안타까운 점이라면 마왕이 모르스를 소집할 수 있는 건 임기 내에 단 한 번뿐이라는 사실이었다. 즉, 아스가 자신에게 주어진 유일한 기회를 여기에 쓴 셈이었다. 그것도 즉위한 바로 직후에. 그 말을 듣자마자 내가 탄식하니 아스가 웃으며 말했다.

"괜찮아, 대부. 전체 소집만 못 하게 되는 것뿐이야. 원래 이차원과 전쟁을 하려는 게 아니면 전체를 소집할 일도 별로 없어."

"으음, 하지만 위급 시에 쓸 수 있는 가장 큰 전력을 잃은 거긴 하잖아."

"상관없어. 어차피 위급 상황이 일어날 일도 없을 텐데."

"어? 그래?"

"그들 전부를 다 합친 것보다 내가 더 강하거든."

나는 조금 묘한 기분으로 아스를 바라보았다. 소년일 때도 예뻐장하긴 했지만 지금의 아스는 아름답다는 표현이 더 어울리는 외모였다. 눈매가 날카로운 편이다 보니 본래도 접근하기 어려운 분위기가 있었는데 전체적으로 묘한 박력마저 더해져서 그 느낌이 몇 배는 더 강해진 것 같았다. 그래선지 말 한 마디 한 마디가 와닿는 느낌이 전혀 달랐다. 아마 전의 모습으로 이런 말을 했다면 씩씩해서 대견하다고 생각했을 텐데, 지금은 왕다운 여유와 위엄으로 보여서 감탄이 더 앞섰다. 사람의 겉모습이라는 게 인상에서 얼마나 큰 비중을 차지하는지 새삼 깨달은 기분이었다.

"단지 부작용이 좀 있는데."

"부작용?"

"모르스는 원래…… 다른 차원에서 소집되면 그 차원의 말살을 최우선 목표로 삼고 움직이거든."

"……어?"

"음, 하지만 괜찮을 거야. 내가 바로 취소 명령을 내리면 돼. 근데 취소는 직접 마주 봐야 할 수 있어서 조금 기다려야 할 것 같아."

그거 정말 괜찮은 거 맞는 건가?

나는 슬그머니 주위를 돌아보았다. 받아낸 직후 대충 모아둔 마족들은 아직 의식이 없는 상태였다. 당장 깨어나더라도 몸 상태가 성치 않아서 뭔가 저지를 기력도 없어 보이긴 했다.

콰과강!

그때까지도 엘뤼엔은 계속 활을 당기고 있었다. 빼곡하게 꽂힌 빛줄기 때문에 검은 덩어리의 모습이 고슴도치처럼 보였다. 덩어리는 계속 꿈틀거리고 있었지만 바닥에 단단히 고정되어 움직이지 못하는 것 같았다. 그렇게 엘뤼엔이 쏜 화살이 마지막 궤적을 그리고 난 후였다. 화살이 박힌 곳마다 서로 빠르게 선이 이어지더니 화려한 문양이 완성됐다. 그러자 그 안에서 마치 그물 같은 줄기가 뿜어져 나오기 시작했다. 그 줄기는 덩어리의 몸을 완벽하게 감싸 채우다 못해 하늘로까지 솟아올랐다. 검은 덩어리의 미약한 저항마저 완전히 삼켜지는 순간이었다.

"됐어! 제대로 연결했어!"

루세프가 기쁜 얼굴로 외쳤다. 그러자 갑자기 주위가 환해지기 시작했다. 놀라서 고개를 들었더니 먹구름이 양옆으로 갈라지고 있는 게 보였다. 감춰져 있던 해가 드러나고 있었다. 빠르게 물러나는 먹구름 대신 하얀 구름이 하늘을 가득 채웠다. 태양 빛을 한가득 품은 구름 떼는 웅장하기까지 했다. 그런데 그 사이에서 분주히 움직이는 수많은 그림자가 보였다.

"……!"

처음엔 내가 잘못 본 줄 알았다. 하지만 아무리 보고 다시 봐도 그건 그림자가 맞았다. 그것도 분명한 사람의 형태였다. 마치 군중이 구름 속에 서서 우리를 내려다보는 것 같았다.

웅성웅성웅성

동시에 귓가에서 수군거리는 듯한 소리가 들렸다. 아무런 의미 없는 잡음 같기도, 광장에서 수많은 사람이 떠들어대는 소리 같기도 했다. 정체를 알 수 없는 것들이 시각과 청각을 가득 채우니 그것만으로도 위압감이 상당했다. 가만히 보고 있으려니 누군가 내 집에 멋대로 침범한 듯한 불쾌한 기분마저 들었다.

"혹시 저거 신계를 비추는 거야?"

"……응, 그런 것 같네."

하늘을 올려다본 트로웰이 조금 느린 어조로 답했다. 루세프와 엘뤼엔 역시 하늘을 응시하고 있었다. 나는 슬쩍 그들 쪽에 다가갔다.

"악신이 봉인된 건가요?"

"그래, 성공했어. 시간은 벌어뒀으니 이제 소멸진만 실행하면 돼."

루세프는 한결 홀가분해진 얼굴이었다. 이제 다 끝났다는 안도감과 기쁨이 드러난 모습이었지만 반대로 나는 초조해졌다.

"저기, 물어볼 게 있는데요."

"응, 뭔데?"

"악신을 소멸하려면 상급신이…… 희생해야 한다고 들었거든요."

그러자 루세프의 얼굴이 빠른 속도로 굳었다. 엘뤼엔이 이쪽을 응시하는 게 느껴졌지만 나는 차마 그와 시선을 맞출 수가 없었다. 마치 시험을 견디는 것처럼 의식적으로 루세프만을 똑바로 바라보았다. 루세프는 잠시 망설이는 얼굴을 하다가 천천히 고개를 끄덕였다.

"으음, 맞아. 그건 이미 정해졌어."

"……! 정해졌어요? 누, 누구로요?"

루세프가 우리 쪽을 힐끔 보더니 한숨을 내쉬었다. 누가 봐도 의식하는 게 분명한 태도라 가슴 안쪽이 술렁거렸다. 진땀을 흘리고 난 직후의 불쾌하고 찝찝한, 몹시도 기분 나쁜 감각이 스멀스멀 올라왔다. 이어진 말에 나는 숨을 크게 삼켰다.

"아마 너희도 아는 신일 거야."

"……!"

잠깐 암전이 된 것 같았다. 눈을 감지도 않았는데 시야가 닫혔다는 착각이 일었다.

"마침 저기 오네."

이어진 말을 듣고서야 허둥지둥 정신이 돌아왔다. 나는 반사적으로 고개를 들었다. 구름 사이에서 빛줄기가 쏟아지며 누군가가 내려오고 있었다. 뜻밖에도 긴 흑발을 지닌 여인이었다. 그녀는 온몸에 금가루를 흩뿌린 듯한 모습이었다. 그 금가루가 봉인진과 연결되어 있다는 게 선명히 느껴졌다.

아아.

얼굴이 와락 일그러졌다. 조금 전 아주 잠깐 느꼈던 기분을 저주하고 싶을 만큼 비참하고 서글픈 마음이 차올랐다. 풍기는 기운도, 공기도, 향기조차도 내가 알던 것과는 완전히 달랐다. 그러나 그가 누구인지 알아보지 못할 수가 없었다.

"죽음과 망자의 신 페르데스. 명계 소속의 상급신이지."

라일락색을 머금은 눈동자, 흑단처럼 새카만 머리칼이 한때 품었던 색을 기억한다. 잡힐 듯 잡히지 않는 투명한 바람의 색을 지녔었다. 시린 듯 차가우면서도 청아하고 따스한 향이 풍겼다. 끝무렵에 접어든 겨울 같기도, 새순이 싹트는 봄 같기도 했다. 내가 만난 첫 바람이었다.

소멸한 미네르바가 그곳에 있었다.

제4화

1.

언제였던가. 미네가 태어난 지 얼마 되지 않았을 때, 갓 탄생한 그와 인사를 마쳤을 무렵이었을 거다. 물의 영역으로 쉬러 가는 중에 문득 정령계를 돌아보고 싶다는 생각이 들어 나는 홀린 듯이 에바스 에덴으로 향했다. 흐드러지게 피어난 보석 꽃들과 달콤하고 짙은 향을 풍기는 나무숲, 눈이 시릴 정도로 새파란 하늘을 한참이나 구경했다. 오랜만에 돌아온 본계는 분주한 아크아돈에선 느낄 수 없는 평온과 안락함이 있었다. 따스한 햇볕에 흠뻑 취하며 한참 단잠에 빠져든 듯한 기분이었다. 아마 말을 걸어오는 이가 없었다면 며칠이고 하염없이 그렇게 서 있었을지도 모르겠다.

"엘, 여기서 뭐 해?"

부유감으로 멍해진 머릿속에 익숙한 목소리가 들렸다. 약간 노곤해진 기분으로 돌아본 곳엔 트로웰이 있었다.

“아, 트로웰. 그냥 잠시 정원을 구경하고 있었어. 뭔가 좀 신기해서.”

“신기하다니?”

“정원이 새삼스럽게 보인다고 해야 하나. 미네가 태어나고 나니까 분위기가 조금 바뀐 것 같아.”

“아아, 그렇네. 화풍이 달라진 것 같지?”

무슨 소리냐고 되물을 줄 알았는데 트로웰은 오히려 선뜻 동조해왔다.

“트로웰도 그렇게 느꼈어?”

“응, 이번이 세 번째야.”

“세 번째?”

“이프리트랑 엘 너랑 미네까지 말이야. 난 정령왕의 세대 교체를 전부 다 봤으니까. 그럴 때마다 조금씩 느낌이 달라지더라고.”

“헉, 그렇구나.”

그 정도면 단순히 기분 탓이 아닌 게 분명했다. 내심 놀라워하는 날 보며 트로웰이 빙긋 웃었다.

“재밌지? 같은 성질의 정령왕인데도 외형이나 성격만이 아니라 기운까지도 다르다는 게 말이야. 분명 똑같은 존재라는 건 알겠는데 동일시하기는 어렵지. 아마 눈을 가리고 있어도 누가 누군지 분명하게 구분할 수 있을걸.”

"그건 좋은 것 같아. 헷갈리지 않을 수 있잖아."

"응, 맞아."

쏴아아—

때마침 세찬 바람이 불어 머리카락을 온통 흐트러트렸다. 품고 있는 기운이 달라진 탓인지 그 흐름에 온몸을 맡긴 트로웰의 분위기도 이전과는 달라 보였다. 아마 그래서였을 거다. 의식적으로 피하고 있던 화제를 내가 먼저 꺼내고 만 것은.

"미네르바 말이야, 신이 되겠지?"

트로웰이 하늘을 응시하던 시선을 거두어 나를 돌아보았다. 기분 좋게 미소 짓고 있는 얼굴을 그대로 유지한 채였다. 그래서 더 용기를 냈다.

"트로웰은 미네르바가 무슨 신이 될 것 같아?"

"음……글쎄, 무슨 신이든 상관없어. 하지만 그를 위해서 마속성은 아니었으면 좋겠어. 그쪽은 일이 많다고 들었거든."

"아, 맞아. 엘뤼엔만 해도 서류 더미에 파묻혀 지내더라구. 집무실뿐만 아니라 복도까지 서류가 산처럼 쌓여 있었어."

"저런."

"그래도 상급신이라 그런지 궁은 크고 멋있었어. 다른 상급신들도 다 엄청 큰 궁을 갖고 있더라고. 고유 문장이 생기는 것도 멋진 것 같아."

"그렇네."

"저기, 트로웰."

"응?"

"금방 다시 만날 수 있었으면 좋겠다."

그 말에 살짝 커진 금안이 곧 이내 부드럽게 휘어졌다.

"……응."

비록 예전과 완전히 같지는 않아도. 많은 것들이 달라지고 상황이 변하더라도, 그래도 언젠가 다시 만날 수 있다. 지내는 곳이 달라진 것뿐이라고, 그렇게 생각했다. 이별의 상실감을 금방 털어낼 수 있었던 것도 그 때문이었다. 다시 만날 땐 어떤 기분이 들지, 그에게 어떤 말부터 할지 상상해 보기도 했다. 하지만 그 재회의 순간에 이런 장면은 없었다.

말도 안 돼.

머릿속을 채우는 건 오직 한 문장뿐이었다. 너무 당혹스럽고 혼란스러워서 몇 번이나 확인하는 과정을 다시 거쳤다. 그러나 아무리 봐도 판단이 달라지는 일은 없었다.

"미네르바잖아. 틀림없이 미네르바야. 저 상급신…… 우리가 아는 미네르바, 맞는 거죠?"

"그럴 거야."

돌아오는 대답 역시 예상을 벗어나지 않았다. 물론 조금도 기쁘지 않은 확인이었다. 아니, 오히려 믿을 수 없는 기분만 더 커졌다. 그게 사실이라면 이 상황이 더 말이 되지 않았으니까. 나는 루세프를 바라보았다. 씁쓸한 표정을 한 그는 이쪽을 똑바로 마주 보지도 못하고 있었다.

"어째서……? 미네르바는 소멸한 지 얼마 안 됐어요. 이제 막 신이 됐단 소리잖아요?"

"맞아, 그렇지."

"그런데 왜……."

"그가 자원했어."

자원?

또다시 이해할 수 없는 소리였다. 잠시 자원이란 단어의 뜻이 내가 알고 있던 것과 달라진 건가 싶었다. 하지만 아무리 생각해도 다른 의미 따윈 떠오르지 않았다.

미네르바가, 희생을 자청했다고?

얼굴이 일그러지려는 걸 간신히 참았다. 뭐가 어떻게 되어 가는 건지 모르겠다. 이다음으로 뭘 해야 하는지, 어떤 말을 해야 할지 알 수 없을 정도로 혼란스럽기만 했다. 그 대신 나는 옆에 있던 트로웰을 돌아보았다. 그는 천천히 하강하는 미네르바를 그저 가만히 바라보고만 있었다. 무슨 생각을 하는지 표정을 전혀 읽을 수가 없었다.

곧 완전히 하강한 미네르바가 지상으로 내려섰다. "여어—" 루세프가 어색한 얼굴로 손을 들어 보였다. 그와 시선을 마주한 미네르바의 입가에 옅은 미소가 떠올랐다.

"아슬아슬했군요, 루세프. 신호가 오지 않아서 실패한 건 아닌지 염려했습니다."

"아니, 뭐. 생각보다 찾기가 어렵더라고."

"그래도 늦지 않았으니 됐습니다. 수고하셨습니다. 뒤는 제게 맡기세요."

차분한 답변에 루세프는 뭔가 말을 하려다 말고 신경질적으로 뒷머리를 긁었다. 그를 뒤로한 채 앞으로 한 걸음 내딛는 미네르바를 향해 나는 서둘러 다가갔다. 이번에도 미네르바는 옅은 미소로 맞았다.

"엘."

"미네르바……."

"아니, 이젠 페르데스야."

아아, 그래. 그러고 보니 새 이름을 받은 것 같았지. 조금 전 어렴풋이 들었던 소개말이 스쳐 지나갔다. 죽음과 망자의 신이라고 했던가? 흑발이 되면서 더 고혹적인 분위기로 변한 그와 너무도 잘 어울리는 직함이었다. 이런 상황이 아니었다면 좀 더 마음껏 감탄할 수 있었을 거다. 하지만 지금은 다른 생각을 견디는 것만으로도 벅찼다.

"어떻게 된 거야. 대체 왜 네가……."

다급히 채근하고 싶은 마음을 억누르느라 목소리가 떨렸다. 그런 나를 달래듯이 미네르바, 아니, 페르데스가 고요히 미소 지었다.

"누군가는 해야 하는 일이었어. 그렇다면 내가 하는 게 가장 낫다고 판단했을 뿐이야."

"왜, 왜? 왜 그런 판단을 해? 넌 이제 막 신이 됐잖아."

"바로 그렇기 때문이야. 신이 된 지 얼마 되지 않았기 때문에 이 자리에 미련도 별로 없거든. 책임지는 것도 없고, 부담하고 있던 일도 별로 없으니 뒤탈도 제일 적어."

"하지만 이건 말이 안 되잖아……."

"그건 어차피 누구든 마찬가지야."

덜컥 가슴이 내려앉았다. 고개를 젓고 싶은 마음과는 다르게 목소리가 나오지 않았다. 페르데스의 말이 맞았다. 어차피 누군가는 반드시 희생해야 하고, 그게 당연하지 않은 건 누구든 마찬가지였다. 거기까지 생각이 미치고 나니 내가 그를 만류할 자격이 있나 싶었다.

문득 근처에 서 있는 엘뤼엔에게 시선이 미쳤다. 조금 전 하늘에서 내려오는 이가 누군지 알아보지 못했을 때, 얼핏 스쳤던 감정이 다시 떠올랐다. —엘뤼엔이 아니라는 것에 안도했었다.

"그런 표정 하지 마."

페르데스가 씁쓸하게 웃었다. 다정하게 바라보는 시선이 마치 내 생각을 다 헤아린 것처럼 보여서 차마 눈을 맞출 수가 없었다. 온몸의 치부를 들킨 기분에 나는 고개를 숙이는 쪽을 택했다. 내가 이렇게 추한 마음을 가지고 있을 줄은 몰랐다. 속이 울렁거려서 견딜 수가 없었다.

"미네르…… 아니, 페르데스, 나는……."

"괜찮아, 엘. 어차피 완전히 소멸하는 것도 아니야. 그냥 신적에서 제명되고 평범한 혼 중에 하나가 될 뿐이지. 어차피 난 신이 되고 싶었던 것도 아니었어. 아니, 어쩌면 이거야말로 내가 바랐던 길일지도 몰라."

"그게 무슨……."

"난 늘 인간이 되고 싶었으니까."

"……!"

미네르바가, 인간이 되고 싶어 했다고? 처음 들어보는 이야기에 나도 모르게 반사적으로 고개를 들었다. 페르데스는 여상히 웃는 얼굴이었다.

"뜻밖이라는 표정이구나. 엘, 너도 인간의 삶보다는 신이 낫다고 생각해?"

"아, 그게……."

"그래, 네가 맞을지도 몰라. 어쩌면 가 보지 못한 길을 동경하는 걸 수도 있겠지. 하지만 난 오래전부터 관조자의 삶은 내게 맞지 않다고 생각했어. 마음껏 울고 웃으며, 사랑하고 사랑받는 일에 열중하는 치열한 세상에서 살고 싶었지. 비록 그게 큰 그림에서 보면 한없이 보잘것없더라도."

"페르데스……."

"선택할 수 있었다면 이번에도 처음부터 인세를 택했을 거야. 물론 이후로도 신이 되는 길은 최대한 피했을 거고. 그러니 신적은 내겐 큰 의미가 없어. 엘, 네가 이 결정을 이해해 줬으면 좋겠어."

……하지만 그러면 우리와 만나지 못하게 되는데도? 그래도 넌 괜찮은 거야, 페르데스?

혀끝까지 차오른 말을 간신히 삼켰다. 차마 다른 대안을 제시할 수도 없는 내가 그를 원망하는 듯한 말을 해선 안 된다는 생각이 들었기 때문이었다. 싸운 것도 아닌데 무참히 진 것 같았다. 입술을 깨무는 동안 페르데스는 가볍게 내 어깨를 두드렸다. 그런 후에야 그의 시선이 내 옆에 있던 트로웰을 향했다.

"안녕."

"응, 안녕."

마치 처음 보는 것처럼, 서로 마주 선 두 사람 사이에 짧은 인사가 오갔다. 트로웰은 신기한 듯 흥미로운 듯, 페르데스의 모습을 빤히 바라보았다.

"머리카락이 검어졌네."

"이상해?"

"아니, 잘 어울려. 이 모습을 보는 게 오늘이 처음이자 마지막인 게 아쉬울 만큼."

담담한 답변만큼이나 트로웰의 표정은 여전히 아무런 변화도 없었다. 그게 오히려 난처했는지 페르데스가 조심스럽게 물었다.

"화난 거야?"

"왜 그렇게 생각해?"

"이런 결정으로 놀라게 했으니까."

"전혀. 하나도 놀라지 않았는데. 사실은 정화진이 실패했을 때부터 다 알고 있었어. 이미 봤거든."

"……!"

그 대답엔 내가 더 놀라서 눈을 크게 떴다. 불현듯 그가 얼마 전 괴로운 얼굴로 나타났을 때가 떠올랐다. 내게 눈물을 다시 빌려 달라고 했었지. 알고 싶지 않은 걸 알아버렸다고. 그러면서도 끝내 뭔지는 말하지 않아서 그를 끌어안는 것 말고는 아무것도 할 수가 없었다. 그때부터 트로웰은 이런 날이 올 줄을 알고 있었던 거다.

"미래는 유동적이니까, 빗겨나길 기대했지. 하지만 결과는 역시 이렇게 되고 말았네."

"……내게 질렸겠구나."

"그거 진심으로 하는 소리야?"

이번엔 트로웰이 가볍게 실소했다. 어떻게 그런 말도 안 되는 소리를 하냐는 듯한 표정이었다. 당황한 페르데스가 눈을 깜빡이자 트로웰이 나른한 어조로 말을 이어갔다.

"안 질렸어. 네가 그럴 줄 몰랐던 것도 아닌걸. 4천 년 전 그 인간에게 마음을 주기 전부터, 넌 유난히 그 나약하고 이기적인 종족에게 마음을 쏟았지. 처음부터 다 알고 있었어. 새삼스럽게 질릴 리가 없지."

"……."

"넌 내가 널 보호하느라 인간을 싫어한다고 생각했지. 맞아, 비슷해. 인간이 정말 싫었어. 네가 언제고 훌쩍 그들 사이로 날아가 다시는 우리에게 돌아오지 않을 것 같았거든. 바로 지금처럼."

"……트로웰."

"그리고 난 그걸 말릴 수 없겠지. 네가 그 비천한 인간 남자를 사랑하게 됐을 때도 그저 지켜만 봐야 했듯이."

잠시간 무거운 침묵이 흘렀다. 변명할 말을 찾지 못한 페르데스의 얼굴은 흐려져 있었다. 그 모습을 눈에 담듯이 천천히 살피던 트로웰이 가벼운 한숨과 함께 먼저 입을 열었다.

"널 비난하려고 하는 말이 아니야. 그냥 그렇다는 것뿐이야. 그래도 지금은 상황이 조금 바뀌긴 했지. 엘 덕분에 정령왕이 신이 된다는 사실을 알게 됐거든. 그게 내게 얼마나 큰 위로가 되었는지 모르겠지."

"……?"

"난 신이 될 거야."

이어진 말은 거의 선언에 가까운 느낌이었다. 잠시 멈칫한 페르데스가 간신히 미소 지었다.

"그래. 그렇겠지. 그 모습을 볼 수 없다는 건 아쉽네. 분명 잘 어울릴 텐데."

"아니, 볼 수 있어. 우린 다시 만날 거니까."

"무슨……."

"네가 어디에서 어떤 모습을 하고 있든지, 내가 반드시 찾아낼 생각이거든. 찾아낸 네가 죽으면 다음 환생도, 그다음 환생도 계속해서 다시 찾을 거야."

"……!"

"말했잖아, 내가 널 기억할 거라고. 그때 내가 했던 말들은 여전히 유효해. 단지 기억하는 건 내 몫이니까, 너는 전부 다 잊어도 괜찮아."

"대체 왜, 그렇게까지……."

"그러게. 왜일까."

중얼거리듯 대답한 트로웰이 문득 아프게 웃었다.

"내가 널 많이 좋아하나 봐."

페르데스의 눈이 크게 떠졌다. 나 역시 깜짝 놀라서 트로웰을 바라보았다. 당혹감을 드러낸 페르데스가 입을 벙긋거릴 때였다. 돌연 트로웰이 장난스럽게 웃었다.

"조금은 후회가 됐어?"

"너……."

숨 막히던 공기가 한순간에 편안해졌다. 언제 무슨 일이 있었냐는 듯 능청스럽게 고개를 갸웃거리는 트로웰의 모습에 황당해하던 페르데스가 곧 허탈한 웃음을 흘렸다.

"질이 나빠."

"하지만 내 감정이 사실이었어도 넌 포기하지 않았을 거잖아."

"그건…… 맞아."

"정말 질이 나쁜 게 어느 쪽이야?"

어이없다는 듯 혀를 차는 모습에 페르데스가 피식 웃었다. 완전히 그의 말을 농담으로 받아들인 게 분명했다. 실제로 트로웰의 표정 역시 아무렇지 않아 보였다. 태연히 웃는 얼굴은 아무리 봐도 깊은 감정을 감추고 있는 것처럼 보이진 않았다.

하지만 정말 농담이었을까? 트로웰이 이런 농담을 하는 성격이었던가? 머리를 가득 채운 어떠한 예감에 목이 점점 메어 오는 것 같았다. 물론 착각일 거다. 나보다 미네르바가 훨씬 더 그를 오래 알았으니까. 고작 몇 년과는 비교도 할 수 없는 어마어마한 세월이었다. 그런 그가 내가 알아보는 걸 알아차리지 못할 리가 없었다.

그러나 때론 가장 가까이에 있는 사람이 진실에서 가장 멀리 있기도 한 법이다. 문득 트로웰과 시선이 마주쳤다고 느낀 순간 숨이 턱 막혔다. 깨닫지 못하는 게 이상할 정도로 모든 게 전부 선명하게 보였다. 아무 말도 하지 못한 건 그가 살짝 고개를 저었기 때문이었다. '난 괜찮아.' 스쳐 지나가는 시선에서 그가 전하는 말이 들렸다.

"넌 항상 진지하게 말해서 어디서부터 어디까지가 진담이고 농담인지를 모르겠어."

"그런 건 몰라도 되는데. 나도 잘 모르겠거든."

"넌 정말이지……."

"하지만 신이 되어 널 찾을 거라는 건 정말이야. 어디서든 네가 평안할 수 있도록 내가 뒤에서 늘 지원할게. 내가 해 줄 수 있는 게 그것뿐인 것 같네."

"트로웰, 그러지 않아도 돼."

"아니, 내 마음이 편해지고 싶어서 그래. 그러니 넌 아무것도 돌아보지 마. 무엇에도 흔들리지 말고 망설이지도 말고, 네가 가고 싶은 길을 가."

"……네겐 늘 위로만 받는구나. 그에 비해 내가 너무 나쁜 친구라 미안해."

"사과하지 마. 질 나쁘다는 건 농담이었어. 넌 하나도 나쁘지 않아."

가볍게 웃은 트로웰이 고개를 저었다. 이윽고 그가 손을 내밀어 페르데스의 검은 머리칼을 살짝 손에 쥐었다. 그리곤 천천히 그 위에 입을 맞췄다.

"그냥 내 감정이 너보다 더 큰 것뿐이야."

페르데스의 눈동자가 흔들렸다. 이번에도 농담으로 여겼는지 어색하게 웃으면서도 진위를 살피려는 얼굴이었다. 아무리 그라도 이상한 점을 느낀 건지도 몰랐다.

"페르데스, 이제 시간이 없어."

그때 초조한 루세프의 목소리가 들려왔다. 페르데스가 돌아보았고, 트로웰이 싱긋 웃으며 손을 가볍게 흔들었다. 그 모습에 복잡한 표정을 지은 페르데스가 이내 마음을 정한 얼굴로 악신 쪽을 바라보았다.

그사이 검은 덩어리의 움직임이 전보다 더 커진 상태였다. 거대한 몸체가 몸부림치듯 꿈틀거릴 때마다 바닥에 고정된 화살들이 크게 흔들렸다. 누가 봐도 아슬아슬하게 버틴다는 느낌이었다. 그 앞을 향해 페르데스가 걸음을 내디뎠다.

"미, 미네르바."

머리로 의식하는 것보다 목소리가 튀어나가는 게 더 빨랐다. 그러자 잠시 멈칫한 페르데스가 우리 쪽을 돌아보고 미소 지었다.

"모두 안녕. 부디 평안하길."

"……!"

"엘뤼엔, 내 친구들을 잘 부탁해."

마지막 당부의 말을 들은 엘뤼엔이 고개를 살짝 끄덕였다. 이어서 페르데스의 시선이 그 옆에 있던 루세프를 향했다. 침울한 표정으로 서 있던 루세프는 그녀와 눈이 마주치자 고개를 깊이 숙였다. 희생자에게 보내는 예우의 인사로 보였다. 그에 마주 고개를 숙인 것으로 화답한 페르데스가 이내 우리에게서 완전히 몸을 돌리고 앞으로 나아갔다. 악신 쪽에 가까이 다가갈수록 그의 몸에선 금빛이 새어 나오듯이 퍼지고 있었다. 새카만 흑발을 흩날리는 뒷모습이 점차 빛 속에 삼켜지며, 곧 빛 그 자체가 되었다.

안 돼. 이런 건 말도 안 되는데…….

지금이라도 강하게 말려야 하는 게 아닐까. 찾아보면 다른 방법이 있지는 않을까? 내내 머릿속을 괴롭히던 수많은 생각이 귓가를 둥둥 울리는 것 같았다. 그때 누군가가 내 팔을 강하게 붙잡는 것이 느껴졌다. 반동으로 몸이 멈추는 걸 인지하고 나서야 나는 내가 앞으로 나가려고 했다는 걸 깨달았다. 무의식적으로 페르데스를 붙잡으려 했던 모양이다. 고개를 드니 트로웰이 씁쓸한 표정으로 고개를 젓고 있었다.

"이제 늦었어, 엘. 이미 소멸진이 발동했어."

"트, 트로웰, 너 정말 괜찮아? 미네르바를, 페르데스를 이대로 보내도 괜찮은 거야?"

나는 거의 매달리다시피 한 채로 물었다. 그에 살짝 커진 금안이 곧 흐리게 휘어졌다. 이어서 그가 빛에 삼켜진 페르데스 쪽을 바라보았다. 남은 흔적을 찾으려는 듯 가만히 살피는 채로 그가 천천히 입을 열었다.

"솔직히 말해서 괜찮지는 않아."

"그럼……!"

"하지만 이게 바로 페르데스가 선택한 길이야. 내 마음에 들지 않아도 결정을 존중하는 수밖에. 원래 이런 건 더 좋아하는 쪽이 지는 법이잖아."

그는 가볍게 말했지만 그렇게 답하는 마음이 정말로 가벼울 리는 없었다. 몹시 날카로운 갈고리로 가슴이 긁힌 것 같은 느낌이었다. 위로의 말조차 건넬 수가 없어서 가만히 숨만 삼키고 있는데 문득 나를 돌아본 트로웰이 어깨를 으쓱이며 웃었다.

"그래도 뭐랄까. 생각보단 견딜 만하네. 난 이런 날이 오면 내가 완전히 무너질 줄 알았거든."

"트로웰……."

"이건 아마 엘, 네 덕분이겠지."

"……?"

이어진 말은 너무 뜻밖이라 잠시 이해를 할 수 없었다. 멍하니 눈만 깜빡이는데 트로웰이 손을 내밀더니 내 눈가를 살짝 쓸었다. 의식하지도 못했는데 내가 어느새 울고 있었던 모양이었다.

"고마워, 엘. 항상 이 말을 하고 싶었어. 네가 아니었다면 난 꽤나 형편없는 녀석이었을 거야."

"나는 딱히 아무것도 한 게……."

"아니, 내게 정말 많은 걸 줬어. 무엇으로도 다 갚지 못할 만큼. 네 덕분에 버텨 나갈 수 있는 힘을 얻었어. 난 네게 구원받은 거나 다름없어."

"무슨……."

"아마 이해하기 힘든 말일 거야. 하지만 이것만은 네게 꼭 전하고 싶어."

젖은 눈으로 맑게 웃은 트로웰이 가만히 나를 끌어안았다.

"엘, 널 만나서 정말 다행이야."

눈앞이 왈칵 흐려졌다. 만나서 다행인 건 오히려 내 쪽이었다. 엘뤼엔이 아버지라면 트로웰은 내게 형제의 정을 알려준 존재였다. 늦게 태어나 막심한 피해를 준 주제에 제값도 하지 못하고 어리숙하기만 하던 나를 다정하게 대해 주고 포용해 준 첫 사람이었다. 내가 다른 정령왕들을 가족으로 여기는 걸 비웃지도 않고 늘 진심으로 반겨 줬다. 그래서 그에겐 항상 고마운 마음뿐이었다. 그가 언제나 행복하기를 바랐다. 트로웰은 그럴 가치를 지닌 사람이었다. 그런데 어째서 일이 이렇게 되고 말았을까.

그때 갑자기 주위가 더 환해지는 게 느껴졌다. 황급히 돌아보니 페르데스에게서 뿜어져 나오는 빛이 검은 덩어리를 덮어 가고 있었다. 언뜻 보기에 페르데스가 악신을 집어삼키는 것 같은 광경이었다. 빛이 서로 연결된 후에는 누가 누군지 구분할 수도 없을 만큼 한 덩어리로 변했다. 트로웰을 비롯하여 주변의 모두가 그 모습을 똑바로 바라보았다. 마치 영원히 이 순간을 잊지 않으려는 것처럼.

차마 끝까지 직시하지 못하고 시선을 피한 건 나뿐이었다. 나중에 후회하더라도 지금은 이 순간을 외면하고 싶었다. 그런데 눈의 착각이었을까. 흐르는 눈물을 핑계 삼아 고개를 틀려는데, 문득 스치는 광경에서 위화감이 느껴졌다. 거의 반사적으로 고개를 다시 들자마자 온몸이 급속도로 차가워졌다. 잘못 본 것이 아니었다. 조금 떨어진 곳에 한 남자가 우두커니 서 있었다. 검은 로브 차림을 하고 지저분한 금발을 늘어트린 남자였다. 내가 알던 것보다 깡마르고 초췌해져 있기는 했지만 절대 몰라볼 수 없는 얼굴이었다.

"대……!"

나는 즉시 그를 잡으려 했다. 그러나 그쪽의 움직임이 나보다 더 빨랐다. 광풍이 인다 싶더니 칼날처럼 섬뜩한 기운이 순식간에 덮쳐들었다.

"다들 피해!"

콰직! 콰아아앙!

경악한 얼굴들과 지축을 뒤흔드는 거대한 진동, 귓가를 가득 채우는 폭발음과 눈이 멀 것처럼 강렬한 빛이 동시에 이어졌다. 자세가 무너지는 건 금방이었다. 똑바로 서 있을 수조차 없어서 어느 순간부터는 거의 바닥에 엎드려 있다시피 했다. 웅웅거리는 울림 속에 수많은 소음이 섞여들어 뭐가 뭔지 구분하기도 어려웠다.

세상을 할퀴듯 휘몰아치던 기운이 잠잠해진 건 어느 정도 시간이 지난 후였다. 다시 눈을 떴을 땐 사방이 온통 캄캄했다. 올려다보니 물러났던 먹구름이 다시 하늘을 가득 채우고 있었다. 위에서 내려다보던 신들의 모습이 하나도 보이지 않았다.

'뭐가 어떻게 된 거지? 다른 사람들은?'

나는 반사적으로 주위부터 더듬었다. 그러자 곧 내 손에 닿는 누군가의 체온이 느껴졌다. 흠칫해서 고개를 드니 시야에 익숙한 형상이 들어왔다. 엘뤼엔이었다. 일이 터지기 직전까지 옆에 있었던 트로웰과도 바로 시선이 맞았다.

"뭐, 뭐야?"

"주군, 괜찮으십니까?"

"난 괜찮아. 시벨은?"

"아아, 무사해."

오래지 않아 다른 쪽에서도 친숙한 기척들이 이어졌다. 다들 당혹스러워하는 중이었지만 다친 곳은 없는 것 같았다. 그러나 안도감은 그리 오래가지 않았다.

"야단났네……."

탄식하는 목소리가 들려 고개를 들었더니 어딘가를 얼빠지게 응시하는 루세프의 모습이 보였다. 그 시선을 따라 고개를 돌렸다가 나는 그대로 얼굴을 굳혔다. 조금 전까지 강렬한 빛이 번져 나가던 장소가 언제 그랬냐는 듯이 잠잠해져 있었다. 눈에 보이는 건 여전히 화살에 꽂혀 있는 검은 덩어리의 모습이었다. 그러나 한 부분이 갈라져 있었고, 그 틈 안에서 새카만 팔 하나가 뻗어 나와 있었다. 긴 손톱을 세운 손이 축 늘어진 누군가의 목을 틀어쥔 채였다. 빛을 잃고 본래의 모습으로 돌아온 흑발의 여인이었다.

"페르데스!"

그 순간 바닥에서 바위가 뾰족하게 솟아오르더니 페르데스를 움켜쥐고 있는 팔을 꿰뚫었다. 트로웰이 어느새 앞으로 빠르게 뻗어 나가고 있었다. 팔이 완전히 끊어져 나가며, 절단된 부분에서부터 검은 기운이 피처럼 쏟아져 나왔다. 동시에 무력하게 떨어지는 페르데스를 트로웰이 아슬아슬하게 받아냈다. 하지만 안심할 상황은 아니었다. 절단된 부분에서 쏟아져 나온 검은 기운이 그들 위를 덮치고 있었기 때문이었다.

"안 돼!"

나는 곧바로 장벽을 만들어 세우려 했다. 그런데 그런 나보다 먼저 그들 위에 펼쳐지는 장막이 있었다. 어느새 그들 앞을 막아선 루세프가 양팔을 뻗어 방어막을 만들고 있었다. 문제는 방어막이 녹아내리는 속도가 더 빠르다는 점이었다.

"뒤로 물러나! 어서!"

다급한 외침에 고개를 끄덕인 트로웰이 페르데스를 부축해서 빠르게 물러났다. 타앙! 동시에 강렬한 총소리가 울리면서 검은 기운이 크게 흐트러졌다. 심판관을 꺼내든 엘뤼엔이 본체 쪽을 저격한 것이었다. 그러자 태세를 바꾼 듯, 뻗어 나온 검은 기운이 이번엔 엘뤼엔에게 쏘아졌다.

"엘뤼엔!"

검은 기운은 그가 들고 있던 심판관을 빠르게 휘감았다. 총구가 두부처럼 으깨지기 무섭게, 살짝 혀를 찬 엘뤼엔이 무기에서 바로 손을 떼어냈다. 그러자 총의 형태가 완전히 녹아 허공에서 증발하듯 사라졌다. 검은 기운 역시 함께 사그라졌지만 악신 쪽엔 별다른 영향을 주지 않은 것 같았다. 그 증거로 그사이 떨어져 나갔던 검은 손이 다시 멀쩡해져 있었다.

나는 입술을 악물었다. 여기까지 온 이상 돌아가는 상황을 모를 수가 없었지만 다시금 현실을 인정해야 했다. 페르데스는 의식을 잃었고 봉인해 두었던 장치도 완전히 풀렸다. 소멸진이 실패한 것이다.

'이제 어떻게 되는 거지?'

조금 전 대공이 펼친 건 결코 인간의 힘이 아니었다. 본격적인 각성에 들어가면서 그에게 심어둔 힘도 거뒀을 거라 생각했는데 아직 유지하고 있었던 모양이다. 그걸 이런 식으로 대비해 놨을 거라곤 상상도 하지 못했다. 빠르게 주위를 살폈으나 이미 대공의 모습은 어디로 갔는지 보이지 않았다. 유심히 찾아보면 찾을 수 있겠지만 그럴 겨를도 없었다. 이윽고 갈라진 면이 점점 더 크게 벌어지면서 그 안에서 검은 형체가 기어 나오기 시작했다. 질퍽한 액체와 함께 쏟아지듯 흘러나오는 모습이 꼭 허물을 벗는 것 같았다.

우두둑, 투두둑

형체가 드러날수록 박혀 있던 화살들이 차례차례 뽑혀 나갔다. 그와 함께 막아둔 것이 풀려난 것처럼 독한 냄새가 퍼지기 시작했다. 숨만 쉬어도 몸이 오염되는 기분이라 나는 자연스럽게 뒤로 물러섰다.

곧 완전히 빠져나온 검은 형체, 카류안이 천천히 몸을 일으켰다. 다시 보는 그는 정화진에 갇혔을 때와는 사뭇 다른 모습이었다. 전신을 뒤덮은 듯한 검은 머리칼은 그대로였으나 피부까지 전부 검은 잉크를 부어놓은 것처럼 새카맸다. 반대로 눈동자 색은 희멀겋게 변한 상태였다. 머리엔 산양의 뿔을, 다리는 사자의 형태를, 뒤로는 악어의 꼬리를 매달고 있었다. 인간도 마족도, 하다못해 몬스터 종이라고도 할 수 없는 기괴한 형태였다.

"……."

잠시간 기묘한 대치 상태가 이어졌다. 나는 물론 주위에 있는 이들 모두 아무 말도 하지 않은 채 카류안을 바라보았다. 역한 냄새가 진동해서 코가 썩을 것 같았지만 그런 게 중요하지 않을 만큼 충격이 컸다.

"설마, 각성한 거야?"

고정하고 있던 봉인의 화살이 전부 떨어져 나갔다. 허물을 벗는 과정에 이전과는 완전히 다른 외형까지. 누가 봐도 지금의 카류안은 각성을 마쳤다고밖에 볼 수 없는 모습이었다. 머릿속이 아득해지는 기분에 무의식적으로 엘뤼엔의 옷자락을 잡을 때였다. 그가 살짝 고개를 저었다.

"아직."

"어? 아직이라고? 하지만 저 모습은……."

"놈의 날개를 봐라."

그 말을 듣고서야 나는 카류안의 등 쪽에 있는 거뭇한 덩어리를 발견했다. 머리부터 발끝 너머까지 이어지는 게 활짝 피면 상당히 거대한 크기일 것 같았다. 그렇게 큰 형태를 한눈에 알아보지 못한 건 그게 축 늘어져 있었기 때문이었다. 게다가 가죽과 깃털이 붙어 있는 건 일부분에 불과할 뿐, 대부분 뼈가 거의 다 드러난 흉측한 상태였다. 누가 봐도 날개로서 제 기능을 할 것 같진 않았다.

"완성 직전에 멈췄다. 소멸진이 어느 정도 진행된 상황에서 멈춘 거라 제동을 건 것 같군."

"그, 그렇구나."

하지만 이대로면 정말 말 그대로 시간문제 아닌가?

소멸진은 실패했고, 유일하게 대항할 무기인 심판관도 조금 전의 공격에 녹아버렸다. 하늘은 여전히 새카맣기만 했다. 신계에서 상황을 지켜보고 있었을 신들이 바로 대응하지 않고 잠잠한 것에도 아마 이유가 있을 것이다. 아무리 생각해도 뾰족한 수단이 없는 것 같았다.

"크흐흐흐……."

그러자 불안감을 가중하는 웃음소리가 들려왔다. 카류안의 목소리였다. 히죽 올라간 입꼬리 사이에서 날카로운 이가 번뜩이고 있었다.

"이거 참 대단한 일이군. 나 하나 잡겠다고 온갖 귀한 신분들이 다 모이다니 말이야."

나른하게 중얼거리는 그는 기분이 매우 좋아 보였다. 각성을 다 마치지 못했는데도 전신에서 느긋함과 여유로움이 느껴졌다. 본인도 자신이 유리한 상황이라는 걸 알고 있는 것 같았다.

"카류안……."

데르온이 이를 가는 소리가 들렸다. 그쪽으로 느릿하게 시선을 보낸 카류안이 눈을 가늘게 떴다.

"이게 누구야. 날 배신한 데르온이로군. 벌써 멀리 도망갔어도 모자를 네가 내 눈앞에 있다니 뜻밖인걸. 아아, 용서를 구하기 위해 온 건가?"

"헛소리. 배신자는 네 쪽이겠지."

"크큭, 네 오만방자한 부분이 그리 싫지는 않았지. 지금이라도 용서를 구하면 거두어 줄 수도 있는데 말이야."

"그럴 일은 없을 거다. 내 주군은 영원히 한 분뿐이니까."

"주군이라. 그 건방진 꼬맹이 말인가?"

"감히 마왕 전하를 함부로 칭하지 마라!"

"마왕?"

멈칫한 카류안이 데르온의 옆쪽으로 시선을 보냈다. 그제야 아스를 발견한 것 같았다. 아스의 이마에 새겨진 마신의 문양을 발견한 듯 그 눈에 이채가 서렸다.

"……그렇군. 그때 그 건방진 꼬맹이가 정말로 마왕이 되었나."

중얼거린 카류안이 손가락을 튕겼다. 그러자 컥, 하는 숨소리와 함께 데르온의 몸이 그대로 거꾸러졌다.

"데르온!"

눈 깜짝할 사이에 벌어진 사태에 모두가 크게 놀랐다. 다급히 달려간 시벨리우스가 데르온을 부축하는 동안 나 역시 데르온에게 급히 이동했다. 다행히 숨은 붙어 있어서 지체할 것 없이 치유부터 했다. 그런데 평소라면 바로 나타나야 할 회복의 효과가 제대로 발동하지 않았다. 아주 반응이 없는 건 아니었지만 안정권에 이르려면 한참 걸릴 정도로 미약한 수준이었다. 치유력을 갖게 된 이후로 이런 적은 한 번도 없었기 때문에 몹시 당황스러웠다.

'왜지? 설마 악신의 힘이 나보다 강해서 그런 건가?'

그동안 굳은 얼굴로 이쪽을 응시하던 아스가 카류안 쪽을 바라보았다. 얼굴에서 표정이 완전히 사라진 그에게서 흉흉한 기운이 솟아올랐다. 그러나 그걸 마주하는 카류안은 오히려 더 짙게 웃을 뿐이었다.

"그래, 후배 님이라 해야 하나? 그러고 보니 이름도 아직 제대로 모르는군. 새 마왕 전하의 이름은 뭐지?"

"……그건 왜 묻지?"

"그래도 명색이 마지막 마왕인데 이름 정도는 알아두는 게 좋을 것 같아서 말이야. 그래야 내가 카노스를 내 앞에 무릎 꿇릴 때 그를 더 조롱할 수 있을 것 아닌가."

"헛꿈을 꾸네. 난 마지막 마왕이 아닐 거고, 카노스 님이 너 따위에게 무릎 꿇을 일도 없어."

"후후, 마신을 향한 마족들의 맹목적인 신뢰란 참 대단하단 말이야. 한때는 나도 그랬었지. 뭐, 그렇다 치마. 하지만 네가 오늘 여기서 죽는다는 건 변하지 않을 거다. 허무하게 사라지느니 이름이라도 남기는 게 좋지 않겠나?"

명백한 도발에 아스의 얼굴이 더 굳어졌다. 그가 잠시 카류안을 노려보다가 곧 입을 열었다.

"순순히 죽어줄 생각은 없지만, 소원이라면 알려주지 못할 것도 없지. 내 이름은 아스모델이다."

"……뭐라고?"

"아스모델, 그게 내 이름이라고."

그러자 카류안의 눈이 조금 크게 떠졌다. 뭔가에 놀란 듯, 충격을 받은 듯한 모습이었다. 그리곤 다음 순간 갑자기 크게 웃기 시작했다.

"푸하하하! 아스모델이라! 네가 아스모델이란 말이지! 크큭, 그래. 그러고 보니 나더러 하나씩 잃어갈 것이라는 건방진 말을 했었지. 그게 바로 이런 뜻이었나. 아주 재미있군. 재미있어!"

재밌는 이유를 알 수도 없는데 카류안은 혼자 즐거워하고 있었다. 내심 당황해하며 시벨리우스를 바라보았더니 그가 살짝 어깨를 으쓱였다. 미친놈에게 뭘 기대하냐는 표정이었다. 지극히 그다운 반응이라서 허탈하게 웃으려는데 문득 루세프의 모습이 보였다. 그는 얼굴이 하얗게 질려 있었다.

'루세프?'

카류안은 한참 만에야 폭소를 멈추고 고개를 들었다. 웃음기가 완전히 사라진 눈에서 증오심이 번들거렸다.

"아니, 난 아무것도 잃지 않아."

선언하듯 중얼거린 그가 이윽고 천천히 손을 들었다. 그 손이 아스모델을 가리키듯 뻗어졌다.

"지금부터 전부 되돌려 받을 것이다."

그 순간 머리부터 발끝까지 오싹한 소름이 돋았다. 데르온을 향할 때와는 비교도 할 수 없을 만큼 강한 기운이 일어나고 있었다. 그런데 아스는 그걸 눈치채지 못하고 있는 것 같았다. 아니, 머리로는 알고 있어도 압도되어 피하지 못하는 것이다.

"안 돼, 아스!"

보호하기에는 시간이 터무니없이 부족했다. 내가 할 수 있는 건 아스를 그 자리에서 밀쳐내는 것뿐이었다. 그와 동시에 새카만 기운이 덮쳐들었다.

"엘!"

세상의 모든 것이 한순간 멈춘 것 같았다. 그때만큼은 카류안의 모습도, 경악하는 아스의 표정도, 나를 향해 외치는 누군가의 목소리도, 시야를 새카맣게 덮는 거대한 장막도 모두 아득하기만 했다. 착각이었을까. 해일 같은 기류에 삼켜지기 직전, 무언가가 나를 끌어안는 것 같았다. 사방의 모든 소음이 멈추고 지독한 정적이 찾아들었다.

"……."

"……."

시간이 얼마나 지났을까. 문득 의식이 돌아왔다는 걸 느끼고 눈을 천천히 깜빡여 보았다. 크게 다쳤을 거라고 생각했는데 이상하게도 전혀 아프지 않았다. 대신 무언가에 갇혀 있는 것 같은 갑갑한 느낌이 들었다.

혹시 아픔을 느끼지도 못할 정도로 순식간에 죽었나? 그래서 지금 영혼이 되어 있는 걸까? 현재로썬 가장 그럴싸한 예상이었다. 그렇지 않고서야 이렇게 아무렇지 않을 리가 없을 테니까. 멀쩡할 거라곤 생각하진 않았지만 이런 식으로 허무하게 끝났다고 생각하니 어처구니가 없었다. 그래도 완전히 소멸하지 않고 혼이라도 남았으니 오히려 운이 좋은 편인 걸지도 몰랐다.

일단 사태를 정확히 파악하기 위해 나는 천천히 고개를 들었다. 그런데 눈에 들어오는 광경이 예상했던 것과 조금 많이 달랐다. 가장 먼저 보인 건 금싸라기 같은 머리칼이었다. 화사하면서 아름다운 머리칼이 내 위를 커튼처럼 덮어 내리고 있었다. 그 너머 조각처럼 섬세한 이목구비와 하늘을 닮은 눈동자가 보였다. 시선이 마주치자 보기 좋은 입술이 희미한 미소를 그려냈다.

"무모한 아들 덕분에 별일을 다 해보는군."

지나칠 정도로 낮은 목소리가 평소와는 약간 다른 울림으로 들렸다.

"엘뤼……엔?"

왜 엘뤼엔이 내 위에 있는 거지?

잠시간 돌아가는 상황이 잘 이해가 되지 않았다. 멍하니 눈을 깜빡이는 동안 그의 모습이 점차 가까워진다 싶더니 이내 묵직한 감각이 한쪽 어깨를 덮었다. 그 모든 순간이 마치 슬로우 모션으로 편집된 영상처럼 몹시 느리게 느껴졌다. 조금 더 시간이 지나서야 나는 그가 내 위로 쓰러졌다는 사실을 겨우 자각했다.

"에, 엘뤼엔?"

당황해서 몸을 일으키려는데 문득 무언가 뜨뜻미지근한 감촉이 느껴졌다. 선연히 차오르는 불길한 예감에 반사적으로 숨부터 삼켰다. 천천히 손을 들어 올려보니 손바닥 가득 강렬한 붉은색의 액체가 흥건했다. 피였다.

"아……."

콰아앙!

그 순간 가까이에서 커다란 소음이 울렸다. 멍하니 돌아본 시야에 누군가가 싸우고 있는 광경이 들어왔다. 루세프가 카류안을 공격하고 있었다. 그 너머에서 아스가 나를 향해 입을 벌리고 무어라

소리치는 것도 보였다. "……려!" "……부, 정……!" 웅웅거리는 귓가에 몇 마디가 드문드문 끊겨 들려왔다.

"대부!"

"……!"

눈앞에 번개가 친 것처럼 정신이 번쩍 들었다. 막혔던 숨이 갑자기 터진 것도 같았다. 급물살이 일어나듯 모든 상황이 한꺼번에 밀어닥쳤다. 다급히 몸을 일으키니 내게 기대 있던 몸이 옆으로 힘없이 늘어졌다. 혹시나 잘못 봤던 건 아닐까, 몇 번이나 연거푸 그의 얼굴을 확인했다. 그러나 벌꿀이 흐르는 듯한 아름다운 금발의 남자는 틀림없는 내 아버지 엘뤼엔이었다. 눈을 감고 있는 얼굴이 금방이라도 스러질 듯이 창백했다. 그에게서 볼 수 있을 거라곤 단 한 번도 상상해 본 적이 없던 모습이었다. 부축해 똑바로 눕히고서야 비로소 그의 상태가 제대로 눈에 들어왔다. 가슴께부터 복부까지 상반신이 전부 붉게 물들어 있었다.

"에, 엘뤼엔……! 정신 차려, 엘뤼엔! 엘뤼엔?"

부상 부위를 확인하려는데 손이 부들부들 떨렸다. 옷깃을 열자 울컥 쏟아지는 붉은색의 향연에 눈앞이 아찔했다. 피가 멈추지 않는 것 같았다.

"……그렇게 부르지 않아도 내 이름이 엘뤼엔이라는 건 알고 있어."

다행히 의식을 잃은 건 아닌지 그에게서 대답이 돌아왔다. 그러나 평소보다 확연히 힘없는 목소리였다. 그래서일까. 목소리를 들으면 안심이 돼야 하는데, 오히려 더 불안했다.

"잠깐만! 잠깐만 참아! 내가 금방 치료할게! 주, 죽으면 안 돼?"

그가 킥하고 낮게 웃었다. 그 웃음에 희망을 걸고 나는 곧바로 치유술을 썼다. 그런데 치료가 되지 않았다.

"뭐야. 이거 왜 이래."

머릿속이 온통 혼란스러워졌다. 이미 데르온 때의 경험도 있어서 한 번에 쉽게 나으리란 기대는 처음부터 하지 않았다. 하지만 이번엔 그것과도 느낌이 달랐다. 아무리 치유술을 불어 넣어도 피가 멈추지 않았다. 단순히 느린 정도가 아니라, 효과가 전혀 없다는 느낌이었다.

"안 돼. 안 돼! 나아! 나으란 말이야!"

초조해지는 마음에 좀먹히는 것 같았다. 고개를 흔들 때마다 눈물이 뚝뚝 떨어져 엘뤼엔의 뺨을 적셨다. 그러자 굳게 감겨 있던 눈꺼풀이 움찔 떨리며 천천히 열렸다. 가늘게 떠진 푸른색 눈동자가 나를 향했다.

"엘."

"미, 미안해, 엘뤼엔. 많이 아프지. 지금 열심히 치료하고 있어. 조금만 더 버텨 줘. 미안해."

울먹거리는 걸 참으려 했지만 목소리가 꽉 메이는 것만은 막을 수가 없었다. 아마 표정도 분명 엉망일 것이다. 그걸 보고 무슨 생각을 했는지 그가 후 하고 희미하게 미소 지었다. 이윽고 그가 피에 젖은 손을 천천히 들었다. 날 만지려는 게 느껴져서 서둘러 내가 먼저 그 손을 잡고 얼굴을 댔다. 한 뺨 가득 따스한 체온이 닿자 억지로 눌러 참고 있던 서러움이 본격적으로 복받쳤다.

"내 하나뿐인 아들은 겁이 너무 많아서 걱정이군."

"하지만, 하지만……."

"난 괜찮다, 아들."

"어디가 괜찮다는 거야! 하나도 안 괜찮으면서!"

"아니, 정말 괜찮다."

그의 얼굴에 떠오른 미소가 더 짙어졌다. 뻔히 상태를 보면서도 정말 괜찮은 건가 무심코 안도할 만큼 평화로운 표정이었다.

"그러니 너무 무리하지 마라."

그 순간 그의 팔에서 힘이 빠졌다. 나는 반사적으로 잡고 있던 손을 더 강하게 움켜쥐었다.

"엘퀴엔!"

황급히 불렀지만 그 손이 다시 힘을 얻는 일은 없었다. 오히려 급속도로 그의 기운이 사라지는 것 같았다.

"안 돼! 죽으면 안 돼! 내 말 들려, 엘퀴엔? 듣고 있어?"

그러나 아무리 소리쳐도 돌아오는 반응이 전혀 없었다. 나는 숨을 참고 고요히 눈을 감고 있는 그의 얼굴을 바라보았다. 아름다운 얼굴에 생기가 사라지니 밀랍으로 빚은 인형 같았다.

신의 생사를 확인하는 방법은 모른다. 당연히 인간과는 다를 것이다. 다만 소멸한 신이 시신을 남긴다는 말은 들어본 적이 없었다. 의식을 잃은 것뿐이겠지. 그럴 거다. 엘뤼엔이 이렇게 죽을 리가 없었다. 분명 내가 원하면 죽지 않는다고 했었다. 엘뤼엔은 내게 거짓말하지 않는다. 그러니까 이번에도 맞을 거다. 분명 그럴 터였다. 그러나 머릿속의 생각과는 다르게 몸은 점점 떨렸다.

피투성이가 된 채 의식이 없는 엘뤼엔이라니. 지독할 정도로 비현실적인 광경이었다. 왜 그가 이런 모습을 하고 있는 걸까. 엘뤼엔은 강한 신이었다. 신계에서 제일 강한 마신에 비견할 정도로 강하다고 했었다. 그 말처럼 그에게선 늘 가까이하기 힘들 만큼 짙은 아우라가 넘쳤다. 아무리 카류안이 강해졌어도 쉽게 당할 존재가 아니었다. 주신의 힘이 담긴 무기를 잃은 순간에도 그는 여유를 잃지 않았었다. 원래대로라면 지금도 그 모습을 유지한 채였을 것이다. 그래, 나만 아니었어도. 그가 나를 구하려 하지만 않았어도!

"대체 왜! 나 같은 게 뭐라고! 아무리 아버지라 해도 이렇게 다 큰 자식을 위해서 목숨을 던질 필요는 없잖아!"

친자식도 아니고 고작 양자였다. 이렇다 할 계기도 없이 정말 가볍게 건넨 말 한마디로 맺어진 인연. 그에겐 아무것도 득 될 것이 없는, 오직 나만을 위한 선물. 그래서 더 망설였다. 내게 그의 존재가 깊은 의미가 될수록 오히려 그에겐 부담이 될까 봐.

"멍칭이 엘뤼엔! 바보 아버지! 젠장! 죽지 마, 아버지! 아버지, 제발! 제발!"

아아, 왜 진작 그를 이렇게 부르지 못했을까. 이게 다 뭐라고. 이렇게 쉬운 거였는데. 조금만 더 빨리 아버지라고 부를걸. 그의 의식이 있을 때. 그가 내 목소리를 들을 수 있었을 때.

"안 죽는다고 했잖아."

벌을 받는 걸까. 희생할 신이 엘뤼엔이 아니라고 안도해서, 다른 사람이 겪을 아픔은 모른 척해서 그 대가를 치르는 걸까?

전생의 부모는 언제나 나 때문에 불행하다고 했다. 그럴 리가 없다고 부정했지만 결과적으로는 그게 사실이었다. 내가 잘못 태어난 아이였으니까. 그 가정에 없어도 되는 아이가 태어나는 바람에 모두가 불행해지고 말았다. 이번에도 마찬가지였다. 내가 아니었다면 엘뤼엔이 이런 일을 겪을 일도 없었겠지. 내가 어설픈 정령왕이 아니었다면 아들로 삼을 일도 없었을 거다. 정말로 내가 문제였다. 전부 다 나 때문이었다. 역시 난 처음부터 태어나지 말았어야 했던 거다. 그러면 아무도 불행해지지 않았을 텐데.

"미안해, 내가 미안해. 내가 다 잘못했어."

눈앞이 뿌옇게 흐려졌다. 잡은 손에선 이미 온기가 느껴지지 않았다. 그것만으로도 온 마음이 무너져 내리는 것 같았다. 이 모든 게 전부 꿈이었으면 좋겠다. 눈을 떴을 때 다시 강지훈이 되어 있어도 괜찮았다. 지금 내게 주어진 것들을 전부 다 잃어버려도 상관없었다. 다시는 엘뤼엔의 아들이라고 불리지 못해도 괜찮으니까. 그러니까 제발. 제발……!

"제발 눈을 떠, 아버지……."

주위가 고요해졌다는 걸 느낀 건 조금 후였다. 거센 바람과 소음이 멈추고 여러 목소리가 흩어졌다. 누군가가 내 앞에 서 있는 것이 느껴졌지만 고개를 들지 않았다. 보지 않아도 누군지 알 것 같았다.

"누가 엘뤼엔이라고?"

들려온 목소리는 역시 예상한 그대로였다. 나는 천천히 고개를 들었다. 카류안이 날카로운 송곳니를 드리운 채 히죽 웃고 있었다. 슬쩍 시선을 돌리니 그리 멀지 않은 곳에서 만신창이의 몸으로 서 있는 루세프와 아스가 보였다. 각자 부상자와 함께 있던 시벨리우스와 트로웰도 엉거주춤 일어난 채였다. 굳어 있는 얼굴마다 긴장감이 감돌았다. 다들 카류안과 내 거리가 가까워서 섣불리 움직이지 못하는 것 같았다.

"이거 믿을 수가 없군. 정령왕이 마왕의 목숨을 구하려고 뛰어든 것도 어이가 없는데 그 정령왕을 대신 구하고 죽는 신이라니. 대체 어느 덜떨어진 놈인가 했는데 말이야. 지금 엘뤼엔이라 했나? 그 악명 높은 저주와 형벌의 신 엘뤼엔?"

"……함부로 말하지 마."

"하하, 정말 그 엘뤼엔이 맞단 말이지! 크크큭, 푸하하하!"

기막히다는 얼굴로 외친 카류안이 곧 미친 듯이 웃기 시작했다. 한계까지 치켜 올라간 입꼬리 가득, 주체하지 못하는 기쁨이 역력히 드러났다.

"고작 이 정도였던가, 형벌의 신! 마계를 벌벌 떨게 만든 상급신도 이제 보니 정말 별거 아니군! 그동안 주제 넘치는 영광을 누렸어!"

"……너……."

"아니지, 그만큼 내가 강해진 거겠지. 주신을 이길 수 있는 유일무이한 존재이니 당연한 건가. 하지만 조금 안타깝군. 형벌의 신에겐 유감이 없었거든. 게다가 이렇게 보니 눈에 띄게 아름다운 신이군. 내게 순순히 복종만 했다면 곁에 두고 아껴 줬을 텐데 말이야. 그래, 목줄을 걸어 주고 개처럼 바짝 엎드려 기어 다니게 해 줄 수 있었겠지. 재롱을 피우면 상으로 썩은 고기를 던져 주는 것도 즐거웠을 텐데."

"……뭐?"

"아쉽군, 정말 아쉬워. 설마 이렇게 쉽게 개죽음을 당할 줄이야. 그래도 형편없이 나동그라지는 꼴은 꽤 볼만했지. 그에게 아주 잘 어울리는 마지막이었다."

하.

머릿속에서 무언가가 뚝 끊겼다. 그게 한계에 달한 인내심인지, 마지막 이성인지는 구분할 수가 없었다. 나는 그때까지 잡고 있던 엘뤼엔의 손을 내려놓은 후 천천히 자리에서 일어섰다. 똑바로 바라보자 놈이 느긋하게 웃는 얼굴로 마주했다.

"내게 할 말이 있는 얼굴이군, 물의 정령왕."

"그래, 있어."

"뭐지? 그간 쌓인 악연도 깊으니 특별히 들어주지. 마지막으로 베푸는 은혜라고 봐도 좋아. 너만은 결코 편하게 죽이지 않을 예정이거든."

"그거 고맙네. 일단 말해 두는데, 엘뤼엔은 아직 죽지 않았어."

"그래? 그렇다면 잘됐군. 내 애완견이 될 영광을 얻을 테니."

얼굴 가득 비열한 웃음을 띤 놈이 도발하듯 나를 응시했다. 그 하는 꼴을 지켜보다 나도 같이 웃었다. 그러자 멈칫한 놈이 의아하다는 듯이 눈썹을 살짝 찌푸렸다. 내가 설마 저를 따라 웃을 줄 몰랐다는 표정이다. 그 모습에 나는 더 크게 실소했다.

"너, 뭔가 착각하고 있는 거 아니야?"

"착각?"

"아직 각성을 다 마친 게 아니잖아. 날 화나게 해서 뒷감당을 어떻게 하려고 그래."

"하하하! 네가 뭘 할 수 있다는 거지? 나는 이미 누구보다 강하다! 상급신조차도 저렇게 처참히 무너지는 걸 네 눈으로 직접 보지 않았나? 설마 정령왕이 상급신보다 강하다고 생각하는 거냐?"

"물론 상급신보다 강하진 않지. 근데 비슷하긴 할 거야. 가끔은 더 강해질 수도 있고."

"하? 그건 웬 자신감이지?"

"정말인데. ……적어도 여기에서는 말이야."

나는 차분히 놈의 전신을 훑었다. 그 몸 안에서 약동하고 있는 흐름이 분명하게 느껴졌다. 덜렁거리는 날개의 형태와 더불어 채 벗어나지 못한 육신의 흔적이었다. 그걸 보니 내가 해야 할 일도 자연스럽게 알았다.

"내가 뭘 할 수 있냐고 물었지? 지금부터 뭘 할 수 있는지 보여 줄게."

"푸핫, 허풍이 심하구나. 어디 해 볼 테면 해 보시……."

놈은 말을 끝까지 마치지 못했다. 딱딱하게 굳은 얼굴이 경악을 담고 나를 바라보았다.

"왜 그래? 표정이 엉망이네."

"무슨 짓……을……!"

"아, 알았다. 숨이 잘 안 쉬어지나? 몸이 갑자기 무거워지는 것 같다든가. 네 맘대로 안 움직이는 것 같다거나. 아무튼 조금 전이랑 감각이 확실히 다를 거야. 그렇지?"

"네놈……!"

비틀거리던 몸이 천천히 무너지더니 견디지 못하고 무릎을 꿇었다. 순식간에 시야가 뒤바뀌면서 이제 내가 놈을 내려다보게 되었다. 놈은 자신에게 일어난 일을 믿을 수 없다는 얼굴을 하고 있었다. 아직도 돌아가는 상황을 파악하지 못한 모습이었다.

"엘뤼엔이 그러는데, 네가 각성할 장소를 잘못 선택했다고 하더라. 그땐 어렴풋이 그런가 했는데 이제 정확한 뜻을 알겠네. 그래, 너 정말 크게 실수했어. 왠지 알아?"

나는 천천히 다가가 놈의 얼굴을 강제로 고정해 나를 바라보게 했다. 그 눈앞에서 내 손의 형체를 거두자 놈이 눈을 부릅떴다. 당혹감과 황당함이 뒤섞인 시선의 의미를 나는 어렵지 않게 알아차리고 웃었다.

"하나도 안 보이지? 그럴 거야."

이 순간에도 놈의 몸속엔 수많은 나이아스가 스며들고 있었다. 본인은 결코 알지 못할 광경이었다. 혼란에 빠진 모습을 느긋하게 구경하다가 몸을 숙였다. 보란 듯이 천천히 사라지면서 그 귓가에 세상에서 가장 달콤한 밀어를 속삭이듯 말했다.

"아크아돈은 보이지 않는 정령들의 세계거든."

2.

신의 몸에도 피가 흐르고 오장육부와 같은 신체 기관이 존재한다. 단지 육신에 속한 것과는 역할만 비슷할 뿐, 생김새나 기능은 완전히 다르다. 성질과 성분도 전혀 다른 것이라 피 역시 액체의 형태일 뿐 물이 들어 있는 건 아니었다. 그렇기에 그 몸에 흐르는 것들엔 내가 관여할 수 있는 부분이 거의 없다.

카류안의 피엔 아직 물이 섞여 있다. 놈이 아직 각성을 끝마치지 못한 반쪽 신이기 때문이다. 신에 가까워진 덕에 육신이 망가져도 금방 재생되지만 아직 육신이기 때문에 망가지기도 쉽다. 물론 강한 힘을 지니고 있으니 아무도 침범하지 못하게 방어할 수 있긴 할 것이다. 여기가 아크아돈만 아니었다면.

정령들이 지배하는 이 땅에선 세상을 장악하는 우선권이 정령왕들에게 있다. 최고신조차 넘보지 못하는 강력한 주권이다. 이곳에 존재하는 물은 전부 내게 주어진 내 소관이다. 그게 설령 남의 몸속에서 흐르는 것일지라도.

"커헉!"

몸을 웅크린 채 숨을 컥컥 삼키는 카류안 앞에 나는 천천히 모습을 드러냈다. 가까이에서 가만히 내려다본 놈은 혈관이 다 터져서 피눈물을 질질 흘리는 중이었다. 온몸에 성에가 하얗게 끼어 냉동고에서 얼려진 상태 같기도 했다. 그리고 지금 막 심장을 네 번째 잃었다.

"뭘 이 정도에 힘들어하고 그래. 네가 죽인 아이들은 이것보다 훨씬 더 괴로웠을 텐데."

"크으, 네……놈……!"

고개를 바짝 치켜든 놈이 나를 노려보았다. 이제 시작에 불과한데 벌써 지친 티가 역력하다. 이해는 됐다. 아까부터 애먼 허공을 허우적거리기만 했으니 육체의 피로보다 정신적인 충격이 더 크겠지.

"대체 어떻게……."

"내가 보이지 않는데 널 공격해서 이상해?"

웃으며 물은 말에 놈은 눈을 부라리며 숨을 헐떡이기만 했다. 어떻게든 움직이려 애쓰고 있었지만 막 심장을 잃은 직후라 꼼짝하지 못하는 것 같았다.

"무슨 소린지 알아. 원래 정령이 인위적으로 능력을 쓰려면 소환된 상태에서 계약자의 마나를 빌려야 하지. 그래선지 다들 정령왕도 으레 그럴 줄 안단 말이야. 근데 그거 전혀 아니거든. 왕들은 계약자 없이도 세상에 얼마든지 관여할 수 있어. 이종과 계약하는 건 그냥 육신을 구현하고 소통하기 위해서야. 단지 그것뿐이지."

"……!"

"이해했어? 난 자연체인 상태가 훨씬 더 편해. 능력은 그대로 쓸 수 있는데 역소환의 위험까지 사라지지. 근데 넌 사정이 다를 거야. 자연체인 정령은 잡히지도 않고 공격이 통하지도 않거든. 그냥 이 세상 그 자체니까."

이미 지겹게 겪어서 누구보다 잘 알겠지만 말이야. 가볍게 덧붙인 말에 피에 젖어 새빨개진 눈이 시퍼런 안광을 내뿜었다. 나는 피식 웃었다. 진작 이랬어야 했다. 그럼 엘뤼엔이 다칠 일도 없었을 텐데. 내가 잘할 수 있는 일들을 좀 더 빨리 깨닫지 못한 게 짜증이 났다.

"눈빛 좋네. 뜯겨 나가고 괴사해도 재생하고 또 재생하는 몸이 마냥 좋지만은 않지? 이렇게 보니 프로메테우스 신화가 생각나. 너랑은 경우가 크게 다르지만, 그 신도 금기를 어겨서 독수리에게 계속 간을 파먹히는 벌을 받거든. 읽을 땐 잔인하다고 생각했는데 벌을 주는 입장에선 이만한 게 없는 것 같아. 특히 넌 갚아야 할 게 많잖아?"

"무……슨 헛소리냐……!"

"네가 죽인 아이가 전부 몇이었지? 수천 명? 수만 명? 머릿속으로 숫자 잘 세고 있어. 그 아이들이 잃은 심장만큼 네 심장도 뜯어낼 거니까."

물론 심장만이 아니라 온몸의 혈관도 다 터트릴 거지만. 어차피 경험하면 알게 될 텐데 굳이 거기까지 설명하진 않기로 했다. 그러자 어디선가 땅을 긁는 듯한 소리가 들려왔다. 놈이 히죽거리면서 웃는 소리였다. 너무 아파서 미쳤나? 아직 돌아버릴 때는 아닌 것 같은데. 고개를 갸웃거렸더니 놈이 나를 똑바로 노려보며 말했다.

"이래 봤자 넌 날 소멸시키지 못한다."

"그래서?"

"네가 하는 모든 짓이 결국 헛수고라는 거다."

그렇게 말한 놈은 마치 대단한 일침을 가한 듯한 얼굴이었다. 나는 헛웃음을 삼켰다.

"무슨 소리를 하나 했더니 고작 그거야?"

"뭣?"

"소멸시킬 수 없다는 건 나도 당연히 알아. 근데 그게 뭐? 내가 하는 일이 왜 헛수고가 되는데?"

"아무리 애써 봐야 결국 최후에 웃는 건 나다."

놈이 비열한 표정으로 이죽거렸다. 씹어 삼킬 것처럼 똑바로 쏘아보는 시선을 나는 피하지 않고 마주했다. 어디 얼마나 더 헛소리를 지껄이는지 두고 보자는 기분이었는데 갈수록 하는 말이 가관이었다.

"난 신이 되어 완전해질 것이고, 네놈은 결국 패할 것이다! 그땐 지금 받은 수모를 전부 되돌려 주마! 네 몸을 갈가리 찢을 것이다! 네가 보는 앞에서 네가 아끼는 이들을 도륙해 주마! 세상에서 맛볼 수 있는 고통이란 고통을 전부 다 느끼게 해 줄 것이다!"

"와아, 무서워라. 근데 신은 어떻게 될 건데? 너 지금 각성 멈췄잖아."

"크흐흐, 그게 유일한 희망인가? 안됐지만 어린 인간의 심장 한 개 분만 있으면 된다. 고작 심장 하나다. 이 땅에 인간은 차고 넘칠 정도로 많지."

"그 전에 내게서 도망칠 방법은 있고?"

"네가 날 언제까지 붙잡아 둘 수 있을 것 같은가?"

"아, 그래? 그런 말까지 들었으니 더 힘내야겠네."

커헉, 거친 신음과 함께 놈이 그 자리에서 죽은 피를 토해냈다. 쇼크 상태에 빠졌는지 몸에서 경련이 일고 있었다. 거품을 물고 부들부들 떠는 놈을 나는 부드럽게 달랬다.

"정신 똑바로 차려. 아직 다섯 번밖에 안 됐어."

"끄흑, 커어억……!"

"네 말은 처음부터 엉터리야. 괴롭히는 게 헛수고라니, 그럴 리가 없잖아. 아픈 게 얼마나 힘든데. 죽음보다 더한 고통이라는 말이 괜히 있겠어? 너도 잘 알고 있지 않아? 내게 세상의 모든 고통을 다 맛보게 해 주겠다며."

"네, 네놈……."

"정령왕 평균 수명이 만 년이라던가? 나 말이야. 너도 잘 알겠지만 태어난 지 얼마 안 됐거든. 그래서 수명이 아직 한참 남았다? 정령의 몸은 지치지도 않고 낮과 밤의 영향도 받지 않아. 누가 먼저 나가떨어질지 기대되지 않아?"

고통을 주는 쪽과 고통을 받는 쪽 중에서 누가 더 괴로울지는 결과를 보지 않아도 뻔하다. 분한 듯이 노려보는 카류안을 향해 나는 생긋 웃었다.

"제발 죽여 달라고 애원하게 해줄게."

찰나의 순간 놈의 눈동자가 흔들렸다. 기다리고 또 기대했던, 처음으로 공포를 대면한 자의 표정이 떠오르고 있었다. 그래도 끝내 인정하지 않겠다는 듯 놈이 다시 고집스럽게 눈을 부라렸다. 그리 실망스럽진 않았다. 첫술에 배부를 수는 없는 법이니까. 시간은 아직도 차고 넘친다.

"아, 근데 네 말대로 난 소멸시킬 힘까진 없어서 말이지. 결국 죽여 줄 수는 없을 테니까 그건 미리 사과해 두는 게 좋겠다. 미안?"

"크, 감히! 감히!"

"감히?"

그새 기운을 얻은 놈이 내게 손을 뻗으려 했다. 물론 이미 계산해 두고 있었던 부분이라 그전에 내가 먼저 사라지는 게 더 빨랐다. 아무것도 잡지 못한 손이 허무하게 허공을 훑는 동안, 나는 긴 얼음 창을 만들었다. 그걸 그대로 심장에 내리꽂자 놈의 몸이 크게 들썩였다. 펄쩍 날뛰는 모습이 마치 작대기에 꽂힌 생선 같았다. "여섯 번." 비명조차 지르지 못하고 입만 벙긋거리는 놈 앞에 다시 모습을 드러내고 다음 숫자를 셌다.

"슬슬 피가 썩나 봐. 그래서 머리 회전이 느리구나. 아, 괜찮아. 난 무척 관대한 편이거든. 네가 주제를 잘 파악하도록 얼마든지 도와줄 수 있어."

암, 관대하지. 그러니 지금 대화라도 해 주는 거다. 즐기기만 할 생각이었다면 성대부터 틀어막고 신음만 들어도 충분했다. 그래서 이 깊은 뜻을 몰라보는 놈이 더 한심스러웠다.

"벌레면 벌레답게 기어. 내가 감히 애쓰기 전에 말이야."

*　　*　　*

루세프는 멍하니 눈을 깜빡였다. 너무 피곤한 나머지 눈을 뜬 채 꿈을 꾸는 건가도 싶었다. 사실 손가락 하나 까딱할 기운조차 없는 상태인 것도 맞는지라 신빙성이 없다고 할 수도 없었다. 그만큼 믿기지 않는 일이 벌어지고 있었다.

지금 그의 눈앞에 펼쳐진 건 호리호리한 체구의 소년 하나가 저보다 몇 자는 더 큰 덩치의 괴물을 요리하듯이 유린하는 광경이었다. 물론 신의 세계에서 외모는 부수적인 부분이니 겉보기로 판단할 건 아니다. 그러나 괴물의 정체를 알면 상황이 많이 달라진다. 그건 조금 전까지 세상을 호령할 것처럼 강대한 힘을 내뿜던 악신이었으니까.

일대를 전부 초토화하고, 두 상급신을 거의 다 죽여 놨으며, 한 명의 상급신과 마왕을 만신창이로 만든 바로 그 악신이 맞았다. 그런 엄청난 존재가 지금은 한 정령왕의 손에서 속절없이 농락당하고 있었다. 아직 악신이 완전히 각성한 상태가 아니고, 여기가 아크아돈이라는 점을 생각해 보면 충분히 현실적인 상황이긴 했다. 그래서 루세프를 당황하게 한 건 조금 다른 부분이었다.

재가 저런 성격이었나?

루세프는 조금 전까지 봤던 소년, 엘퀴네스의 모습을 상기해 보았다. 만난 지 얼마 안 되긴 했어도 첫인상이 저런 느낌이 전혀 아니었다는 건 확실했다. 엘뤼엔이 다친 직후 넋을 잃고 울 때만 해도 크게 다르지 않았던 거로 기억한다. 그런데 악신이 건넨 몇 마디 시비에 돌연 눈이 뒤집히는가 싶더니, 지금은 아예 다른 존재가 된 것 같았다.

아니, 아마도 저 모습이 본래 성격이겠지. 루세프가 혼란을 수습하는 데는 그리 오랜 시간이 걸리지 않았다. 그는 비교적 사교적인 신이었다. 신들과는 대다수 교류해 봤고 그들 중엔 당연히 엘퀴네스 출신도 있었다. 엘퀴네스치고 성격이 더럽지 않은 녀석을 본 적이 있던가. 하나도 없었다. 그리고 저 소년도 엘퀴네스였다. 그래서 그는 어렵지 않게 결론을 내렸다. 지금까진 일부러 참고 있다가 화가 나서 본 성격을 드러낸 것뿐이라고. 당사자가 들으면 꽤 억울할 생각이었으나 거기까진 알 수가 없던 루세프로선 합리적인 결론이었다.

'근데 걔가 제일 무서운 성격인 것 같네.'

더불어 개인적인 감상까지 추가했다. 역시 엘퀴네스치고 평범한 존재는 없었다. 앞으로 무슨 일이 있어도 저 엘퀴네스의 성미를 건드리진 말아야겠다. 루세프는 속으로 조용히 다짐했다.

그때 그의 시선에 근처에 서 있던 긴 흑발의 마족이 들어왔다. 카노스가 선택한 새로운 마왕이라고 했던가. 지금 엘퀴네스는 자연체로 돌아갔다가 나타나길 반복하는 중이었다. 마족의 눈엔 제대로 보이는 것도 거의 없을 텐데 그는 한창 고문 중인 광경에서 시선을 떼지 못하고 있었다. 눈빛이 초롱초롱하다 못해 불타는 듯했다.

앤 또 왜 이래.

미심쩍은 시선으로 바라보는데 때마침 감탄하는 목소리가 이어졌다.

"우리 대부, 너무 멋있다."

과연 힘을 숭배하는 마족다운 반응이었다. 루세프는 잠시 마왕의 손목을 내려다보았다. 새하얀 피부 위에 새겨진 계약의 문양이 보였다. 그의 아이와 맺은 계약이었다. 이미 들어서 알고 있던 사실이지만 막상 증거물을 눈으로 보니 속이 쓰렸다. 찜찜한 모습을 보고 난 직후라 더욱 그랬다. 저 애와 시벨리우스를 계약하도록 놔두는 게 정말 옳은 길일까. 불안한 기분이 든 루세프는 슬쩍 시선을 돌려 시벨리우스 쪽을 바라보았다. 지금 시벨리우스는 부상 중인 다른 마족을 돌보는 중이었다. 유니콘이면서도 마족을 외면하지 못하는 건 어릴 때부터 마음이 여린 아이다웠다. 그렇기에 더더욱 마왕같이 사악한 존재와 엮이는 게 걱정스러웠다. 그런데 왜일까. 겁에 질려 있으리라는 예상과는 달리 시벨리우스 역시 넋을 잃고 엘퀴네스를 구경하고 있었다. 감동한 얼굴에 눈시울까지 붉힌 채였다.

"엘, 너무 멋있어."

"……."

루세프는 잠시 하늘을 바라보다 곧 진정하고 표정을 바로 했다. 어쨌든 지금은 이게 중요한 게 아니었다.

그는 아직 의식이 없는 엘뤼엔에게 다가가 상태를 살폈다. 엘퀴네스가 치유력을 퍼부은 덕분인지 출혈은 간신히 멈춘 듯했지만, 상황이 썩 좋아 보이진 않았다. 치유의 신에게 데려간다 해도 곧장 좋은 결과가 나오진 않을 것 같았다.

'우선 신계로 옮겨야 할 것 같은데…… 이 몸으로 차원 이동을 감당할 수나 있을까.'

물론 지금은 차원 이동 자체가 될지를 걱정해야 하는 판국이긴 했다. 벌써 움직였어야 할 신계가 아직도 조용하다. 하늘을 가득 채우고 있는 먹구름도 그대로였다. 아무래도 결계에 갇힌 상태인 것 같았다. 루세프는 일단 제 선에서 필요한 응급 처치를 한 후 이번엔 페르데스 쪽을 향했다. 엘뤼엔과 마찬가지로 페르데스 역시 아직 의식이 없는 상태였다. 그녀를 보살피고 있던 트로웰이 고개를 들고 차분한 시선을 보내왔다.

"엘뤼엔은 어때?"

"그리 좋진 않아. 페르데스는?"

"페르데스는 괜찮아. 곧 의식을 차릴 것 같아."

그 말대로 페르데스는 생각보다 상태가 좋아 보였다. 안도의 한숨을 내쉰 후 루세프는 다시금 엘퀴네스와 악신이 있는 곳을 돌아보았다. 트로웰 역시 그쪽을 바라보고 있었다.

"엘퀴네스 덕분에 시간을 벌었어."

"응, 저렇게 화가 난 엘은 처음 봐. 멋있네."

"……너희, 단체로 무슨 최면에 걸렸어?"

"실제로 멋있잖아?"

"음, 그래. 분명 멋진 거긴 한데 말이야……."

그래도 그거 말고 좀 더 다른 표현이 있을 것 같은데. 루세프가 머릿속에 떠오를 듯 말 듯한 단어를 생각해내느라 얼굴을 찌푸렸다. 그가 그러거나 말거나 트로웰은 전혀 관심을 두지 않은 채 한없이 엘퀴네스를 바라보기만 했다. 따스한 빛을 품은 눈동자가 지난 추억을 담고 아련해졌다.

"저 모습을 보니 예전에 들었던 말이 떠올라. 전대의 이프리트가 알려 줬던 거였는데. 정령왕의 힘은 서로 우열을 가릴 수 없지만, 인간들은 선호도 면에서 엘퀴네스를 가장 높이 평가한다고 했었지."

"그게 뭔 말이야?"

"언젠가 그들 사이에서 돌던 말이래. 상대를 빠르게 죽이고 싶다면 바람의 힘을, 반대로 천천히 말려 죽이고 싶다면 땅의 힘을, 가장 아프게 죽이고 싶다면 불의 힘을, 그리고 절대적인 공포 속에 죽이고 싶다면 물의 힘을 추구하라고 한다나."

"거참, 누가 인간 아니랄까 봐 구분하는 방식하곤."

페르데스가 의식을 차린 건 그때였다. 속눈썹이 조금씩 떨리기 시작하다 굳게 닫혀 있던 눈꺼풀이 열렸다. 선명히 드러나는 보라색 눈동자를 보고 트로웰이 살짝 웃었다.

"정신이 들어, 페르데스?"

"……트로웰."

의식을 차린 후에도 페르데스는 이해할 수 없다는 얼굴을 했다. 그러나 상황을 인지할수록 그의 표정은 점차 굳어갔다. 소멸했어야 할 자신이 살아 있다는 건 한 가지 의미밖에 없었으니까. 그는 서둘러 몸을 일으키고 가늘게 뜬 눈으로 주위를 살폈다.

"어떻게 된 거지? 내가 왜……."

"소멸진이 실패했어."

대답은 바로 이어졌다. 이 상황에선 누구라도 예상할 수밖에 없는 답변이기도 했다. 숨을 삼킨 페르데스가 참담한 얼굴로 눈을 감았다.

"결국 악신이 각성한 거구나."

"아니, 다행히 완전히 각성하진 못했어. 그리고 아무래도 한동안은 각성하지 못할 것 같네."

"뭐? 그게 무슨……."

"엘이 화가 많이 났거든."

당황하는 페르데스에게 루세프가 손가락으로 한 방향을 가리켰다. 그제야 그녀도 엘퀴네스가 진노하고 있는 현장을 알아보았다. 더불어 그가 분노한 이유 역시 바로 깨달았다.

"맙소사, 엘뤼엔."

그리 멀지 않은 곳에서 죽은 듯이 누워 있는 남자를 발견한 페르데스가 숨을 삼켰다. 급히 움직이는 그의 뒤를 따라 루세프와 트로웰도 이동했다. 엘뤼엔의 곁을 지키고 있던 아스모델이 약간 뒤로 물러나 그들이 편히 살필 수 있도록 했다.

"대체 어떻게 된 거야? 무슨 일이 있었던 거지?"

"엘이 위험했어. 자칫 소멸할 위기였는데 그걸 엘뤼엔이 자신의 몸으로 보호했지."

"그럴 수가……."

"솔직히 놀라워. 아버지가 되어 준다곤 했지만 그가 설마 엘을 위해서 이렇게까지 할 줄은 몰랐는데."

"아버지……."

얼굴을 굳힌 페르데스가 고개를 들고 루세프를 바라보았다. 불안감을 담고 일렁이는 시선에 당황한 루세프가 곧 그녀의 뜻을 알아차리고 덩달아 심각한 표정을 지었다.

"아냐, 시계를 반대로 돌린 건 아닐 거야."

"확실합니까?"

"엘뤼엔이 선택된 거라면 다치는 정도가 아니라 그 자리에서 바로 소멸했겠지. 그리고 거기서 전부 끝났을 거야. 하지만 아직 살아 있잖아."

"그건, 확실히 그렇군요."

"지금 이게 다 무슨 말이야?"

대화에서 거슬리는 흐름을 감지한 트로웰이 물었다. 동시에 멈칫한 페르데스와 루세프가 서로 난처한 시선을 주고받는 걸 보고 그의 눈빛이 더 날카로워졌다.

"라데카의 운명의 시계는 반대로 돌리면 운명에 강제성을 부여하지. 설마 라데카가 희생자에 적합한 운명을 읽어냈어? 그중에 '아버지'가 있었던 거야?"

"……맞아. 하지만 내가 자원했기 때문에 시계는 돌리지 않기로 했어."

"페르데스, 네가 소멸진에 자원한 이유가……."

"엘을 의식한 마음이 전혀 없었다곤 할 수 없지. 하지만 희생이라는 게 원래 다른 이를 위한 거잖아. 그리고 그건 마음을 정한 이유 중 하나일 뿐이야. 본심은 말했던 그대로야."

잠시간 복잡한 표정을 지은 후 트로웰은 살짝 한숨을 내쉬었다.

"엘에겐 알리지 않을게. 안 그래도 죄책감을 느끼던데 이런 내막까지 알면 더 힘들어할 거야."

"그렇겠지. 배려 고마워, 트로웰."

"반기지 마. 좋아서 하는 배려가 아니야."

불만스러운 타박이 이어졌지만 페르데스는 오히려 더 웃기만 했다. 속 편하게 기뻐하는 그녀를 보고 트로웰은 다시금 한숨을 쉬었다.

“어쨌든 원래는 희생자를 운명의 시계로 정하기로 되어 있었다는 거지. 이번 소멸이 실패한 탓에 원래 계획대로 갔을 수도 있다는 거고.”

“그래.”

“소멸진은? 그게 저절로 생성되는 구조는 아닐 텐데.”

“그건 원래 악신과 쉽게 연결하도록 돕는 장치에 불과해. 어떤 식으로든 연결만 한다면 진행할 수 있어.”

“본인이 원하지 않더라도 휘말릴 수 있다는 말이구나. 그럼 엘뤼엔이 이렇게 된 것 자체가 그 운명의 흐름을 탄 것일 수도 있겠네.”

정곡을 정확히 짚어낸 것에 페르데스는 서글픈 표정을 지었다. 루세프 역시 인상을 잔뜩 구긴 채 머리를 북북 긁었다.

“으으음, 뭐가 어떻게 되어가는 건지는 모르겠지만 말이야. 그래도 말했다시피 엘뤼엔은 살아 있어. 아직 라데카가 시계를 돌렸다고 판단하기엔 일러.”

“응, 맞아, 맞아. 그리고 앞으로도 그럴 일은 없을 거야.”

그 순간 경쾌한 울림을 담은 낯선 목소리가 끼어들었다. 깜짝 놀라 돌아본 그들은 그 앞에 서 있는 이를 발견하고 더 놀란 표정을 지었다. 장신의 남자가 그들을 내려다보고 있었다. 시리도록 하얀 피부 위에 먹물을 머금은 것처럼 짙은 흑발이 강렬했다. 미풍 속 흐트러진 머리칼 사이에 드러난 눈동자 역시 밤하늘보다 짙은 암흑을 품고 있었다.

"카노스!"

한 걸음 떨어진 곳에서 상황을 주시하던 아스모델의 눈이 한계까지 커졌다. 경악을 담은 시선에 눈웃음으로 화답한 카노스가 주위를 느긋하게 돌아보았다. 쓰러져 있는 엘뤼엔 쪽을 한 번, 그리고 악신이 있는 쪽을 한 번 바라본 그에게서 작은 탄성이 흘러나왔다.

"이야, 정말 막장이네."

비꼬는 건지 정말 감탄하는 건지 종잡을 수 없는 말투였다. 이윽고 그의 시선이 다시 굳어 있는 이들을 향했다. 알 수 없는 긴장감에 엉거주춤한 자세를 취하는 그들에게, 카노스가 장난치듯 두 손가락으로 가볍게 경례했다.

"안녕, 여러분. 주인공 등장입니다. 오래 기다렸지?"

제5화

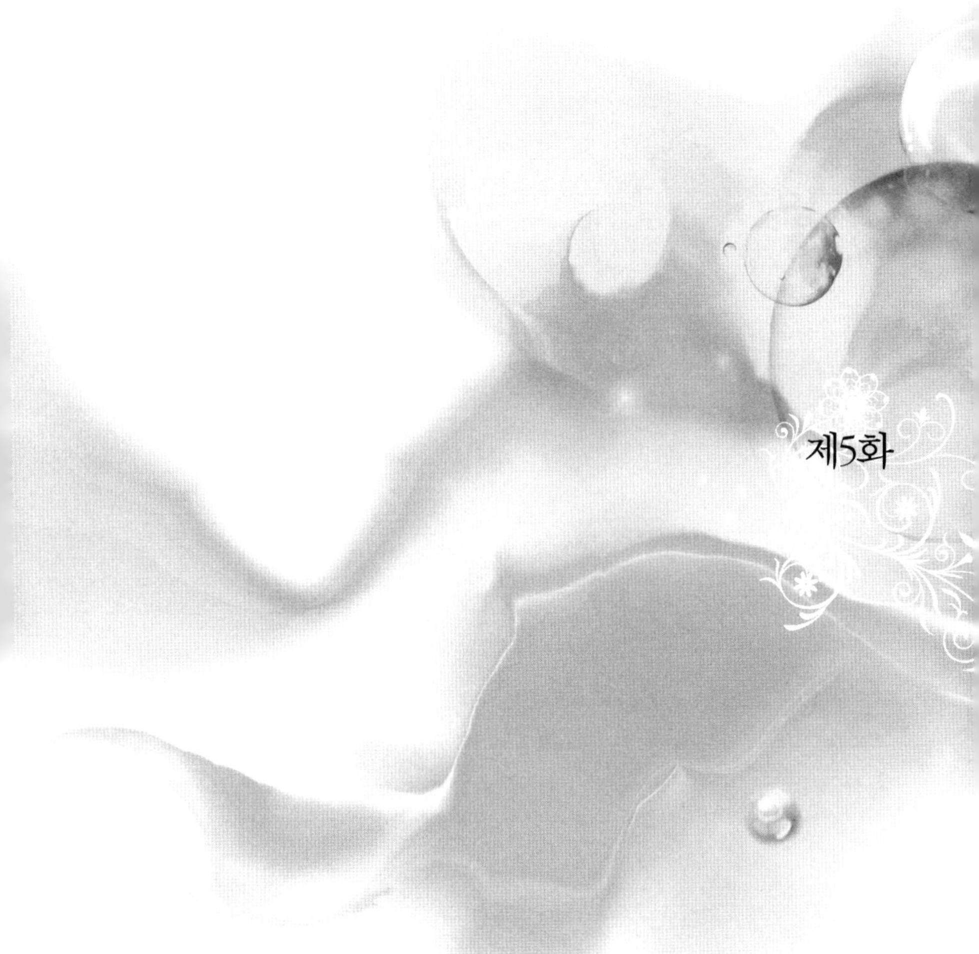

1.

"마, 마신이 결계 안으로 들어가셨습니다."

얼굴이 희게 질린 남자가 떨리는 목소리로 자신이 목격한 사실을 보고했다. 그에 화답하듯 여기저기에서 신음과 탄식이 터져 나왔다. 사방은 폭풍이 갓 휩쓸고 지나간 현장 같았다. 모여 있던 이들 중 반은 쓰러져 의식이 없었고, 나머지 반은 극심하게 탈진했다.

그 한가운데 서 있던 섀넌은 지끈거리는 이마를 짚으며 머리를 쓸어 올렸다. 이게 소멸진이 실패한 반동이었다면 차라리 마음이라도 편했을 텐데, 전혀 다른 게 원인이라는 점이 문제였다. 어쩌다 이런 상황에 이른 건지 알 수가 없었다. 아니, 정확히는 생각하고 싶지 않았다. 이 처참한 현실을 돌아보는 것보다 그 원인을 떠올리는 게 더 괴로웠으니까. 모든 게 다 엉망진창이었다.

섀넌은 한숨을 내쉰 후 옆을 바라보았다. 그곳에선 이오웬이 쓰러져 있는 소녀를 살피는 중이었다. 의식이 없는 소녀는 흑단처럼 검은 피부를 지니고 있었다. 그 어두운 피부 위에 흐르던 머리칼은 달빛을 옮겨 담은 듯한 순백이라 평소 밤하늘의 은하수 같다는 평을 받아왔었다. 별을 통해 지침을 알리는 운명의 여신에게 아주 잘 어울리는 평이었다. 그런데 그 상징적이기도 한 머리칼이 지금은 검은색으로 변해 있었다.

"라데카는 어떻습니까?"

"한동안 깨어나지 못할 것 같아."

고개를 든 이오웬이 울 것 같은 목소리로 답했다. 섀넌은 크게 당황하지 않았다. 새삼스럽게 당황하기엔 이미 그럴 거라 짐작했던 바였다. 그는 다시 한숨을 내쉬며 안경을 고쳐 썼다.

모든 일은 한순간이었다.

신계가 마지막 희망으로 걸고 있던 소멸진이 실패했다. 페르데스에게 걸어둔 술법이 파괴되면서 아크아돈과 연결되어 있던 시야가 빠르게 닫혔다. 다시 곧바로 연결했지만 아무것도 보이지 않았다. 악신 쪽에서 결계를 친 것 같았다. 그러나 모두를 혼란에 빠트린 건 다음으로 이어진 카노스의 행동이었다.

"미안, 라데카. 원망은 나중에 들을게."

그때까지 카노스는 아무런 동요도 보이지 않는 상태였다. 마치 처음부터 이렇게 될 줄 알고 있었다는 듯 느긋한 모습이라 그를 본 모두가 무심코 안심했다. 그가 괜찮다면 분명 다 괜찮을 테니까. 그런데 생긋 웃은 그가 돌연 라데카를 돌아보며 이해할 수 없는 말을 건넸다. 너무 태연해서 당사자인 라데카조차 그가 한 말을 곧바로 인지하지 못할 정도였다. 직후 그에게서 강한 힘이 터져 나왔고 얼굴을 찌푸리던 라데카의 표정에 경악이 서렸다. 그게 모두가 기억하는 마지막 광경이었다.

파장이 크게 일어나 순식간에 모든 것을 집어삼켰다. 그곳에 있던 모두가 아무런 대응조차 하지 못하고 속절없이 휘말렸다. 정신을 차렸을 땐 이미 돌이킬 수 없어진 상태였다.

'카노스. 당신은 도대체…….'

눈앞의 참상을 고통스럽게 응시하며 섀넌은 낮게 탄식했다. 바닥엔 투명한 파편들이 가득했다. 엉망으로 파손된 조각들 사이에서 튀어나온 초침과 글자들이 어지러이 흩어져 있었다. 조금 전 카노스가 산산조각으로 부서트린, 운명의 시계가 남긴 흔적이었다.

*　　*　　*

"지금…… 뭐라고 했어?"

얼빠진 루세프의 표정에 카노스는 어깨를 으쓱였다. 조금 전 도저히 믿기지 않는 한마디로 모두를 충격에 빠트린 당사자라기엔 지나치게 태연자약한 태도였다. 역시 자신이 잘못 들은 게 분명했다. 루세프는 희망을 버리지 않고 다시 물었다.

"네가 뭘 해? 시계를 파괴했다고? 설마 그게 라데카의 운명의 시계를 말하는 건 아니지?"

"그거 맞는데."

"이 미친놈아!"

더는 참을 수 없어진 루세프가 카노스에게 덤벼들었다. 그러나 그가 멱살을 움켜쥐기 전에 카노스가 피하는 게 더 빨랐다. 간발의 차이로 분노를 터트릴 곳을 잃은 루세프는 더 크게 얼굴을 일그러트렸다.

"그걸 대체 왜 파괴해!"

"라데카가 돌리려고 해서 막은 거야."

"그러니까 돌리면 돌리는 거지 그걸 왜 막냐고!"

"나도 그러고 싶지 않았지만, 할 수 없잖아. 누가 내 경고를 참 맛있게 잘도 드셔서 말이지."

"대체 무슨……."

"하필 적합자가 사건 현장에 너무 가까이 있더란 말이야. 결국 다쳤잖아. 이래서 가만히 있으라고 한 건데."

전혀 안타까워하지 않는 얼굴로 혀를 차는 카노스를 루세프는 멍하니 바라보았다. 그 시선이 향한 곳이 어딘지 분명했기에 하려는 말이 뭔지도 금방 알 수 있었다.

"설마 엘뤼엔이 죽을까 봐 시계를 부쉈다는 거야?"

"아, 그게 그렇게 되네."

"뭘 새삼 깨달은 척이야! 처음부터 대놓고 말해 놓고!"

카노스가 생글 웃었다. 루세프는 다시금 멍해질 수밖에 없었다. 마신은 자신을 드러내지 않는 신이었다. 그가 하는 말이나 행동을 통해 진위를 판단하는 것만큼 어리석은 짓도 없다. 하지만 머리로는 알면서도 일단 확인해 보고 싶은 게 본능적인 심리였다.

"진짜 그래서 부순 거라고? 그냥 상황 다 망쳐 놓고 파국을 즐기려고 한 게 아니라?"

"너무하네. 내가 그런 성향이 강한 건 맞지만. 이런 때까지 장난을 치진 않거든?"

"아니, 믿을 수가 없잖아. 네가 남의 목숨을 걱정하는 놈이었냐는 건 둘째치고…… 대체 엘뤼엔을 언제부터 알았다고?"

"어, 몰랐어? 우리 아주 절친한 사인데."

"……그거 엘뤼엔도 동의한 부분이야?"

미심쩍은 표정으로 한 질문에 카노스는 대답하지 않았다. 일부러 외면하는 게 분명한 모습이었다.

"어쨌든 이제 운명이 강제로 희생자를 정할 일은 없어. 불안에 떨지 않아도 되니 잘됐잖아?"

"그게 지금 잘됐다고만 하고 끝낼 일이야? 그보다 시계가 부서졌으면 라데카는 어떻게 된 건데! 신계는!"

"뭐, 조금 정신이 없긴 하겠지."

아니, 고작 그 정도 수준일 리가 없었다. 시계가 부서졌으니 라데카는 힘을 잃었을 거고 폭발하면서 일어난 파장으로 신계 전체가 엉망이 되었을 게 분명했다. 소멸진이 실패했는데도 바로 이어서 대응하지 않는 게 이상하다 했더니 바로 이게 원인이었구나. 루세프는 신음을 삼켰다. 자신의 힘이 부족한 탓에 화근을 눈앞에 두고도 주먹 하나 제대로 날리지 못하는 게 천추의 한이었다. 물론 루세프가 그러거나 말거나 카노스는 조금도 신경 쓰지 않았다. 그의 시선이 향한 건 페르데스 쪽이었다.

"내가 일을 이렇게 만들어서 야속한가, 죽음의 여신? 네겐 무거운 짐을 넘길 기회였을 텐데."

그 질문에 페르데스는 바로 고개를 저었다.

"아뇨. 처음부터 무겁다고 생각한 적도 없습니다. 오히려 안심했습니다."

"아, 맞아. 넌 꽤 시원시원한 성격이었지. 야속한 건 오히려 이쪽이려나?"

웃음기를 머금은 눈동자가 페르데스 옆에 있던 트로웰을 향했다. 트로웰은 잠시 얼굴을 찌푸리다가 한숨을 내쉬었다. 만나본 적도 없던 신이 제 마음을 들여다보는 듯이 구는 게 마음에 들지 않았지만 마신의 악명은 워낙 잘 알고 있었다. 그 앞에선 모든 게 의미 없는 기분이었다.

"그보다 엘뤼엔을 치료해야 할 것 같은데. 이대로 그를 더 방치하는 건 위험해."

"아, 맞아, 그렇지. 치료해야지."

곧바로 고개를 끄덕인 카노스가 성큼 그들 앞으로 다가섰다.

한쪽 무릎을 굽히고 앉아 엘뤼엔을 가만히 살피는 시선이 진지해서 루세프는 다시금 숨을 삼켰다. 사실 그는 카노스가 한 말을 믿지 않기로 한 참이었다. 그가 특정한 누군가를 구하기 위해 시계를 부쉈다는 말을 믿느니 악신의 각성을 도우려고 저질렀다는 쪽이 더 현실적이었으니까. 그런데 지금은 진짜로 친한 건지도 모른다는 생각이 들었다. 그 사실을 자각하니 기분이 급속도로 이상해졌다. 카노스에게 친구라니. 세상에서 결코 일어날 수가 없는 일이 벌어진 기분이었다. 그동안 점검을 마친 카노스가 고개를 들었다. 심각한 그의 표정에 지켜보던 이들의 얼굴이 다 같이 굳어졌다.

"흠, 이거 큰일인걸."

"상태가 그렇게 안 좋은 거야?"

"피에 젖은 미인이라니. 위험한 취향에 눈을 뜰 것 같아."

"……."

"냐하하, 농담이야."

급격하게 싸늘해지는 공기 속에서 카노스의 발랄한 웃음소리가 퍼졌다. 이 순간 경멸의 표정을 짓지 않은 건 창조신을 존경하는 마음만 가득한 아스모델뿐이었다.

"상태가 꽤 나쁜 건 맞아. 일단 사나시드에게 데려가야겠네. 치유의 신이라 해도 엘보다 아주 조금 나은 수준이겠지만. 안정하기엔 본계가 더 낫겠지."

"신계로 옮길 수나 있겠어? 차원 이동부터 못 버틸지 몰라."

"아아, 그렇네. 그럼 내 힘을 좀 나눠 줄까."

"당신의 힘?"

"엘뤼엔은 나와 같은 속성이니까. 잠시 의식을 차릴 순 있을 거야."

그 말과 함께 카노스가 엘뤼엔의 가슴에 손을 얹었다. 아주 잠시 강렬한 전류가 튀었고, 몸이 크게 격동했다. 다음으로 엘뤼엔이 왈칵 피를 토해냈다.

"엘뤼엔!"

깜짝 놀란 이들이 모두 동시에 숨을 삼켰다. 굳게 감겨 있던 엘뤼엔의 눈이 가늘게 떠졌기 때문이었다. 흐릿하던 푸른 눈동자에 초점이 잡히기까지는 그리 오랜 시간이 걸리지 않았다. 눈이 마주치자 카노스가 생긋 웃었다. 반대로 엘뤼엔의 표정은 못 볼 것을 본 것처럼 일그러졌다.

"정신 들어, 자기?"

"……꺼져."

"너무하네. 생명의 은인한테."

카노스가 서운한 표정으로 투덜거렸지만 엘뤼엔은 오히려 얼굴을 더 찌푸리기만 했다(그 냉정한 태도에 지켜보는 이들이 마음속 깊은 곳에서 진한 쾌감을 느꼈다). 그가 눈동자를 굴려 주변을 살폈다.

"엘은?"

"눈 뜨자마자 아들부터 찾기야? 너 소멸할 뻔했단 자각은 있어?"

"엘은 어딨냐고 물었다."

"음, 글쎄. 근처에 있긴 해. 근데 애가 살짝 맛이 갔네."

"뭐?"

"아, 맞아! 바로 그거였어!"

그토록 찾았던 표현을 드디어 떠올린 루세프가 반사적으로 외치다 주위의 시선을 받고 입을 다물었다. 그사이 몸을 일으키려던 엘뤼엔이 신음을 토하며 다시 바닥에 등을 기댔다. 옆에서 부축하려는 손길을 저지한 카노스가 그 모습을 느긋하게 내려다보았다.

"무리하지 마. 너 아직 나은 거 아냐."

"닥……쳐. 엘에게 무슨 일이 일어난 건지나 제대로 설명해."

"그냥 본성이 살아난 것뿐이야."

"본성이 살아나?"

"학습으로 형성된 성격 때문에 가려진 본래 성향 말이야. 애가 너무 순진해서 이 험한 세상 앞으로 어떻게 살아가나 걱정했었는데. 화가 나니 아주 무서운걸. 역시 엘퀴네스 계보를 잇긴 했어."

설명이 이어지는 동안 엘뤼엔은 가만히 눈을 감고 숨을 몰아쉬기만 했다. 듣고 있긴 하지만 사실상 제대로 인지하지는 못하는 상태로 보였다. 고통을 고스란히 드러내는 모습은 의식이 없었을 때보다 더 그의 상태를 적나라하게 알려 주고 있었다. 지켜보는 이들의 얼굴이 점차 굳어져 갔지만 카노스는 오히려 더 화사하게 웃었다.

"아까 위험한 취향에 눈을 뜨는 기분이라고 했었는데. 농담이라고 했던 걸 취소할게. 세상 고고하던 남자의 가련한 모습이란 거

참 좋네. 가슴이 너무 떨리는데?"

"닥쳐."

이윽고 다시 눈을 뜬 엘퀴엔이 카노스를 똑바로 노려보았다.

"넌 왜 여기에 있어."

"드디어 나한테도 관심 주는 거야?"

"너, 아까부터 내가 두 번씩 말하게 하는데……."

"당연한 걸 물으니 그렇지. 친구의 소중한 충고 따윈 귀담아듣지 않는 어느 분이 무모한 짓을 저지를 것 같아서 말이야. 막으러 온 게 뻔하잖아?"

"무슨 헛소리를……."

다음 순간 엘퀴엔은 얼굴을 일그러트렸다. 그의 목과 다리 아래에 손을 집어넣어 고정한 카노스가 그대로 그를 들어 올렸기 때문이었다.

"……이게 무슨 짓이지."

"신계로 인계하는 짓이지. 네가 아직 네 상태를 자각하지 못하는 모양인데, 여기서 치료 더 늦어지면 아무리 너라도 위험하다고."

"엘을 두고는 안 가."

"아니, 가야 해. 지금은 어차피 너보다 네 아들 쪽이 훨씬 쓸만하거든? 이쪽 일은 멀쩡한 사람들에게 맡기고 부상자는 얌전히 치료나 받으라고."

"누구 맘대로……!"

"내 맘대로지. 근데 그거 알아, 엘뤼엔? 어느 나라에선 이런 걸 공주님 안기라고 부른다더라."

"정말 죽고 싶나 보지."

엘뤼엔의 눈빛이 흉흉해졌지만 카노스는 그저 경쾌하게 웃기만 했다. 그리곤 그 상태 그대로 루세프의 품 안에 떠넘겼다. 얼결에 엘뤼엔을 넘겨받게 된 루세프가 식겁해서 눈을 동그랗게 떴다.

"데려가서 치료받게 해."

"어? 뭐? 내가? 왜?"

"난 지금 신계로 돌아가면 혼나거든. 남은 일을 처리하기에도 너보단 내가 여기 남는 게 더 나을 거고."

확실히 전력에서 마신이 자신보다 위라는 건 부정할 수 없는 사실이었다. 루세프는 불만스러운 표정을 하면서도 어쩔 수 없이 수긍했다. 하필이면 엘뤼엔의 신경을 긁을 대로 긁어둔 상태로 넘길 건 뭔가 싶었으나, 일부러 그런 게 틀림없어서 따지지도 못했다. 루세프는 힐끔 엘뤼엔을 살피다 바로 시선을 피했다. 곧바로 강렬한 살기가 덮쳐드는 게 눈빛으로 살해당할 수 있을 것 같은 기분이었다. 이렇게 화났으니 복수심에 불타서라도 중간에 정신을 잃지는 않을 것이다. 후환을 염려하는 것도 일단 살리고 난 후의 일이었다.

"근데 나도 지금은 차원 이동 못 해. 사방에 결계가 깔려 있다고."

"뭐야, 이것도 못 뚫어?"

"……뚫은 네가 이상한 거거든."

"아, 하긴. 네 수준을 나와 같이 두면 곤란하긴 하지."

도대체 저 마신은 조금이라도 얄미운 말을 하지 않으면 입 안에 가시가 돋는 병이라도 있는 건가. 루세프는 하늘을 바라보며 이를 갈았다.

"좋아, 어차피 없애야 하는 거니 이것도 도와주지, 뭐."

싱긋 웃은 카노스가 손을 뻗었다. 그러자 그의 손 안에서 새카만 기류가 일어나며 무기의 형태가 나타나기 시작했다. 거대한 날을 드리운 낫이었다.

'심판관.'

루세프는 잠시 숨을 멈췄다. 카노스가 심판관을 든 모습을 보는 게 이번이 처음은 아니었다. 그런데 왠지 오늘따라 새삼스러운 기분이 들었다. 아마 엘퀴엔 덕분에 새로운 형태의 심판관을 본 게 원인인 것 같았다. 같은 무기인데도 사용자에 따라 전혀 다른 분위기가 된다는 것만은 확실했다. 비단 형태의 문제만은 아니었다.

이윽고 한 손으로 낫을 휘두른 카노스가 하늘을 한 번 그었다. 그러자 허공에 균열이 일기 시작하더니 곧 보이지 않던 무언가가 산산이 조각나서 흩어졌다. 먹구름 가득하던 하늘이 점차 열리며 벌어진 틈으로 빛이 쏟아져 내렸다. 그 빛 한가운데 선 카노스는 마치 그 자체가 빛이 된 것 같았다.

"가지 않고 뭐해?"

그 말을 듣고서야 자신이 압도되어 있었다는 걸 자각한 루세프가 한숨을 내쉬었다. 소멸진이 실패하고 엘뤼엔이 다쳤을 때만 해도 앞으로 진행할 일이 막막하기만 했는데 긴장이 어느새 풀려 있었다. 정말 열 받을 정도로 짜증 나는 놈이었지만 그가 누구보다 의지할 수밖에 없는 존재라는 것 또한 분명했다.

'쓸데없는 짓만 하지 않는다면 말이지.'

물론 지금은 달리 선택의 여지가 없었다. 마지막으로 불안한 시선을 보낸 후 루세프는 할 수 없이 신계로 이동했다. 다시 돌아올 때까지 부디 사태가 더 악화하지 않기만을 바랄 뿐이었다.

두 신이 사라진 후 남은 자리엔 어색한 고요가 찾아들었다. 페르데스와 시선을 교환한 후 트로웰은 하늘을 올려다보았다. 먹구름이 물러나 환해진 공간에 다시 신들의 모습이 어른거리고 있었다. 설마 무기를 한 번 휘두르는 것만으로 결계를 깰 줄은 상상도 하지 못했다. 말로만 듣던 마신의 힘을 직접 확인하고 보니 놀라웠다.

트로웰은 다시 카노스 쪽을 돌아보았다. 다시 무기를 거둔 그는 어느새 시벨리우스 앞에 서 있었다. 정확히는 그가 돌보고 있던 데르온을 내려다보는 중이었다. 예상치 못한 마신의 관심을 받게 되자 시벨리우스가 놀라서 눈을 깜빡거렸다.

"많이 다쳤네. 어쩌다가?"

"아, 그게…… 악신이 기습을……."

"그런 것 같더라. 용케 살았구나? 하긴, 옛날부터 명줄 하나는 질긴 아이였지."

"……말을 해도 꼭……."

"칭찬이야. 난 불운에 강한 거 좋아하거든."

이 상황에서도 데르온은 여전히 의식을 차리지 못했다. 시벨리우스의 마음이 초조해졌다.

'일어나, 이 녀석아. 네가 오매불망 기다리던 마신이 바로 네 앞에 있다고!'

그러나 그가 아무리 간절해도 데르온이 기적처럼 깨어나는 일은 일어나지 않았다. 너무 잠잠해서 설마 죽은 건 아닌지 의심스러울 정도였다. 안색도 창백하니 거무죽죽한 색에 가까웠다. 미약하게나마 숨을 쉬고 있는 게 느껴지지 않았다면 정말 죽었다고 생각했을 것이다. 그 순간 이어진 카노스의 말은 시벨리우스의 가슴을 철렁 내려앉게 했다.

"어쩐다? 평범한 부상이라면야 혈관이 마디째로 끊어져도 상관없는데 이건 나도 낫게 못 해. 엘에게 맡겨도 몇 년은 걸리려나. 그래도 원 상태로 돌아갈 수 있을지 모르겠고."

"……원 상태로 못 돌아간다고?"

"악신의 흔적인데 후유증이 안 남을 리가 없잖아. 살아남은 것만으로 운이 좋은 거야."

"그렇기야 하겠지만……."

"뭐, 그래도 이왕 창조주가 눈앞에 있는데 이렇게 끝내기도 좀 그렇나? 아쉬우면 도박이라도 할래?"

"도박?"

"아까 엘뤼엔 봤지? 데르온에게도 내 힘을 부여해 줄 수 있어. 신인 그는 잠시 체력을 회복한 정도였지만 앤 마족이니까 신체가 재구성되어 완전히 나을 수 있을 거야. 오히려 전보다 더 강해지겠지. 물론 그 힘을 온전히 다 흡수할 수 있을 때의 이야기지만."

"아……."

"대신 실패하면 뼛조각도 못 찾아."

무심코 안도하기 무섭게 들려온 말에 시벨리우스는 그대로 얼굴을 굳혔다. 경직된 그를 보고 카노스의 미소가 짙어졌다.

"네가 보기엔 어느 쪽이 좋겠어?"

"그, 그런 걸 내가 어떻게 결정해?"

"앤 의식이 없으니까 달리 물어볼 수가 없잖아."

"그렇다고……!"

"힘을 내려 주십시오."

그때 방황하는 시벨리우스의 목소리를 가르고 차분한 음성이 끼어들었다. 아스모델이었다.

"데르온이라면 설령 멀쩡한 상태였더라도 카노스 님의 힘을 받는 쪽을 택할 겁니다."

그건 시벨리우스도 동감하는 부분이긴 했다. 마족은 본래 목숨보다 힘을 욕망하는 종족이다. 약해진 채로 살아남느니 치료받다가 죽는 쪽을 택할 이들이 열 명 중에 일곱은 되었다. 심지어 데르온은 마음 깊이 마신을 흠모하는 자였다. 그런 그가 마신의 힘을 받을 기회를 놓칠 리가 없었다. 그에게 의식이 있었다면 제안을 다 듣기도 전에 힘을 받겠다며 외치고도 남았다. 카노스 역시 곧바로 고개를 끄덕였다.

"응, 맞아. 그렇겠지. 오히려 누군가의 반대로 내가 그만뒀으면 반대한 사람은 평생 원망을 들었을걸."

"거기까지 알면 대체 왜 물어본 거야?"

"내가 싫어서."

기막혀하던 시벨리우스가 눈을 크게 떴다. 이런 대답을 생각지 못한 아스모델도 당황한 표정을 지었다.

"하지만 할 수 없나. 난 참 마음이 약하단 말이지."

가볍게 웃은 카노스가 손을 뻗어 데르온의 이마를 짚었다. 그러자 거미줄이 덮이는 것처럼 그의 몸에 실타래가 감기기 시작했다. 시벨리우스는 가만히 숨을 삼켰다. 아스모델이 신체를 성장시키기까지 고치에 갇혔던 현상과 비슷했다. 곧 데르온을 덮어가던 실타래가 완전히 그의 모습을 감쌌다. 그제야 손을 떼어낸 카노스가 몸을 일으켰다.

"결과가 나타나려면 좀 걸릴 거야. 혹시 폭주할 것 같으면 네가 좀 도와주든지. 그럼 살 확률이 조금은 올라갈지도."

"내가 뭘 어떻게 도울 수 있어?"

"너무 어두워지면 램프를 켜야지? 같은 원리야."

아리송한 대답에 시벨리우스의 표정이 기묘해지다 곧 완전히 일그러졌다. 다음으로 카노스는 불안정한 표정으로 서 있는 아스모델을 돌아보았다. 긴장해서 뻣뻣하게 굳는 시선에 장난스러운 미소가 닿았다.

"아스모델."

"네, 네!"

"이쪽 일은 네게 맡기마. 잘 지켜줘."

누구의 것인지 분명한, 숨을 삼키는 소리가 울렸다. 일렁이는 눈으로 자신의 창조신을 바라본 아스모델이 곧 결연하게 고개를 끄덕였다. 그 모습을 만족스럽게 응시한 카노스가 이윽고 트로웰과 페르데스를 돌아보았다.

"자, 그럼 남은 일을 해야지. 우선 잔뜩 화나신 우리 물의 왕님부터 진정시켜 볼까?"

2.

어릴 때 본 공상 과학 영화에서 인상 깊은 장면이 있었다. 인공지능 컴퓨터가 발달하고 안드로이드가 등장하면서, 인간이 로봇을 혐오하게 되는 시대 배경을 다룬 작품이었다. 그 안에서 인간은 버려지거나 납치한 로봇들을 한데 모아 처형하는 오락을 즐겼는데, 그때 로봇들은 처형당하기 직전에 신경계통을 관리하는 기관을 남몰래 분리했다. 정말 편리하겠다고 생각함과 동시에 왠지 모르게 소름이 돋았다. 비로소 그 영화의 주제를 이해할 수 있을 것 같았다. 로봇과 인간의 차이점을 가장 분명하게 보여준 장면이라고 생각한다.

통증은 몸이 보내는 경고라고 한다. 위험하다는 신호다. 죽음을 피할 수 없는 상황에서는 쓸데없기만 한 기능인지도 모른다. 그렇다면 영원히 죽지 않을 걸 알면서도 통증을 느끼는 건 어떤 의미일까.

"그래도 생물이라는 증거인가, 아니면 벌인가."

어쩌면 타인과의 공감을 위해서인지도 모르겠다. 자기가 아파봐야 남이 아픈 것도 알 수 있으니까. 적어도 정령이 통증을 느끼는 이유는 그쪽에 가깝긴 했다. 하지만 필요 없을 때도 분리할 수 없다는 점에선 아무래도 벌 같기는 하지. 자칫 잘못되면 영원히 고통을 느낄 수도 있는 몸이라니, 아무리 생각해도 위험천만하잖아.

"넌 뭐인 것 같아?"

나는 눈앞에서 꿈틀거리는 형체를 가만히 내려다보았다. 딱히 대답을 기대하고 건넨 질문은 아니었다. 어차피 놈은 지금 내 목소리를 듣지도 못하는 상태니까. 하지만 아마 들었더라도 대답하지 못했을지도 모르겠다. 처음엔 그래도 생생한 반응을 보여 주더니, 심장 괴사가 오십 번이 넘어가고 나면서부터는 비명조차 제대로 지르지 못하는 중이었다. 숨을 허덕이다가 축 늘어졌다가 다시 허덕이기만 한다. 끊임없이 같은 구간을 반복하는 테이프를 틀어 둔 느낌이었다. 심장이 완전히 멈추면 잠시 기절했다가 재생된 후에는 체력을 다시 조금 되찾는데, 그때 보이는 반응도 한결같았다.

"크으…… 죽이겠…다. 반드시 죽이고야 말겠……."

이번에도 역시 놈은 비틀거리는 상태로 일어나 무의미하게 허공을 허우적거렸다. 아무리 그래 봐야 자연체인 나는 잡을 수 없다고 몇 번을 말했는데, 아직도 포기를 못 한다. 끈기만큼은 인정할 수밖에 없었다. 그러니 그 긴 시간 동안 악신이 될 준비를 해왔던 거겠지. 머리는 상당히 나쁜 것 같지만.

"커헉!"

얼음 창으로 심장을 꿰뚫자 펄쩍 경련을 일으킨 몸이 그대로 엎어졌다.

"오십오 번."

심장이 멎는 모습을 확인하며 나직하게 중얼거렸다. 이 방법도 이제 많이 써서 슬슬 다른 방법도 생각해 봐야 할 것 같은데 뭐가 좋은지 모르겠다. 실컷 얼렸으니 다음엔 반대로 이프리트한테 태워달라고 해볼까. 엘뤼엔이 다친 걸 알면 그 녀석도 꽤 복수심에 불타오를 텐데 말이다.

그러고 보니 엘뤼엔은 어떻게 되었을까. 많이 다쳤는데 루세프든 페르데스든 아니면 또 다른 누군가든 그를 신계로 데려갔을까. 치유의 신이라면 낫게 해 줄 수 있지 않을까. 혹시 아직도 그대로 방치 중인 거면 어쩌지. 설마 소멸해 버린 건 아니겠지. 만약 그렇다면 난 어떻게 해야 하는 걸까. 내가, 날 용서할 수 있을까.

그의 마지막 모습을 떠올리는 것만으로도 가슴 안쪽이 저릿해진다. 이 기분을 계속 안고 가야 한다고 생각하는 것만으로도 참기 힘든 기분이 들었다. 역시 없앨 수 없는 고통은 벌이다.

그사이 잠잠했던 카류안이 다시 몸을 꿈틀거렸다. 그 꼴을 보는 것만으로도 비위가 상해서 곧바로 다시 손을 쓰려고 할 때였다.

"흐으, 이봐. 잠깐 기다려, 기다려 봐라."

정신을 차린 놈에게서 다급한 목소리가 이어졌다. 아까부터 고장 난 기계처럼 죽인다는 말만 반복하던 놈이 이번엔 웬일로 다른 대화를 시도하려는 모양이었다. 그게 신기해서 잠시 기다렸더니 기운을 얻었는지 놈의 눈빛이 살아났다.

"제안을 하나 하지. 내 손을 잡아라."

……이건 또 무슨 참신한 개소리야.

어이가 없어서 헛웃음이 절로 흘러나갔다. 협박이 안 통하니 이번엔 날 회유하기로 노선을 바꿨나 보다. 본인이 심하게 불리하다는 걸 결국은 인정하고 받아들인 모양이다. 고작 오십 번 대에서 흔들리다니 솔직히 조금 실망스러웠다. 그동안의 악행을 생각하면 적어도 한 달 정도는 지난 후에야 나올 말이라고 생각했는데, 의외로 고통에 약하구나. 하긴 날 때부터 강한 마족으로 태어나 왕으로서 호의호식하며 살던 애가 이렇게 아플 일이 얼마나 있었을까. 그래도 이건 너무 빠르지. 이래선 오늘이 지나기 전에 제발 죽여 달라는 말을 할지도 모르겠다.

"아까 보니, 형벌의 신을 아버지라고 부르더군."

다시 심장을 얼리려는데 이어진 목소리에 몸이 멈췄다.

"그가 네 아버지가 되어주겠다 했나?"

낮게 끌리는 웃음소리와 함께 놈이 물었다. 이 순간에도 놈의 눈동자는 끊임없이 보이지 않는 나를 찾고 있었다. 뻔한 수작인 걸 알아서 모습을 드러내는 대신 혈관을 얼렸다. 고통스럽게 신음한 놈은 그래도 굴하지 않고 중얼거렸다.

"넌 그에게 이용당하는 것뿐이다. 그가 진심으로 널 위한다고 생각하나? 아니, 신은 어차피 아무에게도 관심 없어."

핏물이 흐르는 눈동자가 증오를 담고 번들거렸다. 복수심을 불태우는 표정인데 그게 나를 향한 건 아니다. 그게 조금 의아했다. 대체 무엇을 향한 원망이지?

"제가 만든 피조물이 죽어 나가도, 도와 달라 간절히 요청해도 무시하는 것들이 신이다. 그저 찬양을 받기 위해 만들었을 뿐, 필요 없어지면 얼마든지 방관하지. 다른 이가 도륙하도록 선뜻 내어주고 무참히 버린다. 알겠나, 물의 왕? 그게 바로 신이란 족속이다!"

귀를 가볍게 후볐다. 구구절절 쓸데없는 설명이 길어지는 걸 보면 아무래도 뭔가 사연이 있는 것 같은데 그게 단지 내 방심을 끌어내기 위한 시도인지, 정말인 건지. 진위도 모르겠고 그리 알고 싶지도 않았다. 단지 저 녀석이 우리에 대해 아무것도 모른다는 것만은 확실했다. 정령왕 앞에서 신을 논하다니. 잰 정령왕이 나중에 신이 된다는 사실도 모르는 모양이다. 하기야 이건 우리도 최근에야 알게 된 거니 모르는 게 오히려 당연한가. 그마저도 내가 잘못 태어났다 돌아왔기 때문이었으니 어떻게 보면 저놈 덕분에 알게 된 거라고 할 수 있겠다. 놈은 자신이 기여한 바를 꿈에도 모를 테지만.

"신을 아버지라 여긴다고? 그것만큼 어리석은 일도 없지! 날 택해라! 넌 속고 있는 거다! 너도 결국 버림받을 것이다! 무참히 이용당하다가 필요 없어지면 쓰레기가 될 것이다! 나라면 네게 지금보다 더한 권능을 줄 수 있다! 널 농락한 신들을 찢어 죽일 수 있게 해 주마! 널 기만한 형벌의 신이 네게 엎드려 빌게 해 주겠다!"

그냥 처음부터 입을 막아버릴 걸, 괜히 시간만 낭비했다. 세 치 혀로 엘뤼엔을 건드려서 이 꼴이 되고도 감히 또 그 더러운 입에 형벌의 신을 담다니. 머리가 나쁜 줄은 알았지만 학습 능력조차 없나 보다. 그대로 놈의 하반신을 얼린 후 힘을 주어 부서트렸다. 숨넘어가는 소리를 내지르는 입을 틀어막고 혀를 얼리려고 할 때였다.

"자, 자. 엘, 진정해."

누군가가 나를 뒤에서 가볍게 끌어안고 행위를 말렸다. 자연체인 지금의 나를 만질 수 있는 존재는 그리 많지 않다. 목소리만 들어도 누군지는 알았지만 나는 시선을 돌려 내 뒤에 있는 이를 확인했다. 새카만 흑발 아래, 부드러운 빛을 띤 금안이 시선을 맞춰

왔다.

“왜 멈추게 하는 거야, 트로웰.”

“충분히 괴롭히지 않았어?”

“아직 멀었는데.”

“저런, 그래도 이제 그만하는 게 좋겠어. 엘의 이런 모습도 나쁘진 않지만 난 역시 엘이 행복할 때가 좋거든.”

“지금도 행복해.”

“아니지. 지금은 화가 난 거잖아?”

틀린 말은 아니라서 그대로 입을 다물었다. 그만둬야 한다는 것엔 여전히 동의할 수 없었지만. 그 의지를 읽었는지 트로웰이 살짝 난처하다는 표정을 지었다.

“네 기분은 이해해. 솔직히 나도 여기서 끝내게 하는 건 아쉬워. 하지만 이건 근본적인 해결책이라고 할 순 없어. 놈은 각성을 눈앞에 둔 상태야. 이대로 두는 건 위험부담이 너무 커. 지금처럼 하면 계속 묶어 둘 수는 있겠지. 하지만 언제까지? 우리가 세대교체를 이어가며 의무처럼 놈을 감시해야 할까?”

“그건…….”

“게다가 악신의 기운은 극독에 가까워. 그 숨결과 피는 치명적인 오염 물질이야. 시간이 지날수록 오염구역이 점차 넓어지겠지. 설마 이 지역을 폐허로 만들 생각은 아니지? 여긴 네 계약자가 사는 나라이기도 하잖아.”

그 말에 나는 곧장 바닥을 내려다보았다. 그러고 보니 카류안의 피가 스며든 곳마다 흙이 썩어 있었다. 정화를 시도했던 구역도 이런 꼴이 되었었지. 여기도 한동안 아무도 접근하지 못하도록 폐쇄해야 할 것 같은데, 벌써 범위가 꽤 넓었다. 살짝 혀를 차니 트로웰의 눈빛이 한결 부드러워졌다.

"너도 이미 알고 있지, 엘? 지금은 놈을 소멸시키는 게 최우선이야."

"하지만 달리 뭘 어쩔 수 있어? 소멸진은 실패했잖아."

"그거야 다시 만들면 되지."

그 순간 들려온 낭랑한 음성에 나는 곧바로 손을 뻗었다. 마침 재생을 마친 카류안의 몸을 완전히 얼리고 산산이 부서트렸다. 기습적인 행위에 놈은 신음조차 제대로 내지 못하고 그대로 흩어졌다. 분리된 덩어리마다 시큐엘더러 붙잡고 있게 했으니 아무리 놈이라도 재생하려면 시간이 좀 걸릴 것이다. 그런 후에야 목소리가 들려온 곳을 돌아보았다. 그곳에 새카만 머리칼을 지닌 남자가 서 있었다.

"카노스."

"안녕, 엘뤼엔의 아들? 그사이에 꽤 박력 있어졌네?"

그가 언제 온 건지 그 존재조차 까맣게 모르고 있었다. 내가 정말 정신이 없기는 했었나 보다. 물론 조금도 반갑지 않은 만남이었다. 가만히 쳐다봤더니 카노스의 웃는 얼굴이 살짝 움찔했다.

"이제 보니 일부러 트로웰을 앞세웠군요. 내가 그에겐 화를 못 낼 거라고 생각한 건가요."

"냐하하, 눈치챘어?"

나는 그 즉시 얼음창을 만들어 카노스에게 그대로 휘둘렀다. 그러나 회심의 일격은 중간에 가로막혔다. 언제 꺼내 들었는지 그가 낫으로 막아냈기 때문이었다. 자연체 상태인 나를 볼 수 있는 존재이니 어느 정도는 예상했지만 생각보다도 가볍게 막히니 얼굴이 절로 굳었다. 카노스는 조금도 당황하지 않은 기색으로 눈을 휘어 접어 웃었다.

"이런, 경고도 없이 바로 공격부터 하기야?"

"당신 얼굴을 보니 화가 치밀어 올라서요. 열 받으니까 한 대만 맞아요."

"음, 그거 한 대만 맞아도 졸도할 것 같은데?"

"그러니까 하는 말인데요."

"하핫, 누가 엘뤼엔의 아들 아니랄까 봐. 우리 엘, 이런 점은 아버지랑 완전히 판박이구나? 갈등을 폭력으로 해결하는 건 아주 나쁜 방식이야."

"폭력 대신 법이 해결해 줄 수 있는 경우에는 그렇겠죠. 물론 그 법이 폭력보다 더 가혹한 처벌이 되어야 할 거고요. 지금 상황에선 어느 것도 해당하지 않네요. 유감이지만 그냥 폭력으로 해결하죠."

"말투는 전혀 유감이 아닌데? 여기서 연대 책임은 너무 가혹하다고 주장해 봤자 하나도 안 통하겠지?"

"당연한 소리를 하네요."

"그럼 엘뤼엔을 살린 건? 그거로는 정상 참작이 안 될까?"

"……그건 무슨 의미죠?"

"엘뤼엔에게 의식이 없었잖아. 내가 응급조치한 덕분에 다시 정신을 차렸거든. 나 아니었으면 그대로 숨넘어갔을걸? 이건 정말이야."

트로웰을 돌아보니 그가 어깨를 으쓱였다. 내키는 얼굴은 아니었지만 그 말이 사실이긴 한 듯했다. 나는 그제야 천천히 주위를 둘러보았다. 새카맣던 하늘이 어느새 다시 맑아져 있었다. 페르데스가 멀쩡히 서 있는 모습도 보였고, 조금 떨어진 곳에서 무언가를 끌어안고 있는 시벨리우스의 모습도 확인할 수 있었다. 그 앞을 아스가 지키는 중이었다. 하지만 그 어느 곳에서도 엘뤼엔은 보이지 않았다. 다시 돌아본 카노스는 장난스럽게 웃고 있었다. 나는 한숨을 내쉰 후 얼음창을 거두고 증발시켰다.

"엘뤼엔은, 아버지는 지금 어딨어요?"

"아, 이제 드디어 아버지라고 부르기로 한 거야?"

"지금 그런 게 중요한 게 아닐 텐데요."

"우와아, 엘, 정말 볼수록 다른 사람 같…… 알았어, 알았어. 엘뤼엔은 당연히 신계로 돌려보냈지. 지금쯤 치유의 신이 살피고 있을 거야."

자꾸만 화제를 흩트리려는 시도에 노려보았더니 카노스가 얼른 웃으며 제대로 된 대답을 했다. 루세프도 보이지 않는 걸 보면 아마도 그가 데려간 모양이다. 고개를 숙여 내 손을 내려다보았다.

엘뤼엔의 피로 붉게 물들었던 부분은 내가 육체를 벗은 후로는 다시 깨끗해진 상태였다. 그의 상처에 내 치유력은 통하지 않았다. 여기가 정령계였다면 좀 더 다른 결과가 나왔을까.

아크아돈에선 전체적으로 능력에 제한을 받는다. 육체와 물은 오히려 더 다양한 방식으로 활용할 수 있고—가령 지금처럼 카류안 몸 안의 물을 제어한다거나—, 치유력 역시 어지간한 부상에는 다 통하다 보니 지금까지 불편함을 느낀 적이 없었는데, 그를 낫게 할 수 없었을 땐 그 차이를 적나라하게 실감했다. 하지만 아마 본계였더라도 완치할 수는 없었을 거라는 생각이 들었다.

"치유의 상급신은 나보다 치유력이 더 강하겠죠. 그라면 아버지를 낫게 할 수 있나요."

"음, 정화와 치유의 신인 사나시드는 이프리트 출신이라 타고난 운 자체가 좋아. 신계엔 선과나 천상수 같은 치유를 보조해 줄 수 있는 것들도 있고. 그러니 괜찮을 거야."

거기까지 듣고 나니 점차 현실감이 들기 시작했다. 눈앞에서 아른거렸던 잔상이 점차 지워지며 안도감이 차올랐다.

엘뤼엔이 살아 있다.

살아날 수 있는 거구나.

나는 천천히 숨을 고르고 주먹을 한번 쥐었다 폈다. 아직 치료 중이라면 결과는 더 지켜봐야겠지만 지금은 최악을 면했다는 생각만으로도 마음이 놓였다.

"이제 좀 진정했어?"

"……당신을 당장 패지 않고 참을 수 있을 정도로는요."

"오, 꽤 많이 진정했네."

카노스는 싱글거렸다. 비꼬는 게 아니라 진심으로 하는 말이었다. 그 모습을 보니 가슴 안쪽이 왠지 거북해졌다. 단숨에 정의할 수 없는 무언가에 직면한 기분이다. 만날 때마다 느끼는 거지만, 정말 무슨 생각을 하는지 알 수 없는 자였다.

"카……노스……."

그때 바닥에서 미약한 움직임이 느껴졌다. 그사이 머리의 재생을 마친 카류안이 눈을 희게 뜨고 카노스를 노려보고 있었다. 그걸 내려다본 카노스가 빙긋 웃었다.

"안녕, 카류안. 그새 꽤 험한 몰골이 됐구나?"

"네……놈이……왜……."

"아, 혹시나 해서 하는 말인데, 내가 널 구한 거라고 오해하진 마. 네겐 안 들렸겠지만 엘을 멈추게 한 건 널 완벽하게 소멸하기 위해서거든."

"크흐흐……그게 과연, 가능할까?"

히죽 이를 드러내고 웃는 놈의 눈에 선명한 핏발이 섰다. 카노스를 뚫어질 듯 응시하는 시선엔 격렬한 감정이 가득 차올라 있었다. 그 눈동자를 보고 나는 조금 전에 했던 생각을 다시 확신했다. 카류안은 카노스를 증오하고 있었다. 아마도 꽤 오래전부터 쌓아 온 감정이 분명했다. 카노스는 그 시선을 피하지 않았다.

그때 문득 그림자가 어른거린다 싶더니 카류안 앞에 무언가가 번개처럼 내리꽂혔다. 그 정체는 긴 작대기 형태를 한 빛의 창이었다. 하늘을 올려다보니 구름 속에 무장한 천사들이 서 있었다. 그들은 계속해서 창을 던졌고, 빛줄기가 카류안의 주위를 빠른 속도로 포위하기 시작했다. 오래지 않아 빛으로 이루어진 감옥이 완성됐다.

"이건……."

"천군의 결박진이야. 신계에서 쓰는 죄수 포획용 주술 중에서도 가장 강력한 주술이지. 아직 정신 못 차릴 줄 알았는데 제법 대처가 빠르네."

나와 같이 하늘을 올려다본 카노스가 느긋하게 대답했다. 그제야 움직일 정도로 몸의 재생을 마친 카류안이 곧장 창살 앞으로 덤벼들었다. 물론 움켜쥐고 마구 흔들어도 감옥은 꼼짝도 하지 않았다. 물리력이 통하지 않자 놈은 마신을 노려보면서 악을 썼다.

"지금 날 어떻게든 죽여야 할 것이다, 마신! 내가 완벽해지면 가장 먼저 널 무릎 꿇리고 진창에 굴릴 것이다!"

"아, 정말?"

"넌 결코 곱게 죽을 수 없을 것이다! 세상에서 맛볼 수 있는 모든 수치심과 절망을 알게 해 주마! 그 꼴 보기 싫은 눈알을 도려내고 용암을 부어 녹일 것이다! 더러운 벌레를 입안에 가득 처넣고야 말 것이다!"

더는 들어줄 수가 없어서 나는 다시 얼음창을 만들었다. 여전히 주제를 모르고 날뛰는 입을 당분간 닥치게 할 생각이었다. 그러나 막상 실행으로 옮기진 못했다. 카노스가 손을 뻗어 저지한 탓이었다. 불만스럽게 바라봤더니 그가 싱긋 웃었다.

"왜 말리는 거죠?"

"그냥 도발이야. 여기서 굳이 저 아이가 원하는 대로 해줄 필요는 없지 않을까?"

"원하는 대로……?"

이어진 말에 카류안의 표정이 움찔했다. 놈의 허를 찔린 얼굴을 카노스가 부드러운 눈으로 응시하고 있었다. 돌아가는 상황을 보고 나는 얼굴을 찌푸렸다.

"……처음부터 날 진정시킨 이유가 따로 있었군요. 반격의 여지가 있었나요?"

"음, 솔직히 말하면 나도 확신은 못 했어. 그런데 아무래도 맞춘 것 같네."

"자세히 설명해요."

"주신의 계시에 의하면 악신은 저주 속에서 태어나고 고통을 주식으로 삼는다고 하거든. 아직 육신이 남아 있긴 하지만 이미 걘 반쯤은 각성한 상태이기도 하잖아? 자신이 받는 고통도 힘으로 치환할 수 있지 않을까 싶었지."

자신이 받는 고통도 힘으로 치환할 수 있다니, 그럼 고통을 가할수록 오히려 더 강해진다는 거잖아. 그게 사실이라면 정말 말도 안 되는 능력이었다. 황당해져서 돌아봤더니 카류안이 키득거리며 웃고 있었다. 그 순간, 기다렸다는 듯 사방이 진동하며 땅속에서 검붉은 기류가 피어오르기 시작했다. 사기(死氣)가 놈에게 반응하여 급속도로 부풀어 오르고 있었다. 곧이어 크게 폭주한 기류가 우리 쪽을 덮쳐들었다.

바로 그때였다. 혀를 차고 대응하려는데 갑자기 새빨간 불꽃이 피어나더니 검붉은 기류들을 빠르게 집어삼켰다. 고개를 들자 허공에 떠 있는 사람이 보였다. 아름다운 외모만큼이나 화려한 붉은 머리칼이 그 자체만으로도 태양 같은 느낌을 주는 소녀였다.

"이프리트."

"바보야, 거기서 넋을 놓고 있으면 어떡하니?"

그러고 보니 이프리트가 기력을 회복하기 위해 본계로 돌아간 지 꽤 시간이 흐른 참이었다. 슬슬 합류할 시점이라고는 생각했는데 역시나 이쪽의 상황을 지켜보고 있었던 것 같았다. 손을 탁탁 털면서 내려선 이프리트는 조금 화난 얼굴이었다. 그러면서도 눈은 끊임없이 주위를 두리번거리고 있었다. 뭘 찾는지 알 것 같아서 나는 그 수고를 덜어주기로 했다.

"아버지는 여기 없어."

"뭐? 왜!"

"다쳤거든. 신계로 돌아갔어."

"뭐어? 엘뤼엔이 다치다니? 어디가 어떻게 얼마나 다쳤는데? 소멸진을 진행할 때까지만 해도 멀쩡했었잖아?"

"거기까지 봤으면서 몰라?"

"그 뒤론 결계에 가려져서 아무것도 안 보였단 말이야! 아무튼 그때까진 분명히 멀쩡했어! 대체 뭘 어떻게 하면 엘뤼엔처럼 강한 신이 다쳐? 정화진이 실패한 것도 어이없는데 소멸시킨다는 놈은 아직도 멀쩡히 살아 있고! 대체 그사이에 무슨 일이 있었던 거야?"

"상황 보면 짐작할 수 있잖아. 머리가 나쁜 것도 아닐 텐데 알아서 판단하지그래."

"지금 그걸 말이라고 해?"

"이프리트, 시끄러워."

"너, 너어, 지금……!"

"지금도 충분히 짜증나니까 날 더 자극하지 마."

숨을 크게 삼키는 소리가 들렸다. 나를 바라보는 이프리트의 얼굴엔 믿을 수 없다는 표정이 가득했다. 나는 입을 벙긋거리는 이프리트를 무시하고 카류안 쪽을 바라보았다. 놈이 있던 장소는 사기로 가득 채워져 검은 덩어리가 되어 있었다. 각성에 들어갔을 때와 매우 흡사한 현상이라 느낌이 별로 좋지 않았다. 쭉 느긋하게 있던 카노스도 이번엔 조금 곤란한 표정이었다.

"결박이 그리 오래 버티지 못하겠어. 서둘러야겠네."

"소멸진을 다시 만들어야 하는 건가요?"

"그래야겠지."

"바로 시작하셔도 괜찮습니다. 저는 준비되어 있습니다."

그때까지 그림처럼 고요히 서 있던 페르데스가 앞으로 나서며 말했다. 처음에도 그랬듯이 이번에도 역시 일말의 망설임도 없는 모습이었다. "자, 잠깐 기다려!" 그 순간 황급히 소리친 이프리트가 두 팔을 벌리고 그녀의 앞을 막아섰다. 그리곤 놀란 페르데스의 얼굴을 뚫어지게 바라보았다.

“정말이네. 정말 미네르바잖아?”

“이프리트.”

“그래, 이게 무슨 상황인지는 알아. 네가 소멸하러 내려올 때 나도 그 모습을 정령계에서 보고 있었으니까. 네 생각 충분히 알았고 이해도 했어. 하지만 이건 아니지. 왜 또 너야? 우리더러 네가 죽는 모습을 두 번이나 지켜보란 거야?”

“하지만 원래 내가 하기로 한 일이야.”

“그러니까 그게 싫다는 거잖아! 다른 방법 없어, 마신? 그렇게 많은 생명을 잡아먹은 놈이잖아! 마지막까지 꼭 누구 하나를 잡아먹고 가게 내버려 둬야 해? 그냥 저놈만 죽이라고!”

“이프리트, 진정해. 정화가 실패했잖아. 더는 방법이…….”

난처한 표정을 한 페르데스가 어떻게든 이프리트를 달래려고 할 때였다. 꿈틀거리는 검은 덩어리를 물끄러미 바라보고 있던 카노스가 가볍게 자신의 턱을 쓸었다.

“흠, 어쩔까…….”

“카노스?”

“불의 왕이 한 말이 틀린 건 아니지. 그렇게 많은 희생이 있었는데 또 무고한 생명을 희생하는 건 너무 안타깝긴 해. 어때, 정화를 다시 시도해 볼래?”

“……그게 돼?”

질문한 사람은 트로웰이었다. 페르데스가 나설 때만 해도 차분하던 그는 희망을 담은 말에 오히려 더 동요하고 있었다. 페르데스도 당황해서 물었다.

"정화진을 다시 만들자는 말씀입니까? 그건 어렵습니다. 처음의 정화진도 상급신을 전부 동원해서 만든 겁니다. 그걸 받치는 사방진 역시 상당량의 마나가 필요하긴 마찬가지입니다. 시간도 신력도 터무니없이 부족합니다."

"물론 이번엔 다른 방식으로 해야지. 처음 방식보다는 성공 확률도 낮고, 후유증도 꽤 크겠지만. 시도해 볼 방법이 전혀 없는 건 아니거든."

"정화할 방법이 있다고요?"

내가 묻자 카노스가 팔을 들어 올렸다. 그러자 가볍게 주먹 쥔 손을 중심으로 새카만 낫이 나타나기 시작했다. 결계를 깨트렸을 때와 내 공격을 막아냈을 때 꺼냈던 무기였다.

"심판관."

"맞아."

맞춘 게 기특하다는 듯 카노스가 맑게 웃었다.

"심판관엔 주신의 힘이 깃들어 있지. 이걸 쓰면 카류안을 정화할 수 있을지도 몰라. 대신 심판관은 영원히 잃겠지만."

"그건, 그건 안 됩니다. 너무 무모합니다."

얼굴이 새하얗게 질린 페르데스가 급히 고개를 저었다.

"왜?"

"성공할 수 있을지 확신도 할 수 없는 거잖습니까. 그런 일에 주신의 힘이 담긴 무기를 함부로 쓸 수는……."

"어차피 심판관은 나밖에 못 다뤄. 아, 이제 엘뤼엔도 쓰던가. 어쨌든 대체로 쓸 일이 거의 없는 무기라는 소리야."

"하지만 주신의 힘이 깃든 무기는 그것 하나뿐이죠."

낯선 목소리가 끼어든 건 그때쯤이었다. 놀라 돌아보니 바로 뒤에 처음 보는 사람이 서 있었다. 얼굴을 거의 다 가릴 만큼 큼직한 안경을 쓰고, 은회색 머리카락을 길게 땋아 내린 한 남자였다. 강박증에 가까워 보일 정도로 온몸을 꼼꼼히 감싼 차림에서 짙은 안개 냄새가 풍겼다. 이와 비슷한 냄새를 명계에서도 맡은 적이 있었다. 왠지 묻지 않아도 그의 정체를 알 것 같았다. 이 정도로 강한 저승의 기운을 품을 수 있는 존재는 하나뿐일 테니까.

"명계의 신 섀넌인가."

트로웰이 중얼거리는 소리는 내가 예상한 그대로였다. 카노스는 조금도 놀라지 않은 얼굴로 어깨를 으쓱였다.

"잔소리쟁이가 오셨군."

"……카노스, 제발 이러지 마십시오."

섀넌이라는 남신은 몹시 지친 목소리였다. 안경 때문에 얼굴이 거의 보이지 않았지만 그의 표정이 굳었다는 것만은 알 것 같았다.

"뭘 이러지 마?"

"심판관은 안 됩니다. 주신은 오래전에 잠들었고, 이제 그의 힘을 구할 수 있는 수단은 몇 가지에 불과합니다. 심판관은 그중에서도 가장 뚜렷한 형태로 존재하는 겁니다. 그 힘은 우리가 지닌 최후의 공격이자 방어선입니다."

"악신이 태어나는 것보다 더 큰 일이 뭐가 있다고? 딱 필요한 때에 올바른 방식으로 쓰는 것 같은데?"

"앞으로 이런 일이 또 생기지 말라는 법도 없습니다. 그땐 어쩌실 겁니까?"

"그건 그때 가서 생각해야지."

"카노스!"

답답하다는 듯 외치는 이름에 카노스는 할 말이 있으면 하라는 눈으로 그를 바라보았다. 섀넌 역시 물러서지 않고 도전적으로 그를 응시했다.

"꼭 이렇게까지 하셔야겠습니까? 당신은 늘 그렇습니다. 가장 간단한 방식을 두고 항상 멀리 돌아갑니다. 이번 일만 해도 그렇습니다. 이건 처음부터 일어나지 않을 수도 있는 일이었습니다. 그걸 굳이……!"

"섀넌."

카노스의 음성이 낮아졌다고 느낀 건 착각이 아닐 것이다. 섀넌의 어깨가 눈에 띄게 움찔했다. 그를 바라보는 카노스는 변함없이 웃고 있었다.

"아까부터 재밌는 말을 하는데. 내가 너희와 반목하지 않는 것도, 내가 굳이 어려운 방식을 택하기 때문이야."

"……알고, 있습니다."

말문이 막힌 듯 입을 다물던 섀넌이 한참 만에야 간신히 대답했다. 기묘한 위화감이 들었다. 명계의 신이라면 마신인 카노스와 더불어 최고신 중 하나였다. 아마도 누구보다 오랫동안 카노스를 알아 왔을 존재이기도 했다. 그런데 섀넌은 오히려 엘뤼엔보다도 그를 어려워하는 것 같았다.

"그럼 이야기는 끝난 거지?"

둘 사이에서 흐르던 숨 막힐 듯이 무거운 분위기를 깨트린 건 카노스가 먼저였다. 이번엔 섀넌은 그저 가만히 신음을 흘리기만 했다. 나는 즐거워 보이는 카노스 쪽으로 시선을 돌렸다. 강제로 체념한 듯한 명계의 신에겐 미안한 일이지만 다행이라고 생각했다. 지금은 그리 와 닿지도 않는 심판관의 상징성보다는 페르데스가 죽지 않아도 된다는 사실이 더 중요했으니까. 정작 당사자인 페르데스는 몹시 난처해하는 모습이었지만.

"이제 어떻게 하는 거죠?"

"구조는 기존 정화진과 비슷해. 심판관을 중심으로 사방진을 짤 건데, 그걸 인도할 수 있는 이 세계의 음양의 기운이 두 개씩 필요해. 힘은 강할수록 좋으니까 이왕이면 그 역할을 정령왕들이 해 주면 좋겠어."

하늘에 속하는 불과 공기는 양기, 지하에 속하는 물과 흙은 음기에 해당한다. 둘씩이라면 결국 정령왕 넷이 다 필요하다는 뜻이었다. 그러자 같이 설명을 듣던 이프리트가 얼굴을 찌푸렸다.

"우린 상관없지만 미네는 힘들어. 역소환 된 이후로 아직도 깨어나지 못한 상태야. 아마 회복하려면 며칠은 더 걸릴 거야."

"흠, 그럼 아쉬운 대로 한쪽 양기는 다른 데서 끌어와야겠네. 드래곤은 동원할 수 있겠어?"

"아, 그거라면 가능해. 안 그래도 다들 벼르고 있거든."

이어진 이프리트의 설명에 의하면, 정화진이 무너진 직후 바람의 진을 맡았던 아네아가 로드인 디아곤을 찾아가 모든 상황을 알렸다고 한다. 각 일족에서 가장 강한 자들만을 뽑아 몇 날 며칠 공들여 만든 진이 허무하게 무너진 것에 그들 일족은 자존심이 크게 상했다. 그래서 다들 카류안에게 이를 갈며 전투 준비를 하고 있다는 내용이었다.

"다만 문제는 처음 정화진을 만들 때 다들 힘을 너무 많이 소모했다는 거야. 지금 바로 동원할 수 있는 드래곤 중에서 양기를 지닌 건 레드 일족밖에 없어."

"그건 곤란한데. 안 그래도 정령왕들의 기운에 밀릴 텐데 숫자까지 부족하면 균형이 너무 안 맞아."

"그럼 어떡해?"

"차라리 정령왕 쪽의 힘만 쓸까. 둘의 힘을 사방진에 골고루 분배하고 드래곤은 그걸 방진 위치에서 받치기만 하는 게 좋겠어. 음기 쪽에서 가장 멀쩡한 일족은 뭐야?"

"블랙 일족일 거야."

"그럼 정화진에 그 두 일족을 쓰기로 하고, 너희도 땅과 불만

참여해 줘. 전체적으로는 약해지겠지만 균형이 틀어지는 것보단 낫겠지."

뭐야, 그럼 나는 빠지는 건가. 음양의 기운이 서로 균형이 맞아야 하니 둘만 뽑히는 건 어쩔 수 없었고, 그걸 받칠 수 있는 드래곤과 속성을 맞춰야 하는 것도 당연했다. 하지만 빈번히 나만 정화진에 참여하지 못한다고 생각하니 기분이 조금 가라앉았다. 그러자 그럴 줄 알았다는 듯이 카노스가 나를 돌아보았다.

"마침 잘됐네. 엘에겐 다른 일을 맡길게."

"……그게 뭐죠?"

"저 아이의 남은 조각을 회수해 줘."

이어진 말에 나는 얼굴을 찌푸렸다. 뜻을 이해하지 못해서가 아니라 그제야 생각이 미친 탓이었다. 그러고 보니 아직 대공이 남아 있었다. 첫 정화진과 소멸진이 실패한 것도 전부 그 녀석이 원인이기도 했다.

"각성이 코앞이니 그리 멀리 두진 않았을 거야. 근방에 있겠지. 정화를 또 방해하면 곤란하니 그 전에 붙잡아 주면 좋겠어."

"그건 생포하라는 소리인가요?"

"맞아, 지금 죽이면 조각이 본체로 다시 돌아오게 되거든. 그럼 카류안의 힘이 더 커지겠지. 정화진이 약간 불안정하니 여기서 조건이 달라지면 안 돼."

생각보다 까다로운 조건이었다. 내가 죽이지 않더라도 대공이 자결하려 할 수도 있을 텐데, 그것까지 막아야 한다는 소리였으니까. 밟아 죽여도 시원치 않을 놈을 보호까지 해야 한다고 생각하니 얼굴이 절로 찌푸려졌다. 카노스가 그런 내 모습을 신기하다는 듯이 바라보았다.

"이야, 시간이란 참 무서운 거야. 한때는 내 팔을 잘라내지도 못하고 끝까지 안절부절못하던 순딩이가 이제 죽이지 못해 아쉬워하는 거야? 어쩌다 이렇게 됐을까?"

"글쎄요, 뭐가 달라졌는지는 잘 모르겠지만 내가 변했다면 당신도 꽤 공헌했을걸요."

"이것 봐, 이것 봐. 이제 말로도 안 지잖아. 와아, 딸을 시집보내는 게 바로 이런 기분인가?"

"역시 맞고 싶은가 보네요."

"농담이야, 농담. 자아, 어쨌든 서두르는 게 좋을걸. 지금 그 조각은 각성을 위한 마지막 제물을 찾고 있을 테니까."

그 순간 머릿속을 가득 채우던 불만이 그대로 증발했다. 살짝 멈칫했다가 카노스를 돌아보았다. 의미심장하게 웃는 얼굴을 보자 머릿속이 점차 차갑게 식어 갔다.

악신의 마지막 각성에 필요한 건 어린 인간의 심장 하나.

이 조건에 해당하는 존재가 바로 근처에도 있었다.

제6화

1.

슈텔 남작가는 건국 시기에 작위를 받은 후로 눈에 띄는 활약 없이 근근이 혈통을 이어온 작은 가문이었다. 전통 있는 무가로서 사병도 보유하고 있었지만 특출한 전사를 배출하진 못했다. 몇 대 전부터는 투자한 사업이 연이어 실패하는 바람에 재정난도 앓았다. 별다른 일이 있지 않아도 조만간 사병과 저택을 처분할 일만 남은, 평범한 몰락 귀족이 될 예정이었다.

그렇기에 남작의 딸인 아니카가 대공을 거스르고 친황파의 식솔을 도왔을 때나, 그로 인해 가문의 남자들이 끌려가듯 출정하게 되었을 때도 큰 반향을 끌진 못했다. 다들 어차피 망할 가문이 그 시기가 앞당겨진 것쯤으로 보았다. 당사자인 남작과 그 아들들조차 그렇게 생각했다.

하지만 상황은 모두의 예상과는 다르게 흘러갔다. 그들에겐 뜻밖의 기회가 주어졌고, 그 기회를 놓치지 않은 남작의 결단으로 그림 같은 결과를 얻었다. 슈텔 남작가는 대공 편에서 출정한 가문 중에서 황제의 진노를 피한 유일한 가문이 되었다. 그것만으로도 천만다행이었을 텐데 찾아든 행운은 거기서 끝나지 않았다.

올해로 스물다섯. 슈텔 남작의 장남이자 차기 가주인 루이스 드 슈텔은 꿈을 꾸는 기분이었다. 그는 자신에게 건네지는 제복을 멍하니 바라보았다. 하얀색의 슈트와 어깨에 달린 은색 견장, 푸른 띠와 망토로 구성된 제복은 기사라면 모두가 선망하는 제복이기도 했다. 바로 황제의 친위대가 입는 제복이었으니까.

무가의 장남으로 태어나 철이 들기도 전부터 기사로 내정된 그의 오랜 목표는 황제의 친위대가 되는 것이었다. 그러나 친위대는 황실의 오랜 전통에 따라 자작 이상의 귀족이거나 그 자제만 들어갈 수 있었다. 남작 가문인 그에겐 입단 시험을 치를 자격조차 주어지지 않았다. 평생 동안 동경이자 원망의 대상이었고, 체념하면서도 끝내 떨쳐내지 못한 미련이었던 바로 그 제복이 지금 자신의 손에 들려 있었다.

"친위대 입단을 축하하네, 루이스 경. 약식이라 일단은 제복만 선지급되고, 갑옷과 소속 패는 나중에 정식으로 입단식을 치를 때 황제 폐하께서 직접 내려주실 것이네."

황제라는 말에 심장이 덜컥 내려앉았다. 루이스는 그제야 정신을 차리고 다급히 고개를 들었다. 그러나 아무리 다시 봐도 눈앞에 있는 사내가 황제의 친위대 대장인 케이 드 세리크 백작이라는 사실은 변하지 않았다. 그 혼란의 밤에 황제를 데리고 무사히 탈출한 공신 중의 공신, 죽었다는 소문이 무성했으나 끝내 살아 돌아온 불사의 기사였다. 그가 자신에게 직접 제복을 건네주었다는 사실도 여전히 그대로였다.

"저어……."

"뭐지?"

"제가, 제가 정말 친위대가 된 겁니까?"

물으면서도 루이스는 자신이 정말 멍청한 질문을 한다고 생각했다. 그러나 케이는 한심해하는 대신 가볍게 웃으며 답했다.

"틀림없는 친위대 기사네."

친위대 기사네. 친위대 기사네. 그의 낮은 목소리가 머릿속에서 메아리처럼 반복됐다. 그대로 황홀한 감각에 빠져 넋을 잃으려는 걸 루이스는 간신히 참아냈다. 아직 마음을 놓을 때가 아니었다. 편하게 받아들이기엔 이 모든 상황이 지나치게 비현실적이었다.

일의 발단은 마틴 성의 전투가 끝난 직후였다. 그때 루이스와 그의 병사들은 대공군 쪽에서 대기하고 있다가 몰래 성문을 여는 역할을 맡았었다. 작전은 대성공이었고, 이후엔 난전 속에 섞여들어 무조건 베고 찌른 기억밖에 없었다. 전투가 다 끝나고서야 자신이 황제 근처에 있었다는 사실을 깨달았을 정도였다. 승전을 함께했다곤 하나 본래는 반역 가문의 명단에 올라 참수당했을 운명.

포상은 감히 언감생심이었고, 살아남았다는 안도감밖에 없었다. 그런데 그때 한 친위대의 기사가 다가와 그의 관등 성명을 확인하더니 지나가는 어조로 친위대에 관심이 있는지를 물었다. 몇 가지 시험을 치러보겠냐는 제안을 받았을 땐 그냥 별다른 생각 없이 응했다. 설마 그게 친위대 입단 시험일 거라고는 상상도 하지 못했다. 합격했다는 말을 들을 줄은 더더욱 몰랐다. 어쩌면 착오일지도 몰랐다. 아니, 틀림없이 착오일 것이다. 기쁨이 단숨에 절망으로 바뀌지 않으려면 일단은 침착해야 했다.

"저어, 혹시 뭔가 착오가 있는 건 아닌지요. 저는 기사이고 준남작의 자격을 갖고 있긴 합니다만 아직 정식 작위가 없습니다. 게다가 아버님도 남작이십니다만."

"아아, 그거라면 입단 규정이 바뀌었네."

"예? 규정이 바뀌었다고요?"

"황제 폐하께선 친위대 입단 조건이 여러모로 불합리하다고 생각하셨다네. 실력 있는 기사가 신분 때문에 친위대가 될 수 없는 걸 안타까워하셨지. 그래서 인원을 새로 보충하기에 앞서 규정을 대대적으로 개편하셨네. 이제 기사라면 누구든 입단 시험을 치를 수 있네."

"그, 그렇군요."

다시금 머리가 멍해졌다. 루이스는 숨을 크게 삼킨 후에 하염없이 제복을 내려다보았다. 이제야 정말로 자신이 친위대에 들어갔다는 실감이 들었다. 그런 그의 모습을 흐뭇하게 바라보던 케이가 말했다.

“아, 하지만 규정이 그대로였더라도 자네는 해당했을 거네.”

“예?”

“아직 소식을 듣지 못했나? 슈텔 남작님이 이번 내전의 공훈으로 동부 헤레이스의 일부 봉토와 자작의 작위를 받게 되신다네. 남작 위는 자네에게 돌아가겠군.”

“예에?”

“이제 슈텔 가가 자작 가문이라는 소리지.”

한동안 이해하지 못해 멀뚱거리던 얼굴에 경악이 떠올랐다. 멸문을 피한 것만으로도 천운이라 생각했는데 포상으로 상위 작위와 봉토라니! 심지어 동부에 있는 헤레이스라면 루비 광산으로 유명한 곳이었다. 제국을 대표하는 질 좋은 루비는 전부 이곳에서 생산된다고 해도 과언이 아니었다. 그중 하나만 받아도 가문의 오랜 재정난을 해결하고도 남을 것이다. 믿기지 않는 소식에 눈을 깜빡이던 루이스의 얼굴이 차츰 어두워졌다. 굳어지는 그를 보고 케이가 고개를 갸웃거렸다.

“별로 기뻐 보이지 않는군?”

“포상이 너무 과합니다. 폐하의 위명에 해가 되지는 않을까 염려스럽습니다.”

가주의 올바른 결정으로 그들 가문이 목숨을 건지긴 했으나 결과만 놓고 보면 배신한 것이었다. 어느 쪽에서든 힐난하자면 충분히 비난할 수 있는 일이었고, 각오도 했다. 그런 중에 포상까지 두

둑이 받는다면 비난의 시선이 더 크게 따라붙을 것 같았다. 자신들은 의당 치러야 할 대가라 하더라도, 황제까지 손가락질하는 이들이 있을까 두려웠다. 그러자 케이가 실소했다.

"경은 겸손이 지나치군. 마틴 성 전투 승전의 일등 공신인 가문에게 당연한 포상이네. 성문 안쪽에서 아군이 들어올 길을 터 주지 않았나. 위험하고 어려운 역할을 참으로 잘해 주었네. 공신에게 내리는 포상이 크다 해서 폐하의 위명이 상할 일이 뭐가 있겠는가."

루이스의 표정이 흔들렸다. 그들이 성문을 연 게 도움이 된 건 사실이지만 어차피 황제군이 거의 다 이긴 전쟁이었다. 전투를 시작하기도 전부터 대공 군은 이미 패색이 짙은 상태였다. 굳이 그들 가문이 나서지 않았더라도 황제군이 이겼을 것이다. 솔직히 말해서 그들은 다 차려진 상에 수저만 얹은 셈이었다. 그래서 그저 살아남았다는 사실에만 감사하기로 했다. 그런데 일등 공신이라 하니 감정이 크게 격동했다.

"과하다 생각지 말게. 슈텔 가문은 아니카 영애가 보인 의기만으로도 충분히 포상받을 만하네. 남작님과 자네 형제가 대공 편으로 출정한 것도 영애와 가문을 지키기 위한 선택인 것 역시 잘 알고 있지. 그걸 탓할 수 있는 사람은 아무도 없을 거네. 오히려 자네들이 그런 성품이 아니었다면 폐하께서도 품지 않으셨을 것이네."

"감사……합니다."

힘겹게 고개를 숙이는 그의 어깨를 케이가 가볍게 두드렸다. 루이스는 두 손에 쥔 제복을 꽉 움켜쥐었다. 황제가 내린 은혜에 보답하고 싶었다. 평생 그의 그림자로서 그를 지키며 내 모든 것을 바치리라. 루이스는 가슴 깊이 맹세했다.

그게 바로 어제 있었던 일이었다.

그날 황제의 친위대엔 루이스까지 포함하여 총 열 명의 신입이 새로 뽑혔다. 앞으로도 차근차근 입단 시험을 치러 추가 인력을 계속 뽑을 예정이라고 했다. 본래는 입단식을 치른 후에 배속하는 것이 원칙이지만 내전 이후로 친위대의 인력이 몹시 부족해진 상태였기에 루이스는 정식 입단식을 치르기도 전에 근무부터 시작하게 됐다. 다른 신입도 모두 마찬가지였다.

"새로운 내 사람들인가? 앞으로 잘 부탁한다."

이른 오전, 신입 친위대원들이 정복을 제대로 갖춰 입고 황제 앞에 섰다. 처음으로 군신의 인사를 나누는 자리였다. 황금빛으로 찬란하게 빛나는 황제가 웃으며 말했을 땐 너무 긴장한 나머지 목구멍으로 심장이 튀어나오는 듯했다. 이후로도 몇 마디 말이 더 이어졌으나 머릿속이 하얗게 빈 루이스는 하나도 기억하지 못했다. 정신을 차렸을 땐 동기들과 회의장 밖을 지키는 중이었다. 한시름을 놓은 루이스는 크게 심호흡한 후 연신 주먹을 쥐었다 폈다. 황제와 악수할 때의 감촉이 여전히 남아 있는 것 같아서 마음이 좀처럼 진정이 되지 않았다. 그런 그에게 옆에 서 있던 기사가 말을 걸어왔다.

"저, 루이스 드 슈텔 경이시죠?"

"예? 어떻게 저를……?"

"마틴 성 전투에서 활약하시던 모습을 멀리서 뵈었습니다. 저도 참전했었거든요. 레나스 드 슈미온입니다."

"아, 혹시 슈미온 남작님의?"

"네, 차남입니다."

"앗, 저는 미드엘 드 라하스입니다."

"저는……."

신입 친위대들은 그제야 서로 통성명을 하고 인사를 나눴다. 가벼운 잡담이 오가자 경직되어 있던 분위기도 한결 편안해졌다.

"아깐 떨려서 죽는 줄 알았습니다."

"저도요. 황제 폐하를 이렇게 가까이서 뵙다니. 이제야 그분의 기사가 됐다는 실감이 드네요."

"참, 그거 압니까? 황제 폐하가 정령왕의 계약자라고 하시던데요."

"네? 그게 정말입니까?"

"참전군 사이에 소문이 파다하던데요. 선봉에 섰던 이들은 모두 봤다고 합니다."

"세상에……."

"황제 폐하는 마신이 내리신 분이 틀림없습니다. 마틴 성의 전투에서 승전하신 날엔 하늘에 빛줄기가 나타나지 않았습니까?"

"아, 맞아요. 아는 사제한테 들었는데 그게 성력 덩어리랍니다.

괴물들을 정화한다는 말이 있더군요. 그래선지 괴이한 비명을 들었다는 사람도 많고요."

"아, 저도 들은 것 같습니다."

"저도요."

특별한 이능과 특별한 징후. 전설에서나 등장하는 일들을 그들은 직접 눈으로 실감하고 있었다. 그때까지만 해도 루이스의 기분은 하늘 위를 둥둥 떠 있었다. 물에 빠져도 두둥실 떠오를 거라고 확신할 수 있을 만큼 온몸이 가벼웠다. 세상이 기쁨으로 찬란하게 빛나는 것 같았다. 단언컨대 최상의 날이었다.

그런데 어째서 이런 일이 벌어진 걸까.

콰직! 콰아아앙!

"히이익!"

사방에 진동하는 요란한 소음에 루이스는 자기도 모르게 비명을 질렀다. 몸에 힘이 들어가지 않고 다리가 후들후들 떨렸다. 꼴사납게 웅크린 건 다른 신입들도 마찬가지였다. 선배 친위대원들은 그나마 의연히 버티고 있었으나 모두 얼굴이 하얗게 질려 있었다. 그러지 않을 수가 없는 상황이긴 했다. 눈앞에서 믿을 수 없는 일들이 연이어 벌어지고 있었으니까.

갈라진 하늘 사이, 빛이 쏟아지는 새하얀 구름 속. 일반적으로는 사람이 있을 수 없는 그 공간에 수백의 사람이 보였다. 심지어 양쪽에 커다란 날개를 단 천사들이었다. 정말 말도 안 되는 상황이었다.

시작은 급작스러웠다. 루이스는 덜덜 떠는 와중에도 차분히 기억을 더듬어갔다. 인사를 나눈 동료들과 본격적인 대화를 이어가던 중이었다. 한창 수다 꽃을 피우던 신입 친위대원들은 불쑥 끼어든 음성에 깜짝 놀라 입을 다물었다.

"허어, 이번 신참들 안 되겠네. 경비를 서랬더니 임무 중에 잡담질입니까?"

그들 앞에 나타난 건 금발에 녹안을 지닌 젊은 기사였다. 그가 친위 대장의 부관이자 부(副)대장인 알렉 드 이르완 자작이라는 걸 알아본 이들이 사색이 되어 자세를 바로 했다.

"부, 부대장님."

"친위대 훈련이 얼마나 빡센지 아직 안 받아보셨지? 첫날부터 연무장으로 직행하고 싶습니까?"

"시정 하겠습니다!"

우렁찬 외침에 알렉이 짓궂게 웃을 때였다. 돌연 그가 얼굴을 굳히더니 회의장 문을 열어젖히고 뛰어들어 갔다. 당황해서 뒤따르던 루이스는 눈에 들어오는 방 안의 광경에 눈을 크게 떴다. 황제 앞에 처음 보는 이가 서 있었기 때문이었다.

그는 새파란 머리칼을 지닌 신비한 느낌의 소년이었다. 분명 회의가 시작하기 전에는 보지 못했던 사람이었다. 한 번이라도 봤다면 잊히기도 쉽지 않은 외모니 잘못 기억할 리가 없었다. 그렇다는 건 갑자기 등장했다는 말이 된다. 하지만 황성엔 마나 가공을 막는 마법 결계가 펼쳐져 있었다. 공간 이동 마법을 활용한 기습을 막기 위한 방어진이다. 그러자 동시에 머릿속을 스치는 생각이 있었다.

'황제 폐하가, 정령왕의 계약자라고…….'

자기도 모르게 바라보자 시선이 마주친 알렉이 고개를 끄덕였다. 그 뜻을 이해한 신입들 모두가 조용히 경악했다. 이후 소년은 모두의 눈앞에서 물보라를 일으켜 보임으로써 자신의 정체를 완벽하게 드러냈다. 정령왕. 정말로 물의 정령왕이었다.

하지만 그땐 이미 창밖에서 더 기상천외한 일이 벌어지는 중이었다. 먹구름이 가득 차오른 하늘에 사람 하나가 우뚝 떠 있었다. 그가 빛으로 된 활을 쏠 때마다 사방이 온통 진동했다. 더 경악스러운 건 그다음 광경이었다. 마구잡이로 쏜 화살에 무언가가 깨지는 듯하더니 공중에 결박된 사람들이 드러난 것이다. 모두 온몸에 가시가 박혀 피를 철철 흘리는 모습이었다. 그걸 본 정령왕이 급히 자리를 떠나 그쪽으로 향했고(여기서 그가 정령왕이라는 사실을 다시금 실감했다) 이후 공중에 몇 사람이 더 나타나면서 결박된 자들이 곧 풀려나는 듯했다. 그러자 이번엔 하늘이 빠르게 개더니 구름 속에서 천사들이 등장했다. 다음으로 이어진 건 한 여인이 황금빛을 흩뿌리며 하강하는 장면이었다. 누가 보더라도 신의 강림이었다. 그 뒤로 루이스는 계속 떨기만 했다. 아무리 멈추려 해도 몸이 떠는 걸 막을 수가 없었다. 머리로는 이해하지도 못하는데 본능이 알아서 굴종하는 것 같았다.

대체 무슨 일이 벌어지고 있는 건지 조금도 짐작할 수가 없었다. 구름 속에서 천군이 나타나고 신이 강림하다니. 건국 신화에서조차 이런 엄청난 기록은 존재하지 않았다. 설령 있었더라도 과장된 허풍이라 여겼을 것이다. 그런 걸 생눈으로 목격하려니 정신이 다 아득해졌다.

그리고 바로 조금 전, 한동안 잠잠하던 땅에 다시 소음과 진동이 울려 퍼진 상태였다. 문득 주위가 고요해졌다는 생각에 루이스는 천천히 고개를 들었다. 하늘을 가득 채우고 있던 천군의 모습이 보이지 않았다.

"아, 망했네."

이제 다 끝난 건가 싶었는데 옆에서 낮은 음성이 들려왔다. 루이스는 힐끔 눈을 굴려 음성의 주인을 확인했다. 시선을 가장 먼저 사로잡는 건 붉은 보석을 그대로 빚어 만든 것 같은 머리칼과 그와 같은 색의 눈동자였다. 헤레이스에서 생산되는 최상급 루비도 저보다 아름다운 붉은색을 내지는 못할 것이다. 그 선명하고 화려한 색이 조각 같은 이목구비와 더불어 기막힌 조화를 이루고 있었다. 외모에 숨 막힌다는 게 뭔지 알 수 있을 만큼 아름다운 남자였다. 그 역시 어느 순간 갑자기 나타났었다. 정령왕이 황제에게 남기고 간 자이기도 했다.

"라피스 님, 뭐가 어떻게 된 겁니까?"

"소멸진이 실패했나 본데."

황제의 질문에 라피스라 불린 남자가 떨떠름한 표정으로 답했다. 돌아가는 상황을 이해하지 못해도 실패라는 단어의 뜻만은 누구나 알아들을 수밖에 없었다. 그를 주시하던 모두의 얼굴이 단숨에 굳었다.

"실패했다고요?"

"그래, 저쪽 기척이 완전히 사라졌어. 아무래도 결계에 갇힌 것 같네."

"그럼 이제 어떻게 되는 겁니까?"

"알 게 뭐야. 젠장. 일을 대체 어떻게 하는 거야? 뭔 놈의 신들이 저거 하나를 못 막아?"

신경질적으로 머리를 쓸어넘긴 후 그가 황제를 향해 서늘한 시선을 보냈다.

"야, 일단 말해 두는데. 앞으로 무슨 일이 생겨도 정령 꺼내지 마라."

"네? 하지만……."

"정령 소환 능력은 양날의 검이야. 무엇보다 강력한 무기지만 잘못되면 계약자까지 다치게 하지. 넌 저게 공격해 오면 네가 막을 수 있을 것 같냐?"

"아뇨."

"잘 아네. 괜히 정령 꺼냈다가 역소환 돼서 다치기라도 하면 오히려 더 골치 아파져. 약해빠진 놈은 그냥 얌전히 보호나 받아."

"……네."

시무룩해진 황제가 고개를 끄덕였다. 존경하는 황제를 무시하는 건방진 남자의 태도는 일련의 상황으로 혼비백산한 상태였던 루이스의 정신을 되돌렸다. 그는 옆에 있던 알렉에게 속닥였다.

"부대장님, 대체 저 사람은 누굽니까? 누군데 저렇게 무례한 태도를 폐하께서 그저 보고 넘기시는 겁니까?"

"음, 누군지는 모르지만 폐하의 지인이죠. 엘 님과 친한 사이기도 하고요."

"엘 님?"

"정령왕 엘퀴네스 님 말입니다."

"호, 혹시 저 남자도 정령왕입니까?"

"그건 아닌 것 같고…… 엄청 강한 마법사라고 하던데요. 간단한 마법은 주문도 외우지 않고 쓴다더라고요."

"그럼, 인간일 수도 있다는 뜻입니까?"

"그렇긴 한데, 인간처럼은 안 생겼지 않아요?"

과연 그렇긴 했다. 생김새는 분명히 인간의 형태이긴 했으나 저만큼 아름다우면 도저히 인간이라 생각할 수가 없는 게 사실이었다. 얼결에 고개를 끄덕이던 루이스는 다시 화들짝 정신을 차렸다. 지금 그 말에 동조할 때가 아니었다.

"하지만 지나치게 외모가 뛰어난 인간일 수도 있는 거 아닙니까? 인간이 아니라면 저자도 진작 정령왕이 있는 쪽으로 갔을 텐데 가만히 있지 않습니까. 그리고 저자가 인간이라면 일국의 황제에게 지금 굉장한 무례를 범하고 있는 거 아닙니까?”

“그렇……긴 하죠?”

“제가 가서 정체를 묻겠습니다. 그리고 저자의 무례를 짚어야겠습니다.”

“아하, 알겠다. 슈텔 경, 그 타입이죠? 추리 소설 같은 데서 꼭 눈치 없이 나서서 가장 먼저 살해당하는 타입.”

“예?”

“그러지 않는 게 좋을 거라는 소리였습니다. 가만히 있어요. 이건 선배로서는 충고이고, 부대장으로서는 명령입니다.”

루이스는 불만스러운 표정으로 입을 다물었다. 주위를 돌아보니 친위 대장인 케이는 물론, 카웰 공작과 다른 이들도 참견할 생각을 하지 않는 것 같았다. 누구보다 황제 폐하를 우선으로 둬야 할 이들이 이렇게 소극적인 태도라니. 루이스는 침통한 기분을 느꼈다. 이럴 때야말로 자신이 폐하를 지켜야 한다는 생각이 커졌다.

일은 바로 그때 벌어졌다. 돌연 바닥에서 무언가가 치솟는가 싶더니 그대로 황제를 덮쳤다. 전갈처럼 생긴 거대한 괴수였다.

“폐하!”

깜짝 놀란 카웰 공작과 기사들이 경악해서 달려갔으나 시간이 터무니없이 부족했다. 루이스는 눈앞이 캄캄해졌다. 라피스라는 남자가 황제 옆에 있긴 했으나, 마법사는 아무리 강해도 주문 영창에 시간이 걸렸다. 이렇게 빠른 습격엔 속수무책이었다.

파앙!

그러나 상황은 허무할 정도로 간단히 해결됐다. 황제의 몸에 닿기 무섭게 괴수가 그대로 튕겨 나간 것이다. 떨어져 나간 전갈 괴물이 쓰러지자 카웰 공작과 기사들이 서둘러 검을 박아 넣어 숨을 끊었다. 그러고 나서 돌아보니 어느새 황제를 둘러싼 투명한 막이 보였다. 그 마법을 실행했을 장본인은 팔짱을 낀 채 전갈 괴물의 사체를 노려보는 중이었다. 꽤 불쾌한 낯이었는데 그게 단지 기습을 받아서만은 아닌 것 같았다. 루이스가 멍하니 알렉에게 물었다.

"보호 마법……은 간단한 마법이 아니지 않나요?"

"그렇……죠?"

아니, 그보다 황성에선 마법을 쓸 수 없는 거 아니있나. 대체 왜 저렇게 아무렇지 않게 마법을 쓰는 건지 이해가 되지 않았다. 혹시 방어 결계가 풀린 건 아닐까. 루이스의 머리가 멍해졌을 때였다.

"저, 저걸 보십시오!"

누군가가 창밖을 보고 소리쳤다. 따라서 시선을 돌린 이들이 모두 숨을 삼켰다. 저편 하늘에서 새카맣게 몰려오고 있는 것들이 보였다. 해골로 된 머리와 뱀의 꼬리에 거대한 날개를 지닌 새였다.

"하늘 뱀 괴수! 상급 비행 몬스터입니다!"

모두가 숨을 삼켰다. 하늘 뱀 괴수는 먼 북쪽 산맥에서나 서식하는 몬스터였다. 이곳에 있어선 안 되는 몬스터가 나타난 것도 당황스러운데 몰려드는 숫자가 너무 많았다. 저대로는 몬스터 떼가 도시를 습격할 것이다. 피난 경보를 울리기엔 터무니없이 시간이 부족했다.

루이스는 자신도 모르게 붉은 머리칼의 남자를 바라보았다. 몬스터 떼가 날아오는 모습을 가만히 바라보고 있는 그의 입가엔 비틀린 미소가 떠올라 있었다.

"이렇게 나오시겠다?"

어이없다는 듯 중얼거리는 목소리에 모두의 시선이 그에게 닿았다.

"감히 누구 앞에서 몬스터를 조종해?"

귀를 울리는 듯한 소리가 진동했다. 그 순간 남자의 몸에서 빛이 퍼져 나오더니 그 범위가 빠르게 불어나기 시작했다. 점차 덩치가 커지는 덩어리에 지붕이 뚫리고 건물 외벽이 와르르 부서져 내렸다. 거대한 날개 밑으로 붉은 비늘이 후두둑 떨어져 내렸다. 거대한 구멍이 뚫린 지붕 위, 까마득히 높은 곳에서 세로로 세워진 날카로운 동공이 움직였다. 루이스는 멍하니 입을 벌렸다. 얼빠져 있는 건 황제와 다른 이들도 마찬가지였다. 그중 몇몇은 다리에 힘이 풀려 주저앉은 채였다.

드래곤.

그것도 가장 포악하고 잔인하기로 유명한 레드 드래곤이었다. 피를 머금은 듯이 새빨간 비늘과 화염이 타오르는 눈동자가 부정할 수 없는 증거였다.

공간에 있던 누구도 소리를 내지 못했다. 모두 눈앞에 나타난 강대한 존재에게서 시선을 뗄 수가 없었다. 거대하고 섬세하게 짜인 육신에서 뿜어져 나오는 위압감에 압도되었다. 숨을 쉴 때마다 빛과 공기까지 전부 멈춰버리는 듯했다. 무기질인 공간 속에 오직 그 혼자만이 살아 숨 쉬는 존재인 것 같았다. 머릿속이 하얗게 날아가 버릴 정도로 전율했다.

[아, 너무 열 받아서 현신부터 해 버렸네.]

본체를 드러낸 것만으로 3층 건물 외벽을 통째로 날려버린 존재가 대수롭지 않게 중얼거렸다. 이윽고 화염을 머금은 동공이 얼어 있는 황제에게 향했다].

[이사나, 일단 타.]

"……네?"

[저거 쫓아내러 갈 거니까 내 등에 타라고.]

"어, 그래도 되나요?"

[쯧, 어쩌겠냐. 널 놔두고 갈 순 없잖아.]

그 말에 황제가 퍼뜩 정신을 차리고 드래곤의 등에 올랐다. 흠칫 놀란 친위기사들 몇이 반사적으로 만류하려는 동작을 취했지만 소용없었다. 이사나를 태운 드래곤은 날개를 몇 번 접었다 펴는 동작을 반복하다가 순식간에 빠른 속도로 쏘아져 나갔다. 그 모습을 남은 이들은 멍하니 바라보았다.

"이야, 역시 드래곤이었어. 그거 봐요. 가만히 있기를 잘했죠?"

한참이 지난 후에야 알렉의 말이 이어졌다. 루이스는 그저 멍하니 고개를 끄덕일 뿐이었다.

2.

주변 풍경이 빠른 속도로 스쳐 지나갔다. 이사나는 엎드린 자세로 몸을 바짝 웅크렸다. 주위를 돌아보고 싶어도 바람이 너무 강해서 고개를 들 수조차 없었다. 머릿속에선 온통 떨어지지 않아야 한다는 생각만 가득했다. 일이 왜 이렇게 되어가는 건지 모르겠지만 침착하게 되짚어 볼 정신이 아니었다. 타라는 말에 일단 허둥지둥 오르긴 했는데 너무 섣부른 결정이었던 건지도 몰랐다. 사실 제대로 판단을 내릴 만한 상황도 아니었다. 라피스의 본모습을 본 충격에서 벗어나지도 못한 상태였으니까.

'라피스 님이 정말 드래곤이었구나.'

새삼스러운 사실을 다시금 자각하며 이사나는 숨을 골랐다. 정체를 의심했던 건 아니었으나 그가 늘 인간의 모습이다 보니 딱히 실감해 본 적이 없었다. 그래선지 막상 실제로 본 모습을 보게 되니 놀라움이 쉽게 가시지 않았다. 다른 의미에서는 조금 뜻밖이기도 했다. 도감에서 봤던 드래곤은 매우 흉악하고 무서운 외형으로 묘사되어 있었다. 그러나 실제로 본 모습은 무섭다기보다는 아름다웠다. 비단처럼 매끄러운 가죽도, 보석을 빻아 발라둔 것 같은 비늘의 형태도. 태양을 품은 눈동자며 발톱과 머리에 돋아난 검은 뿔까지, 무엇 하나 불필요한 부분이 없어 보였다. 세상에서 가장 완벽한 조형물을 보는 것 같았다.

[야, 이사나. 물어보는 거 깜빡했는데, 너 고소공포증 같은 건 없지?]

바로 그 장본인이 느긋한 목소리로 물어왔다. 그야말로 한참 늦은 질문이었다. 지극히 라피스답다고 생각하며 이사나는 가볍게 웃었다.

“저도 잘 모르겠습니다.”

[있으면 있는 거고 없으면 없는 거지, 잘 몰라? 무슨 대답이 그래?]

“하늘을 날아본 적이 없어서요.”

[쯧, 오줌은 지리지 마라.]

“안 지립니다!”

발끈해서 대꾸하니 가벼운 웃음소리가 스쳤다. 그제야 이사나는 조금 여유를 되찾았다. 아무것도 붙잡지 않았는데 몸이 흔들리지 않는다는 사실도 깨달았다. 아마 라피스가 뭔가 조치한 것 같았다. 잠시 머뭇거린 끝에 이사나는 조심스럽게 몸을 일으켜 보았다. 허리를 바로 세우고 조금씩 움직여 보기도 했다. 역시 전혀 미끄러지지 않았다. 그제야 이사나는 마음을 놓았다. 얼굴에 부딪히는 강렬한 바람은 그대로였으나 더는 무섭지 않았다. 슬쩍 돌아보니 까마득하게 멀어진 황성이 보였다. 아래쪽으로 펼쳐진 수도 전경이 장난감처럼 작았다.

‘굉장해.’

이사나는 자기도 모르게 탄성을 흘렸다. 높은 곳에서 수도 전경을 보는 게 이번은 처음은 아니었다. 황성은 고지에 세워져 있었고, 높은 탑들도 존재했다. 그 위로 올라가면 평소에도 도시 전경을 내려다볼 수 있었다. 그러나 하늘 위에서 보는 모습은 완전히 색달랐다.

'이런 풍경을 볼 수 있다니.'

하늘을 나는 방법은 인간들 사이에서 끊임없이 연구되는 부분 중 하나다. 지금보다 문명이 발전했다는 고대 황금기에는 열기구나 비행선이 만들어지기도 했다는데, 기록만 있을 뿐 관련 자료는 하나도 남아 있지 않았다. 황금기가 멸망하기도 전에 드래곤들에 의해 전부 소거되었다고 했다. '바람을 배신한 인간은 하늘을 누릴 자격이 없다'는 것이 그 이유였다. 당대에 무슨 일이 있었던 건지는 모르나 지금에 와선 정확한 의미를 파악할 수 없는 내용이었다.

어쨌든 그렇기에 이사나는 하늘을 날아보는 게 이번이 처음이었다. 이럴 때가 아니라는 걸 잘 아는데도 가슴이 몹시 두근거렸다. 이유를 알 수 없지만 묘한 충족감도 들었다. 왜 이렇게 뿌듯한 기분이 드는가 싶어서 고개를 갸웃하던 이사나는 곧 지나간 기억 하나를 떠올렸다. 언젠가 유니콘으로 변한 시벨리우스가 아셀을 등에 태우고 날아오르던 광경이었다. 의식하지도 못했는데 그게 은근히 부러웠던 걸까.

'나도 참, 아직 크려면 멀었구나.'

이사나는 화끈거리는 얼굴을 두 손으로 문질렀다. 그러면서도 연신 실실거리는 걸 멈출 수가 없었다. 지금 옆에 아무도 없는 게 천만다행이었다. 친위대라도 있었다면 분명 한두 명은 자신의 상태를 눈치챘을 것이다.

'정신 차리자. 지금 들뜰 때가 아니야.'

몇 차례 고개를 흔든 뒤에야 이사나는 간신히 흥분을 가라앉혔다. 라피스가 본체로 돌아간 건 그만한 이유가 있었기 때문이었다. 그 사실을 잊으면 곤란했다. 그러자 경고하는 것처럼 마을 쪽에서 연기가 피어오르는 것이 눈에 들어왔다. 흔들리고 무너지는 건물들 사이에서 비명을 지르며 달아나는 주민들이 보였다. 조금 전 이사나를 습격했던 거대 전갈 괴물이 도시 한복판에서도 튀어나오고 있었다.

"라피스 님!"

[알아.]

때마침 반대편에서 날아오던 몬스터 떼가 이쪽을 발견하고 주춤거리는 것이 보였다. 해골인데도 표정이 느껴질 정도로 당황해하는 모습이 역력했다. 이사나는 가만히 숨을 죽이고 감탄했다. 상급 몬스터인 하늘 뱀 괴수는 겁을 잘 먹지 않는 편이라 토벌이 상당히 까다로운 종이었다. 그런 몬스터가 지금 명백히 라피스를 의식하고 있었다.

'드래곤이 몬스터를 지배한다더니.'

그러나 라피스는 상대의 태도가 그리 마음에 들지 않은 듯했다.

[날 보고도 달아나질 않아?]

기가 차다는 듯 중얼거리는 목소리에 진한 노기가 담겼다. 공중에 멈춰선 그가 두 날개를 크게 펄럭였다. 동시에 귀를 찌를 듯이 강력한 음파가 터져 나왔다.

—감히 거역하지 마라.

헉하고 급한 숨이 넘어갔다. 이사나는 어깨를 끌어안고 몸을 웅크렸다. 혹한이 스미는 것처럼 온몸이 부들부들 떨렸다. 거대한 압력에 짓눌리는 것 같기도 했다. 그 기운이 자신을 향한 게 아니라는 걸 아는데도 숨이 턱턱 막혔다. 그걸 정면으로 받은 몬스터 떼는 완전히 혼이 나간 것 같았다. 질서정연하던 줄이 마구 어지럽게 뒤섞이더니 혼란해지기 시작했다. 그 효과는 지상에까지 미쳐서, 난동을 피우던 전갈 괴물들도 뻣뻣하게 굳어 있었다. 적어도 이 근방은 모두 라피스의 영향권에 속한 것 같았다.

[꺼져.]

날카로운 목소리가 이어졌다. 그러자 하늘과 땅을 막론하고 기세가 죽은 몬스터들이 서둘러 몸을 틀어 달아나기 시작했다. 움직이지 않는 단 한 마리만을 제외하고.

달아나지 않은 하나는 하늘 뱀 괴수 떼 쪽에 있었다. 동족들이 모두 달아난 와중에도 그 한 마리는 아무런 동요 없이 가만히 이쪽을 주시하고만 있었다. 해골로 된 머리에서 벌어진 턱이 기괴하게 덜그럭거렸다. 약간의 거리를 두고 기묘한 대치 상태가 이어졌다.

[네가 진원이냐?]

라피스가 물었을 때였다. 멈춘 것처럼 고요하던 몬스터가 돌연 빠르게 덮쳐들었다. 정확히 이사나가 있는 쪽을 노린 움직임이었다. 놀란 이사나가 반사적으로 몸을 웅크리려는데 둥근 막이 펼쳐지며 달려드는 발톱을 튕겨냈다. 키이익! 날카로운 비명과 함께 괴수가 주춤거리며 물러섰다.

[이게 아주 겁대가리를 상실했네?]

간단히 습격을 막아낸 라피스가 어처구니없어하며 헛웃음을 지었다. 그러자 잠시간 머뭇거리던 괴수가 또다시 앞으로 달려들었다. 이번엔 공격이 아니라 그대로 스쳐 지나가는 쪽이었다. 빠르게 날아간 방향 끝엔 울창한 숲이 있었다. 단순히 도망친다기엔 무언가 의도를 품은 것이 느껴졌다. 아무래도 그들을 유인하려는 것 같았다.

[저게 진짜 날 우습게 보는데?]

"저어, 기분 탓인지는 모르겠는데요. 왠지 계속 절 노리는 것 같은데요."

[안심해. 기분 탓 아니니까.]

"으음, 역시 그런가요."

[성에서도 정확히 너만 덮쳤잖아. 그게 우연이겠냐?]

이사나는 굳은 얼굴로 주위를 돌아보았다. 아래에서 멍하니 하늘을 올려다보는 주민들이 보였다. 건물이 부서지면서 소동이 나긴 했으나 다행히 크게 다친 사람은 없는 것 같았다. 마을을 습격했다는 건 자신만 노리는 게 아니라는 뜻이었다. 대충 무엇을 목표로 하는지 그 목적이 짐작되기도 했다. 라피스 덕분에 몬스터가 겁을 먹었으니 당분간은 괜찮을 것이다. 그렇다고 완전히 안심할 수도 없었다.

"이제 어떻게 하죠?"

[글쎄, 본진을 찾아야겠지. 우선 놈이 원하는 대로 움직여 볼까.]

대답과 함께 라피스가 몸을 틀었다. 때마침 하늘 뱀 괴수가 숲 안쪽으로 사라지고 있었다. 라피스는 느긋하게 그 노선을 따라갔다. 이윽고 도착한 숲은 쥐죽은 듯이 고요했다. 여름을 눈앞에 둔, 한창 싱그러워야 할 계절의 느낌이 조금도 들지 않았다. 착지 후 바닥에 내려선 이사나가 주위를 살피는 동안 라피스 역시 몸집을 줄이고 다시 인간의 모습으로 돌아왔다. 먼저 도착했을 괴수는 어느 곳에서도 보이지 않는 상태였다.

"여긴가요?"

"그래. 근처에 있어. 근데 정확한 위치가 안 잡히네."

혼잣말로 중얼거린 후 라피스가 한 손을 뻗어 이사나의 머리를 짚었다. 그의 갑작스러운 행동에 놀란 이사나가 눈을 깜빡거렸다.

"라피스 님?"

"뭐, 좋아. 어차피 이렇게 된 거 끝까지 해 주지."

"네?"

이윽고 라피스가 뭔가를 중얼거렸고, 닿은 부분에서부터 따뜻한 기운이 전해졌다. 이사나는 무언가가 자신을 덮어 내리는 것 같다고 생각했다. 마치 투명한 천에 감싸진 것 같은 감각이었다. 그 느낌은 라피스가 손을 뗀 후에도 사라지지 않았다.

"돌아보고 올게. 결계 쳤으니까 넌 여기서 꼼짝도 하지 마."

"예? 하지만……."

"내게 생각이 있어. 네가 같이 있으면 방해돼."

그렇게까지 말하는데 차마 더는 나설 수 없었던 이사나는 얌전히 입을 다물었다. 사실 무릎쓰고 만류했더라도 소용이 없긴 했다. 이미 라피스가 사라진 후였기 때문이다. 할 말만 마치고 사라지는 것 역시 지극히 그다운 행동이라 화낼 기운조차 나지 않았다. 이사나는 가볍게 한숨을 내쉬고 주위를 둘러보았다.

침묵이 내려앉는 숲에 스산한 바람이 불었다. 이 숲에 와본 건 아주 어릴 때뿐이라 기억이 가물거리긴 했지만, 원래 이런 분위기는 아니었던 것 같았다. 앞으로 어떤 일이 벌어질지 짐작조차 할 수가 없었다.

*　　*　　*

나쁜 예감은 곧 현실이 되었다. 정령의 눈을 써서 황궁을 살피기 시작했을 때, 내 시야에 들어온 건 처참하게 망가진 건물의 모습이었다. 그사이 무슨 일이 있었던 건지 황궁 외벽 한 면이 거의 다 무너져 있었다. 정무실 한가운데 널브러진 대형 몬스터의 사체도 보였다. 예상했던 대로 대공이 이사나부터 노린 것 같았다.

이미 사태는 일단락된 것으로 보였고, 사람들이 현장을 수습하는 중이었다. 그 장소엔 친위대들도 있었지만 이사나의 모습은 황궁 어디에서도 보이지 않았다. 라피스도 보이지 않는 걸 보면 아무래도 그가 이사나만 데리고 이동한 것 같았다. 그나마 친위대의 모습이 침착해 보인다는 점이 유일한 위안이었다. 이사나가 쫓겨나듯 달아난 거였다면 남겨진 친위대가 차분히 현장을 수습하고 있을 리가 없었으니까. 그들이 평온하다는 건 적어도 일촉즉발의 위급한 상황은 아니었다는 뜻이었다.

그 뒤로는 이사나를 찾는 데만 온 신경을 집중했다. 다행히 그리 오래지 않아 배회 중인 그를 발견할 수 있었다. 멀리 있을 거란 예상과는 다르게 그는 의외로 황궁과 꽤 가까운 거리에 있는 숲 안에 있었다. 그런데 당연히 함께 있을 줄 알았던 라피스가 보이지 않았다.

'뭐야, 왜 이사나 혼자 있지?'

설마 이런 상황에 그를 혼자 놔둔 건 아니겠지. 라피스라면 황성에서 공격받자마자 돌아가는 사태 정도는 바로 알아차렸을 거다. 이사나의 심장이 제물에 적합하다는 것도 당연히 알고 있을 터였다. 이런 상황에서 그를 혼자 놔둘 리가 없었다. 나는 일말의 희망을 품고 정령의 눈을 산 전체로 확대해 보았다. 그러나 역시 라피스의 모습은 찾을 수 없었다. 기가 막히지만 아무래도 그 설마가 맞는 모양이었다.

'발견하기만 해 봐라.'

이사나는 불안한 표정으로 주위를 연신 두리번거리고 있었다. 나이아스조차 소환해 두지 않은 상태로 검만 꼭 끌어안은 채였다. 기습을 대비하려면 정령과 함께 있는 편이 더 나을 텐데, 최대한 마나를 아껴야 한다고 생각한 모양이다. 다시금 이가 갈렸지만 나는 한숨을 내쉬며 마음을 가라앉혔다. 나중에 라피스를 잡아다 족칠 땐 족치더라도 지금은 이사나를 안심시키는 게 먼저였다. 나는 곧장 그의 앞으로 이동해 내려섰다. 그러자 갑자기 나타난 내 모습에 놀랐는지 그가 눈을 크게 뜨게 떴다.

"이사……."

"엘? 너……아, 잠깐. 가까이 오지 말아 봐."

"뭐?"

가까이 오지 말라니? 이해할 수 없는 반응에 얼굴을 찌푸릴 때였다. 갑자기 바닥에서 검은 기류가 솟구치더니 그대로 그의 몸을 꿰뚫었다. 크게 굽혀진 몸이 허공으로 무력하게 떠올랐다. 쿨럭, 작은 기침과 함께 벌어진 입에서 붉은 피가 터져 나오는 모습이 비현실적으로 이어졌다.

"이사나!"

머리로 상황을 파악하기 전에 몸이 먼저 움직였다. 검은 기류를 공격해서 끊어내자 매달려 있던 몸이 무력하게 떨어져 내렸다. 나는 서둘러 달려가 간신히 그를 받아냈다.

“이사나! 정신 차려! 이사나!”

의식을 잃은 이사나의 몸이 품 안에서 축 늘어졌다. 구멍이 뚫린 부분에서 붉은 피가 꾸역꾸역 솟아나고 있었다. 환부를 살피려는데 손이 덜덜 떨렸다. 심장 부근이었다.

몹시 나쁜 생각이 들었다. 머릿속에 떠오르는 이미지가 구체화하기 전에 나는 서둘러 치유술을 퍼부었다. 다행히 평소보다는 느린 속도였지만 효과가 있었다. 뚫린 옷자락 사이로 곧 말끔한 피부가 드러났다. 그러나 이사나에게선 여전히 아무런 반응이 나타나지 않았다. 숨을 쉬고 있는 게 맞는지도 알 수 없었다. 나는 누르고 있던 환부를 다시금 내려다보았다. 심장 위를 짚고 있는데 특유의 박동이 닿지 않았다. 급히 귀를 가져다 대보았지만 역시 잠잠했다.

“말도 안 돼.”

물의 정령왕인 내 치유력은 반으로 갈라진 심장도 재생할 수 있을 만큼 강력하다. 아예 떨어져 나간 상태라도 큰 문제가 되지 않았다.

그래, 그 몸의 주인이 살아있기만 한다면.

나는 미동 없이 고요한 이사나를 멍하니 바라보았다. 피부는 분명히 아물었고, 출혈도 완전히 멈췄다. 하지만 심장 박동이 없었다. 인간은 심장이 멎은 채 얼마나 버틸 수 있지? 심장이 꿰뚫리거나 뽑힌 상태에서는? 그가 습격당한 후 내가 치유술을 쓰기까지 몇 초나 걸렸지? 머리가 혼란해서 제대로 돌아가지 않았다.

"크크큭."

다시 치유술을 써보려는데 낮은 웃음소리가 들려왔다. 멍하니 돌아보니 한 남자가 서 있었다. 새카만 로브에 검은 망토를 걸치고 있는 자였다. 깡마른 얼굴 위를 탁한 금발이 덮어 내리고 있었다. 한때는 제법 이사나와 닮았다고 생각한 얼굴이었는데, 지금은 비슷한 부분이 하나도 보이지 않았다.

"아쉽게 되었군, 물의 정령왕. 이번엔 내가 이긴 모양이야."

음산하게 웃은 그가 보란 듯이 손을 들어 올렸다. 그가 움켜쥐고 있는 붉은 덩어리가 보였다. 그 정체를 깨닫자마자 눈이 뜨거워졌다.

"너……."

"그 아이는 처음부터 이 기나긴 제사의 마지막 제물로 장식할 예정이었지. 중간에 놓치는 바람에 안타까웠는데, 결국 내 뜻대로 되었군."

끓어오르는 분노로 머리가 어떻게 되어버릴 것 같았다. 너무 화가 나니 오히려 아무것도 할 수가 없었다. 죽이면 안 되니까. 냉정한 이성이 연거푸 경고했다. 저건 카류안과 다르다. 내가 조금만 과하게 건드려도 분명 죽어버릴 거다. 지금 나는 감정을 조절할 수 있을 정도로 차분하지 않았다. 다 알고 있다. 하지만 억지로 분을 다스리려니 온몸이 떨렸다. 일단 저 손에 들린 것부터 뺏어야 했다.

"후하하하! 이사나 그 아이도 영광으로 여길 것이다! 이 심장이 위대한 탄생의 마지막 밑거름이 될 것이니!"

그 순간 손에 들린 붉은 덩어리가 터지더니 피가 주르륵 흘러내렸다. 아차 싶어서 얼굴이 바로 굳었다. 그런데 놈도 의도한 현상이 아니었는지 눈을 크게 뜨고 있었다. 꾸역꾸역 흘러내리는 피가 놈의 팔을 타고 번져나갔다. 잠시 후에는 그 피에서 붉은빛이 일어나기 시작하더니, 놈의 몸을 휘감기 시작했다.

"이, 이게 뭐……!"

당황해서 외치는 말은 끝까지 뱉어지지 못했다. 완전히 밧줄에 휘감긴 듯한 모습이 되어 바닥에 쓰러진 채였다. 포박된 것이다. 놈은 자신에게 일어난 일을 이해할 수 없어 하는 얼굴이었다. 놀란 건 나도 마찬가지라 그저 바라보고 있기만 했다. 그때 아래에서 숨소리가 들렸다. 반사적으로 시선을 내리자마자 나는 눈을 크게 떴다. 이사나가 깨어나 있었다.

"……이사나?"

"아, 젠장. 아파 죽는 줄 알았네."

가볍게 얼굴을 찌푸린 그가 투덜거리며 몸을 일으켰다.

"어떻게……."

"그러는 넌 어떻게 하필이면 그때 딱 나타나냐? 가급적이면 공격당하기 전에 잡으려고 했는데 결국 최후의 수를 썼잖아."

"최후의 수?"

"그나마 타이밍이 맞아서 망정이지, 조금만 더 일찍 왔으면 애써 공들인 계획이 다 날아갈 뻔했어. 뭐 어쨌든 성공했으니 됐지만."

나는 천천히 손을 떼어내고 그에게서 물러섰다. 이 녀석은 이사나가 아니다. 단지 바로 처분을 결정하기엔 정교하게 만들어진 가짜인지 그 몸에 누군가 다른 이가 들어간 건지 분간이 되지 않았다. 이 부분을 헷갈리게 한다는 점에서부터 이미 평범한 존재는 아니었다. 가만히 노려보고 있으려니 이사나로 위장한 그가 의아하다는 듯이 물었다.

"왜 그런 표정이야?"

"너 누구야."

"뭐? 무슨……아, 이게 아직도 그대로였네."

황당하다는 표정을 짓던 그가 원인을 깨달았다는 듯 혀를 찼다. 그러자 짧은 머리칼이 점차 자라기 시작하며 짙은 색으로 물들기 시작했다. 어른스러워졌지만 아직 앳된 기가 남은 소년의 얼굴이 사라지고, 눈이 아플 정도로 화려한 이목구비가 나타났다. 누군지 알아보지 못할 수가 없는 얼굴이었다.

"라피스?"

중얼거린 이름에 반응하듯 그의 입술이 명확한 호선을 그렸다. 자신만만해서 오만해 보이기까지 한 얼굴은 정말로 라피스가 맞았다. 그 사실을 자각하자 어깨에서 힘이 쭉 빠졌다.

"……이사나는?"

"근처에 숨겨놨어."

"거짓말. 숲을 다 살폈는데 안 보였어."

"그야 결계를 쳐놨으니까. 누가 이런 상황에서 그냥 숨기겠냐?"

"정령에게도 안 보이는 결계? 아무리 너라도 그건 바로 만들어낼 수 있는 게 아닐 텐데. 날 강제로 가뒀을 때도 틈 만드는 데만 한참 걸렸다고 했잖아."

"언제적 얘기를 하는 거야? 다른 방법 찾아낸 지가 언젠데."

"다른 방법?"

"전에 미네르바가 은신의 장막을 빌려준 적 있었잖아. 그걸 대충 응용해 봤어. 광범위한 영역은 무리지만 한 명 정도는 조건부로 적용할 수 있어."

그 말에 떠오르는 기억이 하나 있었다. 언젠가 데르온이 은밀히 마계에 다녀와야 할 때였을 거다. 미네에게 은신의 장막을 부탁했었는데, 그때 라피스도 관심을 보이고 그 일부를 얻어갔었다. 그래 봤자 고작해야 손수건 정도의 크기였고 유지 시간도 얼마 되지 않았던 거로 안다. 설마 그걸로 바람의 고유 능력을 비슷하게라도 흉내 낼 수 있게 될 줄이야. 이젠 그 재능이 놀라움을 넘어 무섭기까지 했다. 그거와는 별개로 이 상황을 이해할 수 없기는 마찬가지였지만.

"네가 이사나를 위해 이렇게까지 할 줄은 몰랐어."

진짜 이사나는 숨겨 두고 자신이 그의 모습으로 변해서 미끼가 되다니. 평소 그의 성격을 떠올려 보면 상상할 수도 없는 일이었다. 그러자 라피스가 황당하다는 표정을 지었다.

"뭔 소리야? 네가 이사나를 부탁한다고 했잖아."

"그 한마디 때문이라고?"

"그럼 뭐 때문이겠어?"

잠시간 말문이 막혔다. 알고 있던 수많은 단어가 하나의 문장이 되지 못하고 머릿속을 맴돌다 흩어지기만 했다. 나는 할 말을 찾는 걸 포기하고 꿈틀거리고 있는 대공을 돌아보았다. 얼굴을 잔뜩 일그러트린 놈은 입을 계속 우물거리는 중이었다. 하는 꼴을 보니 혀를 깨물어 자진하려는 것 같았다. 입에 뭔가를 물려둬야 하나 고민하다가 더 간단한 방법을 쓰기로 했다. 죽지 않을 정도로만 얼려 두기로. 이윽고 하얀 성에가 차오르면서 놈의 저항이 멈췄다. 그걸 본 라피스가 가볍게 휘파람을 불었다.

"용케 죽기 직전에서 멈추네. 일부러 살려 둔 거라 죽일 것 같으면 말리려고 했거든. 악신과 연결된 놈이니 그냥 죽였으면 오히려 골치 아파졌을걸. 하긴, 처음부터 쓸데없는 염려였나."

"네 말이 맞아. 지금은 못 죽여."

"아니었으면 죽였을 거라는 소리로 들린다?"

"그럼 이걸 그냥 두겠어?"

낮게 중얼거리자 나를 보는 눈에 이채가 서렸다. 의외의 대답을 들었다는 듯한 표정이라 어이가 없었다. 대체 날 얼마나 호구로 보는 거야?

"그보다 아까 그건 뭐야. 그 붉은 덩어리."

"내 피로 만든 봉인진. 심장을 노릴 것 같아서 그 부근을 비우고 미리 준비해 놨지. 혹시 몰라 대비해 둔 건데 역시 제대로 걸려들었네."

"……그걸 위장할 수도 있는 거야?"

"인간으로 변하기도 하는데 일시적으로 장기 위치를 바꾸는 것쯤이야. 지금은 다시 되돌려 놨어."

심장 박동이 느껴지지 않았던 게 그 때문이었나. 가슴을 짚어보려 하자 그가 곧바로 몸을 뺐다. 깜짝 놀란 사람 같은 반응이었다. 의아해져서 올려다보니 실제로 놀랐는지 당황스러워하는 시선이 닿았다.

"뭐야?"

"너 아까 심장 박동이 전혀 없었어. 그래서 상태를 다시 확인해 보려고."

"아아, 됐어. 제대로 돌려놨다고 했잖아. 치유술도 썼으면서 새삼 확인은 뭘. 피부도 다 아물어서 이제 완전 멀쩡해."

시큰둥하게 답한 후 라피스가 한 걸음 뒤로 물러섰다. 다가오지 말라는 듯 손을 내젓기까지 했다. 그 모습을 보고 있으려니 왠지 모를 기시감이 들었다. 지금만이 아니라 몇 번 반복된 일 같은데 그게 언제부터였는지 정확한 시점이 떠오르지 않았다.

"라피스, 너 왠지 날 피하지 않아?"

"뭔 소리야."

"그냥 그런 기분이 들어. 나와 접촉하는 걸 꺼리는 것 같아."

"넌 평소에 네가 눈치가 좋은 편이라고 생각하냐?"

"글쎄. 하지만 지금 이게 말을 돌리려는 시도라는 건 알겠어."

"하? 전혀 아니거든?"

"아니면 가만히 있어. 나도 시간이 남아돌아서 확인하려는 게 아니니까."

그 말에 라피스가 멈칫하더니 묘한 눈으로 나를 살폈다.

"아까부터 뭔가 위화감이 있다 했더니. 너 또 그 상태냐?"

"글쎄. 그런 건 관심 없어."

"어째 더 심해진 것 같은데?"

"라피스. 내가 같은 말을 또 해야겠어?"

조용히 물은 말에 라피스는 할 말을 잃은 얼굴로 잠시간 입을 다물었다. 그리곤 어깨를 으쓱이더니 곧 마음대로 하라는 듯이 몸에서 힘을 뺐다. 사양할 까닭이 없는 나는 곧장 손을 뻗어 그의 가슴을 짚었다. 조금 전엔 잠잠하던 부근에서 선명한 심장 박동이 느껴졌다.

"이제 됐냐?"

"그래, 확인했어. 심장은 확실히 멀쩡한 것 같네. 그런데 혈맥이 좀 불안정해."

"장기 위치가 바뀐 지 얼마 안 됐으니까 당연하지."

"마력도 좀 거친 것 같은데."

"그건 더 당연하고. 내가 너무 쉽게 해서 자꾸 잊어버리는 모양인데, 이사나한테 친 결계나 저 봉인진이나 절대 가벼운 게 아니거든? 큰 힘을 연달아 썼는데 마력이 평온하면 그게 더 이상한 거 아니야?"

"그것만이 아니잖아. 너 아까 원래 모습으로 돌아올 때 계산대로 잘 안 된 거지? 깜빡해서 놓친 게 아니었어."

그 말에 라피스가 잠시 멈칫하더니 황당하다는 시선으로 나를 돌아보았다.

"너 진짜 엘 맞냐? 갑자기 너무 머리 쓰면 안 좋아."

"헛소리 말고 대답이나 해."

"대답은 이미 했어. 네가 안 듣고 있는 거지."

"아까 다친 것 때문에 이러는 게 아니라는 게 정말 확실해?"

"그렇다고 했잖아."

한숨을 내쉰 그가 성의 없이 고개를 끄덕였다. 내가 집요하게 묻는 걸 귀찮아하는 티가 역력한 얼굴이었다. 더 물어봤자 제대로 된 대답은 듣지 못할 게 뻔해서 나는 한숨을 쉬고 물러났다. 혹시 몰라 치유술을 다시 써 보았지만 별다른 변화가 없기도 했다. 내가 어떻게 할 수 있는 부분이 아닌 것만은 확실했다. 아쉬워하고 있으려니 라피스가 피식 웃었다.

"내가 걱정되기는 하나 보다?"

"친군데 당연하잖아. 너야말로 다른 땐 관심 가져 달라고 난리 아니었어? 왜 정작 이런 거엔 질색하는지 모르겠네."

"네가 그저 걱정만 하는 녀석이었으면 상관없었겠지."

"무슨 의미야?"

"네 지난 행적이나 돌아봐."

이해할 수 없는 말에 얼굴이 절로 찌푸려졌다. 내가 아무리 크고 작은 사고를 쳤다 해도 딱히 이런 말을 들을 정도로 심각한 문제를 일으킨 적은 없었다. 아니, 정말 없었나? 라피스에겐 좀 박하게 군 적이 많으니 그의 감상은 다를지도 모르겠다.

"근데 악신 쪽은 어떻게 되어 가는 거야? 하늘이 여전히 저 꼴인 걸 보니 소멸에 성공한 것 같진 않은데."

라피스의 시선이 천군으로 가득 채워진 하늘을 향했다. 그들 아래 카펫처럼 깔린 구름이 스스로 발하는 것처럼 빛을 품고 있었다. 그래선지 평소라면 이미 해가 질 시간인데 여전히 낮처럼 밝았다. 나는 그에게 지난 상황을 간략히 설명했다. 악신을 다시 정화할 거라는 말에 라피스는 못마땅하다는 얼굴로 혀를 찼지만 자신이 상관할 바는 아니라고 여겼는지 말을 더하지는 않았다. 그 대신 턱짓으로 대공 쪽을 가리켰다.

"저건 어쩔 건데?"

"일단 카노스에게 데려가야겠지. 조각을 제거한 후 바로 처리할 거야."

"나도 같이 가."

"그러든지."

고개를 끄덕이니 그가 묘한 표정으로 나를 바라보았다.

"왜?"

"이쯤에서 나와야 할 언급이 있지 않아? 이사나에게 먼저 들르

자든가. 그 녀석도 같이 데려가겠다든가."

"뭐하러? 지금 그쪽은 신들이 우글거려. 인간이 있을 곳이 아니야."

"그래서 그대로 두겠다?"

"그냥 방치된 거라면 당연히 보호하는 게 먼저겠지만 지금 이사나는 아무한테도 안 보이잖아. 가장 안전한 상태 아냐? 그냥 두는 데 문제 있어?"

"아무것도 모른 채 혼자 있으면 불안해할 텐데? 그건 신경 안 쓰이나 보지?"

"상황을 알면 뭐가 달라지는데? 오히려 더 불안해지기나 하지. 어차피 이번 일에 인간인 그가 할 수 있는 일은 없어. 나서서도 안 되고. 내 눈앞에서 누가 다치는 건 이제 두 번 다시 보고 싶지 않아."

그닥지 않게 왜 이런 한심한 질문을 하나 싶어서 얼굴을 찌푸렸더니 라피스의 표정이 더 묘해졌다. 빤히 바라보는 붉은 눈동자가 왠지 의미심장해 보였다.

"위험 요소는 아예 처음부터 배제하고 가겠다는 거지. 너치곤 제법 이성적인 판단이긴 하네. 마음에 들어. 더 극단적이 된 것 같긴 하지만."

"난 이사나를 보호하려는 거야."

"누가 뭐래?"

피식 웃은 라피스가 가볍게 어깨를 으쓱였다. 애초에 별다른 의미를 담은 건 아니었는지 그냥 대수롭지 않게 넘기는 모습이었다. 하지만 오히려 나는 묘하게 찜찜한 느낌에 사로잡혀 한동안 찡그린 인상을 펼 수 없었다.

3.

장소 이동은 라피스의 마법으로 한 번에 해결했다. 눈대중으로 대충 좌표를 잡았는데, 도착하고 보니 시벨리우스 바로 앞에 떨어져 있었다. 갑자기 나타난 우리의 모습에 놀란 시벨리우스가 눈을 크게 뜨는 것이 보였다. 함께 있던 아스 역시 당황한 표정을 하다가 허둥지둥 몸을 일으켰다.

"대부……랑, 은인?"

"뭐야, 역시 꼬맹이였네. 너 왜 이렇게 금방 컸냐?"

라피스가 흥미롭다는 표정으로 아스를 살폈다. 그러고 보니 처음 아스가 저 모습으로 나타났을 땐 라피스는 다른 곳에 있었지. 멀리서도 누군지는 알아봤을 테지만 가까이서 보니 새삼 신기한 듯했다.

"나 크니까 멋있지? 이제 나 은인만큼 크다?"

"까불지 마라. 이게 내 실제 키겠냐?"

"드래곤 본체로 재는 건 반칙이지. 그리고 어차피 현신할 때는 본체의 이미지와 비율을 반영하는 거잖아."

"그건 맞는데, 키는 일부러 더 줄였거든?"

"뭐? 왜 그랬는데?"

"이 얼굴에 키까지 더 커 봐. 너무 인기가 넘쳐서 감당이 안 되잖아."

"은인, 그렇게 숨 쉬듯이 잘난 척하면 피곤하지 않아?"

둘이서 영양가 없는 대화를 나누는 동안 나는 악신이 있는 쪽을 보았다. 그사이 놈이 있는 곳을 중심으로 사방진의 형태가 완성되어 있었다. 트로웰과 이프리트가 서로 마주 선 채로 서 있었고, 그와 각도를 맞춰 두 개의 무리가 나눠 선 상태였다. 각기 화염과 대지의 기운을 지닌 드래곤들이었다. 그 안에서 나는 어렵지 않게 디아곤과 메세테리우스의 모습도 발견할 수 있었다. 카노스를 비롯한 신들은 한창 바닥에 마법진을 그려 연결하는 중이었다. 거기까지 확인하고 있으려니 옆에서 가만히 지켜보는 시선이 느껴졌다. 눈이 마주치자 시벨리우스가 밝게 웃었다.

"엘."

"……여기서 뭐 해?"

"아, 우린 데르온을 치료하고 있었어."

힐끗 시선을 내리니 검은 그물에 덮인 데르온이 보였다. 그러고 보니 그가 크게 다쳤었지. 응급조치 한 것까지도 기억나는데 다음이 어떻게 됐는지, 그 뒤의 상황이 전부 흐릿했다. 다행히 깊이 잠든 듯한 그의 모습은 꽤 안정적으로 보였다.

"괜찮은 것 같네."

"응, 무척 순조로워. 아마 곧 깨어날 거야. 근데 엘은 어딜 다녀온 거야? 잡아 두고 있는 건 인간 아냐?"

물어보는 말에 나는 잡고 있던 대공의 뒷덜미를 내려다보았다. 의식 없이 축 늘어진 놈은 삶과 죽음의 경계선을 수시로 넘나들고 있었다. 치유술과 얼려두기를 번갈아 쓰려니 무척이나 귀찮았다.

"악신의 남은 조각이야. 처리하려고 가져왔어."

"아, 그렇구나. 내가 좀 봐도 돼?"

"왜?"

"그냥 좀 궁금해서."

"미안한데 이건 장난감이 아냐. 호기심을 해소하자고 내줄 순 없어."

"그래도……."

포기하지 않으려는 태도에 한숨이 흘러나왔다. 말이 안 통하는 상대에겐 행동으로 보여 주는 수밖에 없다. 나는 얼음 창을 만들어 그의 눈앞에 겨누었다. 가까이 다가오려던 시벨리우스가 흠칫 놀라 멈춰섰다. 아스와 라피스도 하던 대화를 중단하고 나를 바라보았다.

"에, 엘?"

"왜 나를 그렇게 불러?"

"왜냐니……."

"네가 누군지 모르겠지만 내 애칭은 아무한테나 허락하지 않아. 함부로 친한 척하지 마."

"그, 그게 무슨 말이야."

"너, 시벨 아니잖아."

그 말에 시벨리우스, 아니, 그의 몸에 들어 있는 자가 멈칫하더니 가만히 나를 바라보았다. 그러더니 곧 아무렇지 않게 씩 웃었다.

"에이, 안 속네?"

억양과 목소리 톤이 바뀌면서 한순간에 분위기가 완전히 달라졌다. 여전히 시벨리우스의 모습을 하고 있었지만 이젠 확실히 다른 사람처럼 보였다.

"으으음, 왜지? 나 꽤 그럴듯하지 않았어?"

"같은 수법에 한두 번 당한 게 아니거든. 또 당하면 머저리지."

"허어, 그랬구나. 그건 미처 몰랐어."

애석하다는 듯이 주먹을 손바닥에 치면서도 그의 얼굴은 해맑았다. 처음부터 금방 들켜도 상관없었던 것 같았다. 오히려 당황한 건 아스 쪽이었다.

"시벨이 아니라고? 언제부터? 그럼 넌 누구야?"

"아, 좀 됐지. 난 이오웬이야."

"이오웬?"

의아한 목소리로 반문하던 아스가 곧 얼굴을 굳혔다.

"……천신 이오웬?"

"헤헤, 맞아. 바로 그 이오웬이야."

산뜻한 긍정에 아스는 할 말을 잃은 듯 입만 벙긋거렸다. 라피스조차 꽤 놀란 표정이었다. 천신이라면 마신과 정반대 속성의 신인가. 최고신 중 하나이기도 했다. 나는 어린아이처럼 천진난만하게 웃고 있는 그를 가만히 바라보았다. 생각보다 대단한 정체가 놀랍긴 했지만 한때 마신도 담았던 그릇이니 이번엔 천신이 담긴다 해서 이상할 건 없었다. 그보다 신경 쓰이는 건 따로 있었다.

"시벨은 어떻게 했어."

"아, 그건 안심해. 지금 내 안에서 지켜보고 있으니까. 아! 오해는 하지 마. 내가 강제로 내려와서 차지한 게 아니라 이 아이가 날 부른 거야."

"시벨이 왜?"

"이 마족의 치료에 필요했어. 기운이 폭주하지 못하도록 다스리기 위해선 정반대의 기운으로 눌러야 했거든. 이 아이가 판단하기에 내가 적임자였던 거지."

대충 돌아가는 상황은 알 것 같았다. 물론 이해했다 해서 어처구니없는 기분이 사라지는 건 아니었지만.

시벨리우스의 몸은 신을 담는 그릇이고, 악신이 노리고 있었다. 비록 놈이 이미 각성에 들어간 상태라곤 하나 여전히 탐내고 있을 거라는 건 변하지 않았다. 그런 자가 바로 근처에 있는 상태였다. 분명 강신이 꺼려졌을 텐데 스스로 문을 열다니. 아무래도 데르온을 치료하기 위해 위험을 무릅쓰고 진행한 모양이었다.

나중에 돌아오면 한마디 해야겠다. 한숨을 내쉰 후에야 나는 겨눴던 창을 거뒀다. 그러자 그때까지 아무런 동요 없이 서 있던 이오웬이 히죽 웃었다.

"음, 뭔가 이 아이한테 들은 말과는 다르네? 이번 엘퀴네스는 상냥하고 다정한 성격이라고 했는데 오히려 상당히 사나운 것 같아."

"내가 기대한 대로 행동할 이유는 없는 것 같은데."

"앗, 그건 그렇지. 딱히 별 뜻은 없었어. 하지만 공격성은 신중히 드러내야 하지 않을까? 난 도발에 잘 안 걸려들어서 괜찮은데, 좀 성격 나쁜 애가 들어왔으면 일부러 찔렀을지도 몰라. 어차피 다치는 건 얘잖아. 설마하니 진짜 이 몸을 찌르려던 건 아니지?"

무슨 상관이냐고 대꾸하려다가 멈칫했다. 이상한 위화감이 들었다. 조금 전 라피스와 대화를 마무리할 때도 느꼈던 기분이었다. 그때 왜 이렇게 찜찜했는지 왠지 조금 깨달은 것 같은 기분이었다.

그러고 보니 내가 원래 이렇게 거침없는 편이었던가? 시벨리우스의 몸에 들어 있는 게 다른 이라 해도 그의 몸이라는 점은 변하지 않는다. 그걸 알면서도 너무 아무렇지 않게 창을 겨눴다. 이오웬의 말대로 그가 가만히 있었기에 망정이지 자칫하면 큰 상처를 낼 뻔했다. 아니, 사실은 상처가 나도 상관없다고 생각했다. 그 정도야 바로 치료하면 되니까. 몇 가지 사소한 문제가 발생하더라도 진짜 그가 어딨는지 확인하고 되찾는 게 더 중요하다고 여겼다. 그 과정에서 시벨이 느낄 충격과 통증은 고려하지 않았다. 뭔가 어딘가가 어긋난 것 같은데 그게 뭔지 모르겠다. 갑자기 나 자신이 지독하게 낯설었다.

"대부, 왜 그래?"

그 순간 아스가 내 옷소매를 잡으려는 것이 느껴져 황급히 뒤로 물러섰다. 내 반응이 너무 강했는지 아스가 놀란 눈으로 바라보았다.

"내게 다가오지 마."

"대, 대부?"

당혹감을 담은 붉은 눈동자가 흔들렸다. 그 모습을 보니 가슴 한구석이 서늘해졌다.

"미안한데 내가 지금 좀 날카로운 것 같아. 잠시 떨어져 있는 게 낫겠어."

"대부……."

"이런 상태로 대화하고 싶지 않아. 나중에 다시 올게. 하던 일 계속해."

아스가 무어라 뭐라 말을 잇기 전에 나는 곧장 모두를 뒤로 하고 날아올랐다. 이 이상 더 말을 섞다가는 수습하지도 못할 실수를 저지르게 될 것 같았다.

서둘러 자리를 피해 도착한 곳은 카노스 앞이었다. 들고 있던 대공을 던지다시피 내려 놓자 한창 마법진을 그리고 있던 카노스가 반가운 얼굴로 몸을 일으켰다.

"오, 안 죽이고 제대로 잘 잡아 왔네?"

"네."

"좋아, 그럼 이것도 따로 처리해 볼까. 섀넌, 나머지 작업 부탁해."

그 말에 다른 쪽에서 마법진을 그려가고 있던 명계의 신이 멈칫하더니 한숨을 푹 내쉬었다. 별말 없이 묵묵히 작업을 이어가는 모습에서 될 대로 되라는 사회인의 체념이 고스란히 전해졌다.

"우린 이쪽."

발랄하게 손짓한 카노스는 의식이 없는 대공을 옆구리에 끼고 정화진에서 조금 떨어진 곳으로 이동했다. 따로 다른 방진을 만들어 대공의 혼과 섞인 악신의 조각을 분리해 낼 것이라 했다. 나는 그가 손가락을 깨물어 피를 낸 후 그걸로 마법진을 그려가는 모습을 한동안 구경했다. 그러다 문득 고개를 드니 정화진 속에 있는 검은 덩어리가 꿈틀거리는 게 보였다. 눈을 감은 채 그걸 둘러싸고 있는 이들의 얼굴이 조금 전에 비해 확연히 굳어져 있었다. 하늘에서도 웅성거림이 느껴졌다. 검은 덩어리가 점차 거둬져 나가며 빛의 화살들이 다시 드러나기 시작했는데, 활대가 마치 부식되는 것처럼 조금씩 가늘어지고 있었다. 신계 쪽에서 그걸 억지로 버티는 중인 듯했다.

"카노스."

"어? 아, 자기 조각이 제거되려는 걸 느끼고 마지막 저항을 하나? 서둘러야겠네."

혀를 차는 것과는 달리 카노스는 느긋해 보였다. "다 됐다." 이윽고 마법진을 다 그린 그가 축 늘어진 대공을 그 위에 내려놓았다. 곧 붉은 기운이 일어나며 그 몸을 휘감듯이 감싸기 시작했다. 그러자 원래라면 얼려둔 상태라 미동도 할 수 없을 대공이 갑자기 두 눈을 부릅떴다.

"크, 으아아아!"

한껏 벌어진 입에서 거친 비명이 터져 나왔다. 듣기 좋은 소리는 아니라서 얼굴을 찌푸리는데 카노스는 아무렇지 않게 그를 쿡쿡 찔러보고 있었다.

"뭐하는 거예요."

"그냥 구경."

구경을 꼭 저런 식으로 해야 하는 건가.

한숨이 나왔지만 뭐라고 해봤자 소용없을 게 뻔해서 고개를 젓기만 했다. 그동안에도 대공은 몸부림을 치고 있었다. 이윽고 그가 입을 크게 벌리곤 부글거리는 거품을 왈칵 내뱉었다. 그러자 정신이 드는 건지 그의 눈동자에 점차 초점이 잡히기 시작했다.

시선이 마주친 건 우연이 아니었다. 무언가를 찾듯이 방황하던 눈동자가 나를 발견하더니 똑바로 고정되었다. 대공은 필사적으로 입을 벙긋거렸다. 뭔가 말하고 싶은데 아직 얼어 있는 혀가 뜻대로 움직이지 않아 곤혹스러워하는 것 같았다. 그 모습을 보던 카노스가 재밌다는 듯이 눈을 빛냈다.

"얘가 너한테 할 말이 있는 모양인데?"

"그런가 보네요."

마지막 저주라도 내뱉으려나? 아니면 그냥 죽여달라고 애원하려는 건가. 어쩌면 새로운 협상을 하려는 건지도 몰랐다. 그의 바람이야 어쨌든 말을 하게 해줄 생각은 없었다. 지금 카류안은 어떻게든 대공을 죽이려는 생각뿐일 거고, 혀가 자유로워지면 자결할지도 모르니까. 그러나 카노스의 뜻은 나와 달랐던 모양이다. 문득 손가락을 튕기는 소리가 울리더니 대공이 크게 숨을 헐떡였다. 동시에 그를 얼려둔 힘이 약해진 게 느껴졌다. 카노스가 강제로 내 힘을 풀어낸 것이다.

"무슨 짓이에요, 카노스!"

"그치만 뭘 말하려는 건지 궁금하잖아."

"그렇다고 이런……!"

"괜찮아, 괜찮아. 아주 약하게 푼 거라 간신히 말만 할 수 있는 정도야. 네가 염려하는 일은 일어나지 않아."

항의를 단번에 일축한 후, 카노스는 곧장 과장된 동작으로 대공 쪽에 귀를 기울였다. 누가 봐도 이 상황을 즐기는 태도라 얼굴이 절로 찌푸려졌다.

"자자, 말해 봐. 무슨 말을 하고 싶어?"

"……만……줘……."

"응? 뭐라고?"

"……제발…… 쉬게 해줘……."

이어진 대공의 말은 짐작한 범위에서 크게 벗어나지 않았다. 다만 그 속에 담긴 지독한 권태감만은 예상과 조금 달랐다. 나는 천천히 경계를 풀고 대공을 바라보았다. 그의 얼굴엔 지치고 피로한 기색이 역력했다. 아주 오랜 시간 지독한 노동에 시달린 사람처럼, 모든 걸 다 내려놓은 눈이었다.

카류안이 아니구나. 정확히 증명할 수는 없지만 다른 존재라는 것만은 직감적으로 알 수 있었다. 아무래도 대공 본인의 의식이 돌아온 듯했다. 더불어 그 의식은 카류안에게 홀리기 이전의 상태인 것 같았다. 지금까지 지켜봐 왔던 그의 모습 중에서 가장 눈동자가 맑았다.

"나는……그저…… 편해지고 싶었……."

그의 말은 끝까지 이어지지 않았다. 그대로 의식을 잃은 것이다. 급격히 초점을 잃어가는 눈에서 마지막 눈물이 주르륵 흘러내렸다. 그게 자신을 향한 연민인지, 죄책감에서 기인한 건지는 알 수 없었지만. 마지막 인간의 감정이라는 것만은 분명했다. 그 뒤로는 다시 조종당하는 껍데기만이 남았다. 대공은 처음처럼 버둥거리며 긁는 듯한 비명을 내지르기만 했다.

"쉬고 싶다라……."

몸부림치는 대공을 카노스는 한동안 알 수 없는 시선으로 지켜보았다. 그 모습에 왠지 모를 불안감을 느낄 때쯤 그가 빙긋 웃으며 나를 돌아보았다.

"악당의 진심을 엿본 감상이 어때?"

"……딱히 아무 생각도 없는데요."

"동정도 안 하는 거야?"

"동정해야 하나요?"

"매정하긴."

얄밉게 답하면서도 카노스는 더 즐거워 보였다. 마치 내가 그렇게 대답하길 바란 것처럼.

"얘가 이 나라 대공이랬지? 카류안은 그렇다 치고, 이 녀석은 좀 안 됐네. 업이 그리 많지도 않은 편이었는데 어쩌다 삶이 꼬여서 자기 자신을 파괴하게 되었을까?"

"무슨 핑계를 대든 천인공노할 짓을 했다는 건 변하지 않아요."

"물론 그렇지. 애초에 그 마음에 품은 증오가 카류안을 불러들인 걸 테니."

중얼거리는 그의 표정은 덤덤했다. 그 모습을 보니 무심코 한마디가 튀어나왔다.

"카노스는 카류안이 안 밉나요?"

다분히 충동적인 질문이었다. 내뱉음과 동시에 후회가 찾아들었다. 예민한 부분을 건드린 셈이니 분위기가 어색해질 거란 생각도 들었다. 그러나 그는 그저 가볍게 고개를 갸웃하기만 했다.

"흠, 글쎄, 굳이 말하자면 그냥 안타깝다는 쪽이려나."

"……안타깝다고요."

"정말 못 말리는 아이지. 왜 저리 아등바등 신이 되려고 하나 몰라. 신이라고 해서 딱히 좋은 것도 아닌데 말이야. 일단 올라서면 다 해결될 거라 생각하다니 참 순진하기도 하지. 엘, 너도 명심해. 자기 자신을 망치는 방식으론 아무것도 제대로 얻을 수 없어. 마음이 지옥에 있으면 무엇을 얻어도 결국 그쪽의 길만 열 뿐이야."

"알 것 같아요."

"오, 내 말에서 진리를 깨달았어?"

"아뇨, 카노스의 태도가 관조적으로 보이는 이유요. 카노스는 모두를 같은 시선으로 보는군요. 당신에겐 우리나 카류안이나 큰 차이가 없는 거예요."

"아, 음. 그건 확실히 그럴지도 모르겠네."

카노스는 선뜻 긍정했다. 지금까지 딱히 숨기려 한 적도 없었고, 이제 와 새삼 부정하거나 회피할 리가 없다는 것도 알고 있었다. 하지만 막상 정말 고개를 끄덕이는 걸 보니 뭔가 기분이 이상했다. 조금은 충격을 받은 것 같았다.

"내게 실망했어?"

"……아뇨. 누굴 어떻게 생각하든, 그건 카노스 마음이죠."

"다정해라. 본성이 살아나도 성격은 어디 안 가는구나. 역시 타고나는 것보단 학습인가?"

생긋 웃으며 하는 말에 몸이 움찔했다. 이곳으로 오기 전 마지막으로 마주쳤던 아스의 표정이 스쳤다. 그대로 입을 다물었더니 그가 의아한 눈길을 보냈다.

"왜 그래? 갑자기 우울해진 것 같네?"

"난 별로 다정하지 않아요."

"오호, 왜 그렇게 생각했을까?"

"애들에게 상처를 준 것 같아요. 라피스한테 지적도 받았는데 본성이 살아났다는 자각도 제대로 못 했어요. 어쩐지 기분이 좀 이상하더라니."

"기분이 어떤데?"

"그냥 쓰고 건조해요. 다른 사람의 감정에 무감각해지는 것 같아요. 세상의 채도가 한 톤 낮아진 느낌이에요. 대체 본성이 왜 이런 건지 모르겠네요."

"음, 좀 미안하네."

"카노스가 왜요?"

"그 정령왕의 '본성'이라는 거 말이야. 최초의 정령왕들이 물려준 거거든."

뭐라고?

처음 듣는 얘기에 놀라 바라보자 카노스가 어깨를 으쓱였다.

"그들의 삶에서 완성된 감정이 각자 계보의 본능으로 굳어졌지. 그래서인지 늘 비슷한 상황이 반복돼. 미네르바는 강한 자극을 찾아다니지. 트로웰은 보답받지 못하는 사랑을 해. 이프리트는 정론을 지키느라 소중한 것을 놓치는 편이야. 엘퀴네스는 알다시피 항상 혼자고."

전혀 몰랐던 내용이다. 뭐라고 해야 할지 알 수 없어서 할 말을 찾으려니 카노스가 빙긋 웃으며 나를 돌아보았다.

"그래서 본성을 잃은 네가 흥미로웠어. 어떤 삶을 살아갈지 궁금했었지. 내 기대보다 더 보기 좋더라."

"카노스……."

"다른 엘퀴네스들도 그 본성이 없었다면 다른 삶을 살았겠지.

가만 보면 엘뤼엔도 의외로 상냥한 구석이 있잖아? 난 그게 진짜 그의 본성인 것 같거든. 본인은 별로 인정하지 않는 것 같지만.”

말을 끝마친 후 그가 잠시 멈칫하더니 가만히 나를 바라보았다.

“왜 울어?”

“……내가 지금 울고 있어요?”

“응, 구슬 같은 눈물을 뚝뚝 떨어트리고 있는데?”

손을 들어 뺨을 쓸어보니 축축한 감각이 묻어 나왔다. 딱히 의심했던 건 아니었지만 정말로 그 증거를 눈으로 확인하니 당황스러웠다.

“그렇네요. 정말 우네요.”

“내 말 어디에 슬픈 내용이 있었어?”

“글쎄요. 슬픈 건가, 잘 모르겠어요. 그냥…….”

“그냥?”

“카노스가 굉장히 외로웠겠구나 싶어서요.”

그는 아무 대답도 하지 않았다. 분명 얼굴을 마주 보고 있는데 그의 표정을 읽을 수가 없었다.

“난 가끔 이러는 건데도 힘들거든요. 세상에 나 혼자 떨어진 기분이 들어요. 그런데 카노스는 평생 이런 기분을 느꼈던 거네요. 그걸 어떻게 견뎠어요?”

“지금 날 걱정해 주는 거야? 원망하는 게 아니라?”

“카노스가 일부러 그런 것도 아니잖아요.”

재미있다는 듯 가볍게 웃은 그가 손을 뻗어 내 머리를 쓰다듬었다.

"내가 전에 했던 말 기억하는지 모르겠네. 내가 아름답다고 인정한 사람이 네가 두 번째라고."

기억한다. 아마도 루카르엠 때 했던 말이었던 것 같다. 그가 카노스일 거라고는 생각도 하지 못했던 때. 당연히 그냥 대충 하는 말이라고 생각해서 크게 신경 쓰지도 않았었다. 갑자기 그 말을 왜 하나 싶어서 고개를 갸웃하니 그가 부드러운 시선을 보냈다.

"그 감정을 외롭다고 표현한 것도 네가 두 번째야."

"아……."

"아버지와 아들이 이렇게나 닮은꼴이라니. 정말 재밌는 부자라니까."

이어진 말의 의미를 깨닫는 건 그리 어렵지 않았다. 그가 내 아버지라고 지칭할 존재는 단 하나뿐이었으니까. 가만히 숨을 삼키려니 카노스가 나직하게 혀를 찼다.

"나 참, 원래 이렇게 솔직하게 말해 주진 않는데. 네가 너무 착한 아이라 나까지 방심한단 말이지. 여러모로 무서운 아이란 말이야? 그러니, 엘. 그 감정에서 빠져나가지 못할까 봐 무서워할 거 없어. 넌 다르니까."

"무슨 뜻인지 모르겠어요."

"본성이 살아날 때를 잘 생각해 봐. 대체로 어떨 때 그랬어?"

그 질문에 나는 천천히 지난 일을 돌아보았다. 첫 자각은 미네가 태어났을 때. 본계에서 푹 쉬다가 별다른 계기 없이 변했던 걸로 기억한다. 이후로는 대체로 화가 나거나 신경이 예민해질 때였다. 그렇게 답했더니 카노스가 거보란 듯이 고개를 끄덕였다.

"무엇 때문에 화가 나고 왜 예민해졌는데?"

"네? 그거야……."

퍼뜩 떠오르는 생각에 말을 끝맺지 못했다. 그러고 보니 그냥 화가 났던 적은 없었다. 평소보다 예민해질 땐 대체로 일행이 얽혀 있었다. 그래, 그들을 지켜야 할 때. 천천히 머리를 장악해 가는 깨달음에 멍해지자 카노스가 이제야 알았냐는 듯이 웃었다.

"화날 때 화를 내는 건 당연한 거야. 다른 누군가를 지키기 위해 경계심이 강해지는 건 네가 여전히 다정한 아이라는 증거지. 상처를 줄까 봐 자리를 피한 것도 마찬가지야. 넌 앞으로도 괜찮을 거야."

나는 견디지 못하고 고개를 떨궜다. 다시 솟아난 눈물이 뚝뚝 떨어지는 게 선명하게 느껴졌다.

"카노스도 다정해요."

"난 악신과 너희를 똑같이 취급하는데?"

"그러니까요. 똑같이 대한다는 건 모두를 다 소중히 여긴다는 뜻이기도 하잖아요."

"재밌는 해석이네. 보통은 모두에게 관심이 없다는 뜻으로 받아들이지 않나?"

"그건…… 그럴 리가 없으니까요. 관심이 없다면 누가 죽든 다치든 상관도 안 했겠죠. 악신을 막으려고 할 리도 없구요."

"그냥 의무를 다하는 것뿐이라면?"

"그래도요. 그래도 난 카노스가 다정한 것 같아요."

아까부터 떨어지는 눈물이 멈추지 않았다. 그런 나를 어쩔 수 없다는 듯이 바라보던 카노스가 다시 머리를 쓰다듬었다.

"엘뤼엔은 정말 운이 좋단 말이야. 이제라도 늦지 않았으니 엘뤼엔 버리고 내 아들 할래?"

"그건 싫은데요."

"매정하긴."

그때 주위가 훅하고 더 밝아지는 느낌이 들었다. 놀라서 고개를 드니 정화진에서 빛이 뿜어져 나오는 것이 보였다. 완성을 마쳤는지 마법진이 본격적으로 발동하고 있었다. 그러자 그에 맞춘 것처럼 대공을 감싸고 있던 붉은 기운도 완전히 그를 덮었다. 한 덩어리가 되어가는 동안 대공이 내지르던 소음도 파묻혀 잠잠해졌다. 그 모습을 가만히 바라보던 카노스가 피식 웃었다.

"자아, 드디어 종막인가? 이제 모든 게 끝날 시간이야."

제7화

1.

문득 뺨을 간질이는 느낌에 엘뤼엔은 천천히 눈을 떴다. 뿌연 시야가 점차 선명해지며 나뭇가지로 한가득 덮인 천장과 그사이에 우거진 덩굴 나뭇잎이 보였다. 이불 속에 들어온 것처럼 아늑하고 포근한 기온에, 울창한 가지들 사이에선 맑은 햇빛이 딱 기분 좋을 만큼만 쏟아지고 있었다. 꽃향기를 품은 바람은 스칠 때마다 재잘거리는 새소리를 들려주었다.

멀쩡한 사람도 저절로 잠들어 버릴 듯한, 낮잠 자기 좋은 분위기였다. 그러나 반대로 주위를 인지할수록 엘뤼엔의 정신은 점차 또렷해지고 있었다. 가장 먼저 떠오른 생각은 '언제 의식을 잃었는가'였다. 그를 강제로 떠맡은 루세프가 공간이동을 한 건 확실히 기억했다. 말없이 노려보는 그에게 루세프가 쩔쩔매던 모습도 선명했다. 그런데 어느 순간 정신을 차리니 낯선 곳에서 눈을 뜬 채였다.

거기까지 생각했을 때 다시금 뺨이 간지러운 느낌이 들었다. 조금 전 그를 깊은 잠에서 깨운 바로 그 감각이었다. 고개를 돌린 엘뤼엔은 그의 얼굴을 툭툭 건드리고 있던 걸 발견했다. 동그란 눈과 동그란 얼굴을 가진 생물이 그와 눈이 마주치자 깜짝 놀라 후다닥 달아났다.

"……뭐야, 저건."

"고양이지."

들려오는 음성에 엘뤼엔은 멈칫했다. 고개를 돌린 그의 시야에 한 소녀가 들어왔다. 조금 전 그를 건드리다 달아난 것과 같은 생물을 품에 안고 있는 모습이었다.

"정신이 들었느냐?"

친근한 어투에 엘뤼엔은 미간을 찌푸렸다. 소녀를 몰라서가 아니었다. 오히려 소녀는 신계에서 가장 협소한 인맥을 가졌다고 해도 과언이 아니라 할 수 있는 그가 얼굴을 알고 있는 몇 안 되는 신 중 하나였다. 단지 분위기가 그가 알던 것과 달랐다.

"운명의 여신?"

"그렇단다."

예상한 그대로의 대답이 돌아왔지만 엘뤼엔은 오히려 얼굴을 더 찌푸렸다. 그가 기억하는 운명의 여신 라데카는 달빛을 머금은 것처럼 은은하게 빛나는 은발을 갖고 있었다. 그러나 지금 그녀의 머리칼은 짙은 흑색이었다. 피부색 역시 진한 흑갈색이다 보니 전반적으로 어두웠다. 그게 이상하진 않았지만 평소의 그녀와 다른 느낌이 된 건 사실이었다. 그가 자신의 머리칼을 바라보고 있다는 걸 알아차린 듯 라데카가 씁쓸한 미소를 지었다.

"사고가 있어서 잠시 힘을 잃었단다. 그래서 한동안 이곳에서 요양해야 하는 신세가 되고 말았지."

"……이곳?"

"모르겠느냐? 여긴 사나시드의 치유실이란다."

대답과 함께 라데카가 품에 안고 있던 하얀 고양이를 그의 눈앞에 들이밀었다. 뭐하는 짓이냐는 엘뤼엔의 시선에 그녀는 피식 웃었다.

"아주 귀엽지? 사나시드의 치유실엔 이런 귀여운 아이들이 아주 많단다. 환자의 정서 안정을 위해서지. 네가 지금 딱 정서 안정이 필요한 얼굴을 하고 있구나."

"……됐으니까 치워."

"진심으로 하는 말이냐? 고양이를 보면서 눈 하나 깜짝하지 않는다니. 누가 형벌의 신 아니랄까 봐 냉정한 녀석이로구나. 저기 있는 루세프를 좀 본받거라."

라데카가 가리키는 곳으로 시선을 돌린 엘뤼엔은 구석에 앉아 있는 루세프를 발견했다. 어딘지 퀭해 보이는 그는 영혼이 빠져나간 듯한 얼굴을 한 채 하염없이 고양이를 쓰다듬고 있었다. 황당해진 엘퀴엔은 몸을 일으켰다. 본래는 완전히 일어날 생각이었지만 몸을 가르는 듯한 통증에 허리를 세워 앉는 것이 고작이었다.

"아직 무리해서 움직이는 건 좋지 않단다."

"상관하지 마. 저건 왜 저러고 있는 거지?"

"조금 전에 그가 보는 앞에서 이오웬이 아크아돈으로 내려갔기 때문이란다."

라데카의 대답은 그가 상황을 이해하는 데 아무런 도움이 되지 않았다. 천신 이오웬이 아크아돈으로 내려간 게 루세프가 넋을 잃고 있는 것과 무슨 상관인 건지, 인과 관계를 조금도 짐작할 수가 없었다. 애초에 카노스가 그에게 맡긴 일은 엘퀴엔을 치유의 신에게 데려다주는 것까지였다. 이오웬과 길이 어긋난 게 문제라면 다시 따라 내려갔으면 됐을 일이다. 저렇게 구석에 쭈그리고 앉아서 궁상을 떨 게 아니라. 그 의문을 읽은 라데카가 부연 설명을 덧붙였다.

"정확히는 그를 부르는 몸에 강신했단다."

"강신?"

"루세프의 그릇 말이다. 그렇게 찾던 루세프의 아이가 능력을 각성한 모양이더구나."

"아아."

그제야 대충 어떻게 된 건지 알 것 같아서 엘퀴엔은 한숨을 내쉬었다. 엘 옆에 붙어 있던 유니콘이 생각난 덕분이었다. 관심도 없어서 몰랐는데 아무래도 그 유니콘이 접신할 수 있는 존재였던 듯했다. 어째선지 제 창조신인 루세프를 놔두고 다른 신을 불러들인 모양이지만.

“시벨이 날 안 부르고 이오웬을 불렀어. 날 안 부르고……. 나도 여기 있는데. 나도 천의 속성인데……. 이오웬보다는 쪼끔 약해도 나도 쓸 만한데…… 내가 제일 가까운 신인데…….”

저러면 나라도 안 부르겠군. 엘뤼엔은 속으로 가볍게 중얼거렸다. 마음에 들지 않는 유니콘이었지만 이번만큼은 그의 결정을 지지했다. 눈물을 철철 흘리면서 하염없이 중얼거리는 루세프를 무시하기로 한 엘뤼엔은 다시금 라데카를 돌아보았다.

“아크아돈의 상황은 어떻지? 악신은?”

“글쎄다. 말했다시피 난 힘을 잃어서 당분간은 아무것도 보지 못한단다. 하지만 듣기로는 천군이 결박해 두었다는구나. 그 이후로는 조용하니 순조롭게 진행되고 있는 것 아니겠느냐.”

“그런가.”

“아무렴 그렇고말고. 그러지 않는다면 내 그 괘씸한 종자를 잡아다 뼈째 갈아먹어도 시원치 않을 것이다.”

고양이를 끌어안은 라데카의 황금빛 눈동자가 음험하게 번뜩거렸다. 엘뤼엔은 어렵지 않게 지난 상황을 추측했다. 대체로 너그러운 편인 라데카가 유독 이를 가는 존재는 하나밖에 없었다. 아무래도 저 밤의 머리칼은 카노스가 원인이 된 듯했다.

“앗, 벌써 움직이면 안 돼요!”

그때 마침 문을 열고 들어서던 이가 엘뤼엔이 앉아 있는 것을 보고 깜짝 놀라 소리쳤다. 투명한 비취색의 머리칼을 양쪽으로 묶어 모양을 낸 여인에게선 짙은 약초 냄새가 풍겼다.

"저이가 바로 치유의 신 사나시드란다."

라데카가 설명해 주지 않아도 엘뤼엔은 이미 여인의 정체를 알아본 상태였다. 서둘러 다가온 사나시드는 곧바로 엘뤼엔의 환부부터 점검했다. 그녀의 오렌지 색 눈동자가 책망을 담고 엘뤼엔을 응시했다.

"상처가 다시 벌어졌어요. 아직 이렇게 일어나 있으면 안 돼요. 자, 어서 다시 누우세요."

"난 괜찮아."

"아뇨, 안 괜찮아요. 당신은 소멸할 뻔했다가 간신히 살아났어요. 숨이 붙어서 온 게 신기할 정도였다고요. 잔말 말고 누워요. 슈레이, 천상수를 이리로 가져오세요."

"네, 사나시드 님."

치유신의 뒤쪽에 서 있던 이가 물주머니를 들고 다가왔다. 연한 산호색 머리칼과 회색의 눈동자를 지닌 이는 천사가 아니라 하급 신이었다. 그것도 아직 신이 된 지 얼마 되지 않은 상태로 보였다. 라데카가 그에게 관심을 보이고 물었다.

"수양(修養) 신이냐?"

"아, 예! 맞습니다, 라데카 님."

까마득히 높은 존재가 관심을 보인 것이 기쁜지 그의 뺨이 상기됐다. 수양 신은 오랜 수련과 고행을 거쳐 신이 된 이들을 칭하는 말이었다. 대체로 어느 정도 덕을 쌓은 영혼이 중천에서 상당 기간 공적을 쌓아야 이룰 수 있는 결과였다. 이렇게 신이 된 이들은 백지 상태로 시작하기 때문에 원하는 능력을 얻기 위해선 관련 상급 신에게 일을 배우며 힘을 부여받아야 했다. 즉, 그가 지금 이곳에 있다는 건 치유의 신이 되고 싶다는 뜻이었다.

"고된 길이었을 텐데 장하구나. 명계에선 무슨 일을 했느냐?"

"결정자의 보좌관으로 있었습니다."

"아, 새넌의 아들놈 말이구나. 제 아비를 닮아서 깐죽거리기가 이루 말할 데 없는 놈이지."

"그래도 좋은 상관이었습니다."

"그렇게 좋으면 명계에 쭉 있지 않고? 아레히스가 제 아버지를 추천해 주려고 했을 텐데?"

"그, 그건 제가 치유의 힘을 동경해서……."

"그럼 힘을 받고 나서 다시 명계로 가면 되겠구나? 명계에도 치유 신이 필요할 거란다."

"하하하하, 천상수가 좀 부족한 것 같네요. 제가 냉큼 가서 더 가져오겠습니다!"

슈레이가 누가 봐도 어색한 핑계를 대며 물러서려 하자 라데카가 피식 웃었다. 그들의 모습을 지켜보던 사나시드가 못 말린다는 표정을 지을 때였다. 쿠웅! 일순 바닥에서 묵직한 진동이 울리면서 심뜩한 한기가 파고들었다. 평화롭던 분위기가 한순간에 경직되고 모두의 얼굴이 굳었다. 넋을 잃고 있던 루세프도 정신을 차리고 허공에 영상을 띄웠다. 악신이 있는 곳을 비추려는 시도였으나 온통 뿌옇기만 했다. 한창 무언가를 진행하는 중인 것 같은데 잘 보이지 않았다.

"젠장, 뭐가 어떻게 되어 가는 거야?"

루세프가 초조한 얼굴로 입술을 깨물었다.

"설마 악신이 각성한 거야?"

"아니, 그런 건 아닌 것 같다. 아마 저항이 강해서 천군과 연결된 결박진이 흔들린 거겠지. 하지만 느낌이 좋지 않구나. 사나시드, 저이의 치유를 서두를 수 있겠느냐?"

라데카의 말에 굳어 있던 사나시드가 고개를 끄덕였다.

"어떻게든 해 볼게요. 천상수는 됐어요, 슈레이. 지금 하려는 집중 치료를 도와주세요."

사나시드가 다급히 엘뤼엔의 환부에 손을 얹으며 말했다. 그런데 바로 돌아와야 할 대답이 없었다.

"슈레이?"

의아해진 사나시드가 고개를 돌리다 얼굴을 굳혔다. 조금 전까지만 해도 멀쩡했던 슈레이가 무릎을 꿇은 채 엎드려 있었다.

"슈레이! 슈레이! 왜 그래요?"

"크흑, 흐으으……."

놀란 건 다른 이들도 마찬가지였다. 라데카만이 아니라 루세프도 당황해서 그에게 다가섰다. 그리고 발견한 것에 그들은 일제히 숨을 삼켰다. 슈레이의 머리에서 뿔이 돋아나고 있었다. 아름다웠던 산호색 머리칼은 구정물이 묻은 것처럼 얼룩덜룩해졌다. 이윽고 슈레이가 멍하니 고개를 들었다. 마치 홀린 것 같은 모습이었다.

"…가야 해……."

"슈, 슈레이?"

"도와야……그분을……."

"대체 무슨 소리를 하는 거예요? 정신 차려요, 슈레이! 악!"

"사나시드!"

그가 몸을 일으키려는 걸 사나시드가 막으려 했다. 하지만 엄청난 힘에 밀려 그대로 고꾸라졌다. 당황한 루세프가 막아섰지만 그 역시 속수무책으로 밀려났다. 루세프의 얼굴이 굳었다. 이제 막 하급신이 된 존재가 상급신인 자신의 힘을 이렇게 쉽게 꺾는다는 게 믿어지지가 않았다. 그러나 그 순간 강한 타격 소리가 들리더니 슈레이가 의식을 잃고 스르륵 쓰러졌다. 당황해서 멍해진 루세프는 그 뒤에 서 있는 엘뤼엔을 발견하고 곧 상황을 파악했다. 그가 신력을 쓴 것이다.

"너 그렇게 움직이면……."

"그래, 그렇군. 악신으로 각성한 후엔 막을 수 없다고 하더니. 죽일 수 없는 건지, 죽이지 않으려는 건지 궁금했는데, 아무래도 후자였던 모양이야."

그가 하려는 말을 가르고 엘뤼엔이 입을 열었다. 루세프가 얼떨떨하게 물었다.

"후자라니?"

"악신은 주신과 대등한 권능을 지닌다. 그리고 우리는 본능적으로 주신에게 복종하게 되어 있지. 그럼 악신에겐?"

"어……어?"

"이미 하급신은 감화되기 시작한 것 같군."

엘뤼엔이 무슨 말을 하려는지 깨달은 루세프가 경악해서 입을 벌렸다. 그 순간 갑자기 바깥이 소란해지기 시작했다. 둔탁한 병장기 소리와 비명이 마구 섞여들었다.

루세프의 얼굴이 하얗게 질렸다. 침식이 시작되고 있었다. 신계의 붕괴를 알리는 전조였다.

2.

상황은 순식간에 악화했다.

처음 새로운 정화진이 발동했을 때만 해도 진행은 순조롭게 이어지고 있었다. 검은 덩어리 속에서 카류안의 저항이 심해지긴 했지만 다들 잘 버텨나갔다. 그런데 저 멀리 하늘에서 무언가가 날아오는 게 보였다. 거대한 독수리 날개에 해골로 된 머리를 달고 있는 새였다.

'저게 왜…….'

실제로 보는 건 처음이지만 정체가 뭔지는 알았다. 인간들에게 하늘 뱀 괴수라고 불리는 비행 몬스터다. 무리 지어 다니는 종류인 데다가 서식지도 이곳과는 거리가 멀었다. 이 근방에서 절대 홀로 나타날 일이 없는 몬스터라는 소리다.

게다가 지금 이곳엔 신과 드래곤이 있었다. 미물이라 여겨지는 벌레조차 그들의 존재감을 이기지 못하고 근방에서 모두 자취를 감춘 상태였다. 지능이 있는 멀쩡한 몬스터가 제 발로 여길 찾아들 리가 없었다. 좋지 않은 예감에 얼굴을 찌푸리는데 어디선가 창이 날아들었다. 그러고 보니 괴수가 떠 있는 곳이 인간들의 거주지와 가까웠다. 그곳에 있던 인간들이 몬스터를 발견하고 공격하는 것 같았다.

"죽이면 안 돼!"

다급히 소리쳤을 땐 이미 날카로운 창대가 괴수의 몸을 그대로 꿰뚫은 뒤였다. 반으로 갈라진 몸이 속절없이 그대로 거꾸러지는 모습이 느린 화면처럼 이어졌다. 떨어지면서 해골이 웃고 있는 것처럼 보인 건 착각이었을까.

쿠우웅!

그 순간 카류안을 감싸고 있던 검은 덩어리가 더 크게 부풀었다. 사방이 진동하면서 바닥이 요란하게 들썩거렸다. 그 사이에서 새카만 기운이 퍼져 나왔다. 온몸이 얼어붙을 것처럼 오싹한 한기를 품은 기운이었다.

하지만 그 뒤로는 다시 잠잠했다. 괴수 역시 악신의 조각을 나눠 받은 것 같긴 한데, 다행히 아주 일부였는지 그 힘이 돌아간 것만으로는 큰 영향을 주진 않은 듯했다. 이상한 기분을 느낀 건 바로 그다음이었다. 어디선가 시선이 느껴지는 것 같아서 고개를 들었다가 나는 흠칫 얼굴을 굳혔다. 천군 사이에서 누군가가 이쪽으로 활을 겨누고 있었다.

"어……?"

멈칫하는 순간 짙은 광선이 떨어졌다. 그 빛은 나를 스쳐 지나가 바로 옆에 꽂혔다. 나는 멍하니 고개를 돌렸다. 빛의 화살이 방진 위에 꽂혀 있었다. 정확히는 그곳에 있는 대공의 몸에.

"커흑!"

숨이 격동하는 찰나의 순간 그와 나의 시선이 마주쳤다. 상황을 이해하지 못하고 부릅뜬 두 눈이 아주 느릿하게 깜빡거렸다. 그 두 눈이 웃는 것처럼 보이는 건 착각이었을까.

"젠장!"

상황을 돌아볼 겨를도 없이 반사적으로 몸이 먼저 움직였다. 나는 서둘러 화살을 뽑아내고 대공에게 치유술을 불어넣었다. 하지만 그 힘은 스며들지 못하고 그대로 흩어졌다. 고요한 몸에서 온기가 빠르게 빠져나가고 있었다. 이미 생명이 느껴지지 않았다. 그 현상이 가리키는 결과는 명백했다. 죽었다. 정말 죽은 거다. 당연한 사실을 파악하는 동안 머릿속이 점차 차가워졌다. 대공은 이렇게 쉽게 가서는 안 되는 자였다. 그가 저지른 수많은 악행을 생각해서라도 절대.

"하."

어이가 없어서 허탈한 숨이 흘러나왔다. 이게 뭐지? 도대체 왜 이런 일이 일어난 거지? 모든 상황이 선명했지만 받아들이기가 쉽지 않았다. 천군이 대공에게 활을 쏘았다. 지금 대공을 죽이면 안 된다는 건 그들도 알고 있었을 거다. 그런데 왜?

망연한 기분으로 하늘을 바라보다 나는 얼굴을 굳혔다. 천군 진영이 빠른 속도로 무너지고 있었다. 점차 흐려지는 구름 속에서 사람들이 어지러이 섞여 치열하게 싸우는 게 보였다. 아무래도 그들 사이에서 변심한 자가 나온 듯했다.

"하급신들이 악신에게 물든 것 같습니다!"

섀넌의 다급한 외침과 동시에 구름이 걷히며 천군의 모습이 일제히 사라졌다. 신계 상황이 나빠지니 그들 쪽에서 연결을 끊은 것 같았다. 당연히 정화진과 연결되어 있던 힘 역시 흩어져 사라졌다. 악신을 묶어두고 있던 결박진이 깨지는 순간이었다. 그러자 그 즉시 검은 덩어리가 더 크게 팽창하며 마구 요동치기 시작했다. 조금 전과는 비교할 수 없는 힘이었다. "허억!" 정화진을 지탱하고 있던 이들이 창백한 얼굴로 신음을 토해내다 한 번에 무너졌다. 우르르 쓰러진 드래곤들이 의식을 잃는 것과 함께 트로웰과 이프리트가 그대로 증발하듯이 사라졌다. 역소환 된 것이다.

"트로웰! 이프리트!"

파장에 밀려 쓰러진 페르데스가 절망한 얼굴로 소리쳤다. 동시에 이어진 건 유리가 깨지는 것처럼 날카로운 파공성이었다. 쨍그랑! 투명한 파편이 허공에서 퍼져나가며, 정화진 위에 떠 있던 심판관이 증발하듯 사라졌다. 그 현상이 뜻하는 건 하나뿐이었다. 정화진이 실패한 것이다.

"아아, 정말이지. 쉽게 가질 않네."

가장 빨리 움직인 건 카노스였다. 가볍게 혀를 찬 그가 손을 뻗자 긴 창이 생겼다. 그가 사라진 심판관을 다시 소환한 것이다. 정화진은 실패했지만 그 덕분에 심판관도 소멸하지 않은 것 같았다. 이윽고 날 듯이 덩어리 위로 뛰어오른 카노스가 그 속에 창을 던져 깊게 찔러 넣었다. 콰직! 콰아아아아—! 뭉쳐져 일어난 큰바람이 파도처럼 퍼져나갔다. 그리고 깊은 정적이 내려앉았다.

"……."

"……."

한동안 덩어리에선 어떠한 움직임도 보이지 않았다. 바닥에 다시 착지한 카노스도, 섀넌과 페르데스도 모두 말없이 덩어리를 주시했다.

그렇게 얼마나 지났을까. 문득 작은 소리가 들렸다. 무언가가 갈작갈작거리는 소리였다. 소리의 출처는 명확해서 찾아볼 필요도 없었다. 덩어리에서 천천히 금이 생기고 있었으니까. 처음에 나타난 건 아주 작은 균열이었다. 그러나 틈새는 순식간에 벌어졌고, 그 틈을 비집고 긴 손톱이 뻗어 나왔다. 그걸 본 모두의 얼굴이 굳었다.

이윽고 완전히 갈라진 안에서 검은 액체가 흘러나왔다. 썩은 열매가 터진 듯이 사방에 악취가 진동했다. 그 속에서 빠져나오기 시작하는 카류안은 그새 덩치가 더 커진 것 같았다. 먹물처럼 새카만 피부 위엔 기이하게 그려진 붉은 문양이 가득했다. 뼈대와 살점 일부만 있었던 날개도 완전해진 상태였다. 그런데 한쪽 날개가 없었다. 놈이 힐끔 자신의 어깨 너머를 돌아보았다. 그곳엔 카노스가 꽂아 넣은 창이 깊숙이 자리 잡고 있었다. 펴지지 못한 다른 쪽 날개가 그에 같이 짓눌려 꿈틀거리는 중이었다. 놈은 단숨에 창을 뽑아내려는 듯 손잡이를 움켜쥐었지만, 곧바로 다시 손을 떼어냈다. 지글거리는 소리와 함께 손바닥에서 연기가 나는 게 보였다.

"……흥, 마지막 발악인가?"

코웃음을 친 후 카류안은 창을 단 채로 보란 듯이 걸음을 옮겼다. 저벅저벅, 발자국이 찍히는 소리가 선명히 울릴 때마다 모두의 얼굴이 창백해지고 있었다. 이 순간에도 담담한 건 카노스뿐인 것 같았다. 그는 가까워지는 카류안에게 시선을 떼지 않은 상태로 입을 열었다.

"섀넌, 명계의 문을 닫아."

"네?"

"명계가 넘어가면 끝이야. 거긴 최후까지 지켜야 해."

당황하던 섀넌이 그 말에 정신을 차렸는지 고개를 끄덕였다. 그는 곧바로 수인을 맺으며 무언가를 중얼거리기 시작했다. 그러자 그의 몸을 감싸고 있던 붕대가 풀리면서 그 속에 감춰져 있던 피부가 드러나기 시작했다. 창백할 정도로 하얀 피부엔 먹으로 새긴 듯한 글자가 빼곡하게 채워져 있었다. 주문이 이어질수록 글자가 은색으로 빛나더니 피부에서 떨어져 나와 살아 움직이듯이 그의 주위를 맴돌았다. 마침내 확장된 글자들이 별 가루처럼 퍼져나가는 순간, 강한 공명과 함께 묵직한 감각이 쏟아졌다. 이어져 있던 통로 하나가 닫혔다는 느낌이 들었다. 카류안도 그걸 느꼈는지 몸을 약간 움찔했다.

"지금 뭘 했지?"

"명계를 봉인했습니다."

"봉인이라……."

"내가 아니면 이 문은 아무도 열 수 없습니다. 유감이지만 당신이 완전히 각성해도 최고신은 당신의 권속에 들어가지 않을 겁니다. 날 죽이지 않는 한 당신은 영원히 지배권을 가져가지 못합니다."

"그리고 섀넌을 죽이기 전에 날 먼저 죽여야 할 거야."

그때 낯선 여성의 목소리가 끼어들어 말을 덧붙였다. 나타난 사람은 금색의 갑옷으로 무장한 채 방패와 검을 들고 있었다. 높게 묶어 올렸는데도 발끝까지 흘러내린 풍성한 머리칼이 총천연색으로 화려했다. 카노스가 밤이라면 그녀는 마치 태양이 현신한 것 같았다. 덕분에 자연스레 그 정체도 알 것 같았다. 천신 이오웬, 그의 본 모습이었다.

돌아보니 시벨리우스가 지친 모습으로 아스의 부축을 받는 것이 보였다. 역시 천신이 그 몸에서 빠져나온 게 분명했다. 곧 섀넌을 보호하듯이 그 앞에 선 이오웬이 들고 있던 방패를 땅에 꽂아 넣었다. 그러자 강렬한 빛이 터져 나오며 그들 앞에 투명한 보호막이 생겼다. 그것을 본 카류안의 두 눈이 크게 꿈틀거렸다.

"……아직도 헛된 수고를 하는군. 뭐, 좋아. 이럴수록 빼앗을 때의 희열이 더 클 테니 말이야."

그 사이에도 카류안은 점차 가까워지고 있었다. 이윽고 완전히 다가온 카류안이 카노스의 앞에 멈춰 섰다. 카노스도 꽤 큰 편에 속하는데 상대가 워낙 거대하다 보니 그대로 짓밟힐 것처럼 아슬아슬해 보였다. 둘은 한동안 그렇게 서로를 가만히 바라보았다. 먼저 입을 연 건 카류안 쪽이었다.

"넌 내가 누군지 알고 있나, 마신?"

"카류안이잖아?"

"아니, 그게 아니지. 네가 아는 다른 이름이 있을 거야."

"글쎄. 무슨 말인지 모르겠네."

고개를 기울인 카노스가 전혀 모르겠다는 얼굴로 웃었다. 악신이 되었다는 여유일까. 분노할 거란 생각과는 달리 카류안 역시 그저 낮게 웃었다.

"매일 밤 악몽을 꿨다."

그는 천천히 주먹을 쥐었다 폈다.

"난 그 악몽을 해결할 방법을 원했고, 지혜의 열매를 찾았지. 그걸 먹으니 어디에서 기인한 악몽인지 모든 게 선명히 보이더군."

"그래?"

"그렇다. 덕분에 깨달았지. 내가 바로 초대 마왕인 아르카이델이라는 사실을 말이야."

그건 전혀 생각지 못한 과거였다. 페르데스가 당황하는 것과 이오웬이 얼굴을 굳히는 것이 보였다. 카노스의 얼굴은 여전히 변화가 없었다.

"아르카이델이라……."

"그래, 아르카 말이다. 설마 잊지는 않겠지? 네게 만들어졌지만 결국 네게 버려져 비참하게 죽은 마왕을 말이다. 내가 사랑하던 너의 천사들도 모두 개죽음을 당했지. 아스모델은 내 눈앞에서 스스로 목숨을 끊었다."

아스모델이라고?

익숙한 이름에 멈칫했다가 고개를 저었다. 저자가 말하는 자가 내가 아는 아스일 리가 없었다. 그러고 보니 아스의 이름을 누군가에게서 따온 거라고 들었던 것 같다. 아마도 그 이름의 주인과 연관된 이야기인 듯했다.

"아스모델은 신계에서 가장 곧은 천사였다. 그렇게 비참하게 죽을 이유가 없었지. 그때 네가 오기를 내가 얼마나 기다리고 개처럼 애원했는지 아나? 난 죽더라도 그만은 살려주길 간절히 바라고 또 바랐다. 하지만 그가 죽음을 택할 때까지도 넌 끝끝내 우리 앞에 나타나지 않았어. 그런데 그 이름을 다른 이가 쓰고 있더군. 그 이름을 어떻게 다른 이에게 붙일 수 있지? 어떻게 감히!"

카류안의 두 눈이 증오를 담고 붉게 번들거렸다. 숨을 삼키는 소리가 들려 돌아보니 이오웬이 파랗게 질린 얼굴로 입술을 악물고 있었다. 오히려 그의 증오를 정면에서 받아내는 카노스는 그저 조금 묘한 표정을 짓고 있었다.

"음, 그래. 그 아이의 이름을 내가 붙인 건 아니지만, 그 문제는 차치하기로 하고. 일단 먼저 짚고 넘어가야 할 게 있는데."

"뭘 말이지?"

"너 아르카 아니야."

이어진 말에 나는 다시 놀라야 했다. 카류안 역시 흠칫했다가 이글거리는 눈으로 카노스를 노려보았다.

"거짓말을 하는군."

"내가 왜 이런 거로 거짓말을 하겠어. 애초에 그 열매가 보여준 건 네 전생이 아냐. 너와 같은 아이들에게 전생의 기억을 떠올리게 하는 건 금기지. 그건 아무리 나라도 할 수 없어. 할 생각도 없고."

"……거짓이다."

"아니, 정말이야. 넌 아르카가 아니고, 그러니 그 아이가 그때 어떤 생각을 했는지도 알지 못해. 네가 가진 그 기억은 왜곡되어있어. 잘 생각해 봐. 아르카의 마지막이 어땠지?"

"나는…… 아스가 죽은 후에…… 나는?"

카류안은 바로 대답하지 못했다. 생각을 되짚으려 할수록 그는 더욱 혼란을 느끼는 것 같았다. 흔들리는 표정에 카노스가 그럴 줄 알았다는 듯이 웃었다.

"기억나지 않지? 넌 아르카의 죽음을 보지 못했으니까."

"그럼 내가 봤던 게 다 뭐라는 거냐!"

"그건 환상이지. 아르카에게 감정을 이입한 네가 만들어 낸 너만의 공상. 아마 천마대전에 관한 책이라도 읽었나 보지."

이번에도 카류안의 눈이 흔들렸다. 정곡을 찔린 듯한 모습이었다.

"말했잖아. 그 열매는 네가 보고 싶어 하는 걸 보여주는 것뿐이라고. 넌 정말 내 말을 안 믿는구나."

"그럼 그게 전부 다 내 착각이라고?"

"적어도 그게 아르카의 생각은 아니라는 건 확실하지. 진짜 네 기억과도 가깝지는 않겠지만."

대답하는 카노스의 표정은 씁쓸해 보였다. 차라리 이걸로 끝나면 좋을 것 같은데 아무래도 숨겨진 이야기가 더 있는 것 같았다. 카류안도 기묘한 기분을 느낀 듯 크게 눈썹을 꿈틀거렸다.

"……진짜 내 기억?"

"그때 너도 그 자리에 있긴 했거든."

"내가……."

"진짜 너는 아르카를 지키려는 쪽이었지. 마지막 순간엔 그 아이를 위해서 스스로 목숨을 끊었어."

어디서 들어본 이야기 같다는 건 단지 기분 탓이 아닐 것이다. 기억을 되짚어볼 필요도 없어서 나는 멍하니 입을 벌렸다. 아르카를 위해 목숨을 버렸다는 이의 상황이 조금 전 카류안이 한 말과 빈틈없이 겹쳐졌다. 스스로 목숨을 끊었다는 천사 아스모델과.

"그래. 네 눈앞에서 죽었다는 아스모델. 그게 바로 너야."

"……!"

불신의 눈으로 보고 있던 카류안이 두 눈을 부릅떴다. 나 역시 놀라서 입을 벌렸다. 황급히 이오웬을 돌아보니 그는 더는 지켜볼 수 없다는 눈을 질끈 감은 채였다. 방패를 들고 있는 손이 안쓰러울 만큼 떨고 있었다.

"넌 창조신을 거부하고 타락을 택하면서 저주받았지. 원래는 염화 속에 던져져 소멸할 때까지 태워졌어야 했는데 이오웬이 다시 기회를 주고 싶어 했어. 그래서 일부가 남았을 때 다시 거둬졌지. 타락한 혼을 다룰 수 있는 게 나뿐이라 내게 보내졌고."

"지금 무슨 말을……."

"처음 얼마간은 순조로운 듯했어. 하지만 역시 저주의 영향을 떨쳐내지 못하는지 성장할수록 어둠에 먹히기 시작했지. 내가 할 수 있는 선택은 얼마 없었어. 널 폐기하고 다시 염화에 던지느냐, 증오를 발산하게 해서 해소하게 하느냐."

거기서 카노스가 어떤 선택을 했는지는 굳이 묻지 않아도 알 것 같았다. 카류안이 지금 살아서 눈앞에 있는 게 바로 그 결과일 테니까.

"지혜의 열매를 준 건 네 시선을 조금이라도 환기하려던 거였어. 마신의 대리인인 루카르엠을 죽이려 하든, 전쟁을 일으켜 신들에게 도전하든, 적합한 절차 내에서 앙심을 해소하기를 바랐다.

그러면 대가를 치르더라도 후련해질 거고. 그때야말로 넌 정화될 수 있었을 거야."

그러나 카류안은 이번에도 예상을 벗어난 길을 택했다. 그의 복수는 신을 향하지 않고 인간 아이들을 향했다. 그 심장을 취해 힘을 키우는 쪽으로 깊어져 갔다.

"……처음부터 잘못 생각했던 거야. 분노인 줄 알았지, 설마 열망이었을 줄이야."

열망이라니?

나는 반사적으로 카류안을 돌아보았다. 본인의 진짜 전생을 아는 순간부터 굳어 있던 얼굴이 더 큰 동요를 드러내고 있었다. 마치 정곡을 찔린 듯한 표정이었다. 그 모습을 바라본 카노스가 흐리게 웃었다.

"적어도 아스모델의 핑계는 대지 말지 그랬어. 그럼 믿어 주는 척이라도 했을 텐데."

"……무슨 말을……."

"악신이 되려는 이유가 신들에게 복수하기 위한 거라고 하고 싶어? 그래, 언뜻 듣기엔 그럴듯하네. 하지만 말이야. 유감스럽게도 악신이 태어나면 가장 고통받는 건 신이 아니야. 진짜 힘들어지는 건 다른 이들이지. 네가 애틋하게 여기는 신족이라든가."

"……."

"특히 신족은 모시는 신의 의지에 영향을 받거든. 동시에 창조신인 이오웬의 영향도 받아. 악신이 태어나면 대부분의 신이 그쪽에 감화하겠지. 하지만 최고신인 이오웬은 감화하지 않아. 따라서 양쪽의 영향을 받는 신족은 악신을 따르려는 본능과, 따르지 않으려는 본능 사이에서 싸우게 되어 있어. 네가 이걸 모를 리가 없지. 그게 어떤 결말을 내는지도."

서로 상반하는 두 개의 본능이 끊임없이 속에서 충돌한다. 그 끝이 평화롭게 마무리될 일은 없을 것이다. 그래선지 카류안은 아무런 답도 하지 않았다.

"네가 정말 아스모델을 위하고 그를 기렸다면 택해선 안 되는 방법이었어. 그 아이가 어떻게 죽었는지, 누구보다 잘 알고 있었잖아?"

아, 그러고 보니 천마대전은 신족과 마족의 전쟁이었던가. 그렇다면 마신의 천사들은 천신과 마신의 의지 사이에서 갈등했겠구나. 자연스레 이어지는 결론에 나는 마른 침을 삼켰다. 그래, 그래서 그들이 비참하게 죽게 된 거다. 스스로 목숨을 끊은 것도 그래서였을 것이다. 두 가지 본능 중에서 어느 것도 따를 수가 없었을 테니까. 그게 바로 카류안이 마신을 비난하며 설파했던, 그들이 개죽음을 당한 이유였다.

한순간 모든 상황이 이해되면서 머릿속이 급속도로 차가워졌다. 카노스의 말대로였다. 그 죽음을 기리는 자라면, 조금이라도 안타깝게 여겼다면 이런 방법을 써선 안 됐다. 복수하는 거라고 해봤자 신족이 같은 고통을 당하기만 하는 거라면 결국 그가 비난하는 신들과 똑같은 존재가 될 뿐이잖아.

카노스의 얼굴에서 천천히 웃음기가 사라졌다. 그의 검은 눈이 서늘한 기운을 품고 카류안을 응시했다.

“신을 비열하다 여기면서, 그와 같은 권력은 누리고 싶었나?”

입안까지 차오른 신음을 삼키며, 나는 입술을 꾹 깨물었다. 카류안은 복수하고 싶었던 게 아니었다. 놈은 악신 그 자체가 목표였다. 그저 모두 위에 군림하여 세상을 지배하고 싶어서. 신들과 동등해지거나, 그보다 더 뛰어나고 싶었던 거다. 단지 그뿐이었다.

차라리 다른 이유였다면 좋았을 텐데. 그래도 용서할 수는 없겠지만 어떻게든 이해해보려고는 했을 거다. 그런데 그렇게 수많은 희생을 치러서 갈망한 이유가 고작 탐욕 하나 때문이었다니. 기가 막혀서 헛웃음만 흘러나왔다.

“그게 뭐가 나쁘단 거냐!”

그러나 카류안은 되레 반발하고 나섰다. 놈의 목소리가 비명처럼 크게 울려 퍼졌다.

“넌 내 마음을 이해하지 못한다! 마신인 너는 비참해 본 적이 없으니까! 한 번도 남보다 낮은 자리에 있어 본 적이 없던 네가 뭘 안다는 거야!”

“글쎄. 하지만 그건 너도 마찬가지잖아.”

“뭣?”

“한땐 상급 신족이었던 아스모델이었고, 다시 태어나서도 강한 마족으로 태어나 순조롭게 마왕이 되었지. 넌 인정하지 않겠지만, 다른 사람이 보기엔 너 역시 낮은 자리에 있어 본 적이 없는 존재야. 네가 정말 낮은 자의 마음을 안다면 연약하고 죄 없는 아이들을 아무렇지 않게 죽이진 못했겠지."

"아니야!"

흥분한 카류안이 그에게 덤벼들었다. 아니, 정확히는 덤벼들려 했지만 그러지 못했다. 미리 대비하고 있던 내가 적기에 맞춰 물줄기를 휘감아 그의 몸을 붙들었기 때문이었다. 감탄한 카노스가 나를 돌아보며 휘파람을 불었고, 나는 쓰게 웃는 것으로 화답했다. 당연히 카류안의 분노는 말도 못 하게 컸다.

"정령왕 엘퀴네스! 또 네가!"

악에 받친 목소리가 울려 퍼졌다. 핏발이 성성한 두 눈을 똑바로 마주 보며 나는 쓰게 웃었다. 그래, 또 나다. 네가 보기에도 우리가 참 상성이 안 맞긴 하지? 나도 그렇게 생각해.

몇십 분 전의 놈이었다면 편하게 대꾸해줄 수 있었을 텐데, 지금은 나도 여유가 없었다. 생각보다 저항하는 힘이 더 강했다. 이제 정말 내가 상대할 수 있는 단계는 지난 것 같았다. 그리 오래 버티진 못할 것 같은데, 이게 풀리는 대로 자연체로 돌아가야 하나? 금방이라도 잡아먹을 듯한 표정을 보니 그의 다음 목표가 내가 될 것만은 자명했다. 자칫 잘못했다가 잡히기라도 하면 아무리 나라도 위험할 거다. 내심 불안해하면서 속으로 동선을 짜보고 있을 때였다.

"엘, 잠시만 그대로 잡고 있어."

그때 카노스가 카류안의 몸 위로 훌쩍 뛰어 올라갔다. 깜짝 놀라 바라보는데, 이어진 행동이 더 충격적이었다. 그가 하강하는 힘을 그대로 실어 카류안에게 박혀 있던 창을 더 깊이 밀어 넣은 것이다.

"크아아악!"

고개를 젖힌 놈이 고통스럽게 비명을 내질렀다. 꺽꺽 소리를 내며 몸을 비트는 그를 카노스는 무심한 시선으로 응시했다.

"다행히 아직 심판관이 효력이 있는 모양이네."

"네놈……!"

"그거 알아? 심판관은 주인의 피를 삼키면 더 증폭하는 성질을 갖고 있어."

"뭐……!"

카노스는 설명 대신 행동으로 증명했다. 손바닥을 그어 피를 낸 후 심판관을 움켜쥐는 것으로.

처음에 보인 건 붉은 피가 창대를 타고 흥건히 흘러내리는 광경이었다. 그런데 그렇게 흥건하던 피가 놀랍게도 곧 흔적도 없이 사라지기 시작했다. 마치 창이 그의 피를 달갑게 삼키는 것처럼 보였다. 그러자 기름에 불이 붙기라도 한 것처럼 카류안이 마구 몸부림치기 시작했다.

"아악! 아아아악!"

그 비명은 처절한 발악에 가까웠다. 악신은 고통을 자신의 힘으로 치환할 수 있다고 했는데, 그럴 여유도 없을 만큼 심판관의 힘이 그를 짓누르는 게 더 큰 것 같았다. 카노스는 날뛰는 그를 능숙하게 제압해서 바닥에 결박했다. 생각보다 손쉽게 상황을 이끌어가는 것에 나는 내심 안도했다. 정화진이 또 실패했을 땐 눈앞이 캄캄했는데 이대로라면 놈을 바로 소멸시키는 것도 가능할 것 같았다. 카류안도 자신이 무력하게 당하는 게 믿을 수 없다는 표정이었다.

"이럴 순 없다! 이건 말도 안 돼!"

그가 발악적으로 소리쳤다.

"내 힘에 화답하라! 다들 나를 도와! 당장 나를 구해내란 말이야!"

누구에게 하는 건지 알 수 없는 명령이었다. 너무 아픈 나머지 아무 말이나 외치는 건가 싶었다. 하지만 그게 단순한 헛소리가 아니라는 건 금방 알게 됐다. 그 순간 그 말에 화답하는 것처럼 주위가 순식간에 어두워지더니, 눈앞에서 강렬한 빛이 번쩍였다. 정확히는 카노스가 있는 쪽이었다. 누군가가 빠른 속도로 카노스를 습격한 것이다.

"카노스!"

놀라서 숨을 삼키는데 다행히 카노스는 무사했다. 간발의 차로 방어막을 형성해 막아낸 것 같았다. 바닥엔 공격했던 이가 볼품없이 쓰러져 비틀거리고 있었다. 처음엔 한눈에 정체를 알아보지 못했다. 습격자는 생전 처음 보는 외형을 하고 있었다. 온몸이 털과 비늘로 덮여 있는 반면 머리털은 없었다. 짐승과 파충류를 섞어서 조합한 느낌이었다.

카노스는 이미 그쪽엔 신경을 거둔 채 하늘을 바라보고 있었다. 그를 따라서 고개를 들었다가 나 역시 얼굴을 굳혔다. 군대 규모의 무리가 상공을 빼곡하게 덮어가고 있었다. 그들 모두 습격자와 같은 외형이었다. 이마와 귀에 기괴한 뿔이 달린 자도 있었고, 송곳니가 거대하게 튀어나온 자도 있었다. 등에 날개를 단 이들도 꽤 보였다. 전부 가죽 날개였는데, 어느 부분에는 새처럼 깃털이 달려 있기도 했다.

"저건……."

"감화자들이 넘어오기 시작했나?"

그들을 살핀 카노스의 감상은 단조로웠다. 덕분에 나 역시 뒤늦게나마 그들의 정체를 깨닫고 경악했다. 외모가 워낙 크게 변해서 설마 설마 했는데, 악신에게 감화한 하급신과 그의 천사들이었다. 의식을 지배당하는 것만이 아니라 외형까지 변하는 걸 줄이야. 신계 쪽에서 수습하려는 것 같더니, 그들 전부를 다 막아내지는 못한 모양이었다.

'엘퀴엔은, 아버지는 괜찮은 건가?'

철저히 막았을 텐데도 저만한 숫자가 넘어왔다는 건 신계 쪽에 감화자가 감당할 수 없을 만큼 많다는 의미다. 부상 중인 엘퀴엔이 얼마나 대처할 수 있을지 걱정스러웠다.

하지만 지금 가장 신경 쓰이는 건 감화자들에게서 간간이 들려오는 신음이었다. 똑같이 변했는데도 신들은 아무렇지 않아 보이는 반면, 천사들은 한결같이 괴로워하는 모습이었다. 카노스가 말했던 대로, 천신과 악신 사이에서 본능이 충돌하는 게 분명했다. 마치 저항하는 이들에게 강제로 목줄을 채운 것 같아 보기가 괴로웠다. 내가 이렇게 불편할 정도인데 그들의 창조신인 이오웬의 심정은 이루 말할 수 없을 것이다. 그의 두 눈은 부릅떠지다 못해 불꽃이 튀는 것 같았다.

"내 아이들을……."

힘겹게 중얼거리는 음성에 빠드득 이가 갈리는 소리가 섞였다. 카노스를 지키기 위해 만든 보호막만 아니었다면 당장이라도 악신을 향해 돌격할 기세였다. 아니, 표정만 봐서는 보호막이고 뭐고 집어치우고 달려나가도 이상하지 않아 보였다. 하지만 그녀는 끝내 그 안에서 움직이지 않았다. 눈앞을 태우는 분노보다 카노스를 지키는 쪽에 집중하기로 한 거다. 성급히 보호막을 해지하면 분명 틈이 벌어질 거고, 그건 곧 손 쓸 수 없는 결과로 이어질 수 있었으니까. 대신 검 손잡이를 부러지도록 움켜쥐는 모습에서 그녀의 말 못 할 감정이 고스란히 전해졌다.

그사이 감화자들이 우리를 향해 본격적으로 달려들기 시작했다. 하늘을 메우고 있던 검은 떼가 한꺼번에 우르르 쏟아지는 모습은 장황했다. 마치 거대한 파도가 몰아치는 듯한 위압감이었다. 카류안의 두 눈에 희망의 빛이 번들거렸다.

그런데 이런 위급한 상황에서도 카노스는 물러날 생각이 없는 것 같았다. 공격에 맞서기는커녕 자세를 바꿀 기미도 보이지 않았다. 아무래도 심판관에 피를 주입하는 걸 멈추지 않으려는 듯했다.

다른 때라면 걱정할 필요가 없는 존재지만 지금은 그 모습이 왠지 마음에 걸렸다. 어쩌면 한동안 멈춰선 안 되는 건지도 몰랐다. 하긴 지금 카류안이 꼼짝도 하지 못하는 건 그가 심판관으로 제압하고 있기 때문이었다. 조금이라도 틈을 보이면 놈이 반격에 나설 게 분명했다. 그리고 한 번 놓치면 다시는 기회를 잡을 수 없게 되겠지. 모든 게 초를 다투는 상황이었다. 이런 상황에서 섣불리 움직이긴 힘들 터였다.

빠르게 판단을 마친 후 나는 서둘러 카노스의 주위에 물의 장벽을 세웠다. 사방에서 쏟아지는 공격들을 일시에 튕겨내자 카노스가 내게 놀란 시선을 보내왔다.

"제가 방어할 테니 카노스는 하던 일에 전념하세요."

"……착한 아이네. 그럼 부탁 좀 해도 될까? 웬만하면 이런 부탁은 안 하고 싶은데 어쩔 수 없네. 적당히 시간을 벌어줘."

"네, 해볼게요."

"고마워라. 그리 오래 걸리진 않을 거야."

오래 걸리지 않는다니. 뭐가?

혹시 이 상황을 타개할 방법이 있다는 의미일까? 어쩌면 그가 흡수시키는 피만큼 심판관이 힘을 쌓는 구조인 건지도 모르겠다. 어쨌든 카노스가 그렇게 말하니 희망이 생겼다. 가장 믿을 수 없는 존재인데 이럴 때 누구보다 의지가 되는 존재라는 것도 부정할 수 없다니. 정말 알면 알수록 신비한 사람이라니까. 속으로 나직이 웃음을 삼킨 후 나는 곧바로 형체를 벗었다. 그편이 방어에 더 집중할 수 있을 것 같았기 때문이다. 그런 다음 아스와 라피스를 비롯한 일행 주위에도 물로 된 방어벽을 세웠다. 아무리 마왕이나 신급의 능력을 지닌 드래곤이라도 상대는 진짜 신이다. 심지어 한두 명도 아닌 다수. 내가 그들을 보호해야 했다.

그 뒤로는 말 그대로 난전이었다. 아무리 능력이 좋아도 인해전술엔 답이 없다는 사실을 오늘만큼 실감한 적이 없었다. 수없이 밀려드는 숫자는 정말 감당하기 버거웠다. 하물며 하급신은 개별적으로 봐도 약하다고 할 수 있는 존재가 아니었다. 그나마 적들이 나를 볼 수 없는 상태라 직접적인 공격은 피할 수 있었으니 망정이지, 그게 아니었다면 벌써 몇 번이나 위험했을 게 뻔했다. 물론 지금도 곳곳에 방어벽을 유지하면서 맞서는 게 쉽지만은 않았다. 가장 문제가 되는 건 상대가 조종당하는 상태라는 점이었다. 그들도 피해자다 보니 아무리 불리해도 거칠게 다룰 수가 없었다. 그에 비해 공격하는 쪽은 거침없이 밀고 들어오니 빈틈이 점차 커져 나가고 있었다.

'누군가 보조해 줄 사람이 있으면 좋겠는데.'

힘이 부족한 건 아니었지만 정신적으로 지치는 상황이라 마음이 점점 초조해졌다. 이러다 자칫 실수라도 할 것 같아 걱정이 앞섰다. 그 걱정이 여유를 더 앗아간다는 사실을 알면서도 멈출 수가 없었다.

"야, 이쪽은 우리가 알아서 할 테니 넌 한 곳에나 집중해!"

그때 내가 벅차하는 걸 느낀 듯 라피스가 소리쳤다. 내 모습은 보이지도 않을 텐데, 여전히 쓸데없이 눈치가 좋은 녀석이었다. 물론 그가 하는 말에 응할 생각은 없었다. 안 그래도 라피스에겐 찜찜한 구석이 있었다. 아무리 봐도 어딘가 안 좋은 것 같은데 내색을 하지 않는다는 점이 그랬다. 여기서 자칫 무리하다간 더 악화할 게 분명했다. 이런 종류의 불길함을 무시해서 좋을 건 없을 것 같았다. 어쨌든 지금 간절한 생각은 하나뿐이었다. 한 명이라도 전력이 될 만한 존재가 있으면 좋겠다.

"야, 엘! 내 말 안 들려?"

그러니까 저 시끄러운 붉은 도마뱀 말고. 좀 더 쓸 만한 쪽으로 말이다.

"대부!"

아니, 아스 너도 안돼. 넌 데르온을 지켜야지.

가볍게 혀를 차고 나니 따라오는 건 한숨이었다. 아무리 생각해도 상황이 좋지 않았다. 시벨리우스가 상급신과 접신할 수 있다면 도움이 되었겠지만, 이오웬이 들어왔다 나간 지 얼마 안 된 상태라 지금은 어려울 거다. 아무리 룬이라도 강신을 여러 번 감당할 수는 없을 테니까. 역시나 힐끗 살펴본 그는 안절부절못한 채 방어만 간신히 하고 있었다. 안색이 창백한 게 의식을 잃지 않고 있는 것만으로도 용해 보일 정도였다.

이오웬과 섀넌은 보호막에 고정되어 있으니 처음부터 열외. 페르데스 역시 부상 중인 데다가 의식이 없는 드래곤들을 보호하는 중이라 여기까지 신경 쓸 수 있는 상태가 아니었다. 결국 유동적인 전력은 나 하나뿐이라는 소리다. 내가 생각해도 암울한 기분이었다. 해야 하는 일이니 할 수밖에 없겠지만.

다행히 아직까진 덤벼드는 이들을 무난히 막아내는 중이었다. 이러는 동안 카노스가 계획한 일이 완성되면 더할 나위 없을 것 같았다. 그러나 쉽게 풀리는 인생은 아닌 건가. 곧 돌발 상황이 벌어졌다. 무리 중 일부가 갑자기 전선에서 이탈하는 게 아닌가!

'앗, 이런!'

이탈한 무리가 향하는 쪽은 내 방어 범위 밖이었다. 아무리 덤벼도 이쪽에 타격을 가할 수 없자, 놈들이 공격방향을 틀기로 한 것 같았다. 인간들이 있는 황성과 인근 주택가 쪽으로.

'어떡하지?'

저들의 목표는 뻔하다. 내 시선을 분산시키려는 거다. 실제로 방어 범위는 넓힐 수 있지만 그렇게 하면 집중력이 현저히 떨어진다. 지금보다 더 많은 틈이 벌어질 텐데 실수가 생기지 않을 리 없었다. 그렇다고 애꿎은 사람들을 죽게 내버려 둘 수도 없다. 이러는 사이에도 이탈한 무리가 폭풍을 일으키고 있었다. 도시 하나는 충분히 순식간에 무차별적으로 파괴할 수 있는 위력이었다. 저게 수도를 덮치면 스왈트 제국의 미래도 장담할 수 없게 된다. 할 수 없이 손을 뻗쳐 막으려고 할 때였다.

콰직! 콰아아앙!

'어?'

한순간 거센 파장이 일더니 감화자들을 덮쳤다. 그들 안에서 생성되던 강한 폭풍이 크게 흐트러지며 삽시간에 소멸했다. 쏴아아, 어디선가 청량한 바람이 파도처럼 밀려 들어왔다. 공기 속 산소의 농도가 급속도로 높아진 기분이었다.

"이 땅에서 멋대로 바람을 다루려 하다니, 지능에 문제가 생긴 자들이 확실하군요."

—……!

위쪽에서 들려오는 차분한 음성에 나는 멍하니 고개를 들었다. 하늘 위에 누군가가 떠 있었다. 비칠 정도로 새하얀 피부, 끝으로 갈수록 투명해지는 은회색의 머리칼이 미풍에 흐트리지고 있었다. 그 아름다운 머리칼과 같은 색의 눈동자가 지금 아무에게도 보이지 않을 나를 정확히 응시했다. 그건 숨 쉬는 것만큼 당연한 일이었다. 그 역시 나와 같은 존재였으니까.

—미네.

목으로 뱉는 것도 아닌데 말소리가 갈라졌다. 은회색 눈동자가 부드럽게 휘어지는 걸 보자 풍선이 들어찬 것처럼 가슴 속이 크게 부풀었다. 이 강렬한 존재감을 절대 착각할 리가 없었다. 세상에, 정말로 미네르바였다.

"수고가 많습니다, 엘. 무사합니까?"

—미네.

"네, 미네입니다. 제가 마침 시기를 잘 맞춘 것 같군요."

특유의 무심한 표정 속에서도 눈빛은 부드럽다. 익숙한 다정함이었다. 안도감이 들자 나도 모르게 웃음이 흘러나왔다.

"제가 아니라 '우리가' 겠지."

'……!'

그 순간 이어진 음성에 나는 다시 눈을 크게 떴다. 미네르바의 양옆으로 역시나 친숙한 두 존재가 내려서고 있었다.

"좋은 장면을 혼자 다 차지하다니. 치사해, 미네."

"맞아! 이럴 땐 셋이 다 같이 나타나야 더 멋있지! 우리 등장이 너무 어정쩡하게 됐잖아!"

투덜거리는 두 사람은 조금 전에 역소환 됐던 트로웰과 이프리트였다. 어안이 벙벙해져서 입만 벙긋거리는 건 나만이 아니었다. 다른 일행들 역시 놀람과 안도가 섞인 눈으로 그들의 등장을 지켜보고 있었다. 그 시선 중엔 페르데스의 것도 있었다. 그를 잠시 응시하던 트로웰이 나를 돌아보며 빙긋 웃었다.

"기다렸지, 엘?"

—어떻게……?

역소환 되면 몸이 다 회복하기 전까지 강제로 잠든다. 보통 며칠은 잠드는 편이기 때문에 내심 체념하고 있던 부분이었다. 그런데 이렇게 빨리 깨어나다니, 이게 대체 어떻게 된 거지?

"정령들이 깨워줬어."

—정령들이?

이프리트의 대답에 놀라서 되묻자 미네가 고개를 끄덕였다.

"위급 상황이잖습니까. 엘 혼자 애쓰는 걸 보고 다들 가만히 있을 수 없었던 모양입니다. 다들 강제로 깨어난 거라 완전하진 않지만 지금 엘이 하는 일을 도울 순 있습니다."

—아…….

봉인된 왕의 영역은 날이 선 칼과 같다. 잠든 정령왕들을 강제로 깨우려면 정령들도 목숨을 걸어야 했을 거다. 어떻게든 깨우기 위해 고군분투했을 그들의 모습이 눈에 선했다.

문득 언젠가의 일이 떠올랐다. 라피스의 장난에 갇혔을 때였던가, 바닥까지 힘이 고갈된 나를 위해 나이아스들이 부리나케 기운을 나눠준 적이 있었다. 나 혼자였다고 생각했는데 걱정해 주던 이들이 바로 곁에 있었다는 걸 크게 실감했다. 지금도 그때와 같았다. 뭐라도 말하고 싶은데 입을 열면 눈물부터 터질 것 같았다. 결국 말을 잇지 못하는 나를 보며 트로웰이 다시금 싱긋 웃었다.

"자아, 그럼 남의 땅에서 주인 허락 없이 날뛰는 오만방자한 애들을 정리해볼까?"

3.

혜안의 정령왕답게 트로웰의 말은 예언이 되었다. 정령왕들이 합류하면서부터 상황은 무서울 정도로 빠르게 정리되어 갔다. 물론 아무리 우리라도 이성을 잃고 덤벼드는 신과 천사들을 전투 불능으로 만들 순 없다. 하지만 제압하는 정도라면 얼마든지 가능했다. 무심코 손속에 사정을 두는 나와는 다르게 다른 정령왕들은 그러지도 않아서 처리가 더 빨랐다.

감화자들은 각자 진흙과 바위에 콩나물시루처럼 박혀 움직이지 못하게 되거나, 바람 속에 갇혀 빠져나오지 못하거나, 불기둥에 멀찍이 쫓겨나거나, 물의 장벽에 가로막혀 옴짝달싹도 하지 못하는 신세가 됐다. 그때마다 한쪽에선 비명 같은 외침이 울렸다. 완전히 무너진 마지막 보루 앞에서 카류안이 내지르는 절망의 소리였다.

"아아아아!"

"아냐! 이게 아냐! 아냐! 아니란 말이다!"

카류안은 마구 몸부림쳤지만 그를 제압하고 있는 카노스는 조금도 영향받지 않는 것 같았다. 오히려 그럴수록 카류안의 몸에서 눈에 띄게 기운이 사그라지는 게 느껴졌다. 역시 심판관이 힘이 점점 더 강해지는 구조인 게 분명했다. 그렇게 어느 정도 상황이 정리되어 갈 무렵이었다.

"됐다."

문득 카노스가 나직하게 중얼거렸다. 혼잣말에 가까운 작은 음성이었지만 내내 신경을 기울이고 있던 덕분에 놓치지 않고 들을 수 있었다. 나는 서둘러 형체를 다시 입고 그에게 달려갔다.

"다 된 거예요, 카노스?"

"그래, 기다리느라 수고했어. 이제 마무리 단계야."

두말할 필요도 없는 희소식이었다. 나는 물론 다른 이들의 얼굴에서도 반가움과 안도의 낯이 숨김없이 드러났다.

"말도 안 돼! 이럴 리가 없어! 여기서 실패할 리가……!"

반대로 카류안의 절망은 더 짙어졌다. 그는 연신 현실을 믿을 수 없어 하고 있었다. 완전한 각성을 눈앞에 둔 상황이었다. 손만 뻗으면 닿을 곳에 고지가 있는데 창에 꿰뚫린 비참한 형태로 마지막을 맞이하게 됐으니 내가 그였어도 억울하긴 할 것 같았다.

"안됐지만 그만 포기해, 카류안. 네가 졌어."

카노스의 말투는 타이르는 느낌에 가까웠다. 그러자 엎드려져 꼼짝도 하지 못하던 카류안이 머리를 치켜들고 그를 노려보았다. 독기가 가득한 눈동자에 피처럼 붉은 안광이 튀었다.

"이건 모두 다 네 탓이다!"

"그렇게 생각해?"

"그래! 전부 너 때문이다! 내 진짜 전생이 무엇이든! 내가 가슴에 품은 것이 복수든 열망이든! 달라질 건 아무것도 없어! 네가 그때 마족을 저버리지 않았다면 이렇게 될 일은 없었다! 날 이렇게 만든 건 너다! 그건 결코 변하지 않아!"

그 말에 카노스의 얼굴에서 표정이 잠시 사라졌다. 그걸 기회라 여겼는지 할퀴는 듯한 소리가 더 커졌다.

"왜 우리를 방치한 거지? 넌 모두를 구할 수 있었다! 네가 그러고도 어떻게 감히 내 앞에서 뻔뻔하게 고개를 들 수 있단 말인가! 입이 있으면 답을 해봐라, 카노스! 뭐라든 떠들어보란 말이다!"

"……내겐 너희만이 아니라 지켜야 할 다른 아이들도 있었거든."

대답은 약간의 간격을 두고 흘러나왔다. 예상치 못한 말이었는지, 혹은 정말로 답을 줄 거라 생각하지 못해서인지, 카류안의 동작이 잠시 굳었다.

"뭣?"

"난 방치한 게 아니야. 전쟁에 관여하지 않는 대신 마계의 미래를 지켰지. 그 안엔 참전하지 않은 마족도 있었고, 부화를 앞둔 알들도 있었어."

"하! 말도 안 되는 소리! 네가 그런 타협에 응할 필요가 뭐가 있었지? 넌 마신이다! 신 중에서 가장 강한 신 아닌가! 모두를 굴복시키고 너만 따르는 이들을 이기게 하면 되었다!"

"왜?"

"왜냐니!"

"난 나만 따르는 걸 바라지 않는데."

진심으로 이해가 되지 않는다는 듯 고개를 기울이는 모습에 카류안이 소리치던 걸 멈췄다. 황당하다는 듯이 쳐다보는 그를 카노스가 더 이해할 수 없다는 듯이 바라보았다.

"세상이 전부 다 내 방식대로만 움직이면 그게 무슨 의미가 있어? 그건 그냥 나 혼자 있는 거나 마찬가지잖아."

"그, 그래서 널 따르는 이들을 외면했단 말인가!"

"아, 그러고 보니 애초에 전제 자체가 틀렸네. 그 아이들이 날

따랐다고? 아니지, 그때 마족들은 날 따르지 않았어."

"무슨 소리냐!"

"난 그 아이들이 분리된 마계에서 원하는 방식대로 즐겁게 살길 바랐지. 신계로 건너와서 신족을 죽이라고 한 적도 없고, 전쟁을 일으키라 한 적도 없어. 그 아이가 자신의 분을 못 이겨 시작한 전쟁이 왜 나를 위한 게 돼?"

"널 모욕했기 때문에 시작했던 거니까!"

"하지만 그 이면엔 지난날 마족들이 잔혹하게 신족들을 괴롭힌 과거가 있지. 사태를 규명하자면 그게 먼저 아닐까? 설령 그게 아니었더라도 법을 어겼으니 얌전히 처벌을 받으면 되는 거였어. 전쟁을 일으켜 끝을 택한 건 아르카의 의지야."

"그래서 넌 그가 안타깝지도 가엾지도 않았다는 건가!"

"물론 안타깝지. 당연히 가여워. 그래서 그 아이가 하고 싶은 대로 마음껏 하다 가게 한 거야. 그게 아니었다면 그때 마족들을 강제로 굴복시켜 투항하게 했을 수도 있었겠지. 네가 말한 방식 그대로."

움찔한 카류안의 얼굴이 처참하게 구겨졌다. 그걸 본 카노스의 미소가 더 짙어졌다.

"왜? 이건 또 아닌 것 같아?"

"넌 마족의 창조주다! 그들의 아버지 아닌가!"

"그래서 아버지면 아이가 잘못된 길에 서도 무조건 이기게 해줘야 하나? 넌 그토록 신이 되길 열망하면서도 정작 누구보다 가장 신을 무시하는구나?"

"뭣?"

"신은 너희가 하자는 대로 따라주는 인형이 아니야."

그 순간 한 대 얻어맞은 것처럼 카류안의 눈이 크게 흔들렸다. 하지만 그 순간은 그리 오래가지 않았고, 그는 다시 분한 듯이 얼굴을 일그러트렸다.

"하긴 여기까지 와서 수긍하기는 힘든가? ……뭐, 내게 이러는 게 너희만은 아니긴 해."

어딘지 씁쓸해 보이는 카노스의 모습에 나는 가만히 숨을 삼켰다. 그는 마족의 창조주이기도 하지만 신이기도 하다. 당연히 신들도 그가 나서서 해결해 주길 바랐을 거다. 카류안이 마족을 이기게 하길 원한 것처럼 그들 역시 자신들이 이기는 쪽을 원했을 건 분명했다. 카노스가 아무것도 택하지 않은 건 그럴 수밖에 없기 때문이라는 생각이 들었다. 어느 쪽을 택하든, 심지어 택하지 않더라도, 그는 잃는 쪽이었다.

"어쨌든 그럼에도 너희가 내 아이들이라는 건 변하지 않는 사실이지."

혼잣말처럼 중얼거린 후 카노스가 가볍게 한숨을 내쉬었다. 그 동안 발끈한 카류안이 저항하려는 걸 그가 아예 올라타서 강제로 짓누르는 과정이 이어졌다. 이 순간에도 그의 손에서 흘러나오는 피가 심판관을 적시고 있었다.

"아직 포기하지 않았어? 그러지 않는 게 좋아. 그래 봤자 더 아프기만 할 거야.”

“큭! 이거……놓……!”

“한 가지 재밌는 사실을 알려줄게. 네가 그토록 안타까워하고 애틋해한 진짜 아르카는 아무런 원망 없이 눈을 감았어.”

“……뭐?”

“잘못한 게 많아서 몇 번 힘든 내세를 살았지만 완전히 털어냈고, 최근엔 다시 마족의 삶을 얻었지. 태어나기도 전에 네게 죽을 뻔한 적도 있었는데 운이 좋아서 목숨을 건지더라. 지금은 든든한 대부의 보호 아래 훌륭하게 성장했고.”

“무슨…….”

“기막힌 인연으로, 한때 네가 가졌던 이름을 지금은 그 아이가 가졌어.”

이게 다 무슨 말이야? 의미를 정확히 파악하기도 전에 나는 반사적으로 숨을 삼켰다. 무슨 뜻인지 싫을 정도로 깨달을 수밖에 없었다. 카류안 또한 그가 한 말을 바로 알아들은 것 같았다. 경악하는 얼굴이 천천히 한 방향을 향했다. 그의 멍한 시선이 그곳에 서 있는 이를 선명히 응시했다. 그와 똑같이, 굳은 얼굴로 서 있는 아스를.

“저 녀석이, 아르카라고?”

떨리는 음성이 물었고, 한동안 무거운 정적이 내려앉았다. 아스 역시 충격이 큰 것 같았다. 그가 가만히 눈을 깜빡이다가 카류안을 한번 바라보고, 그다음으로 카노스를 응시했다. 붉은 눈동자에 점차 혼란이 차오르는 것이 뚜렷하게 보였다. 그 시선을 받은 카노스가 쓰게 웃었다. 이런 식으로 알게 해서 미안하다는 듯이.

"아냐, 그럴 리가 없어."

카류안이 머리를 흔들었다.

"그럴 리가 없어!"

크게 외치는 소리는 사람이라기보다는 짐승의 울부짖음에 더 가까웠다. 그러자 온 사방이 지진이 일어나는 것처럼 온통 뒤흔들리며 검은 기류가 일어나기 시작했다. 사기가 반응하고 있었다. 그에 혀를 찬 카노스가 창을 조금 뽑아 들더니 단숨에 더 깊이 꽂아 넣었다. "크헉!" 거친 신음과 함께 부들거리던 카류안이 축 늘어졌다. 아마도 잠시 정신을 잃은 것 같았다.

"정말 애를 먹이네."

그 몸에 자리 잡고 걸터앉는 카노스에게서 가벼운 한숨이 흘러나왔다. 그때 그에게 성큼성큼 다가가는 이가 있었다. 긴 흑발을 늘어트린 망자의 여신, 페르데스였다. 그 모습을 지켜보던 트로웰의 시선이 짙어졌다. 페르데스 역시 그걸 느꼈을 텐데도 돌아보지 않았다. 그가 곧 결연한 표정으로 말했다.

"지금 바로 소멸을 진행하겠습니다."

"응? 아아, 잠깐 기다려. 그 전에 할 일이 있어."

"네?"

페르데스가 의아하게 되묻는 동안 카노스는 아스를 똑바로 바라보았다. 아스는 숨을 쉬고 있는 게 맞는지 걱정스러울 만큼 굳어 있는 상태였다. 그런 그를 향해 카노스가 살짝 손짓했다.

"아스, 이리 와."

그 말에 아스가 홀린 듯이 걸음을 옮겼다. 이윽고 바로 앞까지 다가와서 멈춰 서는 그를 카노스가 웃으며 응시했다.

"뜻밖의 사실을 알아서 많이 놀랐겠네."

"아, 아닙니다, 카노스 님. 제가…… 저는……."

할 말을 찾아 방황하는 아스는 카노스와 제대로 눈을 맞추지도 못했다. 어색하게 일그러진 얼굴엔 복잡한 심경이 고스란히 드러나 있었다. 애써 침착한 태도를 유지하고 있었지만 충격을 숨기지 못하는 것 같았다. 전생이라는 것 자체도 놀라운데 그 정체가 초대 마왕인 데다가 악신의 전생과도 연관되어 있다니 괜찮을 리가 없었다.

"뭐, 알아도 상관은 없긴 한데, 그래도 지금 들은 건 잊는 게 좋겠다. 모처럼 행복해졌는데 다시 불행해질 필요는 없지."

"네? 아……."

빙긋 웃은 카노스가 자유로운 쪽의 손을 뻗어 아스의 이마를 짚었다. 그 순간 아스의 몸이 비틀거리는가 싶더니 그대로 쓰러졌다.

"아스!"

급히 달려가 받아내니 의식을 잃은 몸이 축 늘어졌다. 당황해서 살피는 내게 담담한 목소리가 이어졌다.

"괜찮아. 기억을 지운 것뿐이야."

고개를 들자 나를 바라보고 있는 카노스와 시선이 마주쳤다. 거리를 두고 있었을 땐 미처 몰랐는데 가까이서 본 그는 조금 지쳐 보였다. 왠지 그게 조금 충격이었다. 그가 내내 태연하게 행동하기도 했지만, 왠지 카노스라면 당연히 괜찮은 줄 알았다. 피를 계속 흘리는 중이니 괜찮을 리가 없을 텐데도.

"깨어나면 지금 상황은 아무것도 떠올리지 못할 거야. 너도 아무것도 듣지 못한 거로 해줘. 예전처럼 대해줬으면 해."

"……그럴게요. 그런데 정말 아스가 초대 마왕이에요?"

"그래."

"혹시 그래서 아스의 알을 따로 챙겼던 거였어요? 단순히 색이 예뻐서라거나 강한 운명을 타고나서 그랬던 게 아니었던 거죠?"

카노스는 대답 대신 그저 미소만 지었다. 하지만 그거야말로 긍정하는 것과 다름없었다. 역시 그랬던 거구나. 마음이 몹시 갑갑해졌다. 저 태연한 얼굴 속에 또 얼마나 많은 진실이 감춰져 있는 건지, 도저히 짐작할 수가 없었다.

"그 아이가 새로운 마계를 열 운명을 타고난 건 맞아. 그게 이런 뜻이 될 줄은 나도 몰랐지만."

"이런 뜻?"

"내게서 난 첫 마왕이 내 마지막 마왕이 되는 것도 나쁘지 않네."

"네?"

그 순간 강한 바람이 일어나 강제로 몸이 떠밀렸다. 마치 그 장소에서 강제로 추방당한 것 같은 느낌이었다. 정신을 차렸을 땐 상당히 먼 거리에 떨어져 있었다.

"카노스?!"

옆에서 당혹감을 담은 목소리가 들렸다. 떠밀려 난 건 페르데스 역시 마찬가지인 듯 그가 쓰러진 채로 돌아보고 있었다. 안 좋은 예감이 들었다. 그것도 아주 나쁜 예감이.

나는 서둘러 몸을 일으켜 다시 카노스 쪽으로 달려갔다. 그러자 투명한 벽이 내 앞을 가로막았다. 아무리 두드려도 깨지지 않는 단단한 벽이었다. 그 안에서 카노스는 혼자 평온하게 웃고 있었다.

"왜 이래요, 카노스! 이게 지금 뭐하는 거예요?"

"오지 마, 엘. 이쪽은 위험해."

"위험하다니……!"

"심판관은 주인의 피를 충분히 흡수한 후엔 폭발해. 자폭 장치 알지? 그거랑 비슷하다고 보면 돼."

"네? 무슨……."

"처음부터 말했잖아. 원래 심판관은 이럴 때 쓰라고 있는 거라니까."

그제야 돌아가는 상황이 심상치 않다는 걸 깨달았는지 이오웬과 섀넌이 굳은 얼굴로 달려왔다. 그들 역시 벽을 두드리고 무기로 내치기도 했지만 마찬가지로 벽은 깨지지 않았다.

"카노스!"

"이게 무슨 짓이야, 카노스! 이거 풀어! 당장 열어!"

"왜 그래야 하는지 모르겠는데?"

그가 웃으며 하는 대꾸에 두 신이 그대로 굳었다. 온몸이 미친 듯이 떨렸다. 눈물이 자꾸 솟아올라서 눈앞이 흐렸다. 나는 떨어지지 않는 입을 억지로 벌렸다.

"지금, 당신이 희생하려는 거예요?"

"희생?"

카노스가 무슨 말을 소리를 하느냐는 듯이 눈을 깜빡였다.

"엘은 너무 날 좋게만 본단 말이야. 내가 희생 같은 걸 할 거라고 생각해?"

"하지만, 하지만 지금 당신의 행동이……."

"내 행동? 아아."

의아하다는 듯이 되묻던 그가 곧 맑게 웃었다.

"아냐, 엘. 이건 희생이라고 하는 게 아니야."

"그게 희생이 아니면 뭔데요!"

"그야 당연히, 책임을 지는 거지."

"……!"

아니, 아니다. 그래도 이건 아니었다. 나는 빠르게 고개를 가로저었다. 다른 방법이 있을 거다. 분명 더 좋은 방법이 있을 거다. 하지만 아무리 머리를 쥐어짜도 아무것도 떠오르지 않았다. 이 순간에도 상황은 더 나빠지기만 했다. 별안간 심판관이 진동하더니 새하얀 빛이 일어나기 시작했다. 나도 모르게 숨을 삼키는 동안 새넌과 이오웬도 그 현상을 알아차린 것 같았다. 그들이 더 필사적으로 벽을 두드리기 시작했다.

"안 됩니다, 카노스!"

"카노스! 제발 이걸 열어! 책임이라면 내가 질게! 제발!"

"다들 잘 있어."

심판관에서 일어나는 현상을 느꼈을 텐데도 카노스는 변함없이 느긋한 얼굴이었다. 그는 이쪽의 소란에는 조금도 관심이 없는 것처럼 늘어진 카류안을 내려다보았다. 그동안 다시 정신을 차리려는지 카류안이 조금씩 몸을 꿈틀거리고 있었다. 시선이 마주치자 그가 희미하게 웃었다.

"처음부터 이럴 걸 그랬지."

"카……노스……."

"그래, 내 불쌍하고 어리석은 아이야. 나와 함께 가자."

곧 눈이 멀 것처럼 밝은 빛이 터져 나왔다. 처음은 심판관에서 시작되었으나 이젠 카노스에게서도 빛이 나는 것 같았다. 그 속에서 나는 돌아보는 카노스와 눈이 마주쳤다. 먹물을 머금은 것처럼 새카만 눈동자가 부드럽게 휘어졌다.

"엘뤼엔에게 그동안 고마웠다고 전해줘."

그 순간 카노스의 모습이 강렬한 빛 속에 완전히 삼켜졌다.

"카노스! 안 돼! 카노스!"

동시에 앞을 가로막고 있던 벽이 사라지며 강렬한 바람이 몰아닥쳤다. 나는 무작정 앞으로 달려나갔다. 당장 그를 붙잡아야 한다는 생각뿐이었다. 그러나 달려가려는 걸 누군가가 강하게 뒤에서 붙잡아 세웠다. 라피스가 경악한 얼굴을 하고 있었다.

"너 미쳤어? 너까지 끌려 들어갈 작정이야?"

"하지만 카노스가!"

"상황 보면 몰라? 이미 늦었어! 뒤로 물러나!"

"하지만……!"

"본인이 스스로 택한 거야! 정신 차려! 네가 지켜야 하는 건 따로 있잖아!"

호통을 치는 것 같은 음성이 얼굴을 할퀴는 것 같았다.

"엘!"

그 순간 들려온 목소리에 나는 멍하니 뒤를 돌아보았다. 시벨리우스가 의식이 없는 아스를 끌어안은 채로 나를 바라보고 있었다. 그의 얼굴이 금방이라도 울 것 같았다. 다른 쪽에서 정령왕들의 모습도 보였다. 주변을 보호하기 위해 방어하는 중에도 그들의 시선은 모두 나를 향해 있었다.

아아, 그렇지. 내겐 지켜야 할 것이 있었지. 나는 입술을 악물고 뒤를 돌아 달려가 두 사람을 끌어안았다. 동시에 세찬 바람이 뒤를 덮쳐들었다. 그 순간 라피스가 무언가를 중얼거렸고, 둥근 보호막이 생겨 우리를 감쌌다. 그와 동시에 또다시 폭발이 이어졌다.

쿠웅! 콰아아아아!

자욱한 연기가 붉은 불씨를 품고 거대하게 뭉쳐 일어나는 모습은 마치 핵폭발의 장면과 비슷했다. 위력도 그에 못지않은 것 같았다. 쩌적거리며 갈라지는 듯한 소리가 나더니 보호막에 금이 가기 시작했다.

"크! 젠장, 역시 이대로는 힘든가?"

"라피스?"

"너흰 계속 고개 숙이고 있어!"

그때 라피스에게 빛이 나는가 싶더니 그의 모습이 순식간에 부풀어 올랐다. 눈앞에 붉은 전신을 드러낸 거대한 드래곤이 나타났다. 그가 본체로 돌아간 것이다. 라피스의 본신을 보는 건 이번이 처음이었다. 하지만 그 모습에 감탄할 겨를도 없었다. 그가 몸을 곧추세우고 날개를 크게 펼쳐 들었기 때문이었다. 한눈에 봐도 뭘 하려는 건지 알 것 같아서 나는 경악했다. 폭발의 파장을 자신의 몸으로 받아내려는 것이다.

"라피스, 지금 뭘 하는 거야? 너무 무모해! 여긴 내가 보호할 테니까 넌……!"

[시끄러! 입 다물어!]

만류하려는 나를 라피스가 거친 일갈로 무시했다. 그와 동시에 거센 폭풍이 다시 덮쳐들었다. 곧 몸이 붕 뜨는 느낌이 들더니 어딘가로 강하게 고꾸라졌다. 그 뒤로는 기억이 나지 않았다.

시간이 얼마나 지난 걸까. 잠시 의식을 잃었던 것 같다. 문득 주위가 지나치게 고요해졌다는 느낌이 들었다. 눈을 뜨자 들어오는 건 새파란 하늘이었다. 조금 전 무슨 일이 있었는지 전혀 짐작도 할 수 없을 만큼 화창한 하늘이 잔잔한 구름을 품고 있었다. 황급히 몸을 일으키니 여기저기 쓰러져 있는 사람들이 보였다. 원래 있던 자리에서 꽤 멀리 날려 온 것 같았다. 나는 몸을 털고 일어나 천천히 앞으로 걸어갔다. 무슨 생각이었는지는 잘 모르겠다. 그저 밀려 나온 거리만큼 원래 있던 곳을 찾아가야 한다는 마음뿐이었다.

그리고 그곳에서 나를 맞이한 건 휑하게 파인 거대한 구덩이였다. 일대의 모든 것이 깨끗하게 지워져 있었다. 당연한 말이지만 카노스와 카류안의 모습은 흔적도 찾아볼 수가 없었다. 마치 처음부터 그 자리에 존재하지도 않았던 것처럼.

끝났다. 전부.

허망한 숨을 흘리고 있는데 문득 뒤에서 기척이 느껴졌다. 돌아보니 페르데스를 비롯한 신들이 다가오고 있었다. 그들 역시 의식을 잃었다가 정신을 차린 듯했다. 황폐한 공간을 바라보는 그들의 얼굴은 멍하기만 했다. 비틀거리며 천천히 안쪽으로 걸어 들어간 섀넌이 바닥의 흙을 한 줌 움켜쥐었다. 한참 동안 숨을 삼키던 그가 이내 떨리는 음성을 내뱉었다.

"악신이…… 소멸했습니다. 명계의 봉인을 해제합니다……."

그러자 그의 몸에서 글자가 나타나기 시작하더니 다시 붕대가 감겨졌다. 그 붕대가 다 완성되기도 전에 섀넌은 무너지듯이 털썩 무릎을 꿇었다. 그런 그를 따르듯 이오웬도 바닥에 주저앉았다. 다 끝난 것이 분명한데 모두가 허망한 얼굴이었다.

그 모습을 멍하니 바라보다 머릿속을 천천히 정리했다. 생각이 뒤죽박죽이라 잘 연결이 되지 않았다. 이제부터 뭘 해야 하는 거지? 아, 그래. 피해 상황을 확인해야지. 폭발이 미친 범위가 생각보다 컸다. 이사나가 있는 숲 쪽은 멀어서 괜찮을 것 같지만 황성은 완벽하게 사정권 안이었다. 그곳에 인간들이 남아 있었다면 틀림없이 크게 다쳤을 거다. 가서 사상자가 있는지 확인해 봐야겠다. 그리고…….

무심코 고개를 돌리는데 문득 흙덩이 사이에서 푸른빛이 보였다. 자세히 보니 시벨리우스가 만들어 준 내 장갑이었다. 소란 통에 어느새 흘렸던 모양이다. 장갑을 다시 주워 끼려다가 숨을 삼켰다. 손등이 깨끗했다. 그곳에 있어야 할 마신의 문장이 보이지 않았다.

"……."

무언가가 목을 가득 채우는 느낌이 들어 황급히 입술을 악물었다. 간신히 버티고 있었던, 인정하고 싶지 않았던 것들이 한꺼번에 쏟아져 들어오기 시작했다.

카노스가 소멸했다.

그가 이제 더는 이 세계에 존재하지 않는다.

"엘."

그 순간 기다렸다는 듯이 내 이름을 부르는 음성에 나는 고개를 들었다. 잔뜩 흐려진 시야 속에서 익숙한 모습이 보였다. 빛이 스며든 듯한 금발, 하늘처럼 맑은 눈동자. 지금 이 순간 누구보다 간절하고 그리웠던 이였다.

"아버지……."

참지 못하고 울먹이기 시작하자 그가 내게 두 팔을 뻗었다. 나는 곧장 그에게 달려갔다. 품에 매달리다시피 안기는 나를 그가 단단히 끌어안았다.

"카노스가 소멸했어."

"그래."

"아버지한테 고맙다고 전해달라고 했어. 그게 마지막 말이었어."

"그래."

"어떡하지, 아버지? 가슴이 너무 아파. 숨을 쉬기 힘들 정도로 아픈데 어떡하지?"

그러자 잠시 멈춘 손이 다시 내 머리를 쓰다듬었다.

"괜찮아, 아들. 그래도 괜찮다."

부드러운 온기가 내 이마에 입 맞추었다. 그 다정한 행위가 내게 울어도 된다는 허락을 내린 것 같았다. 나는 그를 끌어안고 한참 동안 목 놓아 울었다. 돌이켜 생각해 보면 마침내 고별을 인정하는 순간이었던 것 같다. 가끔은 재밌었고, 가끔은 짓궂었으며, 늘 다정했던 아름다운 마신이 완전히 우리 곁을 떠났음을. 이제 다시는 그를 만날 수 없다는 것도.

난 앞으로도 이날을 잊지 못하겠지. 드문드문 돌이켜 떠올리다 문득 우울해지기도 할 거다. 잘 가요, 카노스. 부디 잘 가요. 멈추지 않는 눈물 속에서 나는 카노스에게 마지막까지 건네지 못한 작별인사를 거듭했다. 영원히 지워지지 않을 고별이었다.

제8화

1.

"카노스가…… 소멸했다고?"

한창 울고 있던 나를 진정시킨 건 당혹감을 담은 목소리였다. 고개를 드니 얼굴이 하얗게 질린 루세프가 주위를 돌아보고 있었다. 그 옆엔 처음 보는 사람도 함께 있었다. 흑단처럼 검은 피부에 그보다 더 짙은 흑발을 지닌 소녀였다. 눈동자 색은 화려한 황금빛이라 전체적으로 트로웰과 비슷한 분위기를 풍겼다. 신인 건 분명하고, 외모만 보면 트로웰 출신인 것 같은데, 상급신이라기엔 기운이 약했다. 그래서 더 묘한 분위기였다.

"젠장, 이게 뭐야. 악신의 영향력이 사라져서 내려왔더니 그새 뭐가 어떻게 된 거냐고. 정말 카노스가 소멸했어? 어이, 섀넌! 이오웬! 뭐라고 말 좀 해 봐!"

그가 아무리 어깨를 흔들어도 이오웬과 섀넌은 넋을 잃고 있을 뿐 아무런 반응도 보이지 않았다. 그가 답답한 표정으로 침울하게 서 있는 페르데스를 돌아보았다.

"페르데스, 네가 설명해 봐. 대체 뭐가 어떻게 된 거야?"

"죄송합니다."

"아니, 사과를 하라는 게 아니라…… 아, 미치겠네."

"다그치지 말아라, 루세프. 다들 충격에서 헤어 나오지 못하고 있는데 네가 그런다고 되겠느냐."

루세프가 머리를 마구 부여잡는 동안 검은 피부의 소녀가 한숨을 내쉬며 그를 나무랐다. 소녀는 씁쓸한 표정으로 구덩이 쪽을 바라보았다.

"원망은 나중에 듣겠다더니. 결국 마지막까지 그럴 마음이 없었던 모양이구나. 앞으로가 문제다. 최고신인 마신이 사라졌으니 전 차원이 상당한 진통을 겪을 것이야."

"웃기지 마. 그 자식은 정말 끝까지……."

입술을 악문 루세프가 주먹을 꾹 움켜쥐었다. 머리끝까지 화난 표정이었지만 금방이라도 눈물을 터트릴 것처럼 눈가가 새빨갰다. 그런 그의 등을 위로하듯 몇 번 다독인 소녀가 굳은 얼굴로 서 있는 페르데스를 돌아보았다.

"페르데스, 넌 괜찮으냐?"

"저는……."

"왜 그런 표정인 것이냐? 네가 이 일에 죄책감을 느낄 필요는 없다. 우리가 카노스를 잃은 걸 아쉬워한다는 게 곧 네가 희생했어야 했다는 뜻은 아니란다. 누가 죽었든 그 희생에 가치가 없었겠으며 안타깝지 않았겠느냐. 난 네가 살아서 정말 다행이라고 생각한다. 다들 같은 생각일 것이야."

소녀는 루세프를 물끄러미 응시했다. 시선이 닿는 것에 잠시 어리둥절한 표정을 짓던 루세프가 화들짝 놀라 소리쳤다.

"당연하지! 누가 페르데스가 희생했어야 한다는 생각을 해? 감히 비겁하게! 그런 자식이 있으면 내가 가만히 두지 않을 거야. 회랑이고 성역이고 발도 못 들이게 해주겠어!"

"루세프……."

루세프는 잠시간 복잡한 얼굴을 하다 마른세수를 했다.

"지금은 그냥…… 전혀 생각하지 못한 일이 벌어져서 놀랐을 뿐이야. 마음의 준비를 할 겨를도 없이 너무 갑작스럽게 일어났잖아. 최고신은 신계를 가호하고 지탱하는 기반이야. 카노스는 그중에서도 특히 감당하고 있는 게 많은 녀석이지. 자신이 사라진 후의 혼란과 파장을 생각해서라도 이런 선택은 하지 않을 거라 생각했어. 아마 나섰다 해도 다들 반대했을 거고."

"그걸 알기에 내색하지 않았던 거겠지."

"도대체 무슨 생각이었던 건지……."

허탈하게 중얼거린 루세프가 힘없이 고개를 떨궜다. 그 모습을 가만히 지켜보던 페르데스가 망설이는 표정을 하다 입을 열었다.

"이런 상황에서 말씀드리기는 조심스럽지만, 전에 카노스가 했던 말이 있었습니다."

"카노스가? 무슨 말을?"

"더는 잃지 않을 거라 했습니다. 잃어가는 건 지겹다고……."

"……그래서 결국 자기 자신을 잃는 쪽을 택한 것이냐. 정말 그녀석답구나."

소녀가 씁쓸한 표정으로 웃었다. 루세프는 설명을 듣기 전보다 더 참담한 얼굴이었다. 나는 고개를 들고 내 앞에 있는 엘뤼엔을 바라보았다. 나와 함께 모든 대화를 들었을 그는 여전히 고요하기만 했다. 무슨 생각을 하는지 표정을 읽을 수가 없었다. 그때 소녀의 시선이 내게 향했다. 왠지 모르게 조금 긴장하고 있는데 가까이 다가온 소녀가 부드러운 표정으로 말했다.

"네가 소문으로만 듣던 엘뤼엔의 양자로구나. 난 운명의 신인 라데카란다."

"아……."

그제야 그녀에게 느낀 위화감의 원인을 알 것 같았다. 운명의 신이라면 최고신이자 최초의 트로웰이다. 그리고 이곳에 오기 전 카노스가 운명의 시계를 부쉈다고 했었다. 아무래도 그런 탓에 힘이 약해진 모양이었다.

"처음 뵙겠습니다. 엘퀴네스입니다."

"엘퀴네스치고 무척이나 예의가 바른 아이로구나. 이번 일로 아크아돈에 큰 피해를 입힌 것에 유감을 표한다. 우리 쪽에서 최대한 수습하고 피해 보상을 할 것이다."

그전에 저 얼간이들이 정신을 차려야겠지만 말이다. 여전히 넋을 잃고 있는 섀넌과 이오웬 쪽을 돌아본 라데카가 쓰게 웃으며 말을 이었다.

"그래도 소멸 현장에 가까이에 있었던 것치곤 무사한 이들이 많구나. 그건 다행이다."

그 말에 퍼뜩 정신이 들었다. 근방에 있던 이들이 크게 다치지 않은 건 모두 라피스 덕분이었다. 그가 보호막을 치고 나중에 가선 자신의 몸으로까지 막아 줬기 때문에. 결국 최후엔 압력에 휘말려 다 튕겨 나가긴 했지만, 그가 선방하지 않았다면 피해가 훨씬 더 컸을 거라는 건 부정할 수 없는 사실이었다. 하지만 그 압력을 온몸으로 받아낸 라피스는 분명 크게 다쳤을 거다.

나는 급히 주위를 돌아보았다. 그리 멀지 않은 곳에 쓰러져 있는 시벨리우스와 아스가 보였다. 다가가서 확인하니 다행히 의식만 잃은 상태였다. 근처에서 발견한 데르온 역시 무사했다. 그는 아직 덩어리에 감싸진 채였는데, 그 덕분에 오히려 다치지 않은 것 같았다. 그런데 정작 라피스가 보이지 않았다.

"엘."

"잠깐만, 아버지. 라피스가 안 보여."

뒤에서 엘뤼엔이 부르는 목소리를 외면하고 주위를 살피는데 곧 깊게 파인 자국이 눈에 들어왔다. 마치 거대한 무언가가 할퀸 듯한 자국이 저편으로 길게 이어져 있었다. 그 부분을 따라가니 그 끝에 자리 잡은, 집채만 한 붉은 몸체가 보였다. 익숙지 않은 형태였지만 라피스가 분명했다. 그리고 그 앞에 나보다 먼저 도착한 누군가가 서 있었다. 짙은 흑발에 다갈색 피부를 지닌 소년이.

"트로웰……?"

무언가 생각에 잠겨 있는 듯하던 그가 내 목소리에 반응하여 천천히 눈을 깜박였다. 나와 시선을 맞춘 황금안이 흐릿하게 휘어졌다.

"엘."

여느 때처럼 웃는 얼굴인데 기운이 없어 보였다. 역소환 되었던 데다가 강제로 깨어나자마자 무리했으니 그가 기운이 없는 건 당연한 일이었다. 그런데 그 모습에 왠지 가슴이 쿵 하고 내려앉는 것 같았다. 나는 얼굴을 굳히고 라피스를 바라보았다. 그는 두 날개를 늘어뜨린 채 두 눈을 굳게 감고 있는 상태였다. 인간일 때보다 몇 배는 큰 몸이다. 그만큼 생명력이 넘쳐야 할 텐데 이상하리만치 을씨년스러운 느낌이 풍겼다.

"라피스……?"

무심코 손을 대었다가 흠칫 놀라 바로 떼어냈다. 피부가 지나치게 차가웠다. 아, 그러고 보니 파충류는 변온 동물이고, 대체로 체온이 낮은 편이지. 드래곤도 일단은 파충류에 속하긴 할 거다. 아마 그래서 그런 거겠지. 그래, 그래서 그런 걸 거다. ……하지만 그런 것치고도 너무 차갑지 않나?

"그 아이는 이미 혼이 떠났구나."

들려오는 목소리에 멍하니 돌아보았다. 언제 따라온 건지 라데카가 서 있었다.

"혼이 떠나……?"

"죽었다는 뜻이다."

나는 다시 라피스를 돌아보았다. 지금 뭔가 이상한 말을 들은 것 같은데, 잘 이해가 되지 않았다. 이해하기에는 전혀 말도 안 되는 소리였다. 추측으로도 쉽게 내뱉어선 안 되는 말이었고, 농담이라면 너무 질이 나빴다. 당연히 귀담아들을 가치도 없었다. 그런데 이상하리만치 몸이 떨렸다. 나는 천천히 손을 뻗어 다시 라피스의 몸에 댔다. 치유술을 불어 넣으니 스며들지 않고 그대로 흩어졌다. 몸속에서 무언가가 덜컥거리는 것 같았다. 화살을 맞은 대공을 치유했을 때도 이와 비슷한 현상이 일어났었다. 그건 그의 숨이 끊어졌다는 증거였다.

이게 뭐지.

이게 뭐지.

이게…… 뭐지.

머릿속이 점차 혼란해졌다. 다시 라피스의 몸에 치유술을 불어넣었다. 그러나 이번에도 스며들지 않았다. 또 치유술을 썼다. 한 번 더 해도 마찬가지였다. 그리고 다시 또 하려는데 트로웰이 내 손을 잡았다.

"엘, 그만해. 이제 그만 해도 돼."

평소보다 낮고 건조해진 목소리가 아프도록 박혔다. 멍하니 고개를 드니 트로웰이 일렁이는 눈으로 고개를 저었다.

그러니까…… 라피스가, 죽었다고?

"죽었다고? 라피스가?"

내게 그 말을 믿으라고?

"죽지 않았어."

"엘."

"안 죽었어. 죽을 리가 없어. 조금 전까지만 해도 살아 있었어."

"엘……."

"이거 놔!"

트로웰이 날 끌어안으려는 걸 버둥거리며 저항했다. 하지만 오히려 그럴수록 트로웰은 더 강하게 날 끌어안았다. 그의 품에 강제로 붙잡힌 채 나는 마구 머리를 흔들었다.

"라피스가 이런 식으로 허무하게 떠날 리가 없어! 이건 뭔가 잘못됐어! 고작 그 정도 폭발을 막다가 라피스가 죽었다고? 말이 안 되잖아!"

그래, 이건 진짜 말이 안 된다. 절대 안 되는데…….

"엘, 잘 들어."

여전히 나를 끌어안은 상태에서 트로웰이 속삭이듯이 말했다. 그 목소리가 울먹이는 것처럼 들렸다. 이어지는 말에 나는 숨을 삼켰다.

"정화진이 무너졌을 때, 라피스는 악신의 공격을 정면으로 받아냈어. 그때 드래곤 하트가 완전히 파괴됐어."

"드래곤…… 하트?"
"드래곤의 마나 하트."
그게 뭔지는 나도 알고 있다. 마력을 관리하는 부분으로 드래곤들에게 그 부분은 진짜 심장보다 중요한 기관이었다. 마나 하트를 잃으면 아무리 강한 드래곤도 살지 못한다. 그리고 그건 마력 그 자체이기 때문에 내 치유력으로도 되살릴 수 없다. 그런데, 그게 파괴되었다고?
"라피스는 그때 이미 죽은 거나 마찬가지였어. 그가 신체 통솔력이 뛰어나서 생각보다 오래 버틴 거야."
"말도 안 돼……."
문득 눈앞을 스치는 건 얼굴을 크게 찌푸리던 라피스의 모습이었다. 정화진에 이상이 생겼을 때, 그가 유난히 사납게 욕설을 내뱉었었다. 검은 덩어리 같은 것을 토하는 모습이 한눈에도 심상치 않았다. 그때 트로웰이 그에게 뭐라고 했었더라.

"앞으로 얼마나 버틸 수 있겠어?"

그래, 분명 그렇게 물었었다. 그리고 라피스와 잠시간 의미를 알 수 없는 시선을 교환했다. 그땐 단순히 정화진을 얼마나 유지할 수 있냐고 하는 건 줄 알았다. 그런데 사실은 다른 의미였던 거다. 그게 ……이런 뜻이었다고?
"그럴 리가 없어."

"엘."

"괜찮다고 했어. 다치지 않았다고. 혈맥이 나쁜 건 장기 위치를 바꿔서 그랬던 거라고, 마력이 거친 건 큰 힘을 많이 써서 그런 거랬어. 그냥 그것뿐이랬어."

라피스는 거짓말을 하지 않는다. 그는 한 번도 자신의 감정이나 상태를 숨긴 적이 없었다. 숨길 필요를 느끼지 못하기 때문이다. 필요한 건 뭐든 즉각 요구하고 실행에 거침없었으며 욕망에 솔직했다. 그래서 그가 하는 말은 의심 없이 믿어도 괜찮았다.

"……그런데 그때부터 자기가 죽을 거라는 걸 알고 있었다고? 그런데도 아무렇지 않은 척하고 있었던 거라고? 이 엄살도 심한 녀석이? 자기 죽음을 내게 숨겼다고?"

"그래."

"아니야. 싫어. 안 믿어."

"엘."

"안 믿어! 안 믿을 거야! 그 잘난 척 좋아하는 녀석이 그럴듯한 유언도, 잘 있으라는 말도 안 했단 말이야! 아무 말도 없었어! 정말 아무것도! 난 계약자잖아! 나와 계약했잖아! 그런 중요한 일은 말해 줘야 하는 거잖아!"

"엘, 그건……."

머뭇거리는 트로웰을 밀어내고 라피스에게 다가섰다.

"라피스, 대답해!"

주먹을 움켜쥐고 단단한 피부를 강하게 내리쳤다. 손속에 사정을 두지 않았으니 꽤 아플 것이다. 그러나 눈을 감고 있는 그는 이 순간에도 여전히 아무런 움직임이 없었다.

"대답해! 대답하란 말이야! 라피스 라즐리! 당장 일어나! 지금 다들 장난치는 거지? 날 놀리는 거지? 화내지 않을 테니까 솔직하게 말해! 용서할 테니까 죽은 거 아니라고 해! 제발! 제발……."

라피스가 죽었다니. 이렇게 멀쩡하게 내 눈앞에 있는 그가 이제 세상에 없는 존재라니, 믿을 수 없다. 절대 믿지 않을 거다. 하지만 감정이 부정할수록 머릿속은 점차 차가워졌다. 숨을 쉬지 않는다. 심장이 뛰지도, 피가 흐르지도 않는다. 도저히 외면할 수가 없을 만큼, 모든 증상이 한 가지만을 가리키고 있었다. 하지만 그 중에서도 가장 절감한 건 그의 마나가 느껴지지 않는다는 거였다. 계약을 맺은 후로 내게 주어졌던 라피스의 마나가 더는 존재하지 않았다. 아무리 감각을 이어 보려고 해도 잡히는 게 없었다. 연결이 완전히 끊어졌다.

"하."

두드리던 팔에서 점차 힘이 빠져나갔다. 나는 자리에 천천히 주저앉았다. 트로웰이 옆에 다가온 것이 느껴졌지만 고개를 들 기운도 없었다.

"라피스는 널 걱정했어."

"……무슨 소리야?"

"언젠가 나이아스가 계약자를 살리려고 죽음을 택한 적이 있었을 거야. 하필 다친 부분도 비슷하고. 네가 또 그때와 같은 선택을 할까 봐 우려한 거야."

"나는, 나이아스가 아니야."

"그래. 하지만 나이아스는 네 가치관을 반영하지."

이어진 말에 말문이 막혔다. 언젠가도 이런 대화를 한 적이 있었던 것 같았다.

"그럼 너도 저런 걸 할 수 있다는 말이네?"

나이아스가 계약자의 심장으로 변했다는 걸 알았을 때, 라피스가 내게 물었던 말이었다. 그때 내가 뭐라고 답했었지? 아마 당연히 할 수 있다고 대답했던 것 같다. 그러면서 덧붙였던 말도 떠올랐다.

"내가 심장이 되면 드래곤의 마나 하트보다 더 강할 거야. 오히려 그 힘을 버틸 수 있는 인간이 있을까 모르겠네."

"야, 너……."

"어? 왜?"

"……아냐, 됐어. 그냥 물어본 말에 진지하게 대꾸하지 마."

그때 라피스는 기묘하게 불쾌해하는 얼굴이었다. 얼마 전엔 따끔하게 일침을 가한 적도 있었다. 내가 누구한테나 애정을 주며 목숨을 쉽게 내준다는 타박이었다. 그 예시로 나이아스의 경우를 들기에 아니라 했더니 바로 정색했었다.

"나이아스는 네 일부 아냐? 너랑 뭐가 달라?"

그는 늘 그걸 신경 쓰고 있었던 걸까.

"가까이 오지 마."
"가까이 오지 말라고!"

정화진이 무너지기 직전 내게 몇 번이나 거듭했던 경고들도. 나와 접촉하기를 꺼렸던 이유도 이제야 알 것 같았다. 내가 그의 상태를 눈치챌까 봐 그랬던 거다. 처음부터 아무것도 말하지 않고 죽기로 철저히 작정했던 거다. 내가 그를 살릴 유일한 방법을 실행하기 전에.

"정말…… 바보 같아."

누구한테 하는 말인지도 모르겠다. 허망하게 중얼거리니 트로웰이 다시금 나를 끌어안고 등을 토닥였다. 누구를 향한 건지도 모를 서러움이 복받쳤다. 눈물이 쏟아지기 시작하는데 멈출 수가 없었다. 카노스가 죽었을 때보다 더 이상한 기분이었다.

"라피……?"

그때 뒤쪽에서 작은 음성이 들렸다. 멈칫해서 돌아보니 흑발의 두 남자가 서 있었다. 디아곤과 메세테리우스였다. 비틀거리는 걸음으로 도착한 그들은 멍한 얼굴로 라피스를 바라보다 그 몸에 손을 짚었다. 그리곤 한참 동안 아무런 말도 잇지 못하다가 간신히 나를 돌아보았다.

"라피스가…… 죽은 거야?"

나는 아무런 대답도 하지 못했다. 대답할 수가 없었다. 하지만 이미 그들은 모든 설명을 다 들은 듯한 얼굴이었다. 디아곤이 신음을 삼키다 천천히 고개를 끄덕였다.

"……그래, 그렇구나."

"미안해."

반사적으로 입이 열렸다. 나를 바라보는 두 사람의 눈동자가 흔들렸다.

"정말 미안해."

계약자인데도 지키지 못했다. 바로 옆에서 그가 죽어 가는 것도 알아차려 주지 못했다. 그것도 모자라 마지막까지 날 위하다 유언 한 마디도 남기지 못하고 떠나게 하고 말았다. 전부 다 내 탓이었다. 두 사람을 어떤 얼굴로 봐야 할지도 모르겠다. 시선을 맞출 용기도 없어서 입술만 악물고 있는데 누군가가 내 손을 꼭 잡았다. 흠칫 놀라 고개를 들자 디아곤이 부드럽게 웃었다.

"사과하지 마. 왜 사과해? 넌 잘못한 게 없어."

"하지만……."

"죽음이란 여행과 같지. 라피는 돌아오지 않는 여행을 떠난 것뿐이야. 다른 곳에 정착해서, 거기서 또 새로운 삶을 시작하겠지. 우린 그저 그가 잘 지내길 바라기만 하면 돼."

그래, 죽음이 끝은 아니다. 지금의 삶 또한 수많은 내세 중의 하나. 그의 삶이 다시 이어진다는 건 나도 알고 있었다. 하지만 드래곤 라피스인 그는 이제 두 번 다시 돌아오지 않는다. 내 표정이 여전히 굳어 있기만 하자 디아곤이 난처한 얼굴을 하다 말했다.

"으음, 이 얘기를 하면 조금은 네 마음이 편해질 수 있을까? 실은 우리는 이미 오래전부터 이날을 대비해 왔어. 마음의 준비를 하고 있었지."

"무슨……."

"라피는 원래 오래 살지 못할 운명이었어."

뜻밖의 이야기에 몸이 굳었다. 놀람을 감추지 못하는 나를 보고 디아곤은 씁쓸히 웃었다.

"이 녀석이 누구보다 강한 화기를 타고났다는 얘기는 했었지? 그 화기는 너무 강한 나머지 본인의 생명도 천천히 갉아먹고 있었어. 오래 살아도 청년기를 넘기지 못할 거라 했지. 어미인 란타샤는 괴로워한 나머지 정신병을 앓기 시작했고, 광룡이 되기 전에 안정하기 위해 강제로 수면에 들어가야 했어. 그래서 트로웰이 대부를 맡아 준 거야."

"혹시 그걸 라피스도……."

"아무도 말해 준 적은 없어. 하지만 대충 짐작은 하고 있었어."

대답한 건 트로웰이었다. 오히려 디아곤이 놀라서 눈을 크게 떴다.

"뭐? 그랬어?"

"라피스가 바보는 아니잖아. 자신의 힘이 정상적인 게 아니라는 자각은 이미 오래전부터 했어. 몸이 버텨내는 것에 한계가 있을 거라는 것도."

"……그렇지. 그 예리한 녀석이 모를 리가 없지. 정말이지, 내 자식이지만 어떻게 그런 녀석이 난 건지 모르겠다니까."

고개를 절레절레 흔든 디아곤이 기나긴 한숨을 내쉬었다. 수많은 상념에 물든 얼굴이었다. 그 옆을 말없이 지키고 있는 메세테리우스 역시 몹시 복잡한 얼굴을 하고 있었다. 그러다 나와 눈이 마주치자 뭔가 결심한 듯한 표정을 했다.

"물의 왕, 외람되지만 한 말씀만 올려도 되겠습니까?"

"……네, 말하세요."

"라피스의 형제로서 이것만은 말할 수 있습니다. 제 동생은 날 때부터 너무 잘나서 오히려 욕망이 별로 없는 녀석이었죠. 그런 녀석이 유일하게 집착한 게 바로 물의 정령왕이었습니다. 일생을 걸고 엘퀴네스를 염원했다고 해도 과언이 아닙니다. 바람대로 그 계약자가 되었고, 그 곁에서 죽었으니 그걸로 녀석은 만족했을 겁니다."

"……."

"우린 당신이 라피스와 계약해 준 것만으로도 고맙습니다. 그러니 아무것도 자책하지 마셨으면 합니다. 라피스도 당신이 슬퍼하는 걸 바라지 않을 겁니다."

그래도 난 아직 그를 보낼 준비가 안 됐는걸.

목구멍까지 솟아오른 말을 입 안으로 꾹 삼켰다. 저들 앞에서 이런 말을 해선 안 된다. 누군들 준비가 되었을까. 내 슬픔이 아무리 크다 해도 가족을 잃은 슬픔에 비하면 아무것도 아닐 거다. 아무리 대비했어도 폭풍처럼 덮쳐드는 아픔이 덜어지지는 않을 것이다. 하지만 그래도 괴로웠다. 그와 헤어지는 상황 같은 건 한 번도 생각해 본 적이 없었다. 서로 수명이 다르니 언젠가는 겪어야 할 일이겠지만 그게 지금은 아니었다.

눈물이 다시 떨어졌다. 내가 다시 울기 시작하니 디아곤과 메세테리우스도 어쩔 줄 몰라 했다. 그들을 생각해서라도 멈춰야 한다는 걸 머리로는 알겠는데 도저히 그칠 수가 없었다.

"녀석을 만나게 해 주마."

그때 생각지 못한 말이 들렸다. 고개를 번쩍 드니 엘뤼엔이 나를 내려다보고 있었다.

"만나게 해준다고? 라피스를?"

"그래."

"어떻게?"

그 말에 엘뤼엔이 옆으로 시선을 보냈다. 그곳엔 언제 정신을 차렸는지 섀넌이 서 있었다. 그러고 보니 그가 명계의 신이었다는 사실이 떠올랐다. 모두의 시선이 자신에게 향하자 그가 머뭇거리다 한숨을 내쉬었다.

"원랜 안 되지만, 워낙 특별한 경우니 할 수 없군요. 혼이 회수된 직후일 테니 아직 환생 절차를 밟진 않았을 겁니다. 들어가기 전에 작별인사 할 시간을 드리겠습니다."

"들었지?"

"아버지……."

"그러니 이제 그만 울어라. 멋대로 죽은 놈을 위해 흘리기엔 네 눈물이 아깝다. 더 울면 놈의 내세를 엉망으로 만들어 버릴 거다."

"뭐야, 그게……."

"이게 농담인 것 같으면 더 울어도 된다."

음성이 한층 낮아졌다. 얼굴이 허옇게 질린 디아곤과 메세테리우스가 나를 간절하게 바라보았다. 나는 허겁지겁 눈물을 닦아내다 허탈하게 웃었다. 세상에서 가장 다정한 협박이었다.

*　　*　　*

라피스의 장례는 그의 지인과 가족들이 지켜보는 자리에서 단출하게 치러졌다. 신들이 모두 돌아가고, 어느 정도 사태가 정리된 후였다. 드래곤 로드이자 블랙 일족의 수장이며, 라피스의 부친이기도 한 디아곤이 직접 자식의 장례를 주관했다.

"드래곤의 창조주, 지옥의 신 크라제시여. 명계를 관할하는 위대한 섀넌이시여."

디아곤은 이름 모를 꽃을 한 아름 가져와 라피스의 시신 주변에 뿌렸다. 하얀색 잎이 나비의 날개처럼 피어난 꽃이었는데, 저승을 상징한다고 했다. 섀넌의 상징 문양이 하얀 나비의 형태이기 때문이었다.

"지금 우리의 자녀가 이 땅에서 젊은 생을 마감하였으니 부디 그 육체를 받아 주소서. 그가 지니고 있던 태초의 모습으로 돌아가게 이 세상의 일부가 되게 하소서."

그러자 그 말에 화답하는 것처럼 라피스의 몸이 화려한 불길에 휩싸였다. 누군가가 일부러 태운 것이 아니라 그의 몸 자체에서 발화한 불이었다. 드래곤이 죽어 제를 치르면 그 육신은 품고 있던 속성으로 돌아간다고 했다. 즉, 불의 속성을 지닌 이들은 불로, 땅의 속성을 지닌 이들은 흙으로, 바람과 물의 속성을 지닌 이들은 각자 바람과 물이 되어 이 세계의 일부가 되었다. 디아곤이 읊었던 마지막 말과 같이.

"라피스가 정말 죽다니. 보면서도 믿을 수가 없네."

시벨리우스가 먹먹한 얼굴로 중얼거리는 말에 나란히 서 있던 아스가 침울한 얼굴을 했다. 장례 직전이 되어서야 뒤늦게 의식을 차린 그들은 그사이에 모든 일이 끝났다는 사실에 망연자실해 했다. 특히 창조신을 잃었다는 사실을 알게 된 아스가 충격을 크게 받았다.

"괜찮냐, 너?"

장례가 진행되는 내내 창백하게 굳어 있는 아스가 걱정이 되었는지 시벨리우스가 물었다. 멍하니 있던 아스는 그 말에 천천히 고개를 끄덕였지만 아무리 봐도 전혀 괜찮아 보이지 않았다.

“실은 뭐가 뭔지 모르겠어. 아무것도 기억나지 않는데 전부 다 끝났다니. 카노스 님이 소멸하고, 은인도 죽다니…….”

카노스가 미리 알려준 대로, 의식을 되찾은 아스는 그를 만났던 것까지만 기억하고 있었다. 본인은 어떻게 받아들이는지 모르겠지만 나로선 그의 기억이 사라져서 다행이었다. 카노스가 소멸하고 라피스마저 죽은 상황에서 자신의 전생을 알고 있었다면 자책감을 견디지 못했을 테니까. 다행히 그는 시벨리우스와 내가 무언의 시선을 주고받는 걸 눈치채지 못했다.

“데르온이 깨어나면 뭐라고 설명하지.”

아스가 우울한 얼굴로 데르온이 잠들어 있는 쪽을 돌아보았다. 고치에 덮여 있는 그는 여전히 그 장소에서 잠들어 있었다. 상처는 이미 치료되었고, 기운도 완전히 진정했지만 새 힘을 다스리는 데 시간이 걸리는 것 같다고 했다. 나중에 깨어난 그에게 설명이 막막하기는 나 역시 마찬가지라 마음이 같이 무거워졌다. 물론 그게 아니라도 그리 가볍지는 않았겠지만.

“이사나, 얼굴이 엉망이야.”

장례에 참가한 유일한 인간인 이사나는 너무 많이 울어서 눈이 퉁퉁 불었다. 눈의 붓기를 가라앉히는 김에 탈수도 막을 겸 치유력을 불어넣으니 창백하던 안색이 한결 좋아졌다. 그제야 조금 진정한 듯 이사나가 겨우 안정된 얼굴로 나를 바라보았다.

“미안해, 엘. 엘이 더 힘들 텐데…….”

"미안하긴. 마음이 아픈 데 누가 더 힘들고 안 힘든 게 어딨어."

모든 일이 다 끝난 후, 혼란한 정신을 수습하고서야 그의 존재를 상기한 내가 데리러 갈 때까지, 이사나는 그 숲에서 홀로 기다리고 있었다. 모습이 가려져 있어서 온 숲을 돌아다녀야 했지만 내 목소리를 들은 그가 결계에서 스스로 나온 덕분에 찾는 게 어렵지는 않았다. 다만 아무것도 모른 채 반가운 얼굴을 하는 그에게 라피스가 죽었다는 사실을 알리는 건 어려웠다.

여행 초창기부터 함께 해 왔던 만큼 이사나에게도 라피스는 각별한 존재였다. 평소 의지하고 따르는 게 훤히 보일 정도였으니 그런 존재의 갑작스러운 죽음을 받아들이기가 힘들 거라 생각했다. 예상대로 그는 큰 충격을 받았고, 그 이후로 눈물을 멈추지 못했다. 그건 지금까지도 여전해서, 간신히 멈추는가 싶더니 다시 구슬 같은 눈물을 흘리기 시작했다.

"또 우는 거야?"

"미안해."

"아냐, 괜찮아. 실컷 울어. 내 몫까지 이사나 네가 다 울어 줘. 난 라피스의 평온한 내세를 위해서 울면 안 되거든."

그 말이 어설픈 농담이라고 여겼는지 이사나가 흐리게 웃었다. 편히 생각하게 내버려 둘 요량으로 그의 머리를 가볍게 쓰다듬어 줄 때였다.

"저어……."

문득 들려오는 목소리에 고개를 들었다가 나는 얼굴을 굳혔다.

한 무리의 사람들이 우물쭈물한 자세로 서 있었다. 다른 드래곤 일족들이었다. 그중 블루 일족 사이에서 유독 한 얼굴이 눈에 들어왔다. 차분히 가라앉은 짧은 푸른색 머리칼에 물처럼 파란 눈동자를 지닌 소년이.

"당신은……."

잘못 본 게 아니었다. 틀림없이 오칼이었다. 정화진에서 물의 방진을 맡았던 블루 드래곤. 당연히 죽었다고 생각했었는데, 살아 있었다. 기분이 급격하게 가라앉으며 가슴 속이 싸늘해졌다.

"너 뭐야."

"무, 물의 왕이시여……."

나직하게 내뱉은 말에 블루 드래곤들이 굳어서 어깨를 움츠렸다. 그들이 그러거나 말거나 나는 오칼에게서 시선을 떼지 않았다. 그는 창백한 얼굴로 고개를 숙이고 있었다.

"라피스가 죽었는데…… 넌 왜 살아 있어?"

"……죄송합니다."

"네가 왜 살아 있냐고!"

"에, 엘."

퍼뜩 정신을 차린 건 겁먹은 듯한 이사나의 목소리 때문이었다. 내가 멈칫하는 동안 블루 드래곤들이 우르르 고개를 숙여 사과하기 시작했다.

"죄송합니다. 정말 죄송합니다."

"용서하십시오. 제발 용서하십시오."

오칼은 완전히 엎드린 채 덜덜 떨고 있었다. 그 모습을 보니 머리끝까지 치솟았던 분노가 단숨에 식으며 모든 게 허무해졌다. 사실 이제 와서 이런 게 다 무슨 의미가 있지. 라피스는 이미 죽었는데. 저 녀석이 살았든 죽었든 그는 돌아올 수 없을 거고, 그 사실은 변하지 않는다. 나는 엎드린 채 가만히 숨죽이고 있는 오칼을 바라보았다. 다른 블루 드래곤들도 모두 긴장한 채 바짝 숨죽이고 있었다.

"앞으로 네가 살아 있는 동안, 물의 정령이 블루 드래곤과 교류할 일은 없을 거야."

"무, 물의 왕이시여."

"돌아가. 다신 내 눈에 띄지 마."

단호한 말에 입을 벙긋거리던 오칼이 간절한 눈으로 나를 바라보았다. 물론 나는 그가 원하는 답을 내려 줄 생각이 없었다.

"돌아가라는 소리 안 들려?"

곧 침통하게 눈을 감은 그가 간신히 비틀거리며 자리에서 일어났다. 그리곤 미련이 뚝뚝 남은 얼굴로 나를 돌아보다 천천히 몸을 돌렸다. 다른 블루 드래곤들도 의기소침해져서 어깨를 늘어트리고 그 뒤를 따라갔다.

속이 이루 말할 수 없이 들끓었다. 나는 내게 쏟아지는 시선을 뒤로하고 무작정 걸었다. 적당히 멀어졌을 때쯤 아무 데나 걸터앉은 채 두 손으로 얼굴을 덮고 있는데 누군가가 어깨를 짚어왔다. 트로웰이었다.

"엘, 괜찮아?"

"……응. 아니."

서로 공존할 수 없는 단어가 연달아 흘러나왔다. 괜찮지만 괜찮지 않았다. 이 기분을 어떻게 표현해야 할지도 모르겠다. 그런 나를 이해한다는 듯이 바라보던 트로웰이 가볍게 내 어깨를 다독였다. 나는 크게 한숨을 내쉬었다. 오칼도 피해자라는 건 안다. 그라고 원해서 정화진을 깨지는 않았을 거다. 조금 더 조심했으면 좋았겠지만, 앞일이라는 게 어떻게 될지 다 알 수 있다면 애초에 악신이 태어날 일도 없었겠지. 그 처참한 상황에서 한 사람이라도 더 살아남았음을 다행으로 여겨야 했던 건지도 모른다. 하지만 머리로 이해하는 것과 감정이 받아들이는 건 전혀 달랐다.

"화풀이를 했어."

"저런, 고작 그런 게 화풀이면 너무 온건한걸. 정말 화풀이를 하려면 드래곤 세계에서 블루 일족의 씨를 완전히 말렸어야지. 적어도 대를 잇는 저주 정도는 내리거나."

"……그건 농담이지?"

"엘이 그렇게 생각한다면."

생긋 웃는 얼굴이 무섭게 느껴지는 건 단지 기분 탓이겠지……? 어색하게 시선을 맞추니 그가 장난스럽게 웃었다. 역시 농담이었구나. 가끔 보면 트로웰은 어디까지가 진담이고 농담인지 구분할 수 없게 하는 능력이 있는 것 같다. 그래도 덕분에 심란하던 마음이 풀렸다. 나는 그를 따라 웃다가 천천히 몸에 들어간 힘을 뺐다.

"기분이 너무 이상해. 모든 게 다 끝났다곤 하는데 전혀 끝나지 않은 것처럼 느껴져."

"여러 일이 있었으니까. 첫 유희치곤 너무 파란만장했어. 시작부터가 평탄치 않았잖아?"

"……응."

"그리고 아마 이게 끝이 아닐 거야."

이어진 말은 거의 속삭임에 가까워서 내가 제대로 들었는지 확실하지 않았다. 의아해져서 바라보았지만 그는 가만히 미소 짓기만 했다.

"괜찮아, 엘. 넌 네가 생각하는 것보다 더 강해."

"힘 말이야?"

"어느 쪽이든. 난 평생 너보다 강한 사람을 본 적이 없어."

"아하하. 그건 너무 띄워 주는 것 같은데."

"아니, 정말이야. 그러니까, 엘. 앞으로 잘 부탁한다고 말해도 될까?"

왠지 조심스러운 말투로, 트로웰이 내게 악수를 청해 왔다. 나를 똑바로 바라보는 눈동자가 조금 떨리는 것 같아서 나는 어리둥절해하면서도 그 손을 맞잡았다. 그러자 트로웰은 웃는 건지 우는 건지 모를 묘한 표정을 지었다.

"고마워, 엘."

2.

라피스의 장례를 치른 후로 일주일이 흘렀다. 그동안 세상은 시시각각 변해가고 있었다. 먼저 인간들의 기억에 변화가 생기기 시작했다. 하늘에서 나타난 천군과 신을 목격한 기억이 전부 지워지고 그저 날씨가 몹시 나빴던 것으로, 황궁이 파괴된 건 몬스터 떼가 습격한 것으로 인지했다. 신계 쪽에서 사태를 수습하면서 인간들의 기억을 대거 수정한 것 같았다. 실제로 몬스터 떼가 정말 나타나기도 했었다는 모양이다. 덕분에 뜬금없이 이사나의 인기가 높아졌다. 몬스터 떼를 쫓아내는 과정에서 라피스가 본체로 돌아가 이사나를 태우고 다녔던 모양인데, 그 현장을 목격한 이들이 이사나가 드래곤을 조종했다고 오해한 탓이었다.

어쨌건 이 광범위한 현상에서 벗어난 인간은 내 계약자인 이사나뿐이었다. 그는 천군이 나타난 것도, 신들이 강림한 것도, 그 모든 게 악신으로 인해 벌어진 사태라는 것도 전부 다 또렷하게 기억했다. 하지만 그런 그에게서도 사라진 기억이 있었다.

"카노스가, 누군지 몰라……?"

"응, 기억나지 않아. 그 사람이 누군데?"

말갛게 바라보는 푸른 눈동자를 보며 나는 숨을 삼켰다. 카노스가 소멸한 이후 전 대륙에 있던 마신의 신전이 전부 사라졌다. 그리고 이사나를 비롯한 모든 인간이 카노스를 기억하지 못했다. 마신이 존재했다는 사실은 물론 스왈트 제국이 그의 신성제국이었다는 사실조차 잊었다. 모든 인간이 스왈트 제국이 처음부터 전제 군주제였다고 인식하고 있었다. 대공이 신관이었다는 사실은 그대로 기억하면서도 그가 누구의 사제였는지는 떠올리지 못했다.

"마신이야. 마신 카노스. 넌 기억하지 못하지만, 원래 스왈트 제국은 마신의 신성제국이었어."

"아, 그랬었구나."

사실을 설명해 줄 때마다 이사나는 고개를 끄덕였지만 쉽게 수긍하지는 못하는 눈치였다. 의아한 얼굴로 연신 갸웃거리는 그를 보는 게 가슴 아팠다.

—지금은 인간뿐이지만, 앞으로 갈수록 범위가 넓어질 거다.

답답한 마음에 연결한 통신에서, 엘뤼엔의 담담한 음성이 울렸다. 조금도 희망적이지 않은 답변이라 마음이 무거워졌다.

"이것도 신계에서 한 일이야?"

—아니, 신계에선 그에 관한 건 아무것도 건드리지 않았다. 그가 악신과 얽혀서 소멸했기에 저절로 진행되는 일이다.

"범위가 넓어진다면, 나도 언젠가는 그를 잊게 되는 거야?"

—아마도 그렇겠지. 다른 이들보다는 꽤 오래 걸리겠지만.

"마족들도?"

—마족들도.

연결을 끊은 후에도 나는 한동안 먹먹한 기분에서 벗어날 수 없었다. 모두를 위해 희생했는데 돌아온 결과가 모두의 기억에서 잊히는 거라니. 지인만이 아니라 그가 창조한 종족들에게서도 잊힌

다니. 그건 너무 잔인하잖아. 어떻게 이럴 수가 있지?

"대부."

그 순간 들려온 음성에 몸이 움찔했다. 고개를 돌리니 문 앞에 아스가 서 있었다. 아무것도 모르는 채 단정한 얼굴을 보니 문득 숨이 막혔다. 인간들의 기억에서 카노스가 잊혔을 때 아스는 충격을 크게 받았다. 그가 한동안 우울해했던 게 떠올라 어떤 표정을 지어야 할지도 알 수가 없었다.

있잖아, 아스. 카노스는 앞으로 점점 더 모두의 기억에서 잊히게 될 거래. 너도, 언젠가 카노스를 잊게 될지도 모른대.

"대부?"

"아, 응. 미안. 무슨 일이야?"

"데르온이 깨어났어."

"……!"

며칠째 반응이 없어 모두를 애타게 했던 데르온이 드디어 오랜 잠에서 깨어났다는 소식이었다. 서둘러 그가 잠들어 있던 장소를 찾아가니 바닥에 허물 같은 것이 늘어져 있는 게 보였다. 데르온을 감싸고 있던 껍데기였다. 그 앞에 서 있던 군청색 머리칼의 남자가 기척을 느끼고 돌아보았다.

"데르온."

"물의 왕을 다시 뵙습니다."

"무사히 깨어나서 다행이에요. 몸은 괜찮은 거예요?"

"네, 괜찮습니다. 심려를 끼쳐드려 부끄럽습니다."

그는 이전과는 비교할 수 없을 정도로 기운이 강해져 있었다. 키와 체구도 더 커진 것 같았고, 짧았던 머리칼도 길어져 허리까지 닿았다. "너무 거추장스러우니 잘라야겠네요." 그가 자신의 머리칼을 돌아보며 쓰게 웃었다.

그간의 상황은 이미 아스가 얘기해 줬다고 했다. 그는 의외로 담담하게 모든 상황을 받아들인 것 같았다. 자신이 부상을 당해 죽을 뻔했다는 것도, 카노스가 그를 살리기 위해 힘을 줬다는 것이나 그가 소멸했다는 사실도.

"내 신께 마지막 인사도 드리지 못했군요."

중얼거리는 데르온의 얼굴은 무표정했지만 내겐 금방이라도 눈물을 쏟을 듯이 보였다.

"괜찮아요, 데르온?"

"사실 괜찮지는 않습니다. 하지만 괜찮아질 겁니다. 제 사명은 아스 님의 곁을 지키는 거니까요."

약간 쉰 목소리로 답한 그의 붉은 눈이 곧 결연하게 빛났다.

"카노스 님이 제게 맡기셨고, 기꺼이 따르기로 맹세한 일입니다. 실수는 한 번으로 족합니다. 두 번 다시 제 왕을 혼자 두고 제가 먼저 무너지지는 않을 겁니다."

아아, 정말 많이 변했구나.

언젠가 정처 없이 방황하던 그의 모습이 떠올랐다. 마계에 다녀온 이후, 그의 머리 색이 검은색에서 군청색으로 변했을 때의 일이었을 거다. 그때 그는 누구하고도 어울리지 못하고 까맣게 죽은 눈으로 숨만 쉬고 있었다. 살아 있지만 죽은 거나 마찬가지로 보였다. 그랬던 그가 지금은 누구보다 빛나는 눈으로 활력을 드러내고 있었다. 그건 아스가 있기 때문이었다. 그리고 아마도 아스 또한 그가 있기 때문에 버틸 수 있겠지. 나는 흐리게 웃으며 고개를 끄덕였다. 앞으로도 둘은 괜찮을 거란 생각이 들었다.

"대부, 우린 이만 마계로 돌아갈까 해."

그래서 이어진 아스의 말에도 그리 충격을 받지 않았다. 사실 어느 정도는 예상했던 말이었다. 아스는 마왕이다. 창조신이 사라져 무엇보다 혼란해졌을 세계를 진정시키려면 그가 가서 할 일이 많았다. 이미 모르스라고 했던, 카류안에게 이용당한 마족 중 생존자들도 치료를 마치자마자 전부 마계로 돌려보낸 상태였다. 그동안엔 데르온이 잠들어 있어서 가지 못했을 뿐, 이제 그가 깨어났으니 돌아가야 했다.

두 마족이 귀환한다는 사실은 곧 모두에게 알려졌다. 이사나와 시벨리우스가 배웅하는 길을 함께했다.

"잘 지내, 대부. 자주 놀러 올게."

가볍게 포옹을 나눈 후 나는 씩씩하게 웃는 아스의 모습을 유심히 눈에 담았다. 자주 놀러 온다곤 하지만 왕이면 굉장히 바쁠 거고 함부로 움직이지도 못할 테니, 생각만큼 자주 볼 수는 없을 거다. 내가 마계로 가지도 못하니 다음에 그를 보는 건 언제가 될지 몰랐다.

“너도 몸 건강히 잘 지내. 끼니 잘 챙겨 먹고, 아프지 말고.”

“응응, 걱정 마. 대부는 곧 명계로 가는 거지? 은인을 만나면 내 인사도 같이 전해 줘. 그동안 고마웠다고.”

“그래, 알았어.”

“다음은 마족으로 태어나라고도 해 줘. 내가 잘해 준다고.”

라피스라면 그게 맘대로 되겠냐고 화내지 않을까. 그래도 마족으로 태어난 라피스를 생각해 보니 기분이 썩 괜찮았다. 그 녀석 성격에 잘 어울리는 종족이기도 한 것 같았다. 이것도 명계에 부탁해 보면 어떻게든 되지 않을까? 가슴 속에 작은 희망이 피어올랐다. 요즘은 라피스만 생각하면 우울했는데 다음을 떠올릴 수 있다는 것만으로 조금은 괜찮아지는 기분이었다.

“그래, 그럴게.”

이윽고 모두가 지켜보는 가운데 두 사람의 모습이 흐려지듯 사라졌다. 마지막까지 손을 흔드는 두 마족에게 점차 카노스를 잊게 될 거라는 말은 끝내 하지 못했다. 그건 모르고 있는 게 더 나을 것 같았다.

그렇게 아스와 데르온이 마계로 돌아갔다. 그 이후로 나는 한동안 무료한 시간을 보냈다. 시벨리우스는 각성한 힘을 본격적으로 다스리기 위해 개인 수련에 들어갔고, 이사나는 국정 일로 눈코 뜰 새 없이 바빴다. 무너진 황성도 복원해야 했고, 내전으로 인해 피해를 입은 지역과 사람들도 보살펴야 했다. 대공의 죽음은 자결로 처리했다는 것 같았다. 본래는 아무리 반역자라도 황족이 죽으면 예우 차원에서 장례 절차를 밟아야 했지만 이사나는 그걸 과감히 생략했다. 대공의 시신은 아무도 알지 못하는 폐허에 버려졌다. 당연히 무덤도 남기지 못했다.

알리사는 여전히 카터스 제국에서 머무는 중이었다. 거기서 지내는 동안 그곳 문화에 매력을 느꼈는지 아셀이 다니는 아카데미에 들어가기로 했다고 했다. 이사나에게 넌지시 그래도 괜찮겠냐고 의사를 떠보았더니 그는 난처한 얼굴로 고개를 끄덕였다.

"알리사가 하고 싶다는 걸 내가 반대할 권리는 없지. 일단은 괜찮을 거야. 파이어 버스터가 지켜 주고 있으니까."

"……그 검, 계속 알리사한테 있었어?"

"세상이 워낙 위험하잖아. 알리사도 강한 정령사이긴 하지만 정령을 늘 소환해 둘 수는 없으니, 몸을 지킬 무기가 있으면 좋을 것 같았어. 파이어 버스터라면 알리사가 방심한 부분까지 잘 방어해 줄 거고."

그거야 당연히 그렇다. ……덧붙여 그 수다쟁이 검은 알리사에게 호감을 품고 다가오는 이들까지 전부 경계할 게 분명했다. 가장 크게 당할 사람이 라온휘젠이라는 건 두말할 필요도 없었다.

잠시도 아니고 이렇게 오랜 시간 알리사에게 있는데도 파이어 버스터가 얌전하다는 건 그도 동의했다는 뜻이다. 자아를 지닌 에고 소드가 주인이 아닌 사람을 따르기는 쉽지 않은데. 평소에도 자주 알리사에게 파이어 버스터를 맡기더라니, 설마 이런 일을 대비하려고 미리 서로 적응하게 한 건 아니겠지. 어쩌면 이사나야말로 가장 방심할 수 없는 유형의 사람일지도 모르겠다.

어쨌든 다들 순조롭게 각자 할 일을 찾아가고 있었다. 그 속에서 나만 혼자 이질적으로 떨어진 느낌이 들었다. 왠지 가슴 속이 뻥 뚫린 듯이 허전했다. 이 공허함이 긴 여행을 마친 탓인지, 쭉 함께하던 이들이 하나둘씩 제 자리를 찾아가는 탓인지, 아니면 그 전부가 원인인 건지 모르겠다.

"엘."

엘뤼엔과 페르데스가 날 찾아온 건 내가 그런 공허감에 절정으로 시달리고 있을 때였다. 혼자서 멍하니 황성 정원을 구경하고 있는데 익숙한 목소리가 들렸다. 갑자기 나타난 두 사람의 모습에 나는 반색해서 일어났다. 간간이 통신을 주고받긴 했지만 엘뤼엔이 직접 찾아온 건 신계로 돌아간 이후로 처음이었다. 게다가 명계 소속인 페르데스와 함께 왔다는 것에서 생각할 수 있는 용건이 하나밖에 없었다. 드디어 라피스와 만날 준비를 마친 거다. 그런데 어째선지 둘 다 표정이 심각했다.

"아무래도 일이 좀 틀어진 것 같다."

"어? 그게 무슨 소리야?"

"그 녀석의 혼을 찾을 수가 없게 됐다."

"……뭐?"

이해할 수 없는 말에 얼굴을 찌푸렸다. 말인즉 라피스의 혼이 명계에 존재하지 않는다는 내용이었다. 이미 죽은 게 분명한데 혼을 찾을 수 없다니? 그럼 라피스가 지금 어디에 있다는 거지?

"그가 사망할 당시에 명계가 봉인되어 있었다는 건 너도 기억할 거야. 그래서 인도자가 조금 늦게 발령되었는데, 찾아갔을 땐 이미 그 몸에서 혼을 찾을 수가 없었어. 다른 데로 날아간 것으로 추론하고 지금까지 계속 찾았지만 결국 발견하지 못했고."

페르데스의 설명을 듣는 동안 천천히 얼굴이 굳었다. 혼을 찾을 수도 없고, 발견하지도 못했다니. 아무리 들어도 상황을 이해할 수가 없었다. 멍하니 엘뤼엔을 바라보니 그가 살짝 찌푸린 얼굴로 입을 열었다.

"아무래도 차원의 틈에 빠진 것 같다."

"……차원의 틈? 거기에 빠지면 어떻게 되는 건데?"

"무작위로 아무 차원에나 떨어지지."

"그럼 그냥 찾아오면 되는 거 아니야? 떨어진 곳이 어디인지 알아내서 다시 찾아오면 되잖아."

그러자 이번엔 페르데스가 고개를 저으며 대답했다.

"그게 그렇게 쉽지 않아. 차원의 틈엔 시공도 같이 얽혀 있어. 어떤 장소에 어떤 형태로 섞이는지 아무도 알 수 없게 돼. 이런 경우엔 어디선가 우연히 발견되길 기다리는 수밖에 없어. 그게 몇 년 후일지 몇십만 년 후일지는 아무도 알지 못해."

"말도 안 돼. 그걸 그냥 가만히 기다리기만 해야 한다고? 어떻게든 떨어진 장소를 추측해서 찾으러 갈 수는 없는 거야?"

"아주 불가능하진 않은데, 조건이 까다로워."

"조건?"

"혼을 찾으러 갈 자는 실종된 혼의 현생과 강한 인연으로 묶인 존재여야 하고, 차원의 틈을 건너갈 수 있을 만큼 강해야 해. 적어도 하급신 이상은 되어야 하지. 여기까지 들으면 알겠지만, 지금 이 조건에 맞는 건 엘뤼엔밖에 없어."

나는 반사적으로 엘뤼엔을 바라보았다. 시선이 마주치자 그가 빙긋 웃었다.

"네가 원하면 가 주마."

"정말?"

"그래."

"아니, 안 돼."

단란한 부자의 대화를 막은 건 페르데스였다. 골치 아프다는 듯 한 손으로 이마를 짚은 그가 한숨을 내쉬며 고개를 저었다.

"일을 복잡하게 만들지 마, 엘뤼엔. 넌 지금 마신의 일까지 겸임하고 있어서 신계를 비워선 안 된다는 거 알잖아. 게다가 아직 설명도 아직 다 하지 않았어. 엘에게 죄책감을 안길 참이야?"

그 말에 엘뤼엔이 약간 눈썹을 움찔했다. 왠지 돌아가는 분위기가 심상치 않아서 나는 초조한 기분으로 페르데스를 돌아보았다.

"죄책감이라니?"

"이 일은 위험부담이 너무 커. 어디로 떨어질지도 알 수 없는 데다가 기간이 얼마나 걸릴지도 알 수 없어. 무엇보다 가장 큰 문제는, 무사히 돌아올 거라고 확신할 수가 없다는 거야."

"확신을…… 못 한다고? 왜?"

"중간계는 서로 시간대가 전부 다 달라. 그래서 본계와 연결되는 정확한 귀환 경로를 알아야 돌아올 수 있는데, 이런 식으로 건너간 경우엔 시공이 얽혀서 그걸 찾기가 힘들어진다고 들었어."

이어진 설명에 신음이 흘러나왔다. 돌아올 수 없을 수도 있다니. 그런 걸 알면서 엘뤼엔을 보낼 수는 없었다. 그가 간다고 해도 말릴 거다.

그럼 뭐야. 라피스가 어디로 갔는지, 어디서 방황하고 있는지 알 수도 없는데 그냥 이대로 방관해야 한다는 건가. 우연히 발견될 때까지 얼마나 걸릴지 알 수도 없는 세월을 그냥 무작정 기다리기만 해야 한다고? 눈앞이 캄캄해지면서 다리에 힘이 풀렸다. 내가 자리에 주저앉자 엘뤼엔이 페르데스를 못마땅하다는 시선으로 바라보았다.

"쓸데없는 짓을. 애가 절망하잖아."

"난 사실을 알려준 것뿐이야. 이런 중요한 사실이라면 당연히 알려야지. 네가 돌아오지 못하게 되는 걸 엘이 바랄 거라고 생각해?"

"반드시 돌아오지 못한다고 단언할 수만은 없지. 추를 만들면 귀환 확률을 좀 더 높일 수는 있긴 하다."

"……추?"

무심코 되물었더니 엘뤼엔이 어깨를 으쓱였다.

"이쪽에서도 연결되는 존재를 두는 거지. 그게 끈을 묶어두는 기둥이 되어 귀환을 도울 수 있다."

"하지만 추의 역할을 하는 쪽도 마찬가지로 실종된 혼과 인연이 닿아 있어야 해. 물론 찾으러 가는 쪽과도. 게다가 끌어주는 쪽은 더 큰 부담을 느끼기 때문에 상급신은 되어야 할 거야. 그런데 지금 이 역할을 할 존재가 아무도 없잖아."

이번에도 페르데스의 반대가 이어졌다. 그때 불현듯 머릿속을 스치는 생각이 있었다. 나는 고개를 번쩍 들고 두 신을 바라보았다.

"그럼 내가 가면?"

"뭐?"

페르데스와 엘퀴엔의 시선이 동시에 내게 향했다.

"엘, 지금 무슨 소리를……."

"라피스와 가장 강한 인연을 가진 건 나잖아. 난 정령왕이니까 하급신 이상은 당연히 될 거고. 끌어주는 쪽을 아버지가 하면 돼. 모든 조건에 딱 맞아."

말을 할수록 머릿속이 점차 맑아지기 시작했다. 어두운 하늘에 빛이 깃드는 것 같았다.

"그래, 정말 그렇네. 왜 이걸 바로 떠올리지 못했지? 내가 가서 라피스를 찾아올게!"

"마, 말도 안 되는 소리야. 정령왕은 아크아돈을 떠나면 안 된다는 걸 잊었어? 또다시 이 땅에 가뭄을 불러올 생각이야?"

"뭔가 방법이 있을 거야. 아버지, 어떻게 생각해? 혹시 좋은 방법 없어?"

그 말에 눈을 가늘게 뜬 엘뤼엔이 생각에 잠긴 듯 가만히 턱을 매만졌다. 페르데스는 나를 붙잡고 고개를 젓기 바빴다.

“엘, 안 돼. 그건 너무 무모해.”

“하지만 내가 할 수 있는 일이야.”

“그래도 안 돼. 난 반대야.”

“뭐야, 그럼 왜 나한테 말해 주러 온 건데?”

발끈해서 물은 것에 만류하던 페르데스가 입을 다물었다. 흔들리는 보라색 눈동자가 신경이 쓰이지 않는다면 거짓말이다. 그가 날 걱정해서 이러는 거라는 것도 모르진 않았다. 하지만 내겐 이미 선택의 여지가 없었다.

“찾을 방법이 전혀 없는 것도 아니잖아. 방법이 있잖아. 그걸 아는데 내가 어떻게 포기해? 날 말리려면 처음부터 그런 말은 하지 말지 그랬어. 라피스를 찾을 방법이 전혀 없다고, 그 녀석 영혼이 완전히 소멸해서 희망이 없다고 말했어야지. 그럼 나도 어쩔 수 없이 포기했을 텐데…….”

“……엘.”

“난 라피스를 모른 척할 수 없어. 내가 그 녀석을 찾아올 수 있게 해 줘. 금방 돌아올게. 사고도 당하지 않고 무사히 다녀올게. 그러니까…….”

“과연, 이렇게 되는 거군.”

그때 낮게 중얼거리는 목소리가 이어졌다. 생각에 잠겨 있던 엘뤼엔이 고개를 들고 나를 바라보고 있었다. 한동안 의미 모를 시선을 보내던 그가 피식 웃으며 내 머리를 가볍게 쓰다듬었다.

"좋아, 다녀와라."

"……!"

"에, 엘뤼엔?"

페르데스가 경악한 표정으로 엘뤼엔을 바라보았다.

"대체 무슨 생각이야? 거기가 어딘 줄 알고 엘을 보내? 그러다 생전 듣도 보도 못한 엉뚱한 차원으로 떨어지면 어쩌려고?"

"다치지 않고 무사히 돌아오겠다잖아. 아버지라면 아들의 말을 믿어 줘야지."

"엘은 정령왕이잖아! 아크아돈은 어떻게 하려고?"

"그것도 방법이 있다."

막힘없이 이어지는 대답에 페르데스가 기가 막히다는 얼굴로 입을 벙긋거렸다. 할 말을 찾지 못해 굳어 있는 그를 무시한 채, 엘뤼엔이 다시금 나를 바라보았다.

"네겐 내가 있다."

"……!"

"나만은 반드시 네 편이다. 가서 네가 하고 싶은 일을 해라, 아들."

가슴이 벅차오르며 눈물이 날 것 같았다. 나는 한껏 크게 웃으며 고개를 크게 끄덕였다.

"응, 아버지!"

결정을 마친 후 나는 그 길로 이사나와 시벨리우스를 찾아가 내가 자리를 비운다는 사실을 알렸다. 마침 함께 있던 덕분에 같이 이야기를 듣게 된 두 사람은 몹시 당황했다가 내가 떠나는 목적을 듣고 더 크게 당황했다.

"그러니까, 라피스 님의 혼이 사라졌는데, 어디로 갔는지 알 수 없단 거지?"

"응, 그 바보 같은 녀석이 차원의 틈에 빠져버렸대. 혼자서는 돌아올 수도 없다나 봐. 그래서 찾으러 가야 해."

"그렇구나. 그럼 당연히 가야지."

이사나는 아주 간단히 내 결정을 지지했다. 아직 제국은 안정된 상태가 아니었고, 그의 곁에도 내가 필요한 시기였다. 그런데도 너무 쉽게 보내줘서 오히려 미안한 기분이 들었다.

"미안해, 이사나. 이런 식으로 곁을 비우게 돼서."

"아니, 난 괜찮아. 라피스 님을 찾길 바라는 건 나도 마찬가지인걸. 엘, 그분을 꼭 찾아야 해."

"응, 그럴게. 시벨리우스, 그동안 이사나 좀 잘 부탁해."

"……알았어. 조심히 다녀와."

대답하는 시벨리우스는 몹시 무거운 얼굴이었다. 내키지 않아서라기보다는 다른 생각에 사로잡힌 것 같았다. 그는 무언가를 말하고 싶은 얼굴로 계속 입을 우물거렸다.

"저기, 엘. 어쩌면…… 어쩌면 말이야……."

"응?"

"어쩌면……."

"그 기억이 소중하다면 더는 입을 열지 않는 게 좋을 거다."

그때 내 옆에서 묵묵히 상황을 지켜보던 엘뤼엔이(페르데스는 말리기를 포기한 끝에 신계로 돌아갔다) 이어지려는 그의 말을 가로막았다. 시벨리우스가 깜짝 놀란 눈으로 그를 돌아보았다.

"방금, 뭐라고?"

"지금 네 기억은 이 세계의 균형에 맞지 않아. 본래 지워졌어야 했지만 규칙에서 벗어나 있어서 지워지지 않았다. 그리고 대부분 믿어 주지 않았기 때문에 유지할 수 있었지. 하지만 그게 진실이 되면 균형이 널 알아볼 거고, 지워지게 될 거다. 네가 그걸 원할 것 같지 않아서 해 주는 충고다."

나로선 이해할 수 없는 말이었지만 시벨리우스는 의미를 알아들은 것 같았다. 혼란스러운 표정을 하던 그가 곧 굳은 얼굴로 입을 다물었다. 하지만 나를 보는 눈동자가 금방이라도 울 것처럼 일렁거리고 있어서 나는 엘뤼엔을 돌아보지 않을 수가 없었다.

"대체 무슨 말이야?"

"어차피 곧 알게 될 거다."

이번에도 엘뤼엔은 뜻 모를 대답을 했다.

이후론 이사나와 시벨리우스에게 당부를 건네는 것으로 모든 작별인사를 마쳤다. 마지막으로 두 사람과 포옹을 나눈 후에야 나는 엘뤼엔의 곁에 섰다.

"그럼 다녀올게."

"잘 다녀와."

이윽고 모든 상황이 정리된 걸 확인한 엘뤼엔이 내게 손을 내밀었다. 그 손을 잡자 순식간에 시야가 바뀌며 익숙한 전경이 펼쳐졌다. 새파란 물이 사방을 가득 채우고 있는 공간이었다.

"여긴……."

도착한 곳은 정령계, 그중에서도 물의 영역이었다. 게다가 익숙한 존재들이 나보다 먼저 와 있는 상태였다. 미네를 비롯한 정령왕들이었다.

"어서 오십시오, 엘."

"기다리다 목이 빠지는 줄 알았네. 왜 이제야 와?"

반기는 미네에 이어 이프리트가 투덜거리는 소리가 이어졌다.

"너희가 어떻게……?"

"이날이 보였거든. 인사는 하고 가는 게 좋을 것 같아서 내가 모두를 불렀어."

당황해서 어리둥절해하는 내게 트로웰이 웃으며 말했다. 과연 미래를 보는 능력을 지닌 그다운 설명이었다.

"드래곤의 영혼을 찾으러 떠난다니. 참 무모한 생각을 다 하네. 너무 너다워서 말릴 생각도 안 들어."

"그러게 말입니다. 너무 무모합니다. 저도 따라가고 싶습니다."

"미네, 비판하는 것처럼 말하면서 엘에게 동조하지 마. 저런 말썽쟁이는 한 명으로 족하다고."

"그건 유감입니다."

"글쎄, 유감이 아니라니까?"

주변이 순식간에 시끄러워졌다. 웃음을 삼키고 있으려니 마음이 한층 풀리면서 몸이 편안해졌다. 긴장하고 있는 줄도 몰랐는데, 먼 길을 떠난다 생각하니 내심 불안했던 모양이다. 그때쯤 엘뤼엔이 차분한 어조로 설명을 시작했다.

"지금부터 가는 것은 네 육체가 아닌 영혼뿐이다. 네 몸은 여기 물의 영역에서 잠들어 있을 거다."

"어? 영혼만?"

"이곳에 가뭄이 들지 않게 하려면 어쩔 수 없다. 왕의 껍데기라도 남아 있어야 물의 정령들이 유지되거든. 설마 이 정도도 각오하지 않은 건 아니겠지?"

"아, 아니. 그건 상관없는데. 그럼 난 영혼인 채로 다녀?"

"그럴 리가. 그곳으로 가면 육체가 생기도록 조치를 해 놓을 거다. 그게 인간의 것이 될지 엘프가 될지, 또는 몬스터가 될지는 알 수 없지만."

아니, 잠깐 이게 무슨 소리인가요? 아무리 그래도 몬스터가 되면 안 되잖아! 내가 바란 일이라지만 너무 무책임하게 말하는 거 아냐? 아버지가 이래도 돼? 황당해져서 바라봤더니 엘뤼엔이 피식 웃었다.

"몬스터는 농담이다."

"……."

요즘 들어 엘뤼엔의 성격이 변했다고 느끼는 건 내 착각일 뿐일까. 농담하는 엘퀴엔이라니. 이건 좀 뭔가 말이 안 되는 것 같다. 아무래도 이 여정은 시작부터 부정을 탄 게 분명했다. 그 생각이 얼굴에 고스란히 드러났는지 엘퀴엔이 가볍게 내 이마에 손가락을 튕겼다.

"아파……."

"아버지를 그런 시선으로 보는 거 아니다."

"아버지가 먼저 속이니까 그렇지."

"속인 건 아니야. 그럴 가능성이 아주 없는 것도 아니니까."

"읔, 그럼 정말 몬스터가 될 수도 있는 거야?"

"육신에 대한 건 나도 정확히 단언하기 힘들다. 하지만 아마 그 세계에서 가장 무난한 종족이 될 거다. 그 세계에서 무난한 종족이 몬스터라면, 그렇게 되겠지."

이렇게 되면 라피스가 멀쩡한 세상에 떨어졌길 기원하는 수밖에 없는 건가. 암담한 현실에 체념의 한숨이 흘러나왔다. 이왕 몬스터가 될 바엔 좀 크고 강한 몬스터가 됐음 좋겠다. 몬스터는 약육강식이 확실한 종이다. 라피스를 찾아 돌아다니다가 상위 포식자에게 잡아먹히는 결말만은 사양이었다.

"다만 이 주술엔 큰 약점이 있다. 네 진짜 정체가 밝혀지면 효력이 끝난다는 거지."

"헉?"

진짜 정체가 밝혀지면 끝난다고? 뜻밖의 말에 당황해서 눈을 크게 떴다. 그런 나를 바라보는 엘퀴엔의 시선이 한층 엄격해졌다.

"효력이 끝나면 넌 육신을 잃는다. 떠돌이 혼이 되어 네가 찾는 그 녀석처럼 그 세계에 갇히게 될 거다. 그러니 유념해라, 엘. 그 세상에서 만난 이들에게 네 정체를 알려 주면 안 된다. 네 진짜 신분은 아무도 모르게 해야 해."

"으응, 아, 알았어. 조심할게."

"확실히 이해한 게 맞는 거냐?"

"응, 이해했어."

연거푸 고개를 끄덕이고 나서야 엘뤼엔은 굳은 시선을 풀었다.

"일단 놈과 연결된 인연의 궤도를 좇아 너를 보낼 거다. 그곳에서 녀석의 영혼은 원석의 형태가 되어 있을 가능성이 크다. 누군가에게 발견되었으면 보석으로 가공되었을 수도 있어."

"으음, 정말 범위가 크네."

"그렇다고 했잖아. 찾기는 어려울 테지만 일단 발견하면 그게 네가 찾던 거라는 걸 단숨에 알아볼 거다. 그걸 찾으면 곧바로 귀환의 주문을 외워라. 내가 널 다시 이쪽으로 끌어올 테니까."

"귀환의 주문?"

고개를 끄덕인 엘뤼엔은 그에 관련된 자세한 내용을 가르쳐 주었다. 내가 돌아가려고 마음을 먹으면 머릿속에 귀환 주문이 저절로 떠오를 거라는 말이었다.

"명심해라. 네가 주문을 외우지 않으면 난 널 끌어올 방법이 없다. 반드시 주문을 외워야 해."

"응, 알겠어."

이번에도 나는 그가 만족할 때까지 고개를 끄덕여야 했다. 지겨울 만큼 같은 질문을 반복했지만 그게 싫진 않았다. 연거푸 확인한다는 건 그만큼 위험한 일이라는 거고, 그가 나를 걱정한다는 소리였으니까.

"제멋대로 굴어서 미안해."

조심스럽게 사과를 건네자 당부를 멈춘 엘퀴엔이 한 손으로 내 머리를 덮고는 한숨을 내쉬었다.

"너무 늦으면 쫓아갈지도 모르니까 최대한 빨리 찾아라. 아무튼 그 도마뱀은 끝까지 말썽을 피우는군. 이 고생을 시켰으니 내세는 절대 편하지 않을 거라고 단단히 전해라."

나는 헤헤 웃고 말았다. 이렇게 말해도 내가 부탁하면 그러지 않을 거라는 걸 알고 있었기 때문이었다. 마지막으로 그와 포옹한 후 나는 불안한 표정으로 서 있는 정령왕들을 돌아보았다.

"그럼 잘 다녀올게. 다들 나중에 봐."

"앗, 잠깐 기다려."

그때 이프리트가 앞으로 나오며 소리쳤다. 의아해져서 바라보자 그가 성큼 가까이 다가오더니 내 이마에 입을 맞췄다. 예상치 못한 행동에 나는 흠칫 놀라 눈을 크게 떴다.

"뭐, 뭐야?"

"뭐긴, 축복의 키스지."

"어?"

"내 능력은 일시적이지만 혼에도 새겨지거든. 한 삼사 년은 유지될 거야. 네가 얼마나 헤매다 오게 될지는 알 수 없지만, 그동안 이게 널 지켜줄 수 있길 빌어."

"이프리트……."

"같은 정령왕한테 축복을 써보긴 또 처음이네. 아무튼 너 때문에 별일을 다 해 본다니까. 후딱 해결하고 얼른 돌아와."

와, 이건 정말 감동했다. 설마 이프리트가 날 위해 나서줄 거라곤 정말 상상도 하지 못했으니까. 그러자 미네 역시 은신의 장막을 건네주겠다고 나섰다. 물론 장막은 가져갈 방법이 없었으므로 그의 제안은 이뤄지지 못했다.

"이프리트만 선물을 주다니 치사합니다."

"미네, 너도 전에 엘을 도와줬잖아."

"그렇게 치면 이프리트가 도와준 게 먼저입니다. 상단에서 만났잖습니까."

"인연이 그렇게 닿는 걸 어쩌겠어. 내가 엘의 엄마가 될 몸이라 그런가 봐."

"역시 치사합니다. 그럼 전 엘의 아빠가 되겠습니다."

"그게 아니지! 엘의 아빠는 엘뤼엔이잖아!"

"아, 그런가요. 그럼 이프리트도 엄마를 하면 안 되잖습니까? 엘뤼엔은 혼인하지 않았으니까요."

"너 지금 일부러 이러는 거지!"

"자자, 둘 다 그만해. 엘이 곤란해하잖아."

투닥거리는 이들을 보다 웃음을 터트렸다. 가슴 속이 이루 말할 수 없이 따뜻했다. 뭐든 하고 싶은 마음이 차올라 몸을 가만히 둘 수가 없었다. 결국 나는 그들에게 다가가 한꺼번에 모두를 덥석 끌어안았다.

“뭐, 뭐야?”

“너희 모두 내 가족이야.”

속삭인 음성에 버둥거리던 몸짓들이 멈췄다. 나는 먹먹하게 바라보는 시선들을 하나하나 마주하며 웃었다.

“마음 써 줘서 고마워. 정말 너무 기뻐.”

“……잘 다녀오기나 해, 바보야. 무사히 돌아오지 않으면 정말 가만 안 둘 거야.”

그렇게 말하는 이프리트는 눈물을 글썽거리고 있었다. 트로웰과 미네도 울지는 않았지만 비슷한 얼굴을 한 상태였다. 특히 트로웰의 표정이 불안정했다.

“어떡하지, 엘. 내색하지 않고 보내 주려 했는데. 아무리 봐도 이 여행의 끝을 모르겠어.”

“트로웰.”

나를 응시하는 금안이 흔들렸다. 최근 들어 그는 이런 시선으로 나를 바라볼 때가 많았다.

“내가 아는 건 너무 단편적이야. 결과가 전혀 보이지 않아. 네게 받은 게 너무 많은데, 여기서 내가 할 수 있는 게 기도밖에 없다는 게 너무 한심해. 차라리 내가 가면 좋겠어. 하지만 그러면 어떤 변칙이 일어날지 알 수 없어서 두려워. 너희 둘 다 잃어버리게 될 것 같아."

"음, 너무 어려워서 무슨 말인지 모르겠어. 하지만 걱정하지 마, 트로웰. 난 괜찮아."

"엘, 무사히 돌아온다고 해줘. 꼭 돌아온다고."

"응, 걱정하지 마. 반드시 무사히 다녀올게."

우리는 한동안 서로 끌어안고 마지막 포옹을 나눴다. 하나도 불안하지 않다면 거짓말이다. 하지만 날 걱정하는 사람들을 보고 있으니 놀라울 정도로 마음이 가벼웠다. 앞으로 아무리 힘든 일이 있어도, 모든 걸 다 포기하고 싶은 순간이 찾아와도. 이 순간만 생각하면 뭐든 견뎌낼 수 있을 것 같았다. 이 세계에서 태어나서, 이들을 만나서 정말 다행이었다.

"인사는 다 끝난 거냐?"

엘뤼엔에게 다시 돌아왔을 땐 실컷 울고 난 후였다. 모습이 엉망이었는지 그가 손을 뻗어 내 머리칼을 정돈해 주었다.

"지금이라도 하기 싫으면 그만두면 된다. 솔직히 말하면 난 그 쪽을 더 권한다."

"아니, 할 거야. 라피스를 찾아올 거야."

"그렇게 대답할 거라 생각했다."

나직이 한숨을 내쉰 후 엘뤼엔이 나를 가만히 바라보았다. 무심해 보이지만 그 시선이 애정을 담고 있다는 걸 의심하지 않았다. 이어지는 말은 역시나 다정했다.

"엘, 넌 내 아들이다. 어디서든 그 사실을 잊지 마라."

"응, 아버지. 당연하지. 아버지가 이제 나더러 아들이 아니라고 해도 난 평생 아버지 아들 할 거야."

암, 아주 찰거머리처럼 지겹게 따라붙어 다닐 거다. 그러자 왠지 내 말에 엘뤼엔의 표정이 흔들리는 것 같았다. 어딘가 허점을 찔린 것 같은 얼굴이다. 설마 진짜로 그럴 생각이었나 싶어서 눈을 가늘게 뜨니 그가 희미하게 웃었다.

"그래, 그거면 됐다."

그의 손이 다시 내 머리를 덮었다. 여전히 따스한 온기였다. 이 손길을 한동안 다시 받을 수 없다고 생각하니 마음이 울적해졌지만 내색하지 않았다.

"이제 눈을 감고 몸에서 힘을 빼라."

이어진 지시에 따라 바닥에 누운 나는 눈을 감고 몸을 편하게 했다. 그가 무언가 알 수 없는 언어를 중얼거리며 내 이마를 짚었고, 그 부분을 타고 따뜻한 기운이 퍼져나갔다. 마치 깊은 잠에 빠진 것처럼 온몸이 나른해졌을 때였다.

쿠웅!

돌연 묵직한 소리가 울리더니 갑자기 차가운 기운이 덮쳤다. 나를 받치는 감각이 사라진 건 그와 동시에 벌어진 일이었다.

"……!"

까마득히 높은 절벽에서 추락하는 것 같은 아찔한 감각이 밀어닥쳤다. 비명을 지르고 싶었지만 목소리가 전혀 나오지 않았다.

낯설고 무서운 감각이었다. 저항도 통하지 않았다. 그 뒤로는 급류에 휘말린 것처럼 속수무책으로 어디론가 끌려 들어갔다. 무언가가 나를 잡아채는 것 같았다. 몸이 크게 뒤집히며 강하게 부딪혔다.

'아버지!'

눈앞이 빠르게 캄캄해졌다.

그게 내가 기억하는 마지막 순간이었다.

『정령왕 엘퀴네스』 15권에서 계속

외전:
못다 한 이야기

1.

깊은 밤, 희미한 촛불이 켜진 방 안에서 서걱거리는 소리가 울렸다. 늦은 시간에 들리기엔 다소 섬뜩한 소리였다. 소리가 들려오는 곳은 방에 있는 유일한 전신 거울 앞이었다. 어두워서 음영만 잔뜩 낀 거울 앞엔 한 사람이 서 있었다. 엉성하게 자른 더벅머리에 헐렁한 셔츠와 바지를 입은 아이였다. 차림새는 남아처럼 보였지만 얼굴선이 고와 여자아이처럼도 보였다.

소녀인지 소년인지 모를 이는 한창 거울에 비치는 자신의 매무새를 다듬는 중이었다. 그 발치엔 막 잘라낸 것으로 보이는 머리칼이 어지럽게 흐트러져 있었다. 바닥 한곳에 아무렇지 않게 벗어던져둔 원피스 형태의 잠옷이 아이의 본래 성별을 짐작하게 했다.

"좋았어."

대충 원하는 형태가 되었는지 열심히 머리칼을 매만지던 아이가 만족스럽게 웃었다. 거울 앞에서 벗어난 아이는 미리 준비해 둔 가방을 들었다. 빠트린 물건은 없는지 목록을 빠짐없이 체크한 후 마지막으로 허리춤에 매단 목검을 내려다보았다.

"미안해, 유모. 그치만 하지 말라면 더 하고 싶은 법이거든."

여자는 기사가 될 수 없어요!

유모가 단호하게 외치던 말이 떠올랐다. 거친 건 귀부인이 할 일이 아니다, 좋은 남편을 만나 화목한 가정을 꾸리고 사는 게 여인의 행복이라는 당부도 함께 떠올랐다. 들을 때마다 이해되지 않고, 수긍할 수 없는 말이었다. 그래도 잔소리를 듣는 것 빼고는 하고 싶은 걸 못하고 살진 않았기 때문에 그럭저럭 한 귀로 흘리면서 살았다. 하지만 이제 더는 그런 식으로 유야무야 넘어갈 수 없게 되었다. 가문에 혼담이 들어왔기 때문이다. 나이 차이가 크게 나는 손위 형제들은 이미 다 혼인한 상태로, 다들 자식까지 본 상태였다. 지금 가문에 혼담이 들어올 만한 사람은 자신밖에 없었다. 나이가 고작 11살이라는 건 이맘때쯤의 귀족들에겐 흔한 일이라 전혀 문제가 될 게 없었다. 하지만 아이의 생각은 달랐다.

"누구 맘대로 혼담이야? 내 길은 스스로 찾겠다 이거야."

아이는 커튼을 뜯어내어 단단히 묶은 후 창문 틈으로 내렸다. 힐끔 내려다본 아래는 새카매서 아무것도 보이지 않았지만 긴장하지 않았다. 탈출 경로는 이미 다 파악해 뒀다. 예행도 여러 번 거쳤고 한 번도 들키지 않았다. 실수란 있을 수 없었다.

아이는 침착하게 줄을 타고 내려간 후 저택의 담을 넘었다. 빠르게 어둠 속으로 사라지는 아이의 머리 위로 달밤이 깊어가고 있었다. 활짝 열린 창문 사이로 덩그러니 남겨진 하얀 줄이 흔들거렸다. 그리고 다음 날, 날이 밝은 저택에 비명이 울려 퍼졌다.

"가주님! 마님! 큰일 났습니다!"

"대체 무슨 일이냐!"

하녀들의 비명에 일어나자마자 놀란 노부부가 다급히 달려 나왔다. 그들 부부에겐 말년의 나이에 얻은 외동딸이 있었다. 그 귀한 딸의 전담 하녀가 울면서 편지 하나를 내밀었다.

"로아네즈 아가씨가!"

떨리는 손으로 편지를 받아든 가주가 빠르게 내용을 살핀 후 숨을 삼켰다. 클모어 공작가의 안주인이 실신한 어느 날의 일이었다.

*　　*　　*

클모어는 한때 왕국이었으나 제국에 스스로 복속되길 택하면서 공국이 된 사례였다. 공작 가문이 되면서 왕족의 칭호는 잃었으나 영지와 재산을 거의 다 유지한 데다가 강력한 군사력까지 갖춘 클모어 가를 무시할 수 있는 이들은 아무도 없었다. 오히려 왕가의 후예라는 특별함이 더해지면서 명문 중의 명문가로 인정받았다.

제국의 황제가 11대를 이어오는 동안 배출한 황비의 숫자만도 다섯. 타고난 근골과 재주도 좋아 역사에서 굵직하게 활약한 인물도 많았다. 오죽하면 수도의 명칭은 몰라도 클모어를 모르는 사람은 없다는 말이 농담처럼 나돌 정도였다. 룩센이 난감해하는 이유는 바로 그 때문이었다.

"크음, 그러니까…… 클모어 가문의 자제시라고요?"

올해 쉰다섯, 황궁 수호 경비대 출신이자 황립 학술관의 무술 교관이었으며 현재는 제국에서 가장 유서 깊은 포르투나 무학관의 교장을 역임 중인 룩센은 어색한 시선으로 눈앞의 아이를 바라보았다. 대충 자른 것이 분명해 보이는 엉성한 더벅머리, 본인의 체구보다 큰 옷을 헐렁하게 입은 아이는 언뜻 보면 평범한 평민 아이처럼 보였다. 하지만 조금만 눈여겨보면 그 피부가 얼마나 깨끗한지, 자세가 얼마나 곧고 우아한지 한눈에 알 수 있었다. 오죽하면 외부인에 민감한 문지기조차 어린애가 보호자도 없이 서성이는데도 쫓아내지 않고 바로 안내해 올 정도였다. 이따금 가출한 귀족 자제가 혼자 찾아오는 경우도 있었기에 그 부분은 크게 신경 쓰지 않았다. 룩센을 곤란하게 하는 건 다른 이유였다.

"입관 시험을 치르고 싶어요."

"으음, 저기 말입니다. 그러니까…… 여성이시죠?"

룩센은 다부지게 말하는 아이를 불안한 표정으로 바라보며 물었다. 아이는 남자 같은(정확히는 하인 같은) 차림을 하고 있었으나 틀림없는 소녀였다. 평생 기사를 양성하는 일을 해 온 룩센은 사람의 골격을 보는 눈에 자신이 있었다. 2차 성징이 없어도 남자아이와 여자아이는 체형이 전혀 달랐다. 아이가 소녀라는 것에 학관을 운영하며 쌓은 명예를 전부 걸 수도 있었다.

"네, 여자 맞는데요."

소녀는 심지어 성별을 숨기려는 의지도 없어 보였다. 너무 쉽게 인정한 것에 룩센은 속으로 신음을 삼켰다. 다른 아이였다면 장난하지 말라며 혼쭐을 내고 바로 돌려보낼 텐데, 클모어라는 이름이 그의 가슴을 무겁게 짓눌렀다. 차라리 사칭이라면 좋겠지만 소녀는 클모어 가문의 문장이 새겨진 메달을 갖고 있었다. 게다가 더벅머리이긴 해도 백금발에, 분홍색 눈동자였다. 이는 소문으로 듣던 클모어 가 막내딸의 특징과도 일치했다. 머리칼은 몰라도 분홍색 눈동자는 진귀해서 꾸며낼 수도 없었다.

"으음, 영애. 우리 무학관에선 여성을 뽑지 않습니다."

"그런 규정이 있나요?"

"아뇨, 규정이 있는 건 아니지만……."

"규정이 없으면 상관없지 않나요?"

"그러니까 전례가……."

"전례라는 건 바뀔 수 있는 거잖아요. 뭐든 처음이란 게 있는 법이니까요."

"……훈련이 매우 고되어 중도 포기하는 수련생이 한 해에도 몇 명씩 나옵니다. 영애 같은 소녀가 따라갈 수 있는 훈련이 아닙니다."

"그건 시작도 하기 전에 미리 단정할 부분은 아닌 것 같습니다."

생전 처음 일어나는 사태에 머리가 아픈데 하필이면 그 대상이 클모어 가문의 딸이라니. 룩센은 머리를 쥐어뜯고 싶었다. 차마 혼을 낼 수는 없고, 고집이 세 보이니 어떻게든 잘 달래서 돌려보내야 할 것 같은데 마땅한 핑계가 떠오르지 않았다.

"으으음, 아, 그렇지. 무학관에 입관하려면 검증된 기사의 소개서가 있어야 합니다."

"소개서요?"

그래, 이거다! 룩센은 피어오르는 희망을 느끼며 속으로 쾌재를 불렀다. 하지만 그 희망은 그리 오래가지 않았다.

"그거라면 당연히 챙겨 왔어요."

소녀가 보란 듯이 가방을 열어 안에 들어 있던 봉투를 꺼내 내밀었다. 세상에, 이런 가냘픈 소녀를 기사로 키우라고 소개서를 써 주는 정신 나간 기사가 있었단 말인가. 룩센은 불신의 마음 반, 호기심 반의 기분으로 봉투를 열어 보았다. 어떤 작자인지 돈을 받아먹은 게 분명했다. 기사의 명예를 실추시킨 자를 용서하지 않을 거라 다짐했다. 그러나 그 결심은 내용물을 읽어보는 순간 급격하게 증발했다.

"……마커스 경이군요."

소개서에 찍힌 상급 기사의 인장과 하단에 새겨진 익숙한 이름을 확인한 룩센의 목소리가 떨렸다. 클모어 공작의 가신이자 상급

기사인 마커스는 제국에서 이름을 모르는 사람이 없을 정도로 유명한 검사였다. 그런 그가 소개서를 써 줬다는 사실에 룩센은 충격을 받았다. 심지어 친필로 작성한 게 분명했다. 기사 마커스는 사람 보는 눈이 까다로워 아무나 종자로 받지도 않았다. 그 완고하고 긍지 높은 기사가 가주의 딸이라는 이유로 소개서를 써 줬을 리는 없었다. 멍하니 고개를 들고 바라보는 룩센을 똑바로 응시한 소녀 로아네즈가 방긋 웃었다.

"일단 입관 시험부터 보게 해 주세요. 떨어지면 포기할 테니까요."

며칠 후 포르투나 무학관은 한 가지 소문으로 떠들썩했다. 무학관이 설립된 이후 최초로 여성 생도가 들어온다는 내용이었다.

"야, 그거 들었어?"

"알아, 여자애가 들어온다며?"

"진짜일까? 포르투나는 무학관 중에서도 입관 시험이 제일 어렵기로 유명하잖아. 그걸 여자가 어떻게 통과해?"

"맞아, 말도 안 돼."

처음엔 긴가민가했던 소문은 창고로 쓰던 별관을 재정비하며 남성 출입 금지 구역이라는 팻말이 붙기 시작하면서 거의 기정사실로 굳어졌다. 무학관의 재정이 열악해져서 수련생 확보를 위해 여학생도 받기로 한 것이라는 둥, 룩센 교장이 여기사단을 만들려는 장대한 포부가 생긴 거라는 둥 관련 내용이 날이 갈수록 부풀어 갔다. 그렇게 퍼진 소문은 편입생이 클모어 공작가의 막내딸이라는 사실이 알려지면서 전자 쪽으로 크게 기울었다. 모두 공작가가 막대한 돈을 써서 딸을 들여보낸 것이 분명하다고 생각했다.

"근데 우리 학관엔 여성용 훈련복이 없잖아. 어떻게 되는 거야? 따로 맞추는 건가?"

"드레스로 된 훈련복? 되게 이상할 것 같다."

"구두도 신는 거 아니야?"

"드레스에 구두를 신고 훈련을 한다고? 그 꼴을 어떻게 보지?"

그런데 막상 나타난 소문의 당사자는 그들의 예상과 전혀 달랐다. 똑같은 훈련복을 입은 채였고 똑같은 신발을 신었다. 머리도 짧았기 때문에 그들은 소문이 잘못된 거라고 판단하고 안심했다. 제국에서 긴 머리 남성은 있어도 짧은 머리의 여성은 있을 수 없다는 게 일반적인 인식이었다.

"뭐야, 남자잖아."

"얼굴은 예쁘네. 그래서 여자로 오해한 건가?"

"그럼 여성용 숙소를 만든 건 뭐야?"

술렁거림이 커졌을 때쯤 생도들 앞으로 나선 지도 교관이 화제의 신입생을 소개했다.

"오늘부터 너희와 함께 수학할 새 동기다. 인사하도록."

"로아네즈 드 클모어입니다. 앞으로 잘 부탁합니다."

이름을 밝힌 로아네즈가 생긋 웃었다. 엉성하게 자른 머리는 그동안 더 다듬어 지금은 제법 단정한 형태였다. 본래도 예쁜 외모다 보니 깔끔해지자 잘생긴 귀공자처럼 보였다. 그 모습에 잠시 넋을 잃은 수련생들은 곧 혼란에 빠지기 시작했다. 누가 들어도 여자의 이름이었던 데다가 클모어 가의 영애와 이름이 같았기 때문이었다.

"미친, 진짜 여자였어!"

"여자애랑 어떻게 같이 훈련해?"

"이건 말도 안 돼!"

"모두 정숙!"

순식간에 소란스러워진 분위기에 교관이 크게 소리쳤지만 혼란에 빠진 수련생들은 아무도 듣지 않았다. 급기야 그들은 분노를 표출하기 시작했다.

"저흰 여자애랑 같이 훈련할 수 없어요!"

"방해만 받을 게 분명해요!"

"기부 입관이라니, 교장님께 실망했어요! 기사의 명예를 더럽힌 거예요!"

예상한 반발에 상황을 차분히 설명하려던 교관이 마지막 말을 듣고 얼굴을 찌푸렸다.

"기부 입관이라는 게 그게 대체 무슨 말이지? 로아네즈는 정식으로 입관 시험을 치르고 들어왔다."

"말도 안 돼요! 입관 시험은 남자인 저희도 힘들어요! 그걸 여자애가 통과했다니 믿을 수 없어요!"

"……그렇다는데. 로아네즈, 네 생각은 어떻지?"

"허락해 주시면 증명해 보이고 싶어요."

굳은 얼굴로 묻는 교관에게 로아네즈가 빙긋 웃으며 답했다. 소녀의 긴장감 없는 태도를 본 수련생들은 더 발끈했지만 한편으로는 호기심을 보였다. 때마침 고심하던 교관의 시야에 한 소년이 들어왔다. 흑발에 푸른 눈을 한 소년은 모두가 이구동성으로 반대하느라 바쁜 중에 홀로 이 화제에 관심이 없어 보였다.

"아벤."

교관의 호명에 무료한 표정으로 서 있던 소년이 시선을 보냈다.

"네, 교관님."

"네가 로아네즈의 대련 상대를 해라."

"……제가요?"

아벤이라 불린 소년의 표정이 묘해졌다. 다른 생도들도 조용해지긴 마찬가지였다. 그야 그럴 게 그가 학년 최우수생이었기 때문이었다. 얼마 전엔 몇 년 위 선배와의 대련에서 이긴 적도 있었다. 가볍게 실력을 선보일 만한 상대로는 절대 적합하지 않았다. 실은 교관도 여생도의 입관을 반대하고 싶었던 게 아닐까, 생도들이 서로를 보며 수군거렸다.

그리고 아벤은 다른 의미로 해석했다. 실력이 낮을 경우엔 고만고만한 상대보다 차라리 수준 차이가 크게 나는 상대와 대련하는 편이 나았다. 상대가 적당히 봐줄 수도 있기 때문이다.

"잘 부탁합니다."

"잘 부탁합니다."

서로 마주 선 채 인사한 후 슬쩍 교관을 바라보자 그가 의미심장한 얼굴로 고개를 끄덕였다. 아, 역시 적당히 봐주면 되는 건가. 아벤은 어깨를 으쓱이며 어깨를 가볍게 풀었다. 딱히 여생도가 들어오든 말든 아무래도 상관없었지만 이런 건 좀 귀찮았다.

하지만 그 생각은 처음 합을 맞춘 순간 씻은 듯이 사라졌다. 목검을 타고 전해지는 무게가 상당히 묵직했다. 방심하긴 했지만 한순간 손잡이를 놓칠 뻔했다.

'무슨 여자애가 힘이……?'

놀라서 바라보자 눈이 마주친 로아네즈가 생긋 웃었다. 여유만만한 얼굴이었다. 그가 생각보다 강한 힘에 놀란 것처럼 로아네즈는 생각보다 상대가 약하다는 사실을 느낀 것이다. 초읽기에서 졌다는 사실을 인정한 아벤은 살짝 신음을 흘렸다. 교관이 의미심장하게 바라본 게 봐주라는 뜻이 아니라 적수가 나타났으니 잘 맞이하라는 뜻이었음을 그제야 깨달았다.

'일이 재밌게 되어 가네?'

아벤은 기가 막혀서 피식 웃었다. 뒤통수가 얼얼한 기분이었지만 그리 나쁘진 않았다. 이런 유쾌한 배신이라면 오히려 환영이었다.

'그렇다고 져 줄 순 없지.'

호승심이 타오르자 아벤은 검을 고쳐 잡았다. 그의 자세가 달라진 걸 본 로아네즈의 눈 역시 날카롭게 빛났다.

그날의 대련은 무승부로 끝났다. 그나마도 승부가 좀처럼 나지 않아 교관이 중간에서 제지한 결과였다. 두 사람의 대련을 본 수련생들은 로아네즈의 입관에 대해 아무 말도 하지 않게 됐다. 평탄한 출발이었다.

복도를 걷는 로아네즈의 발걸음이 가벼웠다. 소원하던 무학관에 무사히 입관했고, 내심 걱정했던 신고식(?)도 순조롭게 풀렸다. 불만을 내뱉는 이들은 앞으로도 계속 나올 테지만 각오한 부분이니 상관없었다.

제국에서 귀족 여성이 무예를 익히는 경우는 거의 없는 편이었다. 특히 포르투나 무학관은 여성의 입관 전례가 없었던 만큼 크고 작은 진통은 예정된 일이나 다름없었다. 그래도 룩센은 로아네즈를 보고 가치관이 바뀐 듯했다. 앞으로의 계획을 들어보니 점차 여생도의 수를 늘려갈 예정인 듯해 그것만으로도 기분이 좋았다. 언젠가는 이곳에 여성이 섞여 있는 게 자연스러운 광경으로 받아들여질 터였다.

"클모어 가의 귀한 외동딸이 검술 천재인 줄은 몰랐어."

그 순간 들려온 목소리에 로아네즈가 눈을 크게 떴다. 맞은편 복도에 검은 머리칼의 소년이 기대서 있었다. 오늘 대련을 했던 아벤이었다.

"천재는 아냐. 진짜 천재는 따로 있지. 난 좀 재능이 뛰어난 정도고."

"본인 입으로 재능이 뛰어나다면서 천재는 따로 있다니 겸손한 거야, 비꼬는 거야?"

"그냥 사실이야. 내가 아무것도 몰랐다면 스스로 천재라고 생각했을 것 같긴 한데, 하필이면 카웰을 보고 말았거든."

"카웰?"

"내 조카. 나보다 네 살이 어린데 벌써 오러를 발현했어."

"……그건 좀 미쳤네. 아, 그러고 보니 들은 적 있어. 클모어 백작의 어린 아들이 올해 오러를 발현했다고. 그 천재 꼬마가 네 조카였구나? 네 살 어린 조카라니 뭔가 굉장하네."

"큰 오라버니랑 내 나이 차이가 아버지와 딸뻘인걸."

워낙 잘 알려진 이야기였고, 아벤도 익히 알고 있는 내용이었다. 그래도 당사자에게서 직접 듣는 이야기는 감회가 또 새로웠다.

"아무튼 너 굉장히 강하더라."

"너도 나쁘진 않았어."

이래 봬도 학년 최우수 생도인데 그냥 나쁘지 않다니, 이렇게 나오기야? 아벤이 입술을 살짝 삐죽였다.

"애들은 내가 봐준 줄 알 거야."

"그렇겠지. 나도 처음부터 쉽게 인정받을 거라 생각할 정도로 순진하진 않아."

"그래도 네가 남장한 덕분인지 반발심은 생각보다 크지 않았던 것 같아."

"난 딱히 남장을 한 건 아닌데?"

"그 모습이 남장이 아니라고?"

황당하다는 표정으로 묻는 말에 로아네즈가 어리둥절해하며 자신의 모습을 내려다보았다.

"이게 왜 남장인데?"

"바지를 입고 머리칼을 짧게 잘랐잖아. 무학관을 찾아올 때도 바지 차림이었다고 들었어."

"그럼 치마를 입고 어떻게 시험을 치러? 드레스가 얼마나 불편한데. 바지가 남자만 입는 복식도 아니잖아."

"그렇긴 하지만…… 그럼 머리칼은?"

"얼마 전에 조카들이랑 대련하다 머리채를 잡히는 바람에 졌거든. 상대가 치사하게 나오면 긴 머리도 수단으로 삼는다는 걸 깨달았지. 여기선 더 치사한 일들도 있을 게 뻔하잖아? 사전에 차단하려고 자른 거야."

"음, 그것참…… 여러모로 굉장하긴 한데, 자르면서 아깝진 않았어?"

"딱히?"

"아쉽네. 긴 머리 예뻤을 것 같은데."

아벤은 묘한 눈으로 로아네즈를 바라보았다. 사실 그는 로아네즈를 보는 게 오늘이 처음이 아니었다. 지금보다 더 어릴 때 부모님을 따라 만나서 종종 어울려 놀았던 기억이 있었다. 로아네즈는 기억하지 못하는 것 같지만.

'하긴, 기억 못 하는 게 당연한가.'

속으로 중얼거린 아벤이 쓴웃음을 지었다. 어쨌든 그때 봤던 소녀는 머리가 길었다. 화사한 백금발과 핑크 다이아몬드 같은 눈동자가 요정처럼 예뻤던 아이였다고 기억하고 있었다. 그때보다 더 자란 지금은 더 예뻤을 것이다. 순전히 그런 생각으로 건넨 말이었다. 그런데 로아네즈는 아무런 대답 없이 아벤을 빤히 바라보기만 했다. 그리곤 아벤의 얼굴에 의아함이 떠오르자 싱긋 웃었다.

"너도 그래."

너 역시 머리를 기르면 예쁠 거라는 말이었다. 잠시 멈칫한 아벤이 피식 웃었다.

"너 되게 재밌다."

"넌 별로 재미없네. 반응이 하나같이 식상해."

"그럼 앞으론 참신한 반응을 하도록 노력해 봐야겠네."

"더 간단한 방법이 있는데 알려줄까?"

"그게 뭔데?"

"날 그냥 평범한 친구라고 생각하면 돼. 그러면 굳이 참신한 반응을 보이려 노력할 필요도 없지."

이번에도 아벤은 한 대 얻어맞은 듯한 얼굴을 했다. 그는 잠시간 눈을 깜빡이다가 흥미로운 표정을 지었다.

"내가 널 그냥 친구로 보면 너도 그래 줄 거야?"

"난 이미 그러고 있는데? 그러니 황족을 상대로 이렇게 편히 대하고 있는 거 아니겠어?"

"……뭐?"

느긋하던 아벤의 얼굴에서 웃음기가 천천히 사그라졌다. 부드러운 편인 얼굴에서 표정이 사라지니 한순간에 차가운 분위기가 되었다. 하지만 로아네즈는 조금도 겁먹지 않았다.

"클모어 공작가의 외동딸쯤 되면 황제 폐하랑 독대하거나 식사하는 일도 종종 있어. 그래서 본의 아니게 황제 폐하의 얼굴을 아주 잘 알거든."

"무슨……."

"너 황제 폐하랑 많이 닮았다고."

입을 꾹 다무는 아벤에게 생긋 웃은 로아네즈가 장난스러운 시선을 보냈다.

"머리는 왜 염색했어, 유카?"

"……알고 있었어?"

아벤, 아니, 유카르테의 얼굴이 얼떨떨해졌다. 전혀 몰라본다고 생각했는데 단번에 이름을, 그것도 애칭을 부를 거라곤 상상도 하지 못했다. 로아네즈는 더 짙게 웃었다.

"처음엔 긴가민가했지. 이름도 가명이고, 내가 아는 유카는 금발인데 넌 흑발이잖아. 하지만 얼굴이 너무 똑같은걸."

"……황자들은 거의 다 이렇게 생겼을걸. 황제 폐하의 유전자가 워낙 강력해야 말이지."

"하하, 이번엔 네 어릴 때 얼굴을 말한 거야."

상기된 얼굴로 한동안 빤히 마주 본 두 사람은 곧 누가 먼저랄 것 없이 웃음을 터트렸다.

"다시 만나서 기뻐, 유카."

"나도 그래, 로아."

아벤의 목소리가 물기를 머금었다. 삭막한 황궁 생활에서 로아네즈와 어울렸던 시간만은 늘 화사한 봄빛이었다. 생각지 못한 곳에서 그녀와 다시 만나게 되다니 마음이 한껏 들떴다. 로아네즈에게도 유카르테는 처음 만난 또래이자 마음이 잘 통한 친구였다. 늘 소식이 궁금했는데 여기서 만나게 되니 운명처럼 여겨졌다. 소년과 소녀는 서로 끌어안고 재회의 기쁨을 마음껏 누렸다. 두 사람의 마음처럼 화창한 봄날이었다.

2.

로아네즈는 타고난 근력과 감각이 매우 뛰어난 검사였다. 정식으로 기사 서임을 받은 성인 남성조차 그녀에게 패할 때가 많았다. 그녀가 무학관의 유일한 여생도에서 포르투나의 살아 있는 전설로 불리기까지는 그리 오랜 시간이 걸리지 않았다. 처음엔 거부감과 적대감을 표출했던 동기들도 그 압도적인 실력은 인정할 수밖에 없었고, 몇 년이 지난 후엔 서로 완전히 융화되었다. 그 과정엔 그녀와 스스럼없이 어울리는 유카르테의 공헌도 컸다. 남자들이 인정하는 강한 남자가 그녀를 동료로 받아들이니 다른 이들도 따라가는 분위기가 형성되었다.

그때까지 스왈트 제국에서 여성이 기사 서임을 받은 사례는 없었다. 모두가 로아네즈가 제국 최초의 여기사가 될 거라 기대했다. 그녀를 동경하여 검술을 시작한 소녀들이 생겨나기 시작하면서 점차 여생도의 숫자도 늘었다. 늘 로아네즈와 수석 자리를 두고 다투는 아벤의 정체가 사실은 이황자 유카르테라는 것이 모두에게 밝혀진 건 그맘때쯤의 일이었다.

"밖에 다들 난리가 났어."

"그렇겠지."

다시 금발로 돌아온 머리칼을 매만지며 유카르테가 피식 웃었다. 세간에 유카르테 황자는 다른 나라로 유학 간 것으로 알려져 있었다. 그런 그가 이름과 머리 색을 바꾸고 제국에 있는 명문 무학관에서 수학하고 있었으니 충격이 클 만도 했다. 정체가 밝혀진 경위는 아주 약간의 우연이 겹친 사고였다. 일황자인 카일이 무학관을 방문했다가 그와 정면으로 마주친 것이다. 그 원인이기도 한 로아네즈가 미안한 표정을 지으며 유카르테의 눈치를 살폈다.

"설마 카일이 날 만나기 위해 여기까지 찾아올 줄은 몰랐어."

"너한테 단단히 반한 눈치더라."

얼마 전 황궁에서 주관한 무술 대회에 로아네즈가 포르투나 무학관의 대표 자격으로 출전했다. 첫 출전이면서도 3위에 입상한 아름다운 소녀의 활약은 단연 화제의 중심이었고 시상자로 나온 카일 황자가 관심을 보였다. 유카르테가 묘한 눈으로 그의 소꿉친구를 바라보았다.

"형님 취향이 자기보다 강한 여자인 줄은 몰랐는데."

"내가 좀 강하긴 하지."

"그리고 너도 마음이 아주 없는 건 아닌 것 같고?"

조용하게 파고 들어온 음성에 로아네즈의 얼굴이 살짝 굳었다. 누가 봐도 찔린 사람의 반응이라 유카르테가 다시 피식 웃었다.

"일단 말해 두는데, 황자비는 기사를 못 해."

"아, 앞서 가지 마. 그냥 생각보다 성격이 좋아 보였을 뿐이야."

"형님 성격이 좋긴 해."

가벼운 수긍에 로아네즈가 의외란 표정을 지었다. 그 내심을 읽은 유카르테는 한숨을 쉬었다.

"그냥 객관적인 사실을 말한 거야."

"넌 일황자를 싫어하는 거 아니었어?"

"좋아하지 않는 거지. 형님이 날 싫어하니까. 날 싫어하는 사람을 어떻게 좋아하겠어? 아니, 단순히 싫어하는 정도가 아니라 증오할걸."

한층 낮아진 목소리는 건조했다. 로아네즈는 우울해 보이는 유카르테를 안쓰럽게 바라보았다. 그간의 사정은 이미 전부 알고 있었다. 카일 일황자가 왜 동생인 그를 싫어하는지, 유카르테가 신분을 숨기고 도망치듯이 무학관에 들어온 이유에 대해서도.

"형님은 날 싫어할 수밖에 없어."

일황자의 모친인 시라 황후는 몇 년 전에 지병으로 세상을 떠났다. 생전의 시라 황후는 한미한 가문 출신이라 입지라고 할 만한 것도 없는 편이었다. 그에 비해 유카르테의 모친인 테미스 황비는 후작 가문 출신이었고, 그 아버지가 귀족원의 수장이기도 했다. 타고난 입지에 황제의 총애까지 독차지한 그녀는 지독할 정도로 황후를 괴롭혔다. 이후 병을 얻어 앓기 시작한 황후가 세상을 떠나자, 카일 일황자는 테미스 황비를 노골적으로 적대시했다. 그녀가 황후를 독살한 거라고 주장해서 정신이상자로 몰려 유폐될 뻔한 적도 있었다.

"그런데 정말 어머님이 하신 거였어."

당시 유카르테는 카일이 모친의 죽음에 정신이 나가 지나치게 분노를 쏟아내는 것이라고 생각했다. 한땐 그런 그를 이해할 수 없어 불편하게 응시하기도 했다. 하지만 시간이 지나면서 점차 진실이 눈에 들어오기 시작했다. 시라 황후의 병은 자연적으로 생긴 게 아니었다. 테미스 황비의 주관하에, 치밀하게 준비된 병이었다. 그리고 황제 역시 그걸 다 알면서도 방치했다.

사실을 알게 된 후로 유카르테는 카일의 눈을 똑바로 볼 수가 없었다. 그래서 그는 도망치는 걸 택했다. 원래 황제 자리엔 욕심도 없었다. 이대로 조용히 살다가 카일이 황제가 되면 다른 나라로 망명하거나, 한적한 시골에서 작은 학관을 운영하며 살 예정이었다. 로아네즈는 그 모든 계획을 들어준 이였다.

“일황자의 기분은 이해해. 하지만 그게 네 잘못은 아니잖아. 넌 그의 편이고, 어머니와는 생각이 다르다는 걸 그도 언젠간 알아봐 줄 거야.”

“난 형님에겐 원수의 아들이야. 그럴 리 없잖아.”

“물론 쉬운 과정은 아니겠지. 하지만 편견이나 선입견은 바뀔 수 있어. 우리 무학관을 봐. 내가 들어올 때만 해도 여자는 나밖에 없었는데 이제 여생도의 숫자도 제법 늘었잖아.”

“진심으로 그렇게 생각하는 거야?”

허탈하듯 묻는 말에 로아네즈는 잠시간 입을 다물었다. 무학관에 여생도가 늘었어도 편견과 차별적인 시선은 여전히 존재한다. 남자처럼 하고 다니면 못생겼다고 비웃었고, 꾸미고 다니면 역시 여자는 어쩔 수 없다는 말이 따라붙었다. 여자라는 이유로 훈련 강도를 남자보다 약하게 하면 차별이라고 주장하는 이들이 차가운 시선을 보냈다. 그래서 남녀 모두 똑같은 강도로 훈련을 받았다. 오히려 여생도에게 더 엄격한 기준이 요구되는 상황이었지만, 그런 차별을 지적하는 이들은 없었다. 다들 알면서 모른 척하고 있었다.

로아네즈에게 적대감을 대놓고 드러내지 않는 것도 그녀가 강하기만 해서는 아니었다. 클모어라는 대단한 가문과 그녀의 친구인 유카르테가 뒤를 받치고 있기 때문이다. 로아네즈도 그걸 잘 알았다. 알고 있기에 더 적극적으로 활용하는 면도 있었다. 그렇게라도 잡을 수 있는 기회는 잡는 게 좋다고 생각했다.

"하지만 바꾸지 않으려고 하면 아무것도 달라지지도 않아."

단호한 말에 유카르테의 어깨가 움찔 떨렸다. 한동안 혼란스러운 눈으로 로아네즈의 눈을 마주 보던 그가 이내 한숨을 내쉬었다.

"로아, 넌 지나치게 긍정적이야."

"부정적인 것보단 낫지 않아?"

씩 웃은 후 로아네즈는 유카르테의 어깨에 머리를 기댔다. 그녀는 늘 자신의 소꿉친구가 안쓰러웠다. 지금처럼 기운 없이 어깨를 늘어트리고 있을 때면 너무 속상해서, 어떻게든 도와주고 싶었다.

"유카, 난 네가 이제 무거운 짐을 벗고 행복해졌으면 해."

"난 지금 생활도 충분히 만족하고 있어. 세즈만 잘 살면 괜찮아."

"세즈? 아, 신전으로 보내진 황자님 말이구나."

로아네즈는 유카르테를 닮은 그의 이복동생을 떠올렸다. 아직 10살밖에 안 된 어린 황자는 황족 중 하나는 반드시 신관이 되어야 한다는 신성제국의 관례에 따라 얼마 전 신전으로 보내졌다. 유카르테가 마음을 준 피붙이는 그 황자가 유일했다.

"그 애가 신전으로 보내져서 차라리 다행이야. 형님도 세즈에겐 유감이 없긴 하지만, 그래도 혹시 모르니까. 신관이 되었으니 그 애는 어떤 환란이 일어도 피해갈 수 있을 거야."

"환란이 일어날 것처럼 말하지 마. 괜찮을 거라니까."

"……네가 카일이 품고 있는 증오를 몰라서 하는 말이야. 그는 반드시 내게 복수하려고 할 거야."

"그땐 내가 지켜 줄게."

"말만이라도 고맙네."

"정말이야. 반드시 내가 널 지킬게."

등을 다독이는 로아네즈의 손길에 굳어 있던 유카르테의 얼굴이 점차 풀어졌다. 이전까지와는 다른 흐름이 느껴졌지만 그때까지만 해도 두 사람은 스쳐 지나갈 가벼운 미풍으로 받아들였다. 그게 걷잡을 수 없이 큰 폭풍우의 시작이었다는 걸 깨달은 건 한참 후의 일이었다.

시간이 흐를수록 로아네즈는 카일에게 끌리는 마음을 멈추지 못했다. 유카르테가 지고 있는 마음의 짐이 안쓰러운 만큼 그 피해자인 카일 역시 안쓰러웠다. 그런 마음이 끊어낼 수 없는 사랑으로 변하기까진 순식간이었다. 로아네즈는 카일의 청혼에 응했고, 그를 위해 그녀가 평생 염원했던 기사의 길도 버렸다. 모두가 그럴 줄 알았다고 손가락질하는 것도 감수했다. 단지 목표가 달라진 것뿐이라고 생각했다.

"……하필 그여야 했어?"

유카르테는 안타까워했지만 로아네즈가 하려는 일을 막지 않았다. 단지 모든 걸 내려놓고 오랜 친구의 곁을, 제국을 멀리 떠나려 했다. 그게 모두를 위한 길이라고 생각했다. 하지만 그 마음을 알아차린 로아네즈가 그를 붙잡았다.

"전부 다 괜찮을 거야. 날 믿어 줘."

로아네즈는 적극적으로 두 형제의 일을 해결하려고 나섰다. 서로 깊은 감정의 골을 지니고 있지만 오해하는 부분도 큰 만큼, 중간에서 누군가가 조율만 한다면 잘 풀어낼 수 있을 거라 믿었다. 유카르테가 거듭 하는 경고도, 카일에게서 이따금 느껴지는 불온한 분위기도 모르는 척했다. 어리석은 선택이었다. 어느 날 밤, 카일을 놀래켜 줄 생각으로 몰래 찾아간 그의 방에서 로아네즈는 끔찍한 상황과 마주쳤다. 카일이 가신들과 더불어 유카르테를 암살하려는 계획을 듣게 된 것이다.

'막아야 해.'

카일에게 자신이 계획을 알아차렸다곤 말할 수 없었다. 어차피 지금 무산되어도 그는 유카르테를 죽이기 위해 다시 계획할 게 뻔했다. 생각보다 감정의 골이 더 깊었다. 로아네즈는 자신이 둘 사이의 연결책이 되고자 했지만, 카일에겐 오히려 그게 더 갈등을 심화하게 한 계기가 된 것 같았다. 이젠 유카르테를 다른 제국으로 피신하게 해도 어떻게든 찾아내 죽일 것이 분명했다. 우선 유카르테를 안전한 곳에 보내야 했다. 카일이 알아도 손댈 수 없는 곳에. 고심하던 로아네즈가 떠올린 건 그 언젠가의 대화였다.

"신관이 되었으니 그 애는 어떤 환란이 일어도 피해갈 수 있을 거야."

그래, 신관.

유카르테가 신관이 되면 된다. 신관이 되면 그는 황제가 될 수 없었다. 계승권을 위협하는 존재가 되지 않는다는 뜻이었다. 그렇게 되면 카일도 더는 그를 죽이려고 애쓰지 않게 될 거였다. 그래서 로아네즈는 큰 계획을 구상했다. 자신이 지옥에 떨어지더라도, 유카르테가 살아날 수 있는 방법을.

그건 신관의 문장을 위조하는 것이었다.

"신의 문장이다!"

"유카르테 황자가 신의 문장을 받았어!"

멍하니 자신을 손등을 내려다보던 유카르테가 혼란스러운 표정으로 돌아보았다. 카일 역시 굳은 시선으로 그녀를 바라보고 있었다. 두 사람을 다 지키기 위해 그 둘을 전부 배신했다. 마음이 갈가리 찢기는 것 같았지만 로아네즈는 울면서 웃었다. 그래, 이거면 돼. 이제 괜찮아. 이제 괜찮아질 것이다.

"정말 순진했었지."

흐리게 웃은 로아네즈가 들고 있던 깃펜을 내려놓았다. 써 내린 편지를 잘 봉합한 후, 인장을 찍어 근처에 대기하고 있던 유모에게 내밀었다.

"내가 죽으면 이걸 유카르테에게 보내 줘."

"전하, 어찌 그런 말씀을 하셔요."

유모의 얼굴이 울 것처럼 일그러졌다. 하지만 로아네즈는 자신의 수명이 얼마 남지 않았음을 알고 있었다. 지금도 숨을 쉬는 것이 가빴다.

"이걸로 유카가 멈출 수 있기만을 기도할 수밖에."

로아네즈는 자신의 배를 가만히 내려다보았다. 얼마 전까지만 해도 제법 불러 있던 배가 지금은 다시 평평해져 있었다. 그녀가 배를 가만히 쓸자 유모의 표정이 다시 일그러졌다. 그 속에 들어 있던 태아를 지켜내지 못했다.

"고작 내 속에 든 생명 하나도 지키지 못하면서, 누가 누굴 지킨다고……."

"황후 전하……."

"너무 피곤해, 유모. 조금 누워야겠어."

파리한 안색의 그녀는 지난날 장미처럼 화려했던 활기를 잊은 지 오래된 채였다. 그때의 로아네즈를 아는 사람은 지금 그녀를 보면서 동일인이라고는 조금도 생각지 못할 게 분명했다.

로아네즈는 유모의 부축을 받아 침대에 누웠다. 무거운 추에 눌린 것처럼 온몸이 한없이 내려앉았다. 자꾸 눈이 감겨들었다.

"로아."

어느 순간 문득 들려온 목소리에 로아네즈는 간신히 눈을 떴다. 의식을 잃었던 건지 기억도 없는데 어느새 주변이 환했다. 창백한 얼굴을 한 카일이 그녀를 내려다보고 있었다.

"폐하, 제가……."

"계속 앓았습니다. 그대, 이틀째에 눈을 뜨는 겁니다. 알고 있습니까?"

"그랬군요."

로아네즈는 공허한 눈으로 천장을 바라보았다. 며칠 만에 눈을 뜬 반려자가 자신과 눈을 맞추지 않는 것에 카일은 속이 끓는 것 같았다.

"로아. 짐을 안 볼 생각입니까?"

그 말에 로아네즈가 눈동자만 굴려 카일을 돌아보았다. 의식을 잃었다가 눈을 뜬 탓인지 그의 모습을 무척 오랜만에 보는 것 같았다. 새삼 이런 생김새였다 싶었다. 처음 만났을 때 앳된 소년의 얼굴은 이제 완연한 남성이 된 상태였다. 그래서일까. 늘 단정하고 선한 인상이라고 생각했는데 지금은 왜 그렇게 생각했는지 이해가 되지 않았다.

"이제…… 조금 성에 차셨습니까?"

카일이 눈을 크게 부릅떴다가 입술을 악물었다. 카일이 건넨 독배가 그녀의 배 속에 있던 태아를 죽였다. 그러면서 얻은 독기가 그녀의 생명도 함께 앗아가고 있었다.

"미안합니다."

"……."

"짐이 잠시 정신이 나갔었어요. 그러려고 했던 게 아니었어요. 그대를 의심한 건 아니었습니다. 잘못했습니다. 내가 잘못했습니다. 아프지 말아요, 로아. 제발……."

"이미 늦으셨습니다."

"아니, 아니에요. 그대가 하라는 대로 다 하겠습니다. 유카르테를 살려 달라면 살려 주고, 그에게 보상하라면 보상하겠습니다. 다시는 그대를 다치게 하는 일은 없을 겁니다."

"후회하시나요?"

"네, 후회합니다. 미치도록 후회하고 있어요."

쇠약하게 마른 손을 움켜잡으며 카일이 눈물을 흘렸다. 평생 로아네즈가 바라고 기대했던 순간이었다. 그게 왜 하필 지금이어야 했을까. 예전이었다면 그 모습에 가슴이 뭉클해졌을지도 모른다. 하지만 지금은 정말 아무런 생각이 들지 않았다.

"유카가 틀렸다고, 내가 할 수 있다고 생각한 적이 있었죠. 나라면 당신의 마음을 녹일 거라 믿었어요. 유카의 말대로 그게 자만이자 오만인 줄도 모르고."

"로아."

"살아오면서 꽤 많은 변화를 스스로 이뤘다고 믿었어요. 내가 운이 좋은 삶을 산 건데, 착각했던 거지요. 누구에게나 공평한 기회가 돌아가지 않는다는 걸 머리론 알면서도 제대로 이해하지는 못했던 거예요."

로아네즈는 카일에게 잡혀 있는 손을 천천히 빼냈다. 눈물을 잔뜩 머금은 카일의 눈동자가 흔들렸다.

"하지만 이제 알아요. 내가 틀렸어요. 당신을 사랑해선 안 되는 거였어요."

"로, 로아."

카일의 얼굴이 일그러졌다. 로아네즈의 눈에서도 눈물이 차올랐다.

"당신을 원망해요."

그 말에 더는 견딜 수 없어진 듯 카일이 고개를 숙이고 흐느꼈다. 로아네즈는 마지막이 될지 모를 긴 숨을 내뱉었다. 모든 게 끝났다. 카일이 그 마음속에 키워낸 괴물은 그가 가장 사랑하던 반려를 죽이는 것으로 종결을 맞이했다. 이제 이걸로 카일은 멈출 것이다. 왠지 그럴 거라는 생각이 들었다. 그러나 유카르테는, 그녀의 가여운 친구에 대해서는 조금도 짐작할 수가 없었다. 그에게 남기는 마지막 편지엔 자신이 자결한다고 써두었다. 카일이 그녀를 죽음에 이르게 했다는 걸 알게 되면 유카르테는 더 멈추지 못하게 될 게 분명했으니까. 그러니 유카르테는 그녀가 스스로 목숨을 끊었다고 알게 될 것이다. 로아네즈는 그걸로 유카르테도 해방되길 바랐다.

'미안해, 유카.'

난 끝까지 널 기만하는구나. 이런 날 용서하지 말길. 하지만 네가 그 지옥에서 벗어날 수 있길.

"우리 아들을…… 이사나를 부탁해요."

빠르게 꺼져가는 의식 속에서 간신히 뱉은 말에 눈물이 범벅된 카일이 미친 듯이 고개를 끄덕였다. 이윽고 로아네즈의 눈이 감겼다. 굳게 닫힌 눈이 다시 떠지는 일은 없었다.

“아, 안 돼, 로아. 로아!”

싸늘히 식어가는 방 안, 반려를 잃은 남자의 고통스러운 절규가 울려 퍼졌다. 달빛이 스미는 창가로 서늘하고 메마른 바람이 불었다. 쌀쌀한 겨울의 초입이었다. 평생 애증하던 남편의 품 안에서, 황후 로아네즈가 고요히 숨을 거뒀다.

*　　　*　　　*

어쩌면 자살이 아니었을지도 모른다.

까맣게 물들어가는 머릿속에서, 유카르테는 간신히 생각을 이었다. 어디서부터 어디까지 의식이 끊어지고 덧붙여졌는지, 지금 자신이 온전한 저인지도 알 수 없었다. 그저 누군가에게 붙잡혔다는 자각만 할 뿐이었다. 대체 뭐가 어떻게 된 일이었을까. 아, 그렇지. 로아의 아이를 잡으려 했다. 그 가슴 속에서 심장을 꺼내 마지막을 장식하려 했다. 그런데 그 아이를 지키는 물의 정령왕이 나타나 자신을 막았다. 그는 실패했다. ‘내가 막지 못하면 내 아이가 막을 것이다.’ 그녀가 저주처럼 쏟아붓던 말 그대로였다.

아마도 자신은 고문을 당하는 중인 건지도 몰랐다. 그 증거로 온몸이 타들어 가는 듯이 아팠다. 그런데 왜일까. 그럴수록 점점 선명해지는 기억이 있었다. 로아의 임종을 알던 날, 그녀의 유모로부터 받았던 마지막 편지가.

너희는 멈출 수 있을 거야.

지옥엔 나 혼자 갈게.

두 사람은 부디 자유로워지길.

코웃음 치며 넘겼던 문구는 그녀의 진심이었을 것이다. 하지만 그때는 그런 문장 따윈 눈에 들어오지 않았다. 오히려 새카만 분노만 일었다. 그녀마저 자신을 버렸다고 생각했다. 그래서 그 죽음에 당연한 의문조차 품지 않았다.

로아는 타고난 빛이었다. 유카르테는 제 평생 그녀만큼 빛나는 존재를 본 적이 없었다. 모두의 희망이자 등불이었으며, 그녀 자신도 그걸 감당할 수 있을 만큼 강했다. 그녀는 어떤 일에서도 결코 자살을 택할 사람이 아니었다. 그러니까, 그건 자살이 아니었을 거다. 그런데도 그런 식으로 보여야 했던 건…….

'나를 멈추게 하기 위해서였겠지.'

그녀의 죽음이 자결이 아니었다는 걸 알았다면 다른 결과가 있었을까? 아니, 그럴 리가 없었다. 유카르테는 피식 웃었다. 그때도 자신은 로아의 의도를 충분히 읽어냈지만 철저히 외면했었다. 눈앞이 까만 먹물에 잠식되어, 그렇게 선명한 빛도 알아볼 수가 없었다. 멈출 수 있었으나 그러지 않았다. 그녀의 마지막 바람은 덧없는 낙엽처럼 풍화되었다.

형장에 서 있던 카일의 모습이 떠올랐다. 그는 오만하게 내려다보는 저를 보며 내내 입술을 달싹거렸다. 마지막으로 할 말이 있다며 몇 번이나 만남을 청해왔으나 응하지 않은 건 자신이었다. 후회하는 듯, 체념하는 듯한 그의 얼굴을 보면 통쾌할 것 같았는데 생각보다 기쁨을 느낄 수는 없었다. 딱히 아무렇지 않았다. 이렇게 시시할 줄 몰랐다. 그럴 줄 알았다면 처음부터 시작하지도 않았을지도 모르겠다.

그래, 로아는 역시 옳다. 그녀가 옳았다.

'그건 처음부터 알고 있었어.'

유카르테는 천천히 눈을 깜빡였다. 저 멀리 하늘에 구름이 가득한 하늘이 보였다. 그 모습이 왠지 지독하게 낯설었다. 하늘을 본 것이 굉장히 오랜만인 것 같았다. 실제로 오래되었을 것이다. 문득 구름 속에서 무언가 희미한 빛이 번쩍이는 게 보였다. 날카롭게 날이 선 화살촉이었다. 유카르테는 직감적으로 웃었다.

지옥에 가겠지.

그곳에 네가 있을까?

*　　　*　　　*

"폐하, 도착했습니다."

들려오는 목소리에 이사나는 감았던 눈을 떴다. 마차에서 내리지 황량한 벌판이 그를 맞이했다. 친위대 기사 중 하나가 메고 있던 거대한 봇짐을 바닥에 내려놓았다. 묶어둔 끈을 풀어 벗겨내니 그 안에서 훼손된 시신이 드러났다. 썩은 건지 그을린 건지 검은 덩어리에 가까운 시신은 본래의 형태를 알아보기도 힘들었다. 그러나 그 머리 부분에 남아 있는 빛바랜 금발만큼은 선명했다. 이사나의 머리 색과도 같은 색이었다. 한때는 유카르테라는 이름을 지녔던 이였다. 이사나가 시신을 가만히 내려다보는 동안 기사들이 뒤로 멀찍이 물러섰다.

"당신에게 마지막으로 해 주고 싶은 말이 있었는데……. 차라리 이렇게 되어 다행인 건지도 모르겠네요."

이사나는 답을 할 수 없는 시신을 한동안 가만히 바라보았다. 살아서 만났다면 그를 증오하지 않을 자신이 없었다. 원망하고 저주하고 온갖 모욕을 퍼부었을 것이다. 그 얼굴이 일그러지는 걸 봐야 속이 시원했을지도 몰랐다. 하지만 죽은 그에겐 놀라울 정도로 마음이 덤덤했다.

"……숙부."

살짝 벌어진 입에서 오랫동안 입에 담지 않은 호칭이 흘러나왔다. 지독하게 낯선 느낌에 이사나는 쓰게 숨을 삼켰다.

"이번에 집무실이 무너진 부분을 보수하다가, 아버님이 남기신 일기를 찾았습니다."

그가 어떤 말을 하든 이제 아무런 반응이 있을 리 없는 시신이었다. 그런데도 조금 움찔한 것처럼 보인 건 자신의 마음이 빚어낸 환상이었을까.

"어머니의 죽음에 죄책감을 느끼는 내용이 가득했습니다. 자신이 실수했다고, 후회한다고 하시더군요. 당신에게도 몹시 미안해했습니다. 당신이 가짜 신탁을 만들어 아버님을 궁지로 몰았을 때, 그분이 전부 순순히 받아들인 것도 그 때문이었습니다."

깨달았을 땐 모든 걸 잃은 후였다. 가장 소중한 사람을 자신의 손으로 망쳤다. 멈춰야 할 때를 모르고 간 대가는 참혹했다.

"당신도 그걸 조금 더 일찍 깨달았다면 괜찮았을까요. 우리는 왜 이렇게까지 어긋나야 했을까요."

어긋난 부분은 다시 이을 수 있다. 로아네즈 황후는 평생 그 한 가닥의 희망에 매달려 왔다. 그러나 아무도 그녀를 돌아보지 않을 만큼 증오심에 먹혀 있었다. 다들 미쳐 있었다고, 일기 속의 카일 황제는 그날을 그렇게 회고했다. 이사나는 다시금 시신을 내려다보았다. 모래 먼지가 그새 그 몸을 조금씩 덮어가고 있었다.

"바라는 결말은 아니었지만 멈추게 했으니 다행입니다. 황제로서 천인공노할 짓을 저지른 당신을 내 손으로 붙잡지 못한 건 늘 아쉬울 겁니다. 현생에서 치르지 못한 죄의 대가를 명계에선 모두 치르길 바랍니다."

"……그래도 조카로서 나는 당신이 이제 편해졌으면 합니다."

덧붙인 음성은 속삭임에 가까워서 뒤편에 있던 친위기사들은 듣지 못했다. 마지막으로 시신을 눈에 담은 후 이사나는 미련 없이 몸을 돌렸다.

"가자."

"예, 폐하."

이윽고 그를 태운 마차가 빠르게 멀어져갔다. 허허벌판에 홀로 남겨진 시신만이 황량한 바람에 조금씩 삼켜졌다. 아무도 찾지 않는 폐허의 땅이었다. 일평생 누구의 눈에 띄지 않게 조용히 살고 싶어 한 염원을 죽은 후에나 이뤘으나 아무도 알지 못했다.

아주 오래된 악순환의 고리, 그 끝이었다.

캐릭터 프로필

illust-냐르

이름: 데자크 룬
생일: 10월 4일
종족: 마족
성별: 남(男)
키: 187cm
계급: 공작
특징: 군청색 머리색, 붉은 눈동자.
북공작의 표식으로 가슴에 검붉은 덩굴장미 문신이 새겨져 있다. 인장을 내릴 때 반지의 형태로 드러난다.

소개: 마계 4대 공작의 일원이자 북(北)의 주인. 생명의 숲 카르텐의 관리자. 숲 지기로 불린다.
루카르엠 다음으로 장수한 마족. 수많은 마족의 유년기를 돌보았다. 어릴 때 자신을 구해준 루카르엠을 깊이 존경하고 있으며, 마신을 향한 충의가 대단하다.

캐릭터 복불복 QnA

〈인터뷰 질문은 다음 이공카(http://cafe.daum.net/shakito)회원님들이 올려주신 질문 중에서 추첨 프로그램을 돌려 랜덤 선정했습니다. **스포일이 포함되어 있으니 주의 부탁드립니다.**〉

〈이넬 님의 질문〉

Q. 데자크도 태어나기까지 돌봐준 전대 북공작이 있었겠죠? 데자크는 전대 북공작을 어떻게 생각하나요?

A. 내 선대 북 공작 말인가? 그는 내가 죽였지. 죽어야 하는 놈이었다.

Q. 루카르엠이 팔이 잘려 돌아왔을 때 물의 정령왕 짓이냐며 욕했는데 데르온에게 엘이 아스의 대부가 됐다고 들었을 땐 어떠셨나요?

A. 마계의 미래에 힘을 보태준 건 고맙지만 루카르엠 님의 팔을

자른 건 어디까지나 별개의 일이지. 아직 잊지 않고 있다.

Q. 데자크와 루카르엠과의 첫 만남은 어떻게 이루어졌나요?

A. 전 북공작은 방종하여 숲 지기의 임무에 소홀한 자였다. 덕분에 카르텐에 허가 없이 들어오는 자들이 많았고, 그분도 그중 하나셨지. 하지만 유체에게 아무 짓도 하지 않은 마족은 그분이 유일했다. 어느 순간부터 시선이 느껴져서 주위를 돌아보다가 그분과 눈이 마주쳤지. 그게 첫 만남이었다.

〈메르으 님의 질문〉

Q. 지금 데르온을 본다면 무슨 말을 하고 싶나요?

A. 애송이, 다 울었나? 이제야 제법 마족 구실을 하는군.

Q. 루카르엠이 카노스인 걸 알았을 때 어떤 기분이었나요?

A. (알 수 없는 묘한 표정을 짓고 있다)

Q. 카노스가 소멸할 때 어떤 기분이었나요?

A. ……방금 간과할 수 없는 말을 들은 것 같은데. 누가 소멸했다고?

Q. 다른 공작들을 처음 봤을 때 어떤 기분이었나요?

A. 저런 애송이들이 공작이 되다니. 신기하기도 하지만 마계가

걱정되더군. 공작이란 게 저렇게 아무나 오르는 자리였나 싶다.

〈세레니티 님의 질문〉

Q. 루카르엠을 제외한 공작들—세르피스와 데르온—에 대해 어떻게 생각하시나요?

A. 애송이들이지.

Q. 루카르엠을 따른 건 마신을 따르는 것처럼 본능에 가까웠나요? 언제부터 그를 알아보고 따랐나요?

A. 처음부터 그분을 따르진 않았다. 오히려 경계심이 컸지. 그러던 중 카르텐에 침입자가 있었다. 그자에게 잡혀 죽을 뻔한 나를 그분이 구해주셨다. 그때 처음으로 그분이 가진 깊은 힘을 알아보았다.

Q. 자신의 삶에서 가장 후회되는 것은 무엇인가요? 혹 미련이 남는 부분은?

A. 카류안. 그자가 성장하기 전에, 마신과 루카르엠 님을 배반하기 전에 죽였어야 했다. 유일한 후회이자 미련이군.

Q. 카노스를 만날 수 있다면 무슨 말을 하고 싶나요? 또 그에게 무슨 말을 듣고 싶나요?

A. 그분을 뵐 수 있다는 것만으로도 영광이지. 내 이름을 불러

주신다면 좋겠다. 그거면 충분하다.

Q. 마지막 순간 어떤 기분이었나요?

A. 데르온에게 북공작을 넘길 수 있어서 안심했다. 카류안이 마신의 정수를 손에 넣었다면 죽어서도 눈을 감지 못했을 거다.

Q. 죽을 때 세르피스를 원망했나요?

A. 검에 찔렸다 해서 검 자체를 원망하는 이는 없겠지. 서 공작씩이나 돼서 쉽게 홀린 건 좀 한심하다만. 애송이들이란 어쩔 수 없으니까.

〈리크 님의 질문〉

Q. 북 공작이 되고 나서 가장 힘들었던 일이 있나요?

A. 카르텐의 숲지기는 무척 영예로운 일이지만 자리를 멋대로 비우면 안 되기에 곤란한 점들도 있다. 루카르엠 님을 뵙고 싶을 때 편히 갈 수 없다는 점이 무척 불편하더군.

Q. 죽기 전에 왔던 사람이 데르온이 아니라 루카르엠이었다면 어땠을까요?

A. 그건 상상만 해도 달콤하군. 데르온에겐 고마운 기분뿐이었는데 갑자기 마지막으로 본 게 그놈이라는 게 억울해질 정도로.

Q. 마족 아이들이 성체가 되어 떠날 때 어떤 기분이 들었나요?

A. 마음이 편치는 않다. 저 애송이들이 과연 마족 구실을 할 수 있을까, 루카르엠 님께 누를 끼치지는 않을까, 만약 그렇게 되면 그분 앞에서 고개를 어떻게 들어야 하나, 생각해야 할 점들이 너무 많아지니까.

Q. 루카르엠의 멋진 점은 무엇인가요?

A. 그분은 존재 자체로 이미 완벽하신 분. 멋진 점을 헤아리자면 며칠을 밤새워도 부족하다.

네 칸 만화

성장

키가 컸다.
흠흠—
지금
예전
나도 좀 남자다워 진 거겠지?
불끈!
번쩍
번쩍
이런 포즈가 더 있어 보이겠지?
벌컥!
이사나!
아…? 알리사…?
……잘생겼어
제작지원
caff ELquness

공주님의 정석1

흠, 이거 큰일인걸.
상태가 그렇게 안 좋은 거야?
일단 사나시드에게 데려가야겠어. 완전 피에 젖은 공주님이군.
…….
이럴 때 동화에선 키스로 공주님이 깨어나던데…
꺄악!!
츄—
그거 아니야!!

공주님의 정석2

마지막 인사